物书

玄武／著

BESTIARY

也许有人从关于
动物的文字中读到别
的东西，谁知道呢。
陈寅恪晚年最后的著
述是关于妓女的书，
也许那是他在当时唯
一想写和能写的题
材。大家都知道他要
说的，并不只是一个
伟大的妓女。

我没有与陈老先
生搅在一起的意思。
我没有他的学问，他
的智慧，甚至连他的
骨气也没有。

——玄武

图书在版编目（ＣＩＰ）数据

物书 / 玄武著. -- 贵阳 : 贵州人民出版社,
2017.3
ISBN 978-7-221-14014-2

Ⅰ.①物… Ⅱ.①玄… Ⅲ.①散文集－中国－当代
Ⅳ.①I267

中国版本图书馆CIP数据核字(2017)第047729号

书　　　名	物书
著　　　者	玄武
出 版 人	苏　桦
责任编辑	黄　冰
装帧设计	黄　冰　丹　丽
封面作品	董　重
内文插画	董　重
出版发行	贵州出版集团　贵州人民出版社
社　　　址	贵州省贵阳市观山湖区中天会展城会展东路SOHO办公区 贵州出版集团大楼（邮编：550081）
印　　　刷	深圳市和谐印刷有限公司
开　　　本	880×1230mm　32开
印　　　张	11.875
字　　　数	280千字
版　　　次	2017年04月第1版
印　　　次	2017年04月第1次印刷
书　　　号	ISBN 978-7-221-14014-2
定　　　价	38.00元

目录

梦豹（代自序）

第伍辑

梦豹（代自序）

　　昨夜梦见了一只豹子。它不像一般的豹那般花，而有些偏灰黑色，像我五月份见到的、差一点买下的那只幼豹。但它是大豹，在梦里有很高的个头，很长，它的肢体前半部分像有些透明一般，似乎随时会在空气中消匿。它旁若无人地向人群走来，众人一片惊呼。背景是家乡的院子，很多孩子。四姑父在，他说：别怕、别怕，豹子不咬人！伸了手去抚摸那豹的头，豹迅速地站起身来又俯下，蹭他的腿。

　　众人惊悸地望着它。突然豹身朝高墙的方向一跃，在梦里消失了。

　　它再次出现在梦中的时候，是自一条窄巷迎面而来。它无声无息地走来，很镇静，龇着背上的骨头。我忘记了害怕，记着姑父俯身的动作和他的话，在梦里好像一直疑心他的话是咒语。我是那般渴望留住它！相对这渴望而言，惧意已经无关紧要了。

　　我俯身去摸它的头，看上去很坚硬很光滑的头，感觉它是柔软的，豹围着我无声息地转，围着我蹭我的腿。

　　我带着豹子出现在老家的院子里。一些孩子跟着我。一个拖着鼻涕的黑壮黑壮的小男孩，说话还不大利索，他说，豹子能养，豹子不咬人，豹子能养活，它吃东西时要在人背后。我记得自己在梦中的疑惑，这孩子是山上猎人家的吗？他家里是不是养过豹子呢。

后来好像剩我和豹子两个了。我想着怎么养它，跟着它在院里转悠。它一点也不怕生，对什么东西都好奇。爪子东探一下，西抓一把。一只猫进了院门，白颜色的猫，好像很面熟，在门槛上它便被豹截住了。猫不敢跑，豹伸了爪子拨弄猫，猫哇唔一声，翻了个，肚皮向上。我大喊：别！

豹像没听见一样，不过看上去它对猫并无兴趣。它走向鸡舍，撑着前腿，低了头盯着鸡看，在梦里我的心通通直跳，在梦里我感知着鸡的恐惧。豹突然一回头，我望见它嘴里叼着一只兔子。

我大声喊：放下！快放下！

这真是一只傲慢的豹子，它似无所闻，又仿佛有意不加理睬。它甚至看都不看我一眼。我想，这真是没有法子可想，我没有办法让它听懂人的话，更没法让它听人的话。它唯我独尊，我行我素。我想着，我也不能揍它，若揍它便会反抗，会愤怒地撕咬我，我未必打得过它，或者一定打不过它。我想着这些，醒了。睁眼时豹子的形象迅速地褪去。使劲地睁眼，它似乎仍在黑暗中不断地褪去。

这真是一个逼真的梦。梦中的情绪：紧张、些微的惧意、惊喜、惋惜、无奈。

我心里怦怦直跳，叫醒沉睡的女儿暖，她当时十一岁。我说暖，你梦见豹子了吗？暖迷迷糊糊地说，我不知道啊，我正做着梦，这个梦好像挺有意思的，你叫我，我一下子就把梦忘了。

董重作品 / 纸本水彩 /56X76cm/2010

第壹辑

闯入都市的豹

题记：一年多后我才知道，这只咬断太原动物园里三根铁筋蹿出猛兽笼、进入城市中心的华丽大兽，原来竟是我的老乡。它是翼城豹。我在县里宣传部门的朋友目睹了抓捕它的过程：它已受重伤，躲着的崖洞口罩了铁网，我朋友仰天躺在崖下举相机拍它。朋友说，它冲出洞口、撞进铁网然后在空中坠落，像一只无边华美的巨大花朵。

中条山无虎，它是山林间最凶猛的兽。也许并不嗜杀，仅仅喂养自己饥饿的胃而已。它不比人更贪得无厌。这皮毛华丽斑驳的大豹，对山林的统治说不上好，也不见得坏。它在夜里树丛间奔跑，自枝叶疏漏下来的月光，诡异地掠过它蛇一般回环自如的身体；丛林中的兽为之惊恐，因此逃窜、嘶叫、藏匿、搏斗，兽们也因之更为敏捷和健壮。

但这花豹的野性并不囿于山林为它自然划分的疆域。它频频下山，猎杀农人们畜养的家畜。那些侥幸未死的大牲畜的皮毛原本该将是人平滑的皮衣，现在留下了它深刻的爪痕。

它终于落入了专门为它精心而制的捕兽夹和陷阱。激烈而徒劳的挣扎之后，它不得不忍受既定的命运：一大群两条腿动物的围观和指点，这让它愤怒欲狂——日后它在无助和习惯中对此渐渐麻木；还有胆小的猎犬对它的狂吠。它会以为犬吠是对它尊严的冒犯吗？

它被装进为猛兽特制的笼子拉进城市，送到动物园。被麻醉枪击中的豹不过是一堆能活动的肉而已。但它折断的腿骨也在日渐康愈。

新闻报道：晨。太原市坡子街铁菊巷的霍大妈趁女儿还未上班，先骑了女儿的自行车，带小外孙去住在食品街的老朋友家。小外孙在朋友家睡着了。可霍大妈又急着回家给女儿送车子，就先骑车回去了。

女儿骑车走了。想外孙还得再睡一会，等做完家务再去接也不迟。她在厨房擦煤气灶，忽然听到外面房顶上轰隆轰隆响。谁家孩子在捣乱，霍大妈边想边往外走。屋檐下踮起脚尖伸长脖子往里看，这一看不要紧，差点丢了魂，一只豹子的头闯入她的眼帘——豹子就躺在她家里屋、小外孙以往睡的那张床上。

它在动物园里仅待了一个星期。在山林里，它的野性是散漫随意的。当漫山遍野草木森林、洞穴悬崖缩小为一个逼仄的铁笼时，它的野性也在聚集中迸发，凶狠因之变得深思熟虑。二〇〇〇年四月二十六日黎明之前，无人目睹它在黑暗中忽闪的眼睛。它咬断了自己三颗利牙，三根直径十六毫米的铁护栏。

它在动物园的围墙上悄然站立。伸出舌头舔舔嘴边流出的血，它有吼叫了一声吗？

它在动物园外围墙下的黑暗里踽踽独行。路灯惨淡地亮着，让它不安。这金钱豹，土豹子。它对城市的迷惑和惊恐，与人在丛林的感触相较，大概过而甚之。在丛林它常常毫无声息地夜行百里，但这是城市，它是土豹子。汽车尾气的刺鼻气味，烟囱的气味，没有一点它所熟知的气味。它想听到某一个动物受惊逃窜的叫声；没有。它想蹿上一棵枝叶茂密的大树，把自己藏起来；没有。

一个下夜班的人骑单车歪歪扭扭拐进一条黑乎乎的胡同。它无声无息地跟在后面。它搞不懂那两条腿和两个轮子的事情。跟了一会，它放弃了。

一辆汽车呼啸而过。它吃了一惊，漫无目的地向着黑暗里奔跑，然后停下了。

总有各种古怪的声音，让它浑身肌肉紧缩。它当然不明白，那是一个早起的人咳嗽着抽烟的声音。

现在天已经蒙蒙亮；它感到迫近的危险。它想找个山洞藏进去。

它悄然进入一幢楼房。黑暗里敛了锋利的爪子上一节一节的楼梯。一个什么声音响了一下，楼道里的灯唰地亮了。它嗖地蹿了出来。

这土豹子，它在一大片平房狭窄的通道间碎步前行。这孤独不安的土豹子，天色越来越亮，它急迫需要找一个洞穴置身其中。在光怪陆离的城市里，一排排低矮的平房最黑暗，也略让它感到安全，这平房和其间逼仄的胡同，最能让它想到低矮的树丛或者高草丛。

它进入一个拐七拐八的大杂院，在一扇打开的窗户前停下，前腿趴了上去。没有声音。里面有一股幼兽的气味。它轻轻一跳。

它躺在霍大妈小外孙的床上，睡着了，开始做一个猛兽惊恐的城市之梦。在完全无知的场所，它以为找到了一个自己相对满意的洞穴。

　　我一个多月后才见到那些豹子。它们在动物园的铁栅栏里
逡巡，凶狠凌厉的目光让我想到，我在它们眼里不过是食物而已。
那眼神里有遭受屈辱之后的报复欲么？我不知道它们中哪一只，
是曾在并州的大街上游荡过的豹。我无意中打了个呵欠，一只
豹立刻朝我龇开了森然的嘴巴。我没有看到嘴里有断牙的痕迹。
　　豹笼旁边就是虎、狮。铁笼的间隔，使它们即便嗅着对方
危险的体味，也空有警惕戒备和防范。这些必将松弛，就仿佛
它们的肌肉必将松弛。我五岁的女儿昨天夜里说：爸爸，关上
窗户吧，要不豹子进了咱们家，可咋办呀？这时候已经过去一
年了。

温小刀

第一章　小刀

回家

在熙熙攘攘的闹市感知到他，感知一个目光的注视。茫然四顾，无数面庞慌乱地忽闪、错置，没有什么。这些脸不过是水流激起的小浪花，而水奔涌前去。它们甚至只是些微的波光，融入二〇〇五年四月某一日下午的天色。

继续前行，我听见他。小兽的声音孤弱、低微，像发自地下。

在卖犬老太的纸盒里探头向上望着，他第一次看到我的脸。这是他惊人的记忆里，存留的我最为原初的形象，而我易朽的面容很快改变，我自己不会再记得。

他瑟瑟地蜷缩着，如此弱小，以致不能逾越一只纸盒的高度。

我在卖犬老妪的纸盒前蹲了很久。——我想了些什么？

骑车回家的时候，感觉到他在我两腿间挣扎。车过一个小坎、一颤；在瞬间仓皇低头，他毛茸茸的头、努力自车把上挂着的塑料袋里探出来的毛茸茸的头，正掉下去，跌落塑料袋底。

风大、车疾，我在瞬间看到那张小兽的脸，狭长，软弱，无辜，他的眼睛迷茫，有眼泪浸出。

摩托车轰鸣，幻觉中我听到他无助地嘶叫。离开那个有着他体温的暖意的纸盒，置身于一个晃动的袋子中，他不知要前往的地方。

我不能低头看他，专心骑车。一路眼前浮现他嘴边被泪打湿的一根兽须：白的颜色，在光中晶亮地湿润地闪烁。

他太小了。我居住的房子显得庞大而空旷，空旷到有些凄凉。小心翼翼把他托在手上，他仅仅略长于我的手掌。

他在地上来回地走动，从这个房间到那个房间，随时会跌倒的样子。他唔儿唔儿地叫着，寂寞强烈地弥漫开来，人心中隐隐作痛。

我坐在窗边的写字台前，点燃纸烟。低头去看，他在脚下，奋力顺着我裤腿往上爬，咕噜翻倒在地上。他唔儿唔儿地叫着，我的脚觉得他颤。是房间里的冷意吧。

抱起他放在铺着长垫的椅子背后。他在背后蠕动。想起他时回头，他蜷着小小的身子睡了。

醒来

午夜来临或离去。我把他放在阳台一个垫满布子的纸盒中。熄灯后的黑暗中，仿佛有物在房间里走动，但没有声音。他在到处找我。这太小的兽，眼睛还不能够望到床上。我屏声静气，等待他回到纸盒中去。

但他终于在床边停下。稍顿之后，他发出尖细的低低的哭泣声，像哀求，祷告，做错了事情请求宽恕，或者是别的什么东西追赶他、要抓住他，他迫切地觅求护佑。我惊异于一只小兽，可以发出这么多似乎情感内蕴丰富的声音。

我不去理他。竭力不出声。但他某一刻的哭声令我心中一揪——那哭声像绝望一般戛然而止。我听到他试图向床上蹦的声音、下垂的床单被抓空的声音、他滚落地上的声音。在黑暗里坐起，一只手探身抱他。我摸住了他的头，他的脸，摸到了湿漉漉的东西。我扭亮台灯。

现在他坐在我手掌里了。昏黄的静谧的灯光照着他黄褐色的短毛，他的眼睛里全是泪水，怜意在心中汹涌着泛上来。我起身，一手抱着他，一手拎起我平时坐的椅子，放到床边。又拿来一张旧毛巾。把他放在椅子上，给他盖上毛巾。返回床上躺下，熄灯。

他在黑暗里窸窸窣窣，发出轻微的哼声。他仍然想靠近人，渴望挨住人体时的那份温暖和安全感。我不知觉间伸了一只手过去，抚摸他小小的、毛茸茸的头。他安静下来。幼嫩细碎的牙齿轻咬我粗糙的手指，微疼又痒；他湿热的舌头舔着我的手心。

清晨醒来，他摊开身体，头枕着我的手，眼睛紧闭。我轻轻抽出手臂。

穿衣起床，方才想起刚才他丝毫不动。我突然有些恐惧，俯身去看，他的身体僵直，眼睛紧闭。我拨弄他的身体，我抬起他的头，他不动。

心暗沉下去。仓皇四顾，陡见他的后腿直直挺后——再看，他向前上方伸展了前腿。他伸懒腰呢。

另两只小兽

我得承认，我惧怕一些潜在的事物，它们甚至使我对一只小兽的记叙，变得迟疑而缓慢。

在二○○三年冬天，我曾亲历了一只幼犬的死亡。一只黄白相间的花斑色小兽，在家里仅仅待了十天，连名字都未得到。他在第八天病了，虚弱，昼夜不停地呻吟。而我当时疯了一样地忙碌，无法顾及他，唯在月沉下去、我要入睡的时候，想到无论如何次日带他去看兽医。

第十天下午，我匆匆自单位赶回。他拉肚子，后背脏。让保姆端来一盆热水，我蹲下去，想着洗干净了再去医院。

我没有洗完。他在水中、在我的手中，迅速僵硬了。入水的时候他叫了一声，这时我想起，那是他最后一次发出声音。

我让保姆离开我的房间，关起门。泪涌出来。第八天夜里他跑来咬我的裤腿，我如此不耐，俯身拍了一下他的头，我的手有闪空的感觉——并未用力，他竟滚倒在地上。他已太虚弱了，而粗率的我竟然没有及时察觉。

我在幻觉里看到那个夜晚。他受不了我猛烈地抽烟，衔着床下的拖鞋，跑到客厅的暖气片旁，睡在拖鞋上。

泪汹涌而下。我闭上眼睛。用手抱住头。将拳头塞进嘴里。

我的女儿还没有放学，我得尽快处理这件事。我洗那小兽，他得干净了离去。我从水中拿起他，用电吹风吹干。热风拂动他的毛发，我总疑心他动了一下。但是没有。不会了。

我不能亲自去做那件事。把他放在纸盒里，递给保姆，告诉她埋到院外的一棵树下。保姆走到门口时我又叫住她，把一件旧毛衣放进纸盒。

在更早的时候，我曾经历一只小兽的消失。一只黄褐色的土犬，走失在火车站。他在我日后的记忆里，成为童年伤感情绪的象征物。一只小兽，蹲在冬天迷茫的风中，他背后的景物暗黄褪色，而他如此清晰。他叫了一声么？

我当时不信他会丢失。在寒冷的深夜，悄悄起床溜出院门。有一些事物支撑着我，使我对黑暗的恐惧消失。我去挨家挨户窃听有没有狗叫声、有没有我的狗的吠叫声。多少次我待家人睡熟后爬起，轻轻把紧闭的院门打开一个小缝。我有着渺茫的指望和期盼，担心我的小狗回家进不了门。

记忆如此深刻，像幼犬在上面留下的爪痕。如此清晰，以致成年之后每走向车站，我都有着一种极为复杂的情绪。我的狗曾在车站走失。走向车站的我总使我想到，那是一个正在迷失的人。

见证，改变

现在这小兽，见证了我在二〇〇五年夏天的生活，看我上网、打电话、发消息、读书，写作一部名为《义人羽》的书稿，辨认我那些家人、朋友的脸，记住他们身上的气息。他也看到我的快乐、傲慢，以及愤怒、哀伤、欲望，记住我在深夜陷入焦灼时的表情。

有时扭头看他，他正望我。——他在想些什么？

我的一切影像折射入他的眼睛。但不知这些，会在他脑海中组合成一种何等的面貌。他会做梦，在梦里哭叫，或者喜悦地尖吠，但我作为一个人的愚钝，使我不能得知他梦中叫声的情绪。这些同时让我想到，他既然能做梦，那么该有着思维能力和联想能力。

也会使联想延伸。

在他眼里我首先是一个神祇，是他的亲人，维护他也惩罚他。他使我目睹他神话一般的成长：他每天的样子都要变一些。四个月后，他已三倍于我的手掌。但他所属的种类，大概使他只能这么大了。

而我在命定的一日，也将经历他的衰老和在时间中的败亡——一只犬的寿命至多为十五年。那败亡，是地上包括人在内的走兽无以避免的悲哀和卑微。

届时我也将承担他离去时的苦痛。我想到这些并努力承受这些，它使我坦然地面对必会来临的一切。

他有着妇人传说中一般的忠贞。每次回家，在楼下听到他隐约的吠叫。他可能已经能够明晰地辨认我的摩托车声。他急切地抓门，门开了缝隙便扑出来，左旋右转，无一刻或止，喉中发出咻咻的嘶吼。很多次他居然能激动到失禁，像小孩子尿裤子一般，滴出几滴尿来。

但平素他是一只沉默的小兽，几乎不叫。他罕见的沉默，以致有几日让我怀疑，他的声带是不是出了问题。

他一直叫作狗狗。狗狗——一个原初的、对他所属物种名称的复称，叫起来有莫名的亲昵，像称婴孩作"小东西"，"小娃儿"。后来带他出门溜达，喜爱他的人们虽不知他的名字，也都呼叫他狗狗，他便跑上去。因担心他终会走失，我才决心给他另起名字。

他有下午去公园草坪上疯跑的习惯。带他下楼，心悬起来。他太快了。那些来往的车辆在我耳中发出刺耳的碎裂声。我叫喊着他、追赶着他，一路小跑。事后才想到，我的叫声一定大得骇人。

绿的草坪延展开去，下午黄白耀眼的阳光打在上面，树荫栖落在上面。他开始了。他有着令人惊叹的速度和敏捷；这速度持久，这敏捷持久。光和暗迅疾地弹过他闪着光泽的皮毛，在疾速的奔跑中他会突然一百八十度调转、速度不减向前的迅疾。公园的人们陆续围上草坪的四周观看。

天如此炎热，几只长毛的京巴懒洋洋卧在草上，吐着舌头。这时候我是骄傲的。我无疑也诉说了我的骄傲。一次，有三只身体两倍于他的京巴犬，在同一块草坪上堵截他，他们无疑是失败了。三只犬气喘吁吁地东倒西卧时，狗狗挑衅一般卧到某一只犬的鼻子前面，陡然蹿跳、飞奔，在另一只犬的前面不远处卧下。

他的速度令我心醉神迷。我想到与自由有关的一些事物，想到字在纸上坚定、坚硬，其内在的韵律却有如黄昏的天光一般、迅疾地、无声地、一波压过一波吞噬入黑暗。

这一天他有了一个名字，叫做温小刀。他是无愧于这名字的。他的奔跑像小刀一样锋利，光和风在前面迎刃而解，人仿佛能听到光和风发出帛撕裂开来一般的声响。

之所以小，是他作为一只兽的内涵，及其体型而已。也可能是这一篇文章的内涵。

我有时也想到一只兽对人的改变，从生活习性，到人内心。多少次我带他去公园外面的草坪，但自从我迁居到公园门口的此处，却几乎没有踏入过公园。仅仅是常在楼上，在深夜、黎明或者正午，站在窗前眺望，看窗前深黑赤裸的槐树枝丫绽出嫩叶、嫩叶披离；看槐花洁白、浓密、繁重地盛开，仿佛要开上我的身体、开上我的头颅；看槐花落尽、槐叶浓绿舒展，槐枝几乎要伸入我在四楼的窗子。

窗下便是公园。公园不允许带走兽进入。带鸟是可以的。

　　小刀部分地限定我空间上的活动范围。他也限定我的时间，使时间于我有了小的规律：每天下午我必要带他出门，偶尔会在深夜。

　　因走兽而致的生活习性改变、乃至生命逆转，从细节考虑，这样的人应该不乏其例。比如铁木真喜爱着的某一匹马，它喜欢吃某一地的草，然后他纵马带娶亲的队伍绕去那草地。可怕的事发生了。另一个部族的大批人马出现，抢走他的新娘。

　　在茫茫欧洲，所向披靡的蒙古军队静立待命。大汗纵马随意驰骋，以所爱马匹的方向，定夺即将攻伐的城市。一匹马的奔驰方向，于是决定了一个城池的陷落。

　　而这一只叫小刀的幼犬，他使我的快乐和感动，具有了单纯的质地，也使我得到的慰藉变得简单而直接。一个人的内心，原来竟可以如此容易得到满足。

　　我感激着这小兽，因他也有了对造物者的感激。从我不知的时候起、在我无法触及的暗处，小刀一定潜移默化地柔和了我的内心。

　　对一只小兽的情感竟可以如此，以致部分地充实一个人。偶尔的时候，我会因他想到因果，想到他的前世和后生。

　　他该是一个有着真性情、有着血性，却不经意间堕入罪孽的人。是我前世的兄弟。

小刀的关键词

　　小刀的性格：温和；敏感；多动；胆怯；仗义；沉默。

　　他温顺到喂他药时，我可以直接用手拿着药粒塞进他的嗓子，因为他怎么也不肯吃，只把药塞进嘴里不行，他用小舌头顶出药粒来；将药化在水里不行，他连水也不肯喝了。

　　他似乎没有杀戮的欲望，也不知可以下口去咬某一个生命。一切于他，只是善意的游戏。有时我怀疑，他所属种类还能算是犬科吗？

　　他在房间里一刻不停，将喜爱的东西衔入他的小窝：某一只袜子，一根骨头，某一只拖鞋，一颗小钉子。有一次我发现他窝里，有我丢失很久的一支钢笔，已被他咬得稀巴烂。

　　然而他又莽撞。砰的一声，他撞到了书柜玻璃门上。他自己吓了一跳，懊恼地趴下、抬起一只前爪，揉自己撞疼的毛茸茸的小脑袋，太疼的时候，他唔儿唔儿地哭了。在某一个夜晚，他第一次发现灯光下自己的影子，他吓坏了，跳蹿起来，想甩开影子；他冲着影子大声地吠叫，警告那影子，后来跃跃欲试，企图捉住它。再后来他忘了，追着自己的尾巴玩得开心。

　　他到了镜子前面，看见另一只幼兽。他的恐惧是巨大的——我听见他奇怪地叫了一声，猛然站起身时他已蹿到脚下。他狂吠着，朝客厅的方向。镜子在客厅里。我抱着他来到镜子前，一起看着镜子里的小兽大声吠叫。过了一阵，他终于犹疑地安静下来，嘴伸向镜子嗅里面的小兽，在挨住镜子的刹那，又倏尔退开。

　　有一次客厅里传来凄惨的尖叫，——我第一次听到他这样的叫声，没来得及穿鞋就窜出去。他遇到了危险：一只爪子卡进木沙发的空隙。沙发高，其实他跳一下就可以拔出爪子，但他低矮得可怜。我向上方抱他一下，好了。

　　小刀太胆怯了，以致让我觉得羞耻。见到别的犬，他就夹着尾巴不动弹。他的体型太小，成年京巴犬相对于他而言几乎是巨兽。我于是开始教他躲避——奔跑，一旦跑起来，没有小型犬可以追得上他。

　　他又是执拗的。在躲开别的狗的尾随后，他总要折回来追，那狗又追时他再次飞跑。

小刀的仗义，使我多少原谅了他的胆怯。一次在路上，一个男人打他的狗，拎起狗链，那狗在空中扑腾着挨打。胆小的小刀，竟然在我毫无提防的瞬间冲上去，竖起耳朵朝那男人拼命地吠叫，我怎么喝也喝不住他。

那当儿我的内心，涌上莫名的感动和自豪。

小刀的体型，使他难能有合适的玩伴。我有时便想，再养一只犬吧？养一只大型犬，如此也可以保护小刀。我喜爱一种细犬，它的体形几乎是小刀的放大版，瘦长，敏捷，奔跑速度惊人而持久。这种犬像极了我见到的、在汉砖上绘着的打猎场景中的一只犬。它是否也是神话中吞噬月亮的天狗的原型？

我得知这种犬在中国五个地方有产。论坛上有个网友，我叫她老扁，她所在地正好有这种犬。老扁答应为我打听，却再无音信。

我在偶尔时，会想象一只大的细犬和小的小刀，一同在草坪上飞奔的情景，为之沉醉。我今年迫切地想要购一辆车，带我的孩子、女人和狗去野外露营。两只狗在帐篷外守护着，他们和我们一起享受野外浓重的夜露、黑暗，享受头顶上水浸过一般润湿却又皎洁的明月，或者低垂闪烁的星辰。

孩子、女人、车以及小刀和还不知名字的细犬，共同构成我最为切近的幸福憧憬。

小刀的喜好：睡觉打小呼噜；喜欢布条尤其是黄色的布条，喜欢拖鞋，小球，小孩子，奔跑，跳跃，喜欢洗澡。喜欢家里来人，是个"人来疯"。

他的呼噜声是清脆的。像打快板的声音，急促，脆亮，梆，梆，梆，就这样。这么小的幼兽在深夜发出清亮的呼噜声，真是奇迹。很小的时候，他睡觉极沉，有时我嫌他吵，轻轻抱起他，放到客厅沙发上。他不会惊醒，继续在沙发上打他又小又脆又响的呼噜。

他小时候吃东西不知道饱，我总担心他撑坏了。

小时候他喜欢卧在我的拖鞋上。一只拖鞋，差不多可以容纳他的身体。现在小刀仍然有这样的习惯，有一次他拖走拖鞋，笨拙地想卧上去，我看见拖鞋上只能容得下他的屁股。

见了小朋友，小刀蹦着冲上去，使劲儿摇小尾巴。遇到弯下身来逗他玩的小朋友，他就跳起身来舔人家的脸。

小刀的跳跃能力，一般养犬的人家怕是无法想象的。他那么小的个头，可以从一米五高的窗台一跃而下，毫不费力。下午带他去公园外面的草坪，下楼梯时他总过于急切，在接近地面还有三个台阶时便飞蹿下去。

最初的时候，他怕水，洗澡时得满房间追着抓他。进水时，他像人一样发出一声长长的叹息声，很无奈的样子。一两次后，他开始喜欢洗澡，在水里舒服地哼哼着。

但是他怕电吹风，冲着电吹风不停地吠叫——他以为电吹风的叫声，是对他的挑衅吗？

家里来人、尤其人多时，他就不是他了，小疯子一样。他有着强烈的表现欲，跳，窜，跑来跑去，吸引人注意他。

小刀的血统：混血的鹿犬

小刀已经掌握的词汇：回家；吃饭；过来；走；睡觉；别动；小刀；狗狗；温暖；老爸。

"走！"小刀听到这声音，会立刻从房间的任何地方噔噔噔跑来，他竖着耳朵半蹲着，急切地望我——这只有片刻，他噌噌噌跑向门口，卧在那里等待。

"走"是出门去草坪的信号。他是焦灼的，在门口坐卧不安；不时返回来，看我正在做什么，喉咙里发出低沉的、不耐的催促声。如果等待时间过长，他便直立起身子抓门，再不走，他喉咙里的低吼突然转为明亮的吠叫，像小孩子压抑着的抽泣陡然爆发为大哭。

"别动"是在外面有车经过时我的呼呵。疯玩的小刀听到这个词立刻站在原地。然后，他看到车。

他知道"小刀"和"狗狗"都是叫他，知道他"小刀刀""小狗狗"的名字，也知道我女儿的名字——"温暖""天放""暖"。

"老爸！"温暖在草坪远处，朝坐着抽烟的我高喊。她身边卧着的小刀蹿起，黄褐色短箭一样朝我的方向飞跑过来。

小刀懂得"回家"，在玩够了的时候听到这词，马上从草坪蹿出来，奔向回家的路。他在我前面不远处停下，奔回我脚下，如此往复。

吃饭、睡觉、过来，这些词都为他熟知。在即将来临的一日，他还将掌握一个词，这一词的分量，将远重于他目前所掌握的词汇：它会是豆豆、毛毛、莎莎等某只母犬的名字。

我安静地等待接受这些。我觉得自己仿佛就站在造物者的身旁，和造物者一起，观望和等待一切必然的发生。这必然在原始洪荒时便已萌动。

第二章　十五日

第一日：小刀病了

小刀被两家医院判为绝症。其中一家拒绝医治。

他得了一种叫犬瘟热的病。该死的第一家兽医院骗了我——小刀小时，我带他去一个叫酷迪的宠物医院打过预防犬瘟热病的疫苗。

一家医院说，治活率仅有百分之一。有朋友在骗我，安慰我，骗我小刀不是犬瘟热，让我千万别放弃治疗。但是我明白的。我明白。

我起誓一定要治好他。我要治好他。

有朋友到了太原。我顾不得去看他。有报纸的约稿误了。我请他们见谅。

可怜的小刀。此刻在我怀中间歇地抽搐，像所有病重神志不清乱咬的狗一样，小刀咬住了我的手。但他仍然不肯下力。

你要好起来。好起来。我们必须用尽一切办法打败那个东西。

我等着。等着两点钟到来。今天小刀打了六种针。我要等着两点钟，给他吃今天的第五种药，是每隔两三小时吃一次的药。

第二日

打了十一针。其中上午四针，下午七针。

吃了止抽风药、止腹泄药、医院配制的一种药等三种药各三次；

吃青霉素Ｖ甲、犬瘟灵、螺旋藻、VC、VB等五种药各二次；

吃羚羊粉一次。

今天下午得知，太原市南郊北营村发作大规模犬瘟，犬成批口吐白沫倒毙路边。

第四日

小刀又熬过一天。三天了。今天打了十二针，又加了两味药。

参评一个文学奖，终评时遭暗算——有人给组委会打匿名电话。

这人此时可能在阴暗处窃笑。

而我对这种下作举止的蔑视，远远多于愤怒。本人在纸上的劳作，岂会因一个奖而改变？

我永不会改变自己对卑鄙小人、龌龊行径的严厉抨击。但是也祝小人的内心安静罢。愿造物者宽恕他，因他射出暗箭时的心惊胆战。

也愿造物者因我所受的卑鄙损害而偿还我——赐福于小刀。此时已过午夜，是小刀熬到的第四天了。

第八日

第八天来了。凌晨四点多，小刀尖吠，抽搐。抚摸他时，他下意识乱咬。他一定周身疼痛，里面外面。

半小时后症状依旧。喂他吃药。又半小时，他安静下来。睡去，肚腹仍轻微地抽动。

撑过去，小刀。

第九日

小刀熬到第九天了。第八天是何其沉重和艰难——我承认我是狭隘的，这狭隘终于令我无法遏止地发怒了。当医生劝告我停止治疗采取其他措施时，我听到我说出的话。我说：住口。

请你住口、住口！

她惊愕地张大着嘴。我憎恶地望着她切近的、惊愕地张开的嘴，用力使自己目光转移开去。

那一天我是悲伤的。他间断地尖吠，发作。雷电阵阵引发他的病痛，他剧烈抽搐——我以往那般喜爱天地间的壮观景象，但此时只有莫名的愤怒。

抱了他一夜。五次发作。差不多是三个小时一次。那个东西，在我怀里抽打着小刀。而我看不到他。抓不住他。我攥紧的拳头一无所用。他像一个躲在暗处的卑鄙小人。

第九日，小刀安静了许多。但我不敢肯定什么。

我感谢这些天来朋友们对小刀的关心和祈福，他们中在网上博客里的有半树、心丽、塞壬，有聊天室里问候的粒子、张少华，有电话、短信里关心的朋友。我非常感谢他们。

有朋友不解我何以对小刀如此用心，我想在这里答复他。小刀是与我有关联的生命，我必要负责。若我能耗十数天的寿命不做事能拽回他一条命，那么我是欣慰的。我又怎可以因钱的缘故弃他于不顾呢。

网友雪儿回复说："不知道该怎么说才好，大家都希望小刀能熬过去。可是，它熬得这么艰难，这么痛苦，我们又只能眼睁睁看着。现在，我要劝你放弃，也帮你的狗狗早点解脱。即使你骂我，像鄙视那个医生一样鄙视我，我也要这么说。我真的再也不忍心这样看下去了，无论是对你，还是小刀。"

我答她："于我，我终须尽力；于小刀，他也终须尽力一搏，无论有多痛苦，有一丝机会便不可放过。我以为小刀所历痛苦，恰如我们所经历、所忍受之一生，无论生有多痛苦，我们终须坦然面对，穿过火、涉过没顶的积雪，直到归于泥土。而无论遇何事，我们都不会、不该放弃生的。

"病痛只是一生之一部分而已。

"我这样说可能矫情了。但是道理是这样的。终谢你的真诚和直言。然我和小刀，都不会那般孱弱。"

小刀带给我和我的家人的快乐，是巨大的。我需要尽一些微不足道的努力来偿还他、报答他。事实上我久已视他为家中一员。

人有六道轮回，也许下一世，他会是我的兄弟，无论做狗还是其他。

现在第十天开始了。我们要继续搏下去，和那个看不到的东西厮打。我望望小刀，他病得枯干，眼眶深陷，他的兽须脱落殆尽，脸部露出粉红的肉皮，他不能自主地抽抖。我心中尖锐地刺痛。

第十二日

风凉了。幻觉中仿佛看见，风变了青白的颜色。
想起遥远时间里的诗句来。

秋风兮袅袅，
洞庭波兮木叶下。

记得以前和朋友聊，说诗句里状写的袅袅叫着的秋风，像一只尖吠着的莫名的小兽。

第十二天了。第十二天过去一多半了。抱小刀下楼去医院的路上,小刀发作了三次——他的嘴不由自主地抽动,咬牙切齿。我真希望他咬住那个暗中的事物——这时我觉得,我咬紧了自己的牙齿。

小刀的一只眼睛化脓。医生说不要紧,不会像我在医院里见到的那犬一样失明——眼球上凹下去两小块,像葡萄瘪了一点。医生说,小刀还须撑五天的时间,这五天是最后的关键。

再五天,比心丽说的多了七天。有些累了。有如天暗下来,却见路仍然远。再五天暖就回来了,她要看到小刀,要带他下楼去草坪上玩。

我可能矫情了。这件事最后,似乎变成了心力或意志力的较量。我将什么物事压在了上面?

或许有太多的人觉得不可理喻。但我是这样的人。我没有办法。这是我真实的情况。我有可能,是个极笨极蠢的人。

这事也会是我一生的隐喻。多少次我这样,不计一切去做某一件事,众人觉得荒唐,不解,因我放弃了太多他们认为的价值,还要受那么多的煎熬,负载那么多世俗意义上的苦难。

但是我乐意。我愿意做我想做的事,不惜一切。别人以为的价值,于我有如粪土。我不是在藐视众人的眼光和价值判断,而是强调我既决定了去做某事,便与那些价值没有关系。

有时在落寞中,我也艳羡他们所得的、抱紧的,但我绝不会改变自己的念头。我不会掷下手中物事,不管它是稻草,还是生铁。

第十四日

隐去了网上博客中关于小刀的内容,因不愿连累朋友们一起伤心揪心。

　　然而终觉，应该告知朋友们最后的消息。

　　小刀于阴历七月十五大发作。——确切地讲，是七月十六凌晨五点半左右。我疑心，是那夜在阴暗处拥挤着的魂灵惊着了他。

　　但是他依然活着。医院给他打了很重的镇静剂，以防他病痛发作、侵害脑部。他沉沉地睡着，心脏仍然有力地跳动。他是坚强的，念及他的顽强，我禁不住自己的难过。是我让他受了这么多的罪。是我认为一名幼犬，也应该像一个不服输的人一般坚强。——一个不服输的人有那么坚强么？

　　与医院的医生聊起来，得知他是我二十年哥们的妻子的同事，又是我另一哥们曾共事的朋友的大学同学。小刀于是自昨夜留在医院治疗。这样也好，他病情随时会恶化，需紧急采取措施，在家里我没有办法、也来不及采取办法。然而心中总有一个念头困扰着——小刀会以为我不要他、不管他了么？

　　昨夜十点自医院回来。在外面吃饭。拨到肉时突然泪不能禁——以往吃饭，总要拨肉给小刀的。但现在他不在身边了。

　　回家。耳边仍响着他窸窸窣窣的走动声、他唔儿唔儿的轻叫声。有一刻我忍不住起身去另一房间找他。要站起身时明白，只是自己幻觉。

　　今天中午，带了一点牛肉、十几个注射器里装着的冲好的蛋白粉去看他。我实际上不敢去想他、去看他。磨蹭了很久，直到不得已，怕他饿着，竟忘记了自己的恐惧。

　　他知道是我来了么？他一动不动。我喊他时他睁大了眼，再不闭上。他连转头的力气也没有了。我抱起他，他瘦成这个样子，我像抱着一小把柴。他的皮毛枯干。他成了一张皮胡乱束着的一小把骨头。

我喂他注射器里灌着的蛋白粉。他不怎么咽。我咬着牙扒开他的嘴帮他张合嘴，强迫他把蛋白粉咽进去。

我将牛肉块嚼碎了喂他。他不咀嚼，我将碎牛肉塞到他嗓子眼里。

他用舌头一点一点顶了出来。看到他能顶出牛肉，我竟有欣慰的感觉。

医生说，他不能吃，下午得给他输液，加进营养。

晚上六点又带了一小瓶冲好的蛋白粉去看他。我见到他时他沉沉地睡着，我俯身时他的耳朵动了一下。又一下。他也许知道是我来了。镇静剂仍在起作用。他不能睁眼、不能站起身，或者我是在骗我自己那是因为镇静剂在起作用。

他的腹部仍在抽搐。但嘴角已经不再抽动了。艰难地，将蛋白粉用注射器抽出来一点一点喂完小刀。

医生说，他的心脏仍在有力地跳动。他如此顽强，令我敬服和如此难过。而我自己，只是一个外强中干的人。我远不及他。

小刀，你要熬过去。一定要熬。

而我要做事了。已废弃半月。不做事不可以的。昂贵的医药费终须付的。工作已积了一大堆，要拼命才赶得出，好在我惯于拼命做事。暖也马上要开学了。

我有时想自己是过分了。矫情了。何以对一条狗如此？这是许多朋友的话，我竟无力无语可以辩驳。我有时想，也对，有那么多的人需要去关爱，怎可以对一只犬废弃大量的时间和金钱，以致无暇顾及那些迫切需要帮助的人们？我想起前年春节临近的一个寒冷的深夜，数百四川工人的悲愤面孔。他们聚集在一个单位门口，快过年了拿不到工资回不了家，他们衣着单薄，看到他们我就觉周身寒冷。——是给我做过木工装修的刘师傅求我去帮他们的，我所能做的，仅仅是给有关单位打了一堆电话，连威胁要告知上一级部门外加要对此事曝光的恐吓，结果仅仅是为他们讨到一点回家的路费。面对他们的感激涕零，我无地自容。

我找不到合适的理由说服自己，为什么要这样对待一只犬。我渐渐不大想了。也许仅仅因为他是与我有关的一个生命，一个完全仰仗和依靠我的生命。我做不到任由他生灭。我不能不全力以赴拽回他。

有时又想，我连一只犬的生命都拽不回，还谈什么对人如何如何呢？我竟如何失败。我不得不如此自责。有时我又迷信起来。"流年不利，诸事铩羽，以致竟累及小刀。"我想起和朋友说过的话。

这样的悖论不断地撕扯着我。鞭打着我。在这愈来愈深、愈来愈凉的夜里，悲哀愈发沉重起来。

第十五日

晨

小刀没了。

我没有什么感觉。朋友们勿再在博客里跟帖了。谢谢。请你们见谅。

小刀自二〇〇五年四月二十日回家，二〇〇五年八月二十二日清晨七时离开。他出远门。不再回来。

夜

葬完小刀，是午夜十二点了。

月斜斜地照着。他在一棵树下睡了。一张毡子，两只他吃饭喝水的碟子。一袋他爱喝的酸奶，两个他的玩具，其中一个是小球，一个是史努比玩具。

站在房间的阳台窗前，点燃纸烟来。月斜斜地照着。小刀在窗前楼下的树下睡着。在三个季节里，他曾在那树下的草坪上疯跑。在春天的日暮、在夏日的午后或者黄昏。多少次我在楼上窗前的桌边，听见女儿暖呼呵着他在楼下草坪上疯跑。

想到写过一篇关于小刀的文章。一个曾活生生的生命，于我仅剩下那少许干瘪的字了。

小刀短暂的生命，仅仅与我漫长一生的三个季节有关。

这时我还不能知晓次日的恍惚——我昏睡去的某一刻，雨开始飘落下来，无休无止。一直到次日午后，雨意缥缈远去。去了那树下，茫然去看，竟似什么也没有了。一些草蔓，已经延伸到葬小刀的地方。一只破瓦盖着的地方，下面深处，是他。

在树下呆坐了一阵，有一刻觉得他像不曾存在过一样。一切像是别人的事。

突然恐惧起来。世间事，大抵都如此罢。而我已遗忘了太多人事。也被遗忘，以致竟似无痕迹了。

（作者小注：文中涉及的那位我叫不上名字的四川木工刘师傅，于二〇〇九年冬天死亡。当年刘师傅四十三岁左右，身体强壮。他患重感冒，去所租的房子附近一家小诊所输液，三天后猝死。这家诊所并无从医执照，输的药有问题。

刘师傅从未出过远门的妻子从老家赶来，举目无亲，没有办法。刘师傅手艺好，人仗义，手头是攒了一点钱的。但钱多被朋友借去，连借条也没打。他死后无人认账，只有一个侄子还来五万元，说刘师傅还应有不少钱借给朋友，因为他一直说要买车。

开诊所的人拿来五千元钱，威胁刘师傅妻子说你拿上钱赶紧离开，否则连这五千元也没还得被收拾。

　　刘师傅的妻子无助之下，在他的手机里找到了我电话，多次打来电话说一定要见一下。于是找律师朋友义务帮打官司，之后有关机构抓捕那医生判刑，并对死者家属做了较合理赔偿。此事耗时半年。

　　本年度三月五日，刘师傅的女儿秀秀找到我微信来表示谢意。做此事并未求人感恩，但终归是快慰的。我常想，我非圣贤，偶或做事不当无意间伤人，但也尽可能做些好事尤其是襄助正义之事。我视作扯平，或者也算积德消业？一记）

董重作品 / 纸本水彩 /56X76cm/2010

第十九只飞鸟

在神圣的时辰，鸟儿于深夜拍动羽翼，惊醒了玄武先生。这是中国寒冷的北方，他自不安的睡梦中起身，看到并记下鸟儿们的飞舞，那些时间以及空间。

物种曾经惊人地丰富，天空中飞舞着数不清的鸟儿，它们中有很多，没有来得及被人类的眼睛望到就已经消失，另外一些鸟儿偶或被人类的目光沾染，来不及被命名也同样销匿。在物种单调且仍然在迅速减少的今日，那些真实存在过的鸟儿让我们心存质疑。一些鸟儿飞舞在人类的传说中，它们神奇的能力以及怪异的形状，使人们难以确定是否可以将其归类为飞鸟。

首先是古巴比伦的暴风之鸟，它有名字，叫作因度古。这是一只巨鸟，每当它莅临，天色立时昏暗，因为它的翅膀遮住了整个天空，雨水因鸟在空中的伫留而无法落下。但是它仍然展翅挡住天空，就那样呆呆地思考着世界，任由腹下大地缓慢变成沙漠。苏美尔人的战神，狂暴的尼努尔塔，时常化身为暴风之鸟因度古，却长着狮子的不朽头颅。他是人类所知的脾气最坏的家伙，有一次，所有生灵都开始反抗他，连岩石也不例外。最勇猛的岩石为了取胜，与群山交媾，使后代遍布四方。但是尼努尔塔把鸟打落在地、煮沸河中的鱼，把反叛者像蝴蝶一样碾死，很快击溃了叛军。他让助他取胜的岩石发光发亮，反对他的岩石在地上任人践踏，或者专门承受暴风之鸟因度古的粪便。石灰岩被他惩罚遇水则化，燧石被他诅咒触及动物之角便掉碎屑。

第二只鸟儿仍然狂暴邪恶，叫作祖鸟，它发怒时的鸣叫，使众山神战栗不已，像蚂蚁爬进岩缝一样躲藏起来。人类之中唯有一个人曾博到祖鸟好感，是卢加尔班达。祖鸟答应了他的请求，赐给他随心所欲跑到任何地方而不知疲倦的本领。从此他可以乘着月光，在群山之间漫游。利用这神奇的能力，他使自己的主人在一次重大战争中获得胜利。

与祖鸟作战的英雄是马杜克。祖鸟最重要的事迹，是窃走了命运之泥版。这块泥版能使拥有它的主人，获取统治世界的力量；破译泥版上的信息者，即可得到号令众神的权力。

马杜克自祖鸟那里夺回泥版，祖鸟哀叫着向高空飞去，变成一个小黑点儿，归于消失。它发出的惨叫，使一座大山裂为粉齑；它飞动时掀起的狂风，将粉齑飞扬为起伏的沙漠。但是马杜克无法解读命运之泥版，因为泥版已经支离破碎，且残损不全。

祖鸟最终惨死于英雄尼努尔塔之手。苏美尔人残损的泥版记录了这一发生在人鸟之间的大战。英雄使雷轰鸣，又泛起十四种洪水，以浊流将群山之间的平地注满；使死的云降了雨，闪电之矢纷飞。但是祖鸟发出可怕的、不朽的呼喊，使英雄射来的箭回转：

> 飞来的箭，回到原来的苇丛！
> 弓上的木，回到原来的森林！
> 弦潜回原兽背，羽毛回到鸟身！

　　"善战者"尼努尔塔自父亲那里得到力量，在七种武器上加了扯手，拴上战车；将七种风暴加了缰绳，也拴在战车上。他发起猛烈攻击，大地动摇、白昼昏黑，祖鸟的羽毛像蝴蝶一样飘散。七种风暴汇聚之处，祖鸟巨大的翅膀掉落下来，径直砸入了地府最深处。很多年以后，地府里阴暗的魂灵仍然偎依在祖鸟的翅膀旁，拔下翅上的羽毛穿在身上，以抵御地府中的寒冷潮湿。

　　神鸟西穆，是第三只神圣的飞鸟。它飞翔在波斯英雄扎尔的头顶，也出现在扎尔的胯下，背着他脱离灾难。西穆拥有非凡的智慧，曾经历三次世界毁灭。它的样子有点像秃鹰，但很难说它是否真的属于鹰类。西穆选择的主人和养子扎尔，同它一样苍老，是一位乍一出生便满头银发的弃儿。西穆驮着他来到大山中的巢穴中，将其抚养，教给他如何成为一个有勇力的智者。

　　卜拉克是第四只鸟，它人面马身，近于古希腊的人马，难以确定它是鸟还是兽。卜拉克长着双翅，有孔雀式摇曳的长尾。其名字含意为"闪电"。在一个神圣的黑夜，卜拉克飞临世界，在小天使的伴随下，托起穆罕默德升向天堂。

　　第五只鸟与古埃及的亡灵有关，它隐秘的名字是巴，另一只与它相关的鸟叫作卡。巴和卡是死者的灵魂和精神，是于死者至关重要的能量。巴长着人脸，模样与死者相同。当人死去，他的灵魂便自尸体升起，变成巴鸟盘旋在人们望不到的空中。卡是长生鸟，身体呈天空一样令人心醉神迷的不朽的蓝。卡回到死者墓地，吃掉死者亲人献来的供品。与人类的亡灵相反，古埃及的神灵，纷纷长着鸟或兽的头颅，如大神何露斯长着鹰头，托特神长着朱鹭的头，伊西斯女神化身为鸢为丈夫送葬，但我们不再一一赘述。

第六只鸟傲视死亡，叫本努鸟。他自埃及圣树上升起的大火中出生，也是清晨第一束阳光落在方尖碑上的化身。伟大而且愚蠢的玄武先生认为，本努鸟像中国的凤凰；古希腊历史学家希罗多德认为，本努鸟和希腊的不死鸟是一回事；伟大而且并不愚蠢的唐晋先生补充说，还有一种不死鸟，诞生于炼金术士的火焰之中。总之，这很可能是一种曾经真实存在过、与火有关，而今天已经灭绝的鸟类。本努鸟每五百年出现一次，从自己尸体中再度复活，以自己尸体为父亲，将尸体放入没药树脂做成的蛋里，并将其安置在神庙之中。古希腊的不死鸟外形像鹰，以乳香为食，翅膀有如炫目跳跃的火焰，每五百年自焚而死，自灰烬中复活。

第七只鸟儿折磨着古希腊先知菲纽斯。它长着美妇人的脸，像那些虐待丈夫的美妇人一样恶毒。它叫作哈耳皮埃，又称美人鸟，人类不知它从何来，最终会消失在哪里，据说这样的鸟一共有三只。它大鹰一般拍动着翅膀，只在菲纽斯进食的时候出现，如同暴风一般自云中降下，落在盘子上，夺走他的食物，或将食物弄得污秽不堪，使其不能进唇，并在空中留下可怕的恶臭。菲纽斯饿得像一只影子一样虚弱。菲纽斯的两个儿子在阿耳戈英雄的帮助下，拔剑追逐美人鸟，但美人鸟飞得比欧洲的西风还快。终于快追上时，他们听到了宙斯使者的声音，不让他们杀死这一珍贵物种，同时承诺，美人鸟再不会侵害人类。从此美人鸟销声匿迹，直到今天，人类的眼睛再没有望到过它。

第八只鸟儿盘旋在爱尔兰，是一个人，名叫康耐瑞·摩尔。他的母亲在自己婚礼的前夜为鸟所惑，将处子之身献给长着漂亮羽毛的鸟神，从而生下了他，但是他身上并没有羽毛。当时的爱尔兰人都见证了这一点，多年以后，他正是赤裸着身体登上王位。作为鸟神之子，康耐瑞·摩尔不可以伤害同类，不可以杀死任一只飞鸟，否则鸟类会在刹那间云集，一并向他发动攻击。康耐瑞·摩尔的死亡也与鸟类有关。在一个客栈，他遇见了三名全身通红的马夫，他们穿着红衣，长着红脸红头发，手持红色的武器，骑着红马，马背上搭着红鞍。一个老妪显现，向他预言：在此逗留期间，你皮肉均会离开你来时的地方，仅存鸟儿的爪子。

印度鸟王迦楼达是第九只飞鸟，它以自己的速度嘲笑风神。作为大神毗湿奴的坐骑，它在神界却享有高于毗湿奴的地位。与埃及的本努鸟、希腊的不死鸟和中国凤凰一样，迦楼达也是一只永生之鸟。它长着鹰头鹰喙，有着人的身躯和四肢。它的脸洁白有如日光，翅膀是红色，身体是炫目的金色。

迦楼达疾恶如仇，漫游世界、吞食坏人，被它咽进腹中的人并不立刻死掉，而是被它胃中的利齿一点一点绞碎。迦楼达仇恨蛇类，因为人类中生它的妇人被关在地狱中，由群蛇看守——迦楼达于是飞往地狱，成为中国目连式的救母英雄。它历经了人类和神祇所有可能遇到的艰难，为赎回母亲，它被迫去抢夺众神的不死甘露送给群蛇作为交换；它穿越火山并熄灭火山，穿越飞速旋转、边缘锋利的时光之轮；它击碎大神因陀罗的神器金刚杵，夺走甘露。群蛇要喝甘露时，因陀罗又将甘露夺回。但甘药洒溅出的几滴，已足以令舔食的蛇类永生，其烈性也使蛇的舌头永远分叉。

迦楼达还曾抓起八十英里长的龟，两倍于龟的象，将它们放在八百英里高的树上，又将月亮塞在翅膀下面，飞往地狱解救母亲。

第十只飞鸟今日仍存，是天鹅。梵天和他天鹅一般纯洁、高贵、温柔的妻子拉克西米，常跨在天鹅背上飞临印度上空。古希腊的大神宙斯曾化为天鹅，但仅仅是满足异装癖，以天鹅的样子与丽达交欢，从而生下海伦和克吕泰涅斯特拉。神意在此，立了个一减一的简单算式：海伦使特洛伊人遭受灭顶之灾，克吕泰涅斯特拉杀死毁灭特洛城的指挥者。

古埃及的阿蒙神也常常化身为天鹅。今天的人类知道，天鹅是一种神奇的鸟儿，是人类所知的飞得最高、体重最大的鸟。尼罗河天鹅每年定期以九千一百四十四米的高度飞越喜马拉雅山，珠穆朗玛峰窥见它们腹部。这对天鹅来说只是区区小事，因为它甚至能飞到一万七千米的高空。

第十一只鸟出现在北美，今天的人们叫它雷鸟。它的出现能引发暴风雨，海上的飓风冲上陆地，牛群在空中飞翔，海啸引发的大浪高过陆地上最高的大楼。雷鸟迅速穿行，翅膀在空中留下的痕迹被人们称作闪电，其鸣叫被人们称作巨雷。它在困倦时，眼睑闭合之际，也可以使闪电自眼中驰骤而出。雷鸟在海底、地底与妖魔搏斗并杀死它们。有时候，它将庞大的鲸鱼一把抓起自空中扔下。鲸鱼摔落在海岸边，愚蠢的人类不知所措，好心好意地救助那些鲸鱼，并以为自己在抢救行将灭亡的物种。

第十二只鸟在深夜拍动翅膀，在印第安人部落，这不知名的鸟儿率领众夜鸟，与死者的灵魂、人类睡梦中出来漫游的灵魂搏斗。被鸟儿打败并虏获的灵魂归于万劫不复，在鸟儿排泄的粪便中蠕动着死去。一个同这鸟一样古老的英雄无意间在森林中窥见了这一切。他回家以后病倒在床，夜鸟与灵魂搏斗散发的恶臭在鼻息中残存，数月后才消失。

日本的天皇在第十三只鸟的指引下，自九州开始扩张版图。鸟儿漫游世界，日本人狂妄地认为，他们应该占领整个世界。两只巨鸟一样的原子弹自高空猛然扑下，毁灭他们的两个城市，他们哀叹着，开始乞求世界和平。在远古时，这第十三只不知名的鸟和另一只鸟做爱，被日本大神伊邪那歧和伊邪那美窥见，他们向鸟学习，从而掌握了做爱之道。

第十四只鸟儿来自中国，同样没有名字，只有一只脚，所以只好称作独脚鸟。据说它原本是昆仑山上的蚕茧，后来却成为雨神的小厮。独脚鸟躲藏起来的时候，大地会出现持久的干旱，并因此引发饥馑。在西元一九五九年到一九六一年间，独脚鸟整整躲藏了三年不肯出现，中国很多地方出现人吃人的惨剧。三年时间，中国至少死去三千万人。

第十五只鸟儿没有脚，它一出生便不停地飞翔，因为没有办法歇息。它濒临累死时，口中滴出的血自空中溅下，有一滴正好落在了艺人张国荣的头顶。在西元二〇〇三年，他效仿那没有脚的飞鸟，自高楼一跃而下，进行了他一生唯一一次短促的飞翔。张国荣是写作者敬爱的艺人，他在愚人节那天死去，死后弥漫开来的气息加重了当年的瘟疫，也使写作者当年的悲观更为深刻。

第十六只飞鸟有三只脚，样子像乌鸦，中国人叫它三足乌。它三只脚站在太阳里，以太阳的光泽为食。三足乌的同类中有八只，惨死于英雄后羿的箭下。这八只鸟也一起见证了英雄夸父的死亡，它们一起聚在空中，嘲弄地望着夸父徒劳地追逐它们及它们盘踞的太阳。三足乌有时候也栖息在一株叫作扶桑的神树上。

一个被海水淹死的小女孩的灵魂，成为第十七只渺茫的飞鸟，叫作精卫。她像一个古希腊人一样徒劳：西绪弗斯永远在搬巨石上山，每抵达山顶巨石便滚落，他于是重新开始，如此周而复始地循环；精卫衔着小石头填入大海，试图将大海填干。她的种族一代一代，重复着这单调而渺小的仇恨，海水平静地飞溅着人类肉眼看不见的浪花。那微小的石头、她小石头一样的身体，使悲哀更为沉重。

作为与黄帝争斗失败的英雄炎帝的女儿，精卫的姐姐瑶姬，也有着不幸的命运。她同样夭折，死后化为一株春草。在另外的说法中，瑶姬和巫山神女成了一回事。巫山神女是中国的春梦之神。

第十八只飞鸟叫鹏，为庄子所独有，在当世，它是中国的玄武先生热爱的飞鸟。鹏自海中的巨鱼鲲变化而成。为鱼时它的背不知有几千里长，为鸟时，它的翅膀如同垂天之云。

鹏可以在巨鱼、鸟、蝴蝶和阳光中的微尘四者之间转化，像自由本身一样自由。鹏化作蝴蝶时翩翩起舞，栖落在运斤成风的大匠的宰牛刀上，或栖落在可怕的盗贼跖的肩头。蝴蝶也出现在庄子死后的坟头，庄子之妻举扇坟土，以便坟土变干、自己改嫁，鹏化成的蝴蝶随着她的扇子款款舞动。有人说，那把扇子原本就是由蝴蝶化成。

十八只鸟儿一起显现，仅仅是为了召唤第十九只鸟。但这最后一只鸟儿，在写作者的时间中隐身。写作者匿去它的名字、事迹，匿去它柔软的黑羽，匿去它冰凉的指爪、委婉的叫声，匿去它留下的深刻爪痕。它只是他一个人的飞鸟，是他内心的隐痛和渴望，与别人无关，于别人而言也毫无意义。

此时十九只鸟儿一并在空中显现，天色陡然放亮，鸟儿们一边飞走一边消失。写作者慌乱地捕捉它们、挽留它们，一些羽毛散落，杂乱飘浮在单薄易朽的纸上。

乌鸦之书

　　乌鸦周身漆黑，黑得像优雅女子的长发；它黑得多么明亮，像闪光的河水，像一场流动的大火；黑得危险，犹如已经和即将释放出一个个黏稠的黑夜。但有些民族认为，将阳光从盒子里释放出来的乃是乌鸦。

　　乌鸦趾高气扬，有着尖而长的巨喙，黑羽的边缘闪着荧荧绿光，它的智力使它捡取石头，置于水瓶中，使水位上升到喝到水的高度。人们认为它曾被狐狸欺骗，嘴中叼着的肉成为狐狸的美餐，却很少有人提及乌鸦的狡诈：它是著名的小偷，偷走鸟类的食物，或偷走其幼鸟及卵。它还擅长于入室行盗，常潜入人类厨房，并知道如何掀起锅盖取走美食。像传说中的大盗行窃得手时留下字据一样，它往往轻松地遗下一泡鸟粪然后得意地消失。

　　乌鸦觑觎着人类的时候，人类一无所知。敏感的人可能感知有一个目光的注视，但他怎么能想到，那是一只乌鸦黑暗的目光呢。乌鸦盗走人类孩童的玩具，诸如风车，诸如陀螺。它喜欢一切像太阳一样发光的东西，于是窃走镜片，使竭力试图弥合破碎镜子的人，因无法找全碎镜片而不能如愿。

　　乌鸦知道，人类的头发比身体耐朽，于是衔走人类散落的黑发营建巢穴。至于白种人颜色五花八门的头发，乌鸦是不屑于要的，它只喜欢黑夜的颜色。

被乌鸦衔走头发或胡须的人会无故头疼，严重者会引发头风病、癫痫症。即便是中国多智的曹操也惨败于乌鸦之手，而医术如神的华佗做梦也想不到，曹操的头风病竟是乌鸦在作祟，悄悄衔走了曹操割下的长须。乌鸦得意地在牢狱外的大树上叫，因为它掌握着华佗死期的秘密；它得意地在曹操的宫殿里的檐顶上叫，曹操明白，这是乌鸦在告知他死亡的来临。

乌鸦杂食，也惯于秃鹫一般啄食腐尸，并能敏锐地感知到人兽内部的腐烂气息，这些增加了它的邪恶。但乌鸦也曾是神圣的飞鸟。在苏美尔神话中，存留着早于圣经挪亚故事的灭世洪水。在那里，洪水中存留的人类不是挪亚，而是智者乌塔那匹兹姆。洪水退去时他站在尼西尔山上，望见一切生物消失，陆地一片淤泥。他悲恸地放声哭喊，被置放在大船上的鸟儿们在哭声中颤栗。他放出几只鸟扔向天空，鸟儿们因无处着陆，哀鸣着返回船上。最后他放出一只乌鸦，乌鸦一去不返。他于是得知大水已完全退去，鸟类中的智者乌鸦终于找到了可栖息的陆地。

爱尔兰人和中国人一样惧怕乌鸦。乌鸦是他们的战争女神摩瑞甘豢养的宠物。摩瑞甘有时会化作一名武士，现身在战场中。但大多时候，她都化身为一只乌鸦盘旋在空中，恐吓战士或宣告其死期将至。这位女神有着爱尔兰人所具有的强烈情欲，她爱上了英雄库赫兰，但遭拒绝。女神羞怒之际，竭力要致库赫兰于死地。情爱的嫉恨和嫉恨力量得逞的狂喜，使她在库赫兰尚未战死时，便化为乌鸦栖落在库赫兰的肩头。库赫兰，爱尔兰的勇士及女人们的春梦，他在战场上身负重伤时仍然狮子一样奋勇，无法站立时，将自己绑在岩石上继续作战，直至死去。

他的尸身置放在小舟上，在女人们泪水汇聚而成的河流中缓缓飘逝。乌鸦是库赫兰致命的敌人，他之所以战死，据说是因为在前往战场时，遇到了神谕警告过他的情景：三个化妆成乌鸦的巫师，使他力量消失，击出的剑如同妇人泪水一般软弱无力。

爱尔兰另一个女战神尼曼，也与乌鸦相伴。尼曼名字的含意，即为恶毒或者恐怖。她骑着乌鸦飞在空中；有时化作少妇，出现在不幸的人面前。那人听到少妇的声音越来越冰冷，他看到少妇身后渐渐显现黑色的乌鸦翅膀，翅膀开始扇动。少妇在他听到最后一个字时飞起和消失。这不幸的人拼命奔跑，但是人类的脚步，怎可以躲开死亡。尼曼有时也化身为洗衣妇，搓洗着成堆的血衣号啕大哭，成群的乌鸦环绕着她，啄食衣服上的血污。看到这些的人立时僵住，这一景象，成为他眸子里最后存留的景象。

对一度在爱尔兰、苏格兰及英格兰地区建立基地然后扩张，在八世纪到一〇六六年间横行于欧洲的北欧维京海盗而言，乌鸦是他们热爱的事物。一对大鸦唤名胡京和穆宁，是维京人狂热崇拜的大神奥丁的斥候。胡京的含意为"思想"，负责采集信息；穆宁意为记忆，负责向奥丁汇报。两只乌鸦，犹如现在的秘密国家警察一样神秘莫测。维京海盗中将死的勇士望到的云集于战场上空的，不是乌鸦，而是奥丁神派出的暴烈、美丽的瓦尔基利亚女战士。她们飞舞着，在战场上搜寻着，随时准备扑下来，挖出将死勇士的心脏。这并不可怕，相反却是无上荣耀之事，因为首先，这证明死者是被神认可的勇士；其次，勇士心脏将被带往奥丁神的天国。那里住满了英勇的亡灵，他们平时酒饱饭足之后开始比武，并且有美女相伴，以慰藉夜间的寂寞。奥丁神召集这些勇士的灵魂，以备末日与魔界之战。

敬奉着这样的大神和神的乌鸦的维京海盗们，热衷于海上冒险和暴力抢掠。他们有着先进的管理机制，以乌鸦般的敏捷和狡诈，探知意欲攻取的城堡的虚实，以渴望战死的勇气发动进攻，海浪在他们面前碎裂，巨石在他们面前迎刃而解。他们所向披靡，几百年里频繁侵扰欧洲诸国：攻入巴黎，迫使法王纳重金求和，后又将诺曼底割让给维京人。维京海盗又攻入大不列颠群岛，使当地人们死伤惨重。他们再向南攻打北非沿岸，向东攻君士坦丁堡，杀死教士、毁灭教堂，并专门挑选基督教庆典的日子陡然出现，发动攻击。后来，定居诺曼底的维京人皈依基督，率军攻打盘踞大不列颠群岛的维京海盗，将其逐走，建立王朝。北欧的维京人则向东进发，一直来到俄罗斯的基辅，在那里建立公国。整个欧洲凡有乌鸦飞临之处，尽有维京人刀剑和盔甲的闪光，海盗们狂吼着，教堂在他们令人心胆俱裂的呐喊中崩塌，城市毁灭，西风吹遍欧洲每个角落，那些被砍下的头颅在风中招摇，乌鸦疾速飞过的影子划过那些高悬的头颅，偶尔，他们栖息在头颅上，或者将其作为短暂的巢穴。上世纪的德国纳粹鼓吹本民族的优越性，其中的狂热分子公开希望恢复对奥丁神和他的乌鸦的崇拜。但是希特勒拒绝如此，认为那是一种愚蠢的想法。

　　乌鸦甚至成为航海家的地图。西元八六一年，挪威人弗洛基·维尔达尔出航，随船携带着一笼乌鸦，在估计离岸不远处将它们放出。如果乌鸦盘旋不去，说明陆地尚远，乌鸦找不到栖落处；如若乌鸦展翅飞去，他便追随乌鸦飞行的方向扬帆速航。依靠乌鸦的指引，他每每顺利找到陆地，最终成功地发现了冰岛，在那里定居。这个挪威佬，一定没有读过洪水灭世的苏美尔神话，不会知道那只著名的乌鸦。但是神话中乌鸦的神奇能力，在历史中得到了印证。在乌鸦的指引下，在十七世纪初，北欧航海家甚至抵达了美洲。

乌鸦也显现在法国诗人勒孔特·德·李勒的作品《蛮族诗集》中：一位英雄将死之际，向栖落身边的乌鸦发出哀求，请求它挖出自己的心，将其送给自己的情人。这位诗人生于十九世纪，试图以诗作重现北欧神话的强劲有力。

世界的另一端，乌鸦在忙碌，在创世，在享受印第安人最高的祭祀，作为牺牲品的男人或者处女，被绑在石柱之上，他们将被烧死、砍死，更多时候则是被活生生地剥出心脏；他们喷涌的热气腾腾的鲜血，像仙醪一般被部落中的众人共饮。在整个北美大陆西北部，乌鸦是伟大的神灵，是最重要的英雄、精灵和变形神。居住在科迪亚克岛的因纽特人认为，当乌鸦从天上采到光时，一个装着一对男女的气泡随之飘下来。二人在气泡中挣扎着，气泡越撑越大，直到形成世界。他们手脚撑开处形成丘陵和高山，男人的头发变成森林和森林中一切动物，女人撒尿成海，吐口水造出河流和湖泊。男人用女人的一颗牙齿作为刀来雕刻木头，木雕又变成鱼。他们的一个儿子玩耍的石头变成岛屿。另一个儿子和一条母狗放在岛上，岛漂动起来，变成科迪亚克岛，男孩和他的狗妻子，成为所有科迪亚克岛人的祖先。

北美阿拉斯加地区的土著民认为，世界之初的一片汪洋之中，是乌鸦潜入水底，将泥土叼出水面。乌鸦潜入水底衔出燃烧的煤炭，为某个部落创造了火；在另一个部落，死亡是经过深思熟虑的行为，是乌鸦和郊狼争论人是否该永生的结果。它们各自向水中投物，若物体下沉，人类就必将死亡。乌鸦投了木棍，郊狼掷出石头。人类于是有了死亡。加拿大西部海岸的土著民传诵着乌鸦掌管死亡的故事。乌鸦遇到石头和接骨木在争论谁先生孩子，它爪子碰到了接骨木，于是人类必须死亡，因为接骨木需要长在人类的坟墓上。如果它先碰到石头，人类便会像石头一样永存。

在格陵兰岛东部流传的故事里，乌鸦狡猾、恶作剧而且淫荡。据说有一个时期，拥有语言能力的是乌鸦，而不是人。乌鸦以意义相反的方式说话，比如想赞美某物，它便张开尖喙，爆发出一连串污言秽语。后来一位萨满运用自己的智慧，夺走了乌鸦的言语能力授给人类。

在一个关于乌鸦创世的故事中，乌鸦懒惰、贪恋性爱，它的妻子每日催促它，但它直到妻子为它生了三个儿子之后还不动身。儿子们对它冷嘲热讽，乌鸦羞怒之际，才着手去创世。人类出现之后，这只乌鸦甚至教会了人类做爱——它看到一个男人和一个美丽的女人在一起睡觉，却不知如何享受她。它于是飞落下来，让男人站在一边，看它如何与女人寻欢作乐。当男人学会此道，开始和女人兴致勃勃地交媾，乌鸦满意地拍拍翅膀飞走了。它再次飞来时，看到一个小男孩在帐篷后快乐地玩耍。

还有一个部落，乌鸦成为食物的提供者并受到盛赞。有一个时期，所有动物都处于饥饿之中，人类也找不到可以捕猎的野牛，只有乌鸦丰衣足食。地上的生灵都知道，乌鸦有一个像黑夜那么大的帐篷，但是没有人兽可以接近、偷窥，凡偷窥者都被乌鸦啄瞎了眼睛。唯有蜻蜓例外：它小巧而灵动，乌鸦啄破帐篷也没能将其眼睛弄瞎，而蜻蜓伺机向破洞中张望，看到了帐篷中黑压压的野牛群，是乌鸦将所有的野牛关在这里。动物们讨论如何释放出牛群，最后决定，由鼬鼠变成一条狗一般的动物。乌鸦之子发现了狗，将其带回帐篷之中。狗趁机放走所有野牛，并以猖猖狂吠催促牛群在大地上狂奔，使乌鸦尾逐而来的捕捉不能成效。

神圣的乌鸦，成为北美印第安众多部落的护身符。因纽特人佩戴着乌鸦护符打猎，这样可以保佑他们狩猎成功；北美内陆的印第安人，用乌鸦爪子作为小男孩子的护符，系在母亲背婴儿的育儿袋上。有些部落则直接将乌鸦皮缝在男婴衣服上。至于女婴，是不配佩戴乌鸦护符的。乌鸦也在重要的成年仪式上出现。特林基特人发明了木制的乌鸦响板：一只翠鸟坐在响板上，舌头伸到一个熊首的人嘴里，一只像青蛙的动物紧贴在响板腹部。部落酋长鸣击响板，将知识、智慧和部落的力量赋予刚成年的年轻人。

在东方的蛮荒岛屿上，日本最初一个天皇也曾蒙受乌鸦的恩惠。日本皇族血脉的祖先神武天皇率军寻找新的疆土，被化身为熊的天神催眠。日本的太阳女神出现在天皇一个部下的梦中。这将领醒来时，发现身边有一把剑，于是送呈天皇。这时候，一只乌鸦出现了，他带领军队前进，抵达并征服了大和。乌鸦在日本和海盗那里，有着相同的禀赋，都是暴力和战争的参与者、指引者，是助纣为虐的凶手，是战争密探。

在与乌鸦一样古老的中国，乌鸦平和而富有智慧。它是站在太阳里的鸟，有时栖落在扶桑树上，只是比寻常乌鸦多一条腿，叫作三足乌；它是名为寒鸦戏水的古曲，是宋词和元曲，述说着写作者内心的悲凉。它有着众多名字：树的南枝集鸭鸥；北枝上飞临和飞走的鸟，其名字在电脑上打不出字，其名字以害与葛为左偏旁、以鸟为右偏旁；树的东枝集鬼雀，西枝集慈鸟。这些名字古怪的飞鸟，我们已不知它们到底是什么样子，又发出怎样的鸣叫声。

玄武先生的作品里这样写道。他讲述的是一株叫做集鸦槐的古树，毫无疑问，这些鸟全都是乌鸦的种类。中国的乌鸦还教人向善，它甚至感化了一个虐母的不孝之子。一个农夫在田头歇息时，不经意看到了树上一只幼鸦衔来虫子，喂养在巢中老得飞不动的老鸦。他幡然醒悟，悔恨交加，朝正前来给他送饭的老母飞奔过去。但老母以为儿子又要揍他，逃跑时慌不择路，竟一头撞在树上倒地而死。

这是一个令人悲伤的故事，述说一种沉重的追悔莫及的情绪。农夫痛哭流涕，将母亲葬于树下，并在坟边建屋，为母亲守坟长达一生。他成为中国古代有名的孝子，也是浪子回头的典型。

尽管如此，乌鸦仍然是中国人深为恐惧的飞鸟，是死神的化身和厄运来临的预兆。人们对它避之唯恐不及，更没有人敢去侵犯乌鸦们的巢穴，或杀死乌鸦。多少个世纪里，乌鸦们得享真正的和平，它们安心度日，老之将至时待在巢中颐养天年，享受小鸦们送来的食物，一代一代繁衍生息。

清晨出门的人若听到乌鸦叫，会觉得如看到尼姑或接近行经的妇人一样不祥。虽然人们相信乌鸦的诚实——它只是噩运的通报者，而不是以叫声招来噩运。

一九八三年的鼠灾

我们去麦田里摔跤，像每年冬春之际那样；厚墩墩的麦苗绿地毯一样柔软，摔倒在上面一点儿也不疼，一点儿也不脏。当然绿地毯是书上的话，我们还没有见过那是什么玩意，连南蛮子来村里卖东西，货担上也没有挑绿地毯。

我们刚刚跑进一块麦田，还没有来得及摆好架势，一个严厉的叱喝声便响了起来：出来！别踩麦子！我们跑到离村很远的一块麦地，正准备踏入的脚，同样被一声叱喝拽出来。

再玩什么去啊，我们扫兴得很，沮丧得站在街上你望望我，我看看你。兵兵说，咱们捉迷藏吧。捉迷藏有什么意思，我说，很多地方都不让藏人啦。

兵兵说，你不玩我们玩。我孤零零地站着，看他们轰然散开，忍了一会儿，终于加入进去。但是实在太没意思了，那孔能藏人的窑洞被加了门上了锁，成了谁家的仓库；一个深黝黝的废地窖，也被盖上了沉甸甸的石板。轮兵兵藏起来大家找时，我们背过身蒙住眼睛，再转过身他已不见了。他一定有非常好的藏身处，但我们对此毫无兴趣。大家你望望我，我望望你。我说，咱们让他一直藏着吧。走，去我家打扑克。我妈去我姥姥家啦。

我们拼命憋着，一溜烟跑进我家，进门就忍不住放声大笑。

我们爬上炕，开始玩三反五反还是扔炸弹。我一直输，手里拿着大王仍然输。我心不在焉地望着麻雀在纸裱的窗户上叽叽喳喳叫，在炕上可以看到它们清晰的剪影。它们饿极啦，在啄麻纸和窗户之间的糨糊吃。有好几次我站在炕上，大家屏声静气，我伸开手掌靠近麻雀的剪影，想趁机捅破窗纸抓住外面的麻雀。但是有时候麻雀警觉着飞走啦，有时候我犹豫着，捅破窗纸我妈回来会骂我。我们继续玩扑克，一边心不在焉地看麻雀。我望见一条高高竖起的猫尾巴，在虚掩的门缝里一闪，再看时猫已钻了桌子下面。我弯下头去瞅，它一跳就上了灶台，卧在那里舒服地眯起眼睛。我们继续打扑克，我想起猫时抬头看，它已经不在了。

猫在干什么？我说。炸弹！闷蛋把扑克牌摔得脆生生地响。我望见桌子下面好像有什么，扔下牌下炕弯下去瞅，天哪，下面有三只死麻雀。我们拿着死麻雀面面相觑，一起望向门的方向，麻雀在手里还暖乎乎的呢。

猫尾巴在门缝里一闪，花猫进来了。它嘴里衔着一只麻雀。

它无声息地来到我身边，丢下嘴里的麻雀，蹭着我的腿喵喵叫。它像是亲热、邀功，但我又觉得不是，它不停地喵喵叫，一会儿朝我一会儿朝闷蛋，一会儿又朝嘎子，龇牙竖毛。它是在向我们讨要它的麻雀，嘎子说。

果然是，我们把麻雀扔在桌子下，花猫不叫了，它轻轻一跳上了灶台，卧在那里舒服地假寐。

猫怎么逮住麻雀的？大家面面相觑。

它再一次溜出虚掩的房门时，我们悄悄跟出去，在院里看见它已站在院墙上，朝我们回望一眼，轻盈地一跳便消失了。我们奔出大门，看到它横穿过街巷，跳上了前面大队仓库的院墙。闷蛋屁颠颠跑上去，找了个墙豁口往墙上爬，墙很高，他爬了一半哎哟一声滑了下来。我们看到他的黑脸上沾满了土。

我们飞跑着来到大队仓库院门口，对开的门上了生了锈的锁子，门缝很宽。我和嘎子先后挤了进去，闷蛋往里挤，他太胖了进不去。我们不再理他，急切地在院里寻找，看不到猫，闷蛋脱了棉衣，终于挤了进来。他压低了声音喊：猫在那——顺着他手指的方向，我们看见了花猫。它正趴在大队仓库的门前，抬着一只爪子警惕地望我们。

我们一动不动地站着，连眼睛都不敢转一下，看花猫到底在干什么。以前我们趴在仓库门缝上，可以看到里面堆积的粮食。猫要进仓库等麻雀飞进去捕捉吗？

花猫不再看我们了，它扭回头去，抬起的爪子推向仓库的门，门轻微地发出吱呀的响声然后是哗啦啦——一大群麻雀从仓库门缝里飞了出来，晃得我们眼花缭乱，然后一下子不见了。我们看到花猫已经跳上了墙，它嘴里竟然衔着两只麻雀。

它比人还精啊！它比鬼还精啊！闷蛋大声嚷着，我看见他张得大大的嘴巴，他呆呆望向墙的方向，墙上已没有了花猫的踪影。

我们躲在仓库的角落里，像猫一样等待麻雀飞进仓库。大家屏着呼吸，终于看见一只东张西望的麻雀落了下来，在仓库门口蹦蹦跳跳。它一闪，进去了。我正要往上扑，嘎子拽住我，悄悄地说：等等，等进去的麻雀多了再过去。

但进去的麻雀精得很，一下子又飞了出来。我懊恼地戳了一下嘎子又喜出望外：一大群麻雀落在了仓库门前。我紧张得手心里全是汗，看着麻雀一只一只钻进了门缝，我扭头，望见闷蛋张着嘴，口涎在嘴角垂着白线。

我们扑了上去，听见里面扑腾腾的胡乱的飞动声；我们拼命摇仓库的门，麻雀扑棱棱飞出来，满眼满身都是。我们胡乱在空中抓，很快周围安静了。一只也没抓到。有一只麻雀慌不择路，甚至撞在了我脸上，小爪子在我右颊划了一下，火辣辣地疼。我捂着脸看嘎子，嘎子摊着空空的手掌看闷蛋，闷蛋张开手，手里有一根麻雀毛。

笨死了，三个人抵不上一只猫。回去的路上，嘎子悻悻地说。我抹了一下火辣辣的脸看自己的手，手上有细细的血丝。

猫太厉害了，它比鬼还精，它抵得上三个鬼加起来的精。闷蛋说。嘎子横了他一眼：你才是鬼，是笨鬼。

回到我家，桌子下的麻雀一只也没有了，几根麻雀羽毛，在我们俯下身去的当儿飘了起来。我们难以置信，满屋子里找。没有。麻雀真的没有了。

花猫蹲在灶台上望着我们伸懒腰。它像看笑话一样。我走近去，它温顺地趴下身来，用毛茸茸的头蹭我的手。我望着它，它若无其事，一刹那间我疑惑起来：我们刚才真的看见它逮了那么多麻雀吗？我看嘎子、闷蛋，从他们的脸上看到了同样的疑惑。

很多年以后，我清晰地记起了自己当年的疑惑：这只猫真的有那么聪明吗？我记起以往清晨醒来，它卧在被子上，有时候它已经抓到了一只老鼠，在被子上扑来扑去地玩弄，老鼠挣扎着逃走，总被它不失时机地捕捉回来。我厌恶地看到被子上沾着星星点点豆粒般大小的老鼠粪——老鼠吓得屁滚尿流了。我摸了一下猫，它喵的一声，我猛地拽下它的一根胡须，它龇着牙跳开时，我手上已多了一条深深的爪痕。我记得它总是斯斯文文，悠闲地抬起前爪洗脸。某一次我终于发现了它在院角落里埋着什么，它走开后我跑了过来刨啊刨，我刨出了一些黏糊糊的东西，是它屙下的屎，这鬼东西连自己的粪便都掩埋起来不让人看。但它一定看到了我的举动，接下来三四天它一看到我就龇着牙，气急败坏地上跳下窜。我记得它在房顶的瓦上和一条灰白颜色的蛇对峙，它竖起浑身的毛，背部奇异地弓起来，也记得很多次它在茅房里逮老鼠，在我蓄意发起的猛然惊吓下失足跌进茅坑。它试图努力爬上来，我拿着树枝一次又一次地把它戳进去，直到我奶奶的叫骂声在院里响起。她捡起我扔在地上的树枝把猫捞上来，晾在阳光下，她一边做着这些一边大声咒骂猫：你有九条命不假，可为啥你就非要把九条命全泡到粪里？！

猫有九命。我记不清这猫有多少次濒临死亡的危险，我说不上缘由地讨厌它，恨不得亲手把它弄死。但是这次，这花猫终于在劫难逃了。它就要和村里所有的猫一样，和村里没有经历过危险一下子把九条命全部送掉的猫一样在劫难逃。花猫真正没了的时候，我却那么惋惜和失落。它是一条比三个鬼加起来还要精的猫啊。

但是榆钱已经开啦，杨絮在风中飘呀飘，肥嘟嘟的虫子一样的杨树絮子，每天扑簌簌坠落在地上，坠落在我们的脖颈后面的衣领里。花猫已逃不出这个春天。

很多年以后，我一次又一次地想念槐花的芳香；雪白的繁盛的槐花开满村巷，蛮横地推开土墙，挤出每个院落，紧紧包围了村子，开满村子的上空，挤满每个人的眼睛。槐花也开满牛的眼睛，羊的眼睛甚至是猪的眼睛。槐花如此丰盛，人们掰下一枝枝花朵，喂给牛驴马和骡子，喂给羊也喂给兔子。猪在圈里满意地哼哼着，它拱动着槐花、嚼咽着槐花的长嘴齿颊留香，那将是它在命运来临之前，对一个公猪或母猪的想念之外唯一记起的事。花猫齿颊留香，它在夜里吃完一只老鼠之后，无比怀念下午时自己嘴里槐花若有若无的香气，它厌恶地嗅到嘴里鼠肉的腥臭，决定第二天继续撕玩那些槐花瓣。每个人齿颊留香，槐花做成的拨烂子吃得人们打着香喷喷的饱嗝。村子里还没有一个胖子，下地干活的人们弯腰时觉得吃力，田地松软，他们的脚一下子陷进去，这只脚拔出来那只脚又陷进去。他们在田里慢慢挪动，那样的艰难那样的快乐。黄昏暗下去的天光里，一树一树的槐花在微风中浮动着，愈发雪白，清新的浓烈的微凉的香气一阵又一阵地卷来；微雨之后，槐香浸透了升腾起来的湿润气息，槐树下落满雪白的水灵灵的花瓣，树上槐花愈发繁盛，芳香从地面蒸腾起来，从上面倾泼下来。那些闪着亮晶晶的小水珠的槐花，落在房顶长满青苔的瓦片上，飘在槐树旁仍然光秃秃的楸树上，飞在屋檐下挂着的镰刀上，沾在麦田里青青的麦苗的叶片上，堆在墙头上纷乱的荒草间，也荡在茅房里，细碎地厚厚地积满茅房的地面。村子轻了起来，一树一树的槐花在风中浮动，我们走在村巷里，脚底下的花泥不时地一滑，村子在浓重的槐香中晃了一下又一下。

但这些荡然无存；槐花的香气荡然无存，一切就像长大了的脚再不能穿上那双好看的鞋子，一切就像我丢失的玻璃珠，我拼命幻想它在阳光下玲珑剔透的光，我望院子的角落，但玻璃珠一次也没有从角落里骨碌碌滚出来。是槐花盛开的季节了，村里的槐树稀稀落落，很多树在冬天被伐掉了做家具或别的，树原来的位置变成了一小块一小块的自留地，连院子里也种上了庄稼或瓜果秧子。那些所剩无多的槐树七扭八歪个头低矮，吃力地举起瘦胳膊细腿装模作样，很多年以后我第一次见到神交多年、未曾谋面的福建朋友黎晗，他黑乎乎瘦捏捏的小模样，让我一下子想起了当年的槐树。那些小槐树开着稀拉拉的小花，在光中闪着死呆的白光。小花可怜巴巴地晃悠着，像唯恐不小心一头栽下来。

槐花的香气荡然无存，没有人去采摘那些花朵；也没有兽去咀嚼那些花朵，因为村里的兽已经很少了。春天死寂，村子仿佛干涸的泥塘正在变硬和裂开缝隙的底部，我们像一些鱼虾或者蛤蟆，或者蚂蟥，在泥巴里挣扎，渐渐嵌进里面。子弹一样的麻雀在天上飞，像臭弹一样越飞越慢，它扑腾着翅膀，终于笔直地掉下来，一边往下落一边身体变得僵硬。田野里、街巷里、打麦场上，到处可以看到死去的麻雀。噗的一声，它跌落在我家院里，往上弹了一下就不动了。花猫不知从哪窜出来，衔起麻雀一蹦便上了院墙，它回头望了一下就消失了。它能够望见人的灵魂从僵直的身体里站出来，但是却不能望见自己的灵魂，自己马上要离开身体的灵魂。过了一会儿工夫，它在院子里凄厉地怪叫，它的影子在阳光下的院子里忽闪着飞蹿，那个影子像是拼命想要从它身边逃开。花猫停下来，躺在院中间肚皮朝上；眼睛呆滞下去，如同盛了一点死水的泥坑。我戳了猫一下，它不动。花猫快死了，我喊。我奶奶从屋里跑出来，她抱起了猫，她说，花猫啊你的小命这次算交代啦。

猫在她怀里陡然一蹿，啊，我们失声尖叫，它蹿得那么高，到我奶奶头顶上方仍在向上，然后飞快地掠下，唰的一声蹿上墙壁。它在接近房顶的地方又一跳，高出屋顶，头和脚向下方低垂着摔落，梆的一声响，它的头撞在屋檐下的石台阶上，头耷拉在那里忽悠了几下再不动弹。

花猫吃了一只被农药毒死的麻雀；整个村子浸泡在浓烈的农药气息中，它替代了以往梦幻一般的槐花芳香。整个村子外面的田野，也浸泡在农药的气息中，唯有化肥刺鼻的气味可以突破农药味冲向空中。家家户户的田里都喷洒了农药，农药毒死了成群的蚂蚁，毒死了正在蛹变的蝴蝶，毒死了等鸡来啄食的虫子，也使无以数计怀胎的田鼠流产。野兔在田里疯了一样奔跑，它们不像是躲避人，或者躲避来自哪一种动物的威胁，那奔跑更像绝望的求助。它们跑着跑着，突然就不耐烦了，向空中一蹿，跳起一人高，像是打算去空中奔跑一般。然后它们落下来歪在那里变硬。田里一片死寂的森然的绿，鸡东张西望地进了田，它们咕咕地叫着，时而低下头去啄着什么，或者用爪子在田里刨。一只公鸡爬到了母鸡身上压蛋，这将是它们最后的风流快活，一只母鸡孤孤地走在田边的衰草堆上，它一定找到了合适的下蛋处，但是它不会再有那样的机会。

村子浸泡在此起彼伏的漫骂声中；每天都有鸡悲惨地死去，它们咕咕叫着从院门外进来，横七竖八地躺在院子里不再起来，它们那么干脆，垂死前都懒得挣扎。兵兵家的猪毒死了，猪吃了他从田埂上拔的草，那些草和麦苗一起被喷溅上了农药。清晨人们不再能听到雄鸡打鸣，偶尔一两声公鸡的喔喔声，常常把人们吓一大跳。黄昏时再没有麻雀在屋檐下喳喳乱叫，麻雀差不多死绝了，屋顶上，燕窝空荡荡，开门时燕窝上破败的蛛网在空中荡悠着。我不活啦！我家的鸡死绝啦！兵兵妈在街上捶胸顿足地哭天抢地。她突然停顿住了，她的肩膀，被从空而降的什么东西砸了一下。那东西滚在她的脚跟前，原来是一只黑色的大鸟。大鸟艰难地咽着气，脖子下面急促地一动一动。它的翅膀散乱地张开着，黑翅的边缘发着怪异的绿光。是一只乌鸦。妈呀！兵兵尖叫着从村外跑来，他看见地上一条弯弯曲曲的树干，拿起来才发现自己握着一条僵死的灰蛇。

春天死寂；春天的夜晚死寂。死亡的气息浸泡着村子，农药甚至杀死了锄头，它再不能在眼睛里飞起来。夜空中不再有羽翅的扇动声，那些吃了盐变成蝙蝠的老鼠，或者是只要夜晚和黄昏怪叫第二天村里就有不幸的事发生的夜枭，或者是在白天闭着眼睛睡觉的猫头鹰。房顶上，墙头上，不再有猫叫春的声音，那些婴孩哭泣一般的叫声曾让人们心惊肉跳噩梦连连，如今彻底消失，却让人们连觉也不能睡梦也没得做。村里的猫差不多死绝了。每一天的每一刻，每一处都有生命在悲惨地死去，大白天走到哪里，一不小心脚下就会轰的一声飞起黑压压的蝇群。这些被农药毒死的动物尸体滋生的苍蝇，个头大得吓人，叫声大得吓人，飞得快得吓人，它们强劲地扇动绿色的翅膀，头上凶狠地闪着金光。它们就像一架架小型轰炸机，在房顶那么高的空中飞舞着，突如其来地落在人的皮肤上又迅速飞走消失，落过的地方奇痒难耐，立刻肿起很大一片，挠一把就冒出让人恶心的黄水。田野里，屋里屋外的空地上，常常可以看到摇摇摆摆的土黄色的田鼠，拖着恶心的长尾巴的灰黑色的家鼠，像喝醉了酒一样东跌西撞。在深夜里老鼠仍然叽叽地尖叫着，吵得人们无法入睡。拉着电灯，它们并不散开，仍在房间地板上翻跟头。两只，三只，甚至四只，有大老鼠也有刚刚长出毛的小老鼠。正打算吓唬它们，它们却不动了。人走上前去，它们突然猛地往前一窜，用尽了最后一点力气，再不动弹。人的脚踩上一只小老鼠，它叽的一声，旁边大老鼠突然动了一下，人看到它在地上尽力地蠕动脑袋往这边看，大豆粒一般的鼠眼亮了一下又暗下去，那些小鼠也许是大鼠的孩子，是它的娇女，或者备受宠爱的儿子。人感到脚下什么东西的碎裂，抬起脚，老鼠嘴里冒出细的血。人忍着恶心提起老鼠尾巴，开房门把所有老鼠扔到院外。第二天，院里那些老鼠，除了被踩死的一只还僵在那里，其余的竟奇迹般消失了。

我丢失很久的一只陀螺出现在院子里，我目瞪口呆地看着它飞快地旋转，越来越快，渐渐离了地面，升起在空中，院子里突然刮起的一个强烈的小旋风卷起了它。又一阵风，我头上的军帽飞了起来，门上的门帘像小人书说的魔毯一样飞向空中，我觉得它像天方夜毯，我一直以为，有一种叫做天方夜的神奇毯子。大风刮了起来，远处传来可怕的咆哮声，刹那已在眼前。我正跳起来够飞在空中的帽子，我张大着嘴发着惊叫，大风将惊叫猛生生打回我嗓子眼里，我摔倒在地上，被自己的惊叫噎得出不上气。唔的一声响，像有一个巨大的巴掌带着呼啸声扇向老天，轰！刚才明晃晃的太阳被扇得无影无踪。天上甚至没有云，但天霎时暗下来，风将天变成了一块巨大的、光秃秃的、留着种秋庄稼的田地，颜色变成了厚厚的昏黄。但是已经分不出哪里是天哪里是地；看上去像是风把天刮没了，把田地刮到了天上去。但是很快睁不开眼睛，反正睁开眼睛也只能望见越来越黑的黄，我扶着墙一点一点退回屋里。院里的门窗、锄头呼啦啦乱响，屋顶的瓦片哗啦啦飞走，它并不落在院里、砸在我头顶，我听见它在远处的碎裂声，又或者那并不是我们家的瓦片，我们家的瓦片仍在天上飞。没有套上牛的牛车在院子里奔跑，东撞一下西撞一下，它那么大的力气，就好像它是一只真正的牛。一只鸡飞起来啦，它飞得那么迅疾，比老鹰还快，也许它以为是在做梦变成了一只鹰，它飞得像老鹰那么高，呼地一下无影无踪。但是我什么也看不清了，连对面的房顶也不能看见。我觉得眼睛里灌满土像两个小土坑，里面又盛了一点尿变成泥坑。我张嘴想喊，我的嘴变成了一个稍大些的泥坑。我使劲抓着墙往屋里走，我摸到了奶奶的手，她拼命地抓住企图飞走的门帘。我们拽住门帘使劲关门，但门怎么也关不住。我奶奶说，怎么这么大的风啊，我活了六十多年没见过，天怎么这么暗啊，比光绪三年蝗虫飞在半空中的天还要暗。卷起来的门帘裹住了她的话，我也被裹在门帘里面。大风一扯，哧啦一声，我奶奶卷在门帘里的喊叫被风撕得稀巴烂。我们拽住门帘使劲地关门，将门帘夹在门缝里。门被关上了又拼命地想打开，哐啷哐啷，风在外面用脚踹用肩膀扛。我们喘着粗气，门似乎马上就要塌掉了。我看我奶奶，她不见了，她的脸，她的手，她的肩膀，这些全不见了，我只看见对面一个黑黑的影子。

我喊奶奶，她说哎。我伸手去摸她的手，她的手冰凉，我把手揣进她怀里，她怀里暖和着，我心中稍稍安定下来。

我们摸索着去开灯，灯绳拉了一下两下三下，灯不亮。风把电线也扯断啦。我奶奶找来了煤油灯，风凶猛地推着窗户，我奶奶划着的火柴忽悠忽悠，呼啦一声，风撕破窗纸闯进来，一把揪走了火柴头上的火。又一阵哧啦啦响，窗户上的纸被扯得稀巴烂。我奶奶卷起床单，我跑去拿来我的钉子，将床单钉在窗户上。屋子里完全黑了下来。我拉着奶奶手，另一只手在桌子上摸呀摸，差一点打翻了煤油灯，但我们终于点亮了它，我看见灯下我奶奶披头散发，脸上堆着厚厚一层土，两个眼睛像两个黑洞陷进去，她一动脸上的土就扑簌簌往下掉，她就像一只刚从土里钻出来的鬼。我的脸怪怪地动弹不灵，我用手去抠都不觉得疼，用力一抠掉下一块肉，拿到灯下看是一块泥，我抬手摸脸，泥下面才是我的脸皮。

这是一场多么可怕的大风，它刮呀刮呀，一直到第二天第三天，到第三十天，一直到把整个春天全部刮走。村里是它的咆哮声，村外也是它的咆哮声。我们躲在屋里说话得大喊，每天清晨被子上一层土，我们的鼻孔都被土糊住啦。开房门时非常吃力，门外的黄土堆积着齐了门槛，风像要把大地翻起来盖在村子上面。它刮呀刮呀，它刮走过去的一切，那些美好，那些贫穷，那些温柔，那些本分，那些神奇以及伤感。它要把一切彻底葬送，它气喘吁吁地刮呀刮，它呼出的气息越来越热，终于彻底葬送了这个春天。家家户户打开门窗时，外面已是被黄土蒙着的森森的绿，是遍地狼藉中的森森的绿。举头望天，天是蓝的，天上有太阳，天终于又被刮回来了。

大风之前那些随处可见的动物尸体不见了，它们或者被风埋到深深的地下，要么已腐烂变成别的事物，变成叮我们血的嗡嗡叫的蚊子，变成苍蝇，变成打碗碗花或者牵牛花。地上到处是散乱的鸟巢，它们从树杈上被扔下来，扔在离树很远的地方。在灾难中唯一无恙的是那些老鼠，它们中的一些在农药的剧毒中腐烂，另一些在农药的剧毒中挣扎着，奇迹般地活了过来，可怕的生命力使它们再一次战胜了时间。大风无昼无夜地呼啸时，老鼠们躲在深深的黑暗的地下，它们耐心地等待着，倾听着我们的脚步声，捉摸着我们将食物藏在了什么地方，是篮子里还是瓮里，食物是肉、油还是粮食，是放进去还是挂起来。洞里的微光暗下去时，它们跑向洞口，小心翼翼地拨开埋住洞口的浮土。现在它们做好了一切准备，复仇的信念在它们豆粒般大却老虎一样凶残的眼睛里燃烧，它们要持续和人类的永恒搏杀。

它们在暗夜里纷纷出动，从黑暗的巢穴来到微光中的地面上，在田野里、在房间里，在院里甚至猪圈里，寻找一切事物磨利它们的牙齿，它们咬着铁锅，咬着猪槽，咬着门槛，咬着曾打死它们的捅火棍，咬烂曾踩死它们的鞋子并且拖走，它们想念以前黑暗中的时光，咬断为人类提供照明的电线。它们将我们的食物窃走拖回巢穴，它们在我们的房子里营造巢穴，就仿佛我们为它们盖房子是天经地义，它们在我们的房子里营造的室中之室，比我们的房子安全百倍千倍。它们在灶火上取暖，或者撒尿试图熄灭我们的火，将身上的跳蚤扔在被子上，将粪便屙在盛白面的瓮中，将食油瓶倾倒舔食里面的油，将煤油灯倾倒使黑夜更黑。它们在我们睡觉的炕上打洞，在我们放衣服的木箱上打洞，它们在墙上打洞以便和同类互通有无，村子的下方一定有四通八达的鼠道，大的鼠道可容十五只鼠并肩而过，小的鼠道可供男女二鼠搂抱着散步。村子是我们的，但更是它们的；我们和它们搏斗了千年万年，但它们似乎不可战胜。咯吱咯吱，咯吱吱咯咯吱，叽叽叽叽，它们磨着牙齿，发出尖厉的嘲笑声，你们这些傻逼就知道睡，我们先玩玩一会儿再偷东西。每夜每夜，老鼠咬啮的声音清晰地响；叽叽的叫声清晰地响，每夜每夜，它们听不到令它们魂飞魄散的喵喵声，看不到在月光里飞动的猫头鹰，也不再有无声无息潜来，缠绕它们身体使它们窒息的蛇。在农药的剧毒中幸存的老鼠记起了猫，它在疼痛得不能动弹的时刻，看到对面的猫也不能动弹，那是它第一次正面对着那可怕的杀手，令自己祖父的祖父和孙子的孙子都闻风丧胆的杀手，它看到猫眼睛里自己的影子，以往那双眼睛清澈寒冷，被映照的老鼠无一逃生，但现在它看着猫眼睛里自己的影子，看到影子渐渐浑浊起来，猫眼睛的光泽渐渐消黯。很久以后，它僵直的身体渐渐动弹起来，它艰难地爬过僵硬的猫身，爬回自己黑暗中的巢穴。黑暗是何其美好的事物，它如此安全，如此温暖，黑暗使它的皮毛发亮，使它的疼痛渐渐消失。叽叽，吱吱叽叽咯咯吱，它咬着叫着，痛快地吃下撒着老鼠药的美食，打一个饱嗝走回鼠窝搂着母鼠睡大觉，老鼠药对它无济于事，它甚至觉得鼠药甜丝丝。叽叽，吱吱叽叽咯咯吱，鼠们咬着叫着，叫着咬着，它们衔着尾巴排着长队，走出黑暗，来到白昼中的院子里，来到白昼中的街巷上。白昼原来也很安全，很温暖。它们来到猪圈，跳过卧在泥水里的猪，猪只是哼哼了一下嘛；它们来到鸡窝，准备着躲闪鸡的利喙，鸡不过是咯咯了一下嘛。它从人面前飞快地窜过，人不过是追了几步嘛；它从我面前大摇大摆地走过去，我看见它吃得如此肥大，它还是鼠吗有二尺长，和我家以前的花猫差不多大小。它的肚子又粗又亮，一条长长的尾巴拖在身后，像多年以后我在电视上看到的清朝官员拖着的长辫子。我还没来得及冲过去，它已经扭过头来站起前腿，凶残地朝我龇牙怪叫。

这些贪婪的猥琐的该死的鼠，它们竟然敢效仿人类站起身来走路；村子是我们的更是它们的，但现在，它们似乎要推翻这种说法，似乎村子应该完全是它们的。它们开始攻击农药灾难中所剩无多的鸡，在黑夜掏开鸡窝咬死母鸡，拖出来乱纷纷扑上去一通撕咬，留下一堆乱纷纷的鸡毛，它们凶残得像一群饿狼。它们在黑暗的地下撕咬我们先人的尸骨作为报复，站在坟中人的脸上，朝着眼睛俯下身，露出利齿咬啮下去。在睡梦中我们听到一阵一阵若有若无的嚎叫声，从深深的地下传来。那些亡灵不堪忍受鼠牙尖利的微光，纷纷从地下站起来，大白天也游荡在村外的田野上，游荡在村口，天光的刺芒扎在身上的疼痛，要远比老鼠的咬啮轻微得多。他们让不经意撞上的人们灵魂惊悸，在夜间发高烧，在大白天看见空中的亡灵，听见亡灵在房间里飘来飘去的呻吟，那些呻吟声吃力而微弱，就好像老鼠坠在声音上面打秋千。呻吟声突然大起来，又突然消失，就好像不断地被老鼠逮住吃掉。那些亡灵躲进人的梦中寻求庇护，老鼠尾随而来。做梦的人手压在胸口，在梦中感到窒息一样的难过，他们看到自己的父亲，祖父向前无助地伸着手，手腕上吊着老鼠，他们说不出话，因为老鼠坠在舌头上，他们向前摸索着，老鼠从眼眶里探出胡须，探出长着肮脏胡须的尖嘴。

这一年终于有一天，老鼠开始攻击活着的人。有一天早晨，我惊醒在不该醒来的一个时辰，身上的皮肤，闭着的眼睛，感到了一个长久注视着的目光的压力。我的脸被一些很小的气息弄得发痒。睁开眼，一只老鼠闯进眼来，它如此硕大，以致一下子将眼睛盛满。它半蹲在枕头旁边俯身看我，像一个鼠类中的生物学家在观察一只巨大的动物，像在研究这个命相为鼠的动物，与它们究竟有什么相同处，它的表情几乎是慈祥的。我听见了我的尖叫，尖叫声直冲房顶，随着房顶落下的土呼啦啦砸落在我的脸上。我要在下一阵子，才能想起老鼠的样子，它脸上的表情像是有些遗憾，有些疑惑，但一定不是害怕。它在尖叫声中并不立即逃开，犹豫了一阵，它才突然一跳，一下子消失了。我姐姐惊醒在一个不该醒来的时辰，老鼠咬破了她的梦。她觉得耳朵痒酥酥的凉凉的很舒服，从被子里伸出胳膊，她在耳朵上摸到了湿漉漉黏糊糊的东西，那东西甚至粘在了枕头上。妈呀，这是什么东西，拉开灯她看到了血，听到了自己的哭泣声。老鼠将她的耳朵咬得血淋淋的。疼吗？我妈问，我姐抽搭搭说痒痒的。我妈狠狠地说，那你哭什么哭，睡觉！我姐的哭声低了下去，我甚至听见她的眼泪涌出的声音，泪呼呼地流到枕头上，来不及渗入就窜下了枕头。眼泪涌动起伏，就像哭泣的声音一下子全部变成了泪。我们要在第二天才能知道，人在睡着时被老鼠咬不会觉得疼，老鼠牙上有麻醉药，它越咬人越睡得迷糊，我奶奶说。

邻村一个三个月的婴儿睡在母亲旁，这母亲睡得好香，孩子生下这么久了，她还没有像这样睡过，总是夜半啼哭的孩子让她疲惫不堪。好不容易睡了一个好觉啊，她睁开眼望着窗户上的太阳，从被子里伸出手臂伸了个懒腰。这懒腰伸了一半手就缩回去，她担心碰着身边的孩子。她摸孩子，她赤条条地从被子里跳起来，她发出一声可怕的尖叫。孩子已经没有了脸，只剩下一张空空的脑壳。

我一直想象着一九八三年冬天，那个被老鼠衔走半只鼻子的人，那时候他三岁，在深夜他的哭喊惊醒了身边的母亲，她拉着灯看见儿子的鼻子血淋淋的，半只鼻子已经没了。我也想象着那个拖走人的半只鼻子的老鼠，它在人的尖叫声中飞快地拖着鼻子钻进它的洞穴，一进洞它就放缓了脚步，含着恶毒的快意，舔食半只鼻子还在流出来的血。

这半只鼻子的主人不是我们村人，他没有死，很多年以后，我偶然在县城的大街上遇到他。他缺了半只鼻子的脸说不出的诡异，在一刹那间，我仿佛看到了那恐怖的一幕：一只老鼠蹑手蹑脚，轻轻爬到一个三岁儿童的脸上，它俯下身去，锋利的刚刚磨过的利牙在月光下闪着寒光，它咬了去，血溅起来喷在窄长的鼠脸上。

打死老鼠！打死老鼠！村子里每个人心中喊着这个仇恨的声音，这些大搞恐怖主义的老鼠已经罪不可赦，我们绝不再姑息养奸。打倒老鼠！打死老鼠！这是我们学校里高喊的口号，村里每个听到的人都出了一口长气，我们的口号喊出了人们的仇恨，喊出了他们心中的强烈愿望。尽管我们总是喊错，总是把打死老鼠喊成打倒老鼠。但千真万确一点不错的是，我们终于隆重地，严肃地，把那些恶心的东西当作对手来收拾。到处都是老鼠夹，那随处随地响起的清脆的啪的一声，与啪啪的声响同时响起的叽叽声，比过年放鞭炮还让我们开心。我们把家里所有桌子上的所有抽屉都取下来，用棍子支在房间的地上，下面放上不舍得吃的肉馅，拿根绳子拴住棍子将绳子放在枕头边，夜间听到老鼠响动就拉动绳子。老鼠药到处都是，老鼠药一拨又一拨，十多天就更新换代一次，吃了药走动缓慢的老鼠我们再不放过，用铁丝拴紧了它们，在尾巴上浇煤油点着，看它们垂死的挣扎，听它们临死前叽叽的恶毒咒骂声，这些让我们如此开心。夹在老鼠夹上未死的老鼠被我们捆住身体和嘴巴，拿来许多豆子塞进老鼠肛门，实在塞不进的时候，再用针线将肛门缝死然后将老鼠放生。豆子会在被缝住肛门的老鼠肚里飞快地胀大，我们在夜间使劲睁着发涩的眼睛，等待着被憋得疯狂的老鼠终于开始在窝里乱咬，叽叽声从鼠洞来到了房间的地板上，老鼠们被发疯的老鼠追得慌不择路满地乱窜，空支开不放诱饵的鼠夹啪啪地响，这些声音听得我们心花怒放。我们如此热衷于杀死那些恶心的老鼠，再不能忍受与它们同居一室。我家已经有了两只鼠夹子，赶集时我妈没有买和邻居商量好要买的花布，又买回了三个鼠夹，她说要为她那些下蛋的母鸡报仇雪恨。已经五只鼠夹了，偶尔的时候鼠夹没支好啪的一声合住，将我妈的手打得鲜血淋漓。但不久之后，她还是又买了第六只鼠夹。每次打死老鼠，我们都要割下老鼠尾巴，学校里命令每个学生，每月上交五条老鼠尾巴。再后来打死的老鼠越来越少了，我只好去田里捉田鼠：大冬天和兵兵抬一桶水去田里找鼠洞，将水灌进去。水咕嘟咕嘟地冒着气泡，一会儿工夫，田鼠湿淋淋的光秃秃的头冒了出来。我们用脚恶狠狠地踩它的头，将头踩进土里面，我抓住兵兵的肩膀单脚转着圈狠狠地拧，听脚下鼠的细骨头发出碎裂声，然后割下尾巴上交。但是老师还是认出了田鼠尾巴，他说田鼠不算数。我们悻悻地拿着田鼠尾巴，使劲一扔，它飞起来，在学校墙头的枯草上面弹几下挂住了，忽悠着想要飞落，又像是害怕摔下来。

村庄凶猛：一九八〇年代之蜂群炸窝

　　村东王老二家在养蜂，我们站在他家院门口，望到院里奇怪地堆着十几个木箱子，蜜蜂们乖乖地飞进去飞出来。我们是那么羡慕王老二的儿子王建设，他站在他家的门槛上端着一个小碗，我们看不到碗里的东西，只看到他放在嘴边的勺子晶亮晶亮。他再也不屁颠颠地跟着我们去掏土蜂窝马蜂窝，不再落在最后面被冲上来的蜂群蜇得哭爹喊娘。每次去拔草，他挎着的篮子里只有一种草，是刺芥，我们被蜂蜇了就互相拧碎刺芥的叶子涂在疼痛的地方。但是现在王建设每天拔刺芥，我们担心有一天，全村的刺芥会被他拔光。有一次我们掏土蜂窝，土蜂冷不丁冲出来，我们撒腿就跑，从来不挨蜂蜇的兵兵额头上起了一个大肿包。到处找不到刺芥，这时候我们绝望地相信，村子的刺芥都被王建设一个人拔光了。

　　我们终于找到了一个理由来孤立王建设，全村的孩子如此心齐，如此坚定不移，我们坚决不和他玩，不带他去拔草，去掏鸟窝，早晨不和他相跟去上学，我们每个人眼前，晃动着王建设举在嘴边的晶亮晶亮的小勺子。但是有一天出了事，蜂后死了，它吃到了蜜蜂采回的沾着农药的花粉。这是一个恐怖的正午，黑压压的蜂群在空中一阵又一阵地荡起。几头牛从村东头狂奔而来，它们撞倒挡在前面的墙，从高高的田埂跳下去，其中一头撞翻了拖拉机。一些蜜蜂尾逐着它们消失在远处。家家户户关紧了门窗，但一个瘆人的哭嚎声仍然不时传来，它一会儿像是孩子的声音，一会儿又变成妇人。哭嚎声突然消失了，像一个什么东西在空中折断。人们隐隐觉得不祥，有人披着雨衣戴着手套蒙紧头脸，身上泼了些黄酒冲出去。

他冲过那些在街上游荡着的蜂群，它们如此盲目，谁也不知道它们下一刻将哗一声荡落在何处，叮在什么东西上，它们自己也不知道。这披着雨衣的人诡异地走在正午明晃晃的太阳下面，街巷里空无一人，空无一声，蜂群一阵一阵地出现，忽而荡在村东忽而荡在村西。他勇敢地向前走，前面蜂越来越多，蜂群遮在上空，他走进王老二家昏暗的院子。王老二的老婆脸朝下躺在地上，她像是用手紧紧地抱住什么护住什么。她吃得那么胖那么壮，浑身上下黑乎乎毛茸茸，一会儿腿粗得像腰一会儿又看不到她的头，就好像她的头长成了肩膀那么宽，或者头长进了肩膀去，那肩膀还不停地蠕动着。她浑身上下趴满了一层又一层的蜜蜂。

那个人点燃了火把在王老大老婆身上燎，他一下子看不到王老大老婆了，蜂轰嗡一声飞起从所有方向扑向他，他手里的火把胡乱地挥舞，眼前的黑雾慢慢消失了，他再次看到了王老二老婆，看到她在地上变小了很多。他扶起王老二老婆，她下面还压着一个什么人，是她八岁的儿子王建设。王老二老婆被翻过来摊在地上，她的头像洗脚盆那么大，脸上该长眼睛的地方，长着两个拳头大小的肉块。在田里干活的王老二一定看到了被蜂蜇得发疯的牛，望见村子上空飞起的黑雾，此时他在村巷里狂奔，村子在他的脚步声中猛烈地晃动。村里的手扶拖拉机突突地响了，它喘着气拉着王老二一家跑向县城的医院。村里的手扶拖拉机突突地响了，它在深夜进了村子，等待着的人们听到了消息，王老二的老婆没到医院就死了。她八岁的儿子保住了小命，还在医院抢救。

董重作品 / 纸本水彩《独行》/38×38cm/2014

大头的故事

我的第一条罗威纳犬，叫大头，他在自己的青春中迷失。我找了他半年，等他，但他终于没有回来。

大头勇猛，暴烈，酷爱自由，奔跑如狂风。周围小区的人们都认识他。

大头聪明异常。强烈护主。我和妻子在院里闹着玩互相推，大头突然跃起，横在我们中间。他以为我们打架，他不允许这样。我们以为他偶尔为之，再试，屡试不爽。他甚至跳起来爪子搭在我肩上，张开利齿对着我喉咙低吼，以示威胁，然后同样的动作对着我妻子。

有一次请工人干活，工人要天价，我说话间声音高了起来。大头突然咆哮着跳在空中，被铁链拉回。工人吓得叼在嘴角的烟落在地上。大头以为那工人在跟我吵架。

大头感恩。邻居宋哥常喂他，出去回来晚，他就深夜站在小区门口等。他认识宋哥的车。

宋哥养了罗威纳犬旺旺，小，闹。大头懂得让着旺旺，实在太烦，就过去轻衔宋哥手，往旺旺那边拉，意思是让宋哥管一管。

有一条狗贸然跑到我家院里，进入大头地盘。大头愤怒了。

我闻声出来时，院里全是血。那狗仰卧着不能动弹，大头咬着他的脖颈摁住他在地上撕。那是一条阿拉斯加，身形高大，险些丧命于大头之口。多亏这狗脖子上戴着狗链，起到护颈作用，脖子未被咬断。

大头不欺负小孩子。我担心他吓着孩子们，就叫大头卧下，让小区的孩子们排成队，一个一个过来摸他的头，告诉他不许惹小孩。他听懂了。之后从来不走近小孩子。

我只是诚实地记录了大头的点滴，并无夸张和溢美。有太多的人知道他。我曾以他为荣，带他多次往返三百公里外的老家，曾带他在夜里前往女儿寄宿的学校去看女儿。在本市，曾带着他去河西某些地方；在夏天，他多次随同我和朋友们去山上野营，在夜间保护我们的露营地。

他喜欢坐车，虽然长途总是晕车呕吐。他是一位见多识广的狗，总高昂着头，神情冷漠高傲。朋友们多知他名字。不少朋友见过他，有朋友在薄酒微醺之际，终于敢伸手去摸他的头，与他亲近。大家以见过大头甚至摸过大头为荣。

我曾写过一个启事给附近小区的居民，如下："有没尾巴大黑狗一条，在固定时间内出没于本小区，请广大业主放心！此狗与人类友善，绝不会自行攻击人类，更不会伤害儿童。

"这狗地盘意识强，在自己院门口绝不允许生人靠近，但一离开自家院门，则变得非常友善。它有个小小的习性，就是爱好和平，多管闲事，既爱给狗拉架又爱给人拉架，本小区若有夫妻吵架时遇见此狗，请立刻停止；若有人互相斗殴，一旦发现此狗出现请立刻中止，站在原地不动。

"现在社会治安不稳，蟊贼多有出没，这条没尾巴大黑狗，会对本小区治安产生不小的贡献。它以我们小区业主为友，也请广大业主爱护它！"

但是大头终于丢了。他丢的时候，我才知道，我有多爱他。我没有流泪，只是不停地找，连续三个月，每天夜半三四点左右开车出去转，在附近小区高呼他的名字，熄了车静听有没有他的吠叫声。我只能听到我自己扭曲的嘶哑的喊叫的回声。

我的妻子每晚哭泣。我们每晚给他留门。

我邻居宋哥的妻子一提大头，泪就落下来。

大头丢后第二天，宋哥家的罗威纳犬旺旺整天不吃不喝，眼巴巴望着我家的方向，指望大头跑出来和他玩。第三天，大病了一场，不吃东西，不走动，险些死掉，过了半月才好。

大头丢了。我知道我心里仍有不甘，仍有期盼，但我告诉自己，他的确是丢了。我没有流泪，但今夜写到这里，我的泪还是流了下来。再聪明的狗，也无法抵敌发春时自己的本能。

后来，我们有了第二条罗威纳犬，他叫玄六。他来时四十七天，重六斤左右。写此文时满八个月，八十四斤了。

附：

古时狗曾是比较重要的肉食。西周时祭神也会用狗来祭。古代的刺客聂政之流，勇士哙之流，以屠为业，屠的主要是狗而非其他。但经过几千年来畜养人们发现，狗是有灵性的动物，是渴望与人类交流的动物，是能与人类交流的动物。它会时常望着你的眼睛，渴望从你眼里琢磨、判断你的想法。在很久以前，狗作为普遍性肉食的历史便已停止，吃狗的现象已约等于消失。怎能想象这么一种灵兽，在当今、在广西玉林，吃它被当作节日大肆操办？这是何等的残忍和荒蛮。这样做的相关政府部门和政府负责人，又是何等的愚蠢和毫无敬畏、为所欲为。

代老虎所作的小情歌

小儿正烂漫，骑虎未知惮。
物性两无猜，昵亲成佳伴。
寅时虎候儿，未至连吼唤。
携儿纵黑夜，返寻立止窜。
夺食虎不怒，衔骨置儿畔。
儿称蛋蛋虎，梦失啼出看。
此犬幼命危，累月为护探。
墨医中药奇，九死脱一难。
百般报恩主，灵慧性勇悍。
跳踉扑诡者，客至傲然观。
啸若滚地雷，奔如悬崖断。
体重与我同，巨齿珠光灿。
儿言虎为弟，腆肚自为冠。
众生皆平等，聊为猛虎赞。
老玄与之期，毋违到云汉。

旧诗《老虎赞》

二〇一四年末，积一小德。

养一犬，犬种为加纳利，原产西班牙。是苏州狗氏，世家出身，父名熊属，母亦著名犬氏。此犬虽生苏州，但不解吴侬软语，不知苏州评弹之风雅、风月之美好。性猛烈，有狂暴战士之称。来我家，得大名曰温西门虎，小字老虎。

但它汽运来太原路上，染犬瘟。养犬人知，犬瘟于狗，几乎是癌，尽力救治下亡者九成以上。可以确定并非苏州狗场发我犬瘟狗。

本市动物园附近的宠物医院、小东门宠物医院两家都建议安乐。我不忍，联系卖家要求退回，卖家坚决不收，说若收则对狗场是灭顶之灾，只退还大部分购狗款。

洒家无奈，极力治疗。犬瘟并不染人。但家有幼崽，须尽力说服臭蛋妈。我曾有花三十元钱在夜市购狗花六千元去宠物医院治而无果的惨痛教训——那时年轻，年轻一何穷。六千元当时于我是巨款啊。这次我自己寻思疗法，但告诉自己不抱任何指望，尽心而已。

狗持续高烧。最严重时，眼出血，鼻流脓，抽搐不止，站不起，不能动，唯伏地，呈昏迷状。

不饮不食，达五天之久。

于是一月不卸甲，昼夜不息，一日喂药四次。又请中医朋友开方，以中药治疗。目前换方已五次。其中墨人钢一方起到作用；高原一方，险些要了老虎命。

最初给煮鸡蛋一日二十个，不能吃时，生鸡蛋用针管喂嗓子里，每日八个，视其好转情况，渐减至两个；蛋白粉、葡萄糖、盐水、奶粉（牛奶不能喝，拉肚），这些都是它不吃时硬灌给它的。最危时，臭蛋妈把她内部搞到的价并不贵的灵芝粉都拿出来。她比我爱狗。

吃过的药：中药多方，三十副左右；板蓝根，一日四次，每次二袋，云南白药，安宫牛黄丸（这个太贵且效用不大，个人经验，不建议用），庆大霉素颗粒，眼药水，红霉素抹干裂的鼻子，VC，VB，小儿退热栓（成人退热发汗的药不能用），钙片，清热解毒口服液。

现在已一月，老虎明显好转。眼睛好了炯炯有神，进食正常，有了精神（咬坏我两把木椅，三盆花），能奔跑，开始啃骨头。它晚上不肯进门厅，非要住院里犬舍，如是已三天。北方持续降温，寒风呼啸啊。不知它嫌门厅热，还是它臭责任感起作用，自以为该去看院子？

我仍不敢有指望。需再一月，方能确认它是否痊愈。或许这次，我战胜了死神？

又：犬运多劫，前番放狗忘拴，玄六被一荒淫流浪母狗勾引走失，这母狗却仍在小区晃荡。于是大怒，恶念横生，持强弩，欲径直射杀。它被逼在角落，知将死，竟伏地哀鸣。我终不忍，由它去。它至今每遥遥见我，便狂奔逃遁。唉，幸而只是恶念，已消弭，善哉。

老虎若果真痊愈，若狗友遇此难事，当全力相授经验。而我由此改行去做兽医，也未可知。可惜年尾，荒败两月大好时光。然，六十日，救一命，终不悔。

这一日放心地写下此文，老虎彻底地痊愈了，要娶媳妇了！

诗曰：

你是晨与昏的叠加，
是秋天与春天一起。

十万朵花开放，
我立刻想起你。

云朵变幻无穷姿态，
月亮永远崭新。

我坐在你对面，
心里拼命想你。

漫天大雪飞舞，
迷茫淹没了我。

我紧紧抱住你，
依然感到孤独。

在高山之巅想你，
觉身体忽然一沉。

我若是只鸟儿，
会停止飞行回望。

我写下你，
觉你和我一起。

河面上冰裂了，
裂纹神秘寒澈。

告诉我你是谁，
让我宛若少年。

附：

老虎说
——非诗 180

（小注：老虎，狗的名字，加纳利犬。）

我寄身于无毛兽之间，
它们目光呆滞，
嗅觉迟钝，厌弃骨头，
欲望涣散而无节制，
不懂黑夜和明月。
不懂节俭，不知掩埋剩下的食物，
不知简洁，发明各种饶舌的叫声。
它们喜欢以死尸妆殓，
披死去的植物，
住死去的木头和泥土，
长得太慢，活得太长。
这是一种多么矫情、盲目的兽，
看不到灵魂在肉体中的遁逃。
在它们虚弱的想象中，
我的种族看守地狱，
或吞下月亮。
我熟悉它们每一个的臭味，
受不了的时刻，
我对明月长号。

很沮丧，我的主人，
是一只无毛兽。
拜它所赐，我没有在该死时僵硬，
那原本像树枝折断一般正常。
我爱它如爱骨头。
它耐心地教它的儿子，
我耐心地教它。
多希望它像我，
耳朵，鼻子和四肢贴紧大地，
力量源源不绝。

给我机会，
我能放牧一群叫人的兽。
我懒得养它们。

春天里

穿村而奔于野，一树花开他人檐下，兀自尊贵，雍容，器宇轩昂，并无半分不志气。

故乡这一片低洼，潮湿。我嗅到久违又熟悉的、杨树树干和树液的气息，又苦又香，与油菜花香一起蒸腾，为之沉醉。

在一个土坡，少时被土蜂蛰过。土蜂真狠。当天就不知疼了，只是小腿肿得比大腿粗，晚上脱裤困难，自己看着，觉得好奇怪。走一下路，腿不听使唤了。

上坡采一种野草，长得如同灌木，风大，嫩叶招摇，煞是喜人。此物唤作娃妮菜，其枝干是方形的。采嫩叶炒鸡蛋，香味远甚于香椿，好吃之极，足以令吃货们想入非非，因没见过没吃过的永远是最好的。中午就吃它了。

坡边有土洞，记得我小时，是大队里圈羊的地方。狼经常就把羊叼吃了。

小时我在土洞口，亲见过狼站在土崖顶上。没觉有多害怕。狼像我不认识的一条大狗，蹲在自己后腿上。握紧镰刀冲它挥舞，大喊吓唬它，冲它扔土坷垃，狼不情愿地站起，走了，一边回头。

　　过一阵上崖顶，狼已经不见了。像没来过一样。

　　但夜里羊仍然是会丢的，我也见过早晨羊圈门口的斑斑血迹，听到过生产队长骂放羊的瘸子："你个灰怂，狼咋不把你那身臭肉给吃了。再丢羊，年底你工分就扣逑光了。"

　　每每在内心深处，感念少时的乡村经历。它给予对生命的基本理解，多属感性而非理性。它给予原初的动植物学知识，几乎长入人的生命，它给人物我两忘、人融入自然的生命深处的悸动。我认为这些，是文学最为重要的物事之一。一些素朴之美常如电光一闪，刹那照亮昏暗的大脑，让人直如灵魂颤栗，不由分说、无任何道理可言。

　　乡村的贫穷和条件艰苦也使人坚韧不拔，最初的挫折教育潜默之间完成。所有这些，是多少后天的学院教育所无法比拟、无以替代的。

松鼠窝

　　回八百里之外的故乡上坟，路过一棵柿子树，直奔而去，寻见上面的树洞，它应是啄木鸟凿就。松鼠用来作窝，一种身上有三道花纹、一直延伸到尾巴上的松鼠，不是南方那种灰乎乎难看的松鼠。机灵，轻巧，眼睛一眨，它在树枝上就不见了。方言叫花圪灵。

　　我小时，大约在二年级，就从这个树洞里掏出一只花圪灵，仍清晰记得它咬住手指的疼痛。怕它跑了不舍得放开，就忍着疼紧紧抓住拿出来。夏天养到冬天，晚上它蜷着睡我枕头边。有一天不见了。妈妈说，它跑了。我记得我的失落和难过，想哭又哭不出，尽可能不去想。但隐约知道，很可能，它死了。妈妈不想告诉我。

　　记忆里这树洞大而深。我想试试伸手进去，居然手太大无法伸入。用手机拍图留念。

　　树洞历历如旧，抓花圪灵的少年早已不在。站在树洞前的，乃是一个半大老汉。我有似曾相识的复杂情绪，它像那种想哭又哭不出的幼年记忆，却又不是。我出神地盯着树看。柿树皮鳞，粗粝，沧桑，凶猛。那些树的鳞甲，在眼前振动起来。

　　故乡柿子树遍野，站满梯田埂。我记得它们在秋天哗啦啦的落叶声，像要把整个世界的树叶摇落到我们村子；在寒风呼啸的冬天，柿树铁黑的枝干惊心动魄地撞击；记得它们一树树挂满火红的灯笼。

　　柿子树的枝干遒劲如大蛟，树皮若斑斑龙鳞。但我十一岁上初一起就离开了村子，之后的记忆，开始变得慌乱仓促。

喜鹊贼

东山造简庐，春来百事芜。
泉溅每成文，花落偶窥书。
天低蛟行雨，地润鸟布谷。
忽念大椎客，集市正当屠。

——旧诗《东山居》

总是午后风起。阳光明亮，风猛烈地吹啊，嫩的树叶翻飞，不能中止。在院里仰观和在楼上俯瞰，翻飞之貌大有不同。楼上窗外望去，树叶似翻滚的绿的海水。有时风大，一大片海水倒下去，另一片覆压过来。午睡时我梦见，我和我的房子、院落，被吹到了一个孤零零的地方，就像世界尽头。我被孤寂攫住，心里暗念几个名字。

有时疑心，这风是阳光自行搅动所致。天擦黑时，往往风就息了，直到月光泻落，又有微风拂来，有时它仿佛就从我站着的地下升起，凉飕飕穿裆而去。

两日之内，樱桃的一树繁花辞树，被风吹得干净。固执留恋树枝不去的残瓣都朽败，而叶片大了起来。树下的地面都变白了。风也把樱桃花吹落在鱼池中，或狗的水盆里。我看见老虎喝水时瞅水面密密的一层落花，像人一样歪一下脖子皱眉头。风也吹大了樱果，它们自暗白的败花中探头来，绿而圆润，在光中发亮。

黄昏时我去看种下的丝瓜。昨天种时，一只喜鹊叽叽喳喳不肯离开，我撵它，它假装飞到邻居院子，我种瓜时它又返回，落在院门上偏头看我。懒得理它，继续干活，一会儿就忘了。

丝瓜种在狗窝前。它爬得快，是种来为老虎夏天遮阴。酷暑天老虎是受不了的，连食量都减半。在巨盆里，我原本挖了四处小坑，每个坑放入三粒种子，因为丝瓜极不易发芽。

但是我发现，有两处小坑，被刨开了。

谁干的？

原来是那只昨天偷窥我的喜鹊。盆上粘着它腹部的细羽。

几日里，它仍然常来，曳着微闪蓝光的长尾，呱呱地叫。每听到它叫，总觉得是它在得意和嘲笑我。

这家伙聪明。鸦科鸟类，的确拥有乌鸦喝水故事里那样的智商。喜鹊尤其爱偷东西，而乌鸦是可以像鹦鹉那样学人说话的。幸亏中国古来认为喜鹊报喜、乌鸦不祥，它们不受祸害，得以保全。

丝瓜我只好补种了。这一次用长竿把喜鹊、麻雀之类统统轰走，四下里看的确没有偷看的鸟，才下手种。我也不种在原来的位置。

老虎是懒得管鸟的。它们是老熟人，也是玩伴。有次我亲见，那喜鹊蹦蹦跳跳逗老虎玩。老虎往前走，喜鹊也向前，是两只鸟爪踱步式的走；老虎不走了，喜鹊也停下，扭头来看，还往回退几步。老虎猛一冲，喜鹊扑腾翅膀飞起来，又落到院门上，张嘴呱呱叫。这次像是骂老虎：TMD，我跟你玩，你疯了吗？

附：

　　我理解的微文，是与微信技术密切相关、由之而诞生的一种行文状态：一、随性、方便，所思所想随处随地可以写下，但不流于随意。它留下生活中的闪光。相比其他方式的书写，目前再无技术上比此快捷的了。二、内容更生活化，热腾腾，贴，不隔，不装逼，不比划个架子非弄成所谓文章样子。所以它只有更好。三、微信打字费事，所以每人书写，唯求更简洁。目前所见，一般人的微信书写，都较其文章行文要利落得多。四、有大量与文相关的图，图文并举。史上而言，每一种新书写技术的诞生，都会产生文体的忽大忽小的变革——此种说来话长，不展开。

飞鸟殇

　　去东山看梨花，来到一个十多亩地大的果园。果园西侧临路，围以栅栏；东侧悬细密的防护网，网上挂满鸟尸，早已风干。有的鸟头没了，有的没身子，有的只能认出一张鸟喙。

　　仔细辨识，鸟的品种有鹞鹰、喜鹊、乌鸦、麻雀、斑鸠等，还有猫头鹰。麻雀最少，想必因个头小，挣扎时可以摆脱。亡鸟多是大鸟。奥维尔写在缅甸射杀疯象的经历，大意讲到体型巨大的动物倒地而毙时，对人造成的心灵震撼。而在此处，大约六十米长、不到两米高的防护网上，挂了至少七八十只大鸟，目之所触，无不惊心。

　　鹞鹰在本地较少见，但此处却最多，我走几步便认出五只来。此物凶猛，迅疾，我小时常见它在空中捕鸟群。往往是两只，大概雌雄一对。一个在前面堵鸟群，众鸟回飞逃窜，后面的鹞鹰便扑飞过来，利爪一挠，或利喙拧断鸟脖，或用翅把鸟击落。细血和羽毛在空中撒下，偶尔微小的血滴落脸上。但我们只能捡到鸟的几只细羽。我亲见过，鹞子擒一只黄鹂，就在高于我头顶不远的地方，以不可思议的速度一下子不见了。

　　在我故乡，鹞鹰唤作鹞子。此处这么多鹞子，我猜它们是自高空看见网上挂着的鸟，便猛扑下来捕食，不料就此被网挂住，不得脱。越挣越紧，渐渐力竭。慢慢饿，渴，晒，淋，死。干，干透。被风吹得越来越少，渐渐不成鸟形。

鸟会流泪么？我没有见过。以往背负的青天，在它们眼里定格。晦暗。消失。最后，眼睛不见了，成两个空洞的小窝。有一天，小窝也不见了。

太多太多鸟，就这样被风吹得魂飞魄散。

此处荒偏，人烟罕至，也不知这些鸟在网上挂了多久，又不断地补充入新的鸟，乃至今日。我见到整理果园的农人，递根烟搭话。问打药不，他说，哪能不打药啊。又说，这十二亩果园，收成每年也就三四万。他这个在村里还属于管理勤快、种得好的。

我看他旁边别人的园子，花树稀稀落落。

他说，鸟啄果也啄花。没办法啊。那些死掉的鸟粘在网上哪个地方，其他鸟就不来了。我心知他的说法未必对，眼见那些鹞子，分明是望到网上有鸟才下来捕食却被困而死——我小时有次黄昏视线不好，家里鸡网便缠住一只鹞子，它也是同样原因受困。

农人也要讨生活，我没有办法劝说他，身心皆有无力之感。中午回来，满脑子是那面长长的防护网，上面挂着的一只只鸟尸。它们在风中荡来荡去，羽毛拂动，刹那间觉得它们仿佛还活着。

这真是本时代地狱般的景象。这也是有翅膀的鸟的自由，被细琐之网斩断的景象。鸟凌空高翔、俯瞰人世，曾一度让我神往，羡慕，渴望，恨不能引为同类；今日见这等惨烈，令人心魂俱摇。

整个下午有雨，夜间依然，渐渐沥沥不断。决定明天得空，开车戴手套去收鸟尸。埋到我园中，且让鸟魂伴花。

中国传统，终是入土为安。它们也可肥花。它们的魂灵，仍会自由翔舞。鸟儿啊，看我葬你们的份上，你们在高蹈之际，切勿相互攻杀。哀哉，痛哉，悲哉。

微文：月咩

看羊

去看羊。越来越排斥城市文明的造作，所谓精致，所谓美。所谓文艺腔的小嗲。田野每每有爆发式的生命力。原始。粗犷。坦荡。神秘……

潘神是多么美好的神。

老虎说

老虎说："人类是不能随便说性爱的，性爱更不能被人看到。人类好可耻好虚伪。"

老虎又说："人类还不知季节……真不知羞耻。"

老虎是我的狗。

鸟也能热死？

葡萄密麻麻。没舍得疏，用施大肥的办法。

还有樱桃。实际成黑的了，闪光拍不出效果。

即日无风，亦无甚日光，但热。中午在院里冲狗，噗通一声，葡萄架上落下一只鸟，不动了。刚才我瞥见它在枝叶间就有点踉跄。

用水枪冲，它不动。老虎要吃，没敢。想埋地里花下，又怕老虎刨。只好扔了。

我想这鸟是热死的。鸟也能热死？

羊群比一只羊更为卑劣

将处境推向极端来审视，今人可以"自由书写"，而不必担心被阉割、被奸杀，被文火烤死，被凌迟、分尸以及灭族。呵呵，这几乎已是莫大的恩赐了。

对今人而言，一些潜规则替代了那些对肉身的威胁，使人异化，变得怯懦而贪婪。

众人共同的怯懦和贪婪是强大的，富感染力的。羊群比一只羊更为卑劣，它使一只羊置身群体中，为自身的卑劣心满意足。

有生命之物

愈来愈理解古人的恋物，或一古刀，或一名花。友人汉家白居易晚年一定要上山看一株桃花，说明年我未必能来，这算跟它道别吧。

凡真实经历人世幻灭种种不堪者，自会更珍惜、迷恋身边有生命之物，况其如此美好而真实。

日暮大鸟

日暮华西。有很大的鸟拍动翅膀飞起，扔下一串乌鸦叫一般的嘎嘎声。

我其实没有看到它。它拍动羽翅发出的动静，把树巅的枝叶都打得一阵乱响。

家中的厮杀

黄昏将至，用水枪冲花木，在我是享受。如此，觉一日富足，未白过。

家里每天有各种惊心动魄的小厮杀。

一、小儿臭蛋和手机。我手机每天被臭蛋霸着，弄得黏糊糊。昨天他把充电宝扔澡盆里了。我勒个天，他往鱼池里扔了本书。但仍然万幸，幸而不是手机，不是平板……终于有一天，他还是把手机扔水里了。

二、蝇虫和蜘蛛。有几个巨大的蜘蛛，结网在各角落。偶尔观察到杀戮，那真是一种险恶的冷酷的杀戮啊。

三、老鼠和电线。木地板下的防水线总漏电，百思不得其解，还以为中国假货如此凶。撬了木地板看，我靠，防水线一截一截皮开肉绽。

四、花和花。那棵疯子一样、春天单株开大花超过五千朵的圣阿尔班，杀死了它旁边的山楂树。春天我赶紧挪走它旁边的帕特送朋友，最近那朋友说，是活了。但疯子花仍然发飙，杀死远离它的一棵花。我发现时那花已干透，香消玉殒了。

五、花和狗。今天，老虎又刨了比前几天大几倍的坑，五棵花根受伤。

六、狗和鱼。老虎跃跃欲试，总想捞几条鱼上来。这个家伙是我养过的狗里，绝无仅有的爱吃鱼的。我好几次在楼上窗前，瞥见它盯着鱼池想办法，哈喇子滴到鱼池里。

老虎

已中秋。美好夏日就这样远去了。心中某些事物，也随之远去。

夏日每午，用水枪给老虎冲凉水澡。狗毛乱飞粘衣服，故索性裸了与它同冲。我院植被茂密，葡萄架更是葱茏，不必担心走光。只觉身与心一般赤裸坦荡。

糟糕的是老虎好奇、左看右看，总凑上来想舔某物……万一它下口，那鄙人以后穿汉服可真成太监了。只好不停地抽那家伙嘴巴子。

管郁达兄来并时我说此事，他笑得乱七八糟。说你应准备一堆香肠……我说那可不行，万一它咬错了更糟糕。

哎哎。

并犬吠雪

哈哈！下雪了。西门虎同学才不足八个月大，没见过下雪，向天惊奇狂吠中。他很少叫的，几乎像个哑巴狗，现在连续吠叫半小时多了。

是所谓并犬吠雪。

大鸟

这大鸟又来了。六年了，每次见它，我总是第一念头想吃了它。但终于没有。我完全可以用带光瞄的弩射它下来的。

想吃它但没，我想这不能说明我变好或是变坏。我始终如此，三岁至今。我故我。

我幼年在乡村接受的本能教育，是把一切变成食物，尤其肉食。没有挨过饿,能吃饱但吃不好。嘴又刁。吃过各种古怪东西,烤蚂蚱,鸟蛋,土拨鼠(老家叫黄鼠,家鼠不能吃),蚂蚁,烤蛇,蝉蛹,各种鸟,小狼崽,甚至吃过蛇蛋。尝记某次吃蛇蛋,蛋太小一下子咽进了。再吃第二颗,里面有细小的蛇。恶心干呕却吐不出来。

多少年过去,儿时的本能还在起作用,见鸟就想吃。

种月亮

今夜之月,明亮得狗吠一般。

可惜树蕾未绽。否则便是:花月正春风。

花间一壶酒,独酌有小儿……还有叫老虎的狗。

二十二年前,要买个小房。我说买房得高一些,否则连月亮都看不到。富翁小姑父突然问:"你看月亮干啥?"

我当时脑子短路,兼有羞愧,因为我的确想不通看月亮干什么。但隐约仍觉得看月亮……重要。

这事我想了多年。窗上时常可见明月来窥,我视为世间最大幸福之一。

此刻窗上皓月正当空。伸展到空中的花枝,浸在月光中,积蓄着力量。花苞已累累,明晨起来看,花苞会增大许多。

晋南方言,月亮叫月明。明发音 mie,像个语气词或象声词。这总使我想到月像一只会吠叫的小兽,空中流泻的月光便是它的叫声。

在长文《白也》里,我不可避免地谈到月亮。李白很多不朽的诗篇均浸在月光之中。月对李白而言,像家乡一般,或者他原本就以月为故乡。他成年以后从未回到出生地，不像岑参那样前往西域，也不曾像王维那样奉使出塞。但看他的诗篇："明月出天山，苍茫云海间。长风几万里，吹渡玉门关。"有一年我在天山，望明月君临人世，下意识涌上心头的，便是这些句子。那一刻恍然明白，李白写下的天山明月，乃是他的家乡情怀。他诗中对明月无法言说的亲近感，或许正缘于此。

我爱明月、浸在月光中的李白，以及李白诗篇中的月光。月光对人有疗伤意味，而自然界的月光的确如此：月光的流泻，有助于树木伤口的愈合。每见树木的疤痕，我便想到它里面的月光，那些月光，已有了树缓缓流动的绿色汁液的微温。

我更愿以一则童诗结束这篇短文。在院里给花喷水，两岁零四个月的小儿臭蛋抢水枪玩。我记下他童稚的话语。童子的烂漫快乐，或许更能给人安慰。这是他在童诗中第二次提到月亮。《臭蛋说之062：种月亮》：

"爸爸我要玩喷水壶，
给我，不要抱抱，
蛋蛋自己玩，
不吃好吃的。"

"花花喷水水，
就能长大，
能开好多。
花花打针吗？

爸爸给月亮喷水水吧，
让月亮长大，
长出好多月亮。
哈，月亮比昨天大啦！"

村子的小神

彰坡

家族庞大，几百户人是有的，散居于冀，近年多迁居于县城。但我其实是个伪乡村人，因家中只母亲一人有地，且地基本送给了村人去种，仅留不足一亩地种菜吃。

这个才是我真正家乡：彰坡。上大坡便是。村以坡名，可解；但坡何以名彰，我至今没弄明白。

来到这最老的老家，去邻居许家阿姨家做客。

奶奶在时，她喊我奶奶作姑姑。她丈夫喊我奶奶李家嫂。我母亲喊她许家嫂。辈分乱得不知该咋称呼。

我叫她姨，回家问母亲，母亲说不对，该叫姑。

看村里风景，女儿很激动，说太漂亮了。

我幼年体弱，每到冬日便咳嗽得让老师无法上课，老师说你站外面去晒太阳吧。初中起到五里外上学，每周回一次。立志锻炼身体，遂每次都背着书包、干粮，狂奔下坡，直奔往五里外的学校。每次汗透衣服。衣服少，只能穿着暖干。所以后来干脆脱衣狂奔，冬日依旧。今日每运动我不喜着衣，盖源于此。

这次返乡，身临其境乃忆起诸多事。遂行遂记，唯恐一旦离去便忘却。

村子的小神

家乡满山遍野的柿子树。儿时每到秋天，我便是不吃饭的神仙。吃柿子。有一片地方柿子树集中，约有百棵。我说我熟悉它们每一棵的秉性，有人肯信么。

我曾在树上无意间，目睹树下男女的欢爱……那真是一件令人心跳目眩的事。我不敢动，拼命把自己藏在树叶里，蜜蜂在脖子上蛰也咬牙不动……

事见拙作《木梦》。

那时候整个村子的果树是我一个人的。再无人能像我这样善于攀缘，和偷。我是整个村子的幼王，是村子的小神。半夜我会悄悄起身出门，去多家摘果子。我幼年瘦小，唯手指力大。遇在树上有掉落危险时，单指勾树枝要挂住身体。

村里所有狗对我友好。我去谁家偷果子，谁家狗在暗里对我摇尾巴，并不吠叫。村里有狼，但我甚至不怕狼。一个有月亮的夜晚，我揣着果子走在没人的街上，有个我不熟悉的大狗拦在路中央，两眼绿光。我拿一个果子砸过去，它躲都不躲，我把所有果子都扔过去，它站起来一步一步向我逼近。我不记得我是否喊叫了一声，很快有很多狗四面八方围来，围拢我，向那狗狂叫。那原来是一头狼。

老宅

村里已没亲人，都搬走了。老宅如此破旧。我记忆中它很大，结果却这么小。同样的感慨也发自我六十多岁的四姑，她说，我记得房子特别大啊，怎么这么小了？

村里父老说，我家老宅的位置占的是凤凰头。爷爷遗言把老宅给三叔，但三叔也早已搬走。老宅以前是邻居许家阿姨住，但他家盖了新房就不住这里了。没人住的房子迅速败落下去。

三叔有意把宅子卖了或送村里人，家族一致反对。父亲执意要重盖房子，五个姑姑除已过世的大姑外都同意出钱，小姑有钱就多出些。小姑家的我二表弟在上海，学土木的，还专程实地测量绘了图纸。但随女儿在南非居住的二叔坚决不同意盖，他说你们想弄就弄，我不参与。我死了也不指望埋回村里去，一把火烧了装小盒子拉倒。

大家都说二叔自私。我儿时曾有段过继给他，我也说他自私。

家蛇

老家的房顶，我小时爬上去跳下来过。没事，但第二天开始，脚开始疼，一连一周多才好。

晋南房屋，房间与房顶间有夹层用来置杂物，那是我的天堂，时常爬上去翻得乌烟瘴气。家谱就那样被我毁了，撕开叠了纸元宝。上面还有鲁迅的书，一个个薄的小册子。我记得看过眉间尺。

还有灰白的大蛇。我看见过数次，我惊悸而不敢动。当夜，这大蛇再度潜入我梦里。第二夜，我不敢睡着，担心又梦见它，就数窗棂上的格子。

有一年夏天傍晚，奶奶端着碗在屋檐下吃饭，大蛇从房上掉下来砸翻了她的碗。

这是家蛇，不可以打死的。又有说法它是财神。小姑有一次在自己家铁厂遇蛇，仍是这种灰白的大蛇。她半夜醒来，觉手里凉飕飕，睁眼看，手里握一条蛇。小姑迷信，她听算命的说二儿子命硬，就在老家村里给儿子找了个命更硬的"干爹"，是一块磨盘，还举行了相关仪式。

蝎子

我记着小时很多事，有一次说给母亲，母亲惊奇到不肯信，说你那时小，怎么会记着？在北房，我记得周恩来死时的事。那一年我四岁。小姑戴黑纱，我也要，哭着喊着要，后来的事忘了。

爷爷在世时宠我，我一直跟他睡。在北房里，我平生第一次也是唯一一次被蝎子蜇，时约五岁。那种疼是后来再未遇过也不知该如何形容的疼。现在想，当时蜇得我意识有些混乱了，嘴里爸呀妈呀奶奶呀乱喊。我从此惧怕任何刺痛，比如屁股上打针。三婶是乡土医生，我大约五年级时发高烧，她给我打针，我躲着不肯，磨蹭一个多小时。这时候突然发现，我躺着的炕上、撩起的被子里，有一个巨大的蝎子。若是我顺从地让打了针再躺下……

把蝎子打死扔给鸡，鸡疯了一般抢。能感觉到空气中陡然绷紧的紧张气息。无论公母，鸡的冠都变得很大，血红。蝎子很快被吃完了。鸡们还在后嗓子里，间断发出愤恨的或快意的咯咯声。

村里父老说，小男孩被蝎子蜇，长大后有可能阳痿。事实证明我并没有。

在北房的左侧，爷爷和大爷爷种着烟叶。我小时候常肚子疼，大爷爷就卷旱烟，说你抽一口暖暖肚子。这么说，我五岁就开始抽烟了。爷爷、大爷爷过世后，我多年不碰这东西。待高三时初试卷烟，我靠，好熟悉的感觉回来了。我戒过烟，每天戒十多次，后来都沮丧，常有失败感失措感，觉得自己连这样一个事都无法做到。索性不戒了，省得闹心。

爷爷过世后，我和母亲姐弟等住东房。我父亲在外地工作。我小时奶奶总吓唬我，说小孩子干坏事，打雷下雨时龙就下来抓他。一打雷，我就赶紧躲起来。有时夜里雷雨不止，我不敢睡着，使劲把身体贴窗下，我觉得那是闪电看不到我的地方，就那样一直蜷着不敢动。

小时怕尿床也不敢睡着，但迷迷糊糊就睡着了。然后做梦，梦里拼命找没人处撒尿。好不容易找到一处，心里说，哎呀，这次可不是做梦。于是肆意地放松地尿啊尿，尿着尿着就醒了，身下热乎乎的。怕丢人也不敢说，就躺在湿处努力把被褥暖干。

院里的神灵

院里有一口旱井，用来存天水。后园有一口枯井。这两口井我都下去过。第一次是因为我曾把鱼扔到旱井里，过了几个月我三叔打水时打出一条小鱼来。我很惊讶，决意下去看看还有没有鱼。

我太自信自己爬树的能力了，以为一会儿顺着绳子可以爬上来。我把一根长绳的一头拴在树下，另一头扔到井里，然后顺着绳子溜下去。幸好水不深，到我半腰。我没有摸着鱼，也爬不上去，一爬绳子就忽悠，然后身体摔落下来。井里喊，没人应。我就那样在水里站到天黑。母亲、奶奶找我找不到，发现了拴在树上的绳子，又叫了几个人才把我用绳子拽上来。

第二次下那眼枯井，是因为我的兔子摔落井下，我去救兔子。

儿时在整个村子和村子方圆三里之内，并不过分地讲，唯有一棵树我没有爬过。这棵树就在我家院里，在西南角上，是一棵榆树。它太高了，我每在黄昏出神地望着它，它的树冠在冥昧的天光中没入云端，数不清的乌鸦翔集，似乎是方圆三五里地的乌鸦全飞来落到树上了。我每天都跃跃欲试，想攀到树顶端去，但没敢。我想象如果爬上去，那么多乌鸦一起啄我……

一直到那树被伐倒我也没有爬。我不知家人为什么要伐它，但记得自己一直很不开心又无法左右此事，我也不知自己为何不开心。

伐倒树时，我紧张地在一边盯着看。它从云端呼啸而下，砸落了北房东北角的屋檐。我离得很远，但树砸落时带动的强风让我瞬间出不上气，如短暂的窒息一般。多少天后我依然时常望着院子的西南角，那里空落落的。我觉得院里的一个神灵死去或离开了。

冥婚

老家屋后这棵树的根部裸露着。三十多年前它就这样，现在依旧，没有死，也不见长大。这是一种生命力强大的树。看到它我百感交集，它是故园中几乎唯一不变如昨的物。是棵榆树。

故园的房子背后，有一个二三亩地大的园子，在儿时，它便是我的百草园。现在，园子被邻居家盖房侵占了。

这园子虽则只有二三亩地，但它和邻居、邻居家的邻居的园子通着，中间只隔矮墙。一路跳跃着奔跑过去，有二十亩地大的空间。

我家故园有两棵枣树，一棵核桃。它们几乎是我一个人的。

枣树果实熟了,摇一摇能落几个,但总有坚韧的枣子在枝头挂着,在飘雪的天空中不妥协地暗红着。我很得意。大我三岁的姐姐和小我四岁的弟弟要吃枣,得巴结我。我于是蹿上去,摘给他们。邻居家园子里有一棵桑葚树,它归我独享。我姐弟们没有吃过。我甚至没告诉过小伙伴们。

我在园里养兔。它们最后泛滥成灾了,只好卖掉。我经常把刚生下几天、没长毛没睁眼的小兔子,从母兔埋着的土洞里刨出来,数数有几只,观察它们。我太好奇了。

有一棵洋槐树,不大,在一个稍高的土坡上。有一年大姑把自家的狗吊死在槐树上,好像还给它灌水。我至今记得那紧张的气氛。一条大黄狗,顺从地被大姑父牵到树下,套上绳子,然后突然开始蹬腿,拼命挣扎,但叫不出声来。

那时候爷爷患癌,村里父老说须吃狗肉续阳。但那时候好穷……

时间应该是秋日微雨的黄昏。在一个光线昏暗的烟雾缭绕的房间,所有人都躲走了,只有我和大姑父。他不说话,只是抽烟。

大姑父养过不少狗。他是爱狗的人。在他家做客,我常见他把自己碗里饭拨小半碗喂狗。我们家不让养狗,若母亲或奶奶看到我把碗里饭喂给外面某狗,我会挨揍。

大姑父过世早,五十岁左右突然暴毙。下葬当日,他养的一条大狗跳入两米深的坟坑,不肯出来。表哥哭着抱出它。这狗活得很长,后来有几日不见,表哥去大姑父坟上找,它老死在坟头了。

我的大爷爷,腿坏着,听奶奶说是十六七岁时给地主放羊,晚上睡青石板,受凉以后腰就毁了。他一生就右手抓着一个小板凳走路。他少年时在地主家干活,听少爷读书,就那样学会了识文断字。他是村子里最有文化的人,善于说故,就是讲故事。

我儿时经常见屋里一群村里百姓，央求大爷爷讲故事，有人还带着烟卷递给他。

大爷爷，是我文学修养的源头之一。我约九岁的时候，他非要去后园里种点地瓜，说孩子们可怜，吃不上水果。那时候他快七十了。有一天中午，母亲喊他吃饭，到处不见，就让放学的我找。我去后园，见他滚倒在一个斜坡下，只有微弱的呻吟。

村里缺水。一夜暴雨，他是趁雨后去后园种瓜，一大早就去了。他没来得及种，地滑，他就那样摔落小坡下，躺了一上午。写到这里我落泪了。大爷爷知道我最贪吃，知道我为摘野果，常去非常危险的地方。他只是想种点瓜给他的孙儿们，竟遇不测。几天后，大爷爷故去。他一生没有娶妻。约十年前，我父亲张罗，在老家买了一副女人的骨殖与大爷爷合葬，给他举行了冥婚。

这次回老家，我带女儿去坟上，给他们磕头。我也给那个我们不知的女人磕头，请她照料好我大爷爷。回家后母亲说，已经过了七月十五，不知他们能听到吗。我说，他们知道我平时回不来，我小时候他们那样亲我，我带女儿去磕头，他们一定能听到看到。

如法炮制

表哥辞掉村长，在这里买了个山沟养羊。他去年的收入是三十万，高于我在太原的收入，但我疑心他还是有所隐瞒。这次急，就不去他那里了。

这表哥大我两岁，小时捣蛋。乡村孩子，夏天午睡是趴书桌睡的。表哥于是趁一同学睡得香，把人家小鸡鸡用线绑住，拴桌腿上。老师进来上课，一声起立，剩下的事你就想吧……

这办法好，我如法炮制。我九岁，三年级，拴的是一个十五六岁还上五年级的男生，村里所有年级只一个教室。起立时他疼哭了。

下学我就挨揍。他个高，差不多是我两个的高，但我才不怕他。我被他打得滚地上，就抱他腿咬，夏天衣单，我咬下一块肉来。我站起来拍身上土，看见他第二次哭了。

我咧着被打歪的嘴回家去，等着我的是第二顿打。奶奶和母亲一顿美揍。第二天我没去上学，因为屁股肿得不能坐。

我在村里长到十一岁。得到的最高评价有以下：

一，一位七八十岁的老爷爷，摇头对我爷爷说，你孙子那样的哈怂嘎怂，咱村一百年也就只能出一个。

二，我小学一年级的女老师找我母亲，说，你儿子一下午瞪着我一直看，眼睛都不眨，我有点怕……他是不是要干啥？

三，我奶奶：你就是根搅屎棍。

四，村里小女孩美女：我喜欢你，咱们像爸爸妈妈那样搂着睡觉，长大了咱俩结婚。

五，我大爷爷：你要是在隋朝，可以做瓦岗第二十条好汉。第十九条是丑牛。

丑牛，是我们村一个力大无穷的大汉，脑子有点傻。

砍条猪腿

去村里猪场，为我的罗威纳犬玄六弄吃的，这家伙太馋，包子、剩饭不动，宁饿两天不肯吃。猪场有刚生的小猪，每头母猪只有两排十二个乳头，每小猪一个乳头。若猪生仔多于十二只，多余的就得处理。

猪场主人林奇，养猪二十年，是懂猪的人。他的种猪，长得几乎是牛了，咬人咬猪，凶猛，有次把猪栏的钢筋棍居然搞断了，跑得满猪场院里都是。所有人躲起来在房里不敢出去。后来不知怎么抓起来的。

林奇不多言语，我开了个关于猪的话头，他竟滔滔不绝，聊了很多关于猪的事儿，还有山猪和猎山猪。他老家在历山大山深处，少时冬日上学，一起床就见满院挂着的猎回来的山猪，冻得硬梆梆。他用斧头砍条猪腿，带到学校，小伴们就烧水煮着吃。

风一吹

老家菜园里柿子树，柿子正红。父亲说，你拍拍柿子嘛。一会儿又问我，你拍了没有？我要剜点大葱带回太原。再随便摘点什么别的菜。

路边野草，茂密的车前子，有益于前列腺。但秋天的车前子药用价值不大。

菜园子邻着村人的苹果园。风一吹，苹果就滚落到我家园里了。有时是村人摘一些，手捧着隔栅栏递过来。

父亲抱着我儿子臭蛋和村人聊天，旁边是我家一亩菜地。一亩地好大，若我在太原院有一亩，那有多好。唉，做美梦吧。

家乡仅留数日，我已渐行渐远。此时过洪洞大槐树，在霍州服务站发微信。家乡亲爱的朋友们，多谢盛情。这次未及，且待下次小聚，并可约些有志写作的年青朋友。

田野即生命

秋草高而茂。晨露很快打湿了鞋子。玉米缨子，幼年时常拽来粘作胡子。哎，现在胡子太多了，或者可蓄须充大爷。

这一长道黑，横亘在秋天的田野里、高大玉米林里，突兀和不祥。它们应该是焚烧过的麦秸。呈入眼中的意象如此，但它是极好的钾肥，对作物有益。

我通过园艺，略知植物和土地的皮毛。但我现在只是在田野的边缘。

生命有限。我决意放弃更多的事物。比如放弃人事的虚与委蛇和对浮名的追求，把精力集中在做一些有意义的事上。养生当然有益，但生命的价值不是让自己活得更长，想命长不如去做植物。

要进入田野，持续而深入地进入田野。但我才不写什么农村调查之类。田野即生命，是应沉淀、流入血液中的东西。我之所见，多少人、多少写作者丧失了这些伟大而重要的东西，托言自己没办法、做不到。有什么做不到的？

唉。我之所知，即便住在县城的写作者，也疏离了这些事物。即便住在乡村的农人。

自由、尊严和生命的趣味性，与生命本身一样重要

逾不惑之年，越来越强烈地意识到，我所处时代之前的汉人，尤其士人，绝非像现在这样生活。即便在皇权暴虐的明代，自由和尊严，仍然与生命同等重要，与生命同在。同时，还有生命的趣味性。生命之美，俯仰尽是，无处不在，所缺的，只是善于欣赏的眼光和随时动手去做的心境。

我所处时代，人们已忘却这种真实的存在，仿佛它们是黄帝般遥远的神话。而我以为，这种美好而延续数千年的传统之消亡，始于清代。清殖民数百年，汉人已奴化……

今日，世人如此的小心翼翼，如此的庸常、终日为稻粱谋，

如此的听话，如此的无趣，如此的内心卑微甚至猥琐。在各个职位、各个部门，人们以太监般的心智，感知领导的话语温凉，并为这点小小的聪明自鸣得意。

而我，每每感觉到沉重的悲哀，今日尤甚。在经常的时候，我分明清晰地，看到了我自己内心的卑微，乃至猥琐。

那么我最起码，可以从我自己做起。以往，无意识地去做；斯后，则可以变本加厉了。我所处时代，知识分子群体已基本完全丧失对管理公共事务的参与权。还好，我本身便对公共事务没多少兴趣。

但我仍有对公共事务发言的权利。我愿意，就去做。那是我的自由。

自由、尊严、生命的趣味性，与生命同等重要。有时我觉得，它们就是生命本身，甚至高于生命。

我是一个人，一个有独立意识且还能写作和发表独立意识的人，一个直立的人，一个男人，一个不仅于腰间性器能够直立的男人。

我愿余生，身体力行这样去做。能走多远就走多远。我非圣人，七情六欲旁逸斜出想必会有，但不会偏离以上准则；偶有例外，会竭力纠正。我不指望影响他人，最起码可以证明，汉人未死绝，汉人的光辉传统未完全灭绝；最起码我这种矫枉过正的态度和做法，不乏友朋的支持和关注。

有这些，已经够了。

董重作品 /《荒原》布面油彩丙烯 /150×175cm/2011

无声无息的豹

现在我看到了一个绰号叫做豹子头的人，他渐渐与一只斑驳的豹子重叠在一起——他的前额洁白而宽阔，头颅有着花岗岩般的质地。小巧，坚硬，机警，隐忍而且决断……它曾经经历过、如今已散发到虚空中的事物，逐渐在四周弥漫开来；现在我铺开纸笔——一片盲目荒凉的丛林——把它所听到看到的神秘事物写在纸上。声音里没有豹的叫声和脚步声。

周身漆黑的黑豹在夜里黑过黑暗本身，在月光的照射下会闪现出怪异的斑纹，更加深了黑夜丛林的恐怖和寂静中的杀意。对豹而言谨慎永远是第一位的。曾有带家养的豹狩猎的人遇到危险：一击不中，遭到野猪的死命追杀。他已经遍体鳞伤，在他倒地待毙的时候或许还在想：豹去哪儿了呢？他终于没能看到豹扑过来的情景——豹就在他环绕着的那棵大树上。他是被豹粗糙的舌头舔醒的，野猪也已陈尸一边。

豹就是这样：雷霆一击从不轻易出手。它的警惕和谨慎以至于斯：在性爱的时候都小心翼翼。短暂地仿佛时光一闪，然后不停转移隐蔽地。

等待危机的出现、等待最佳出击时机、命运的垂青或者降临，豹永远处于等待之中。它对猎物表现出惊人的执着：紧追不舍，匍匐跟踪直到发出致命一击。不幸惹上豹子的人是最倒霉的了：侥幸让豹子逃走，它就始终潜伏窥探你，等待你疏忽的时刻来临。

克制的豹子、周身肌肉紧缩的豹子，它的目光清澈而且凛冽，几乎可以说是温柔的。西方女巫说好奇杀死了猫，好奇也杀死了豹。在捕获一只幼瞪羚的时候，已经胜券在握，豹却居然和它玩耍起来，以至于幼瞪羚竟俯身凑近想吃母豹的奶。在另一个场合，一只在河边试图查看水中动物的幼豹葬身鳄鱼之腹。

在玩耍的天性被激发时——如果的确没有危险——豹甚至可以暂时忘却猎物。豹喜欢玩花朵，把花枝弯下去再弹起，或者用嘴折下花朵揉碎，像一个淘气的孩子所做的那样。幼豹则酷爱逗弄小蜥蜴。它追一条小蜥蜴越走越远，清醒过来时已和母亲失散，再也找不见回家的路。

凶悍的狮，残忍的土狼群，猛虎，无一不足致豹于死地。单一头母狮，体重和体型就是豹的三倍。也许正是因为豹的敌人太多了，才逼使它处于克制和忍耐之中并因此发展了敏捷——我说的是它的速度和体型的矫健。即便是一头刚刚生产的母豹，也不失优美的线条和感觉的敏锐。

豹的一种猎豹风驰电掣，是跑得最快的走兽，能达到每小时一百八十公里的速度。当一只猎豹追赶一头斑马、终于追上并将其杀死的时候，它已经精疲力竭，甚至连进食的力气都没有了。时常，一群可恶的土狼过来了，一双双饥饿的眼睛闪着贪婪的绿光。猎豹挣扎着站了起来，没有吼叫，没有龇牙咧嘴，它默然走开。这精心策划并全力以赴获得的战果最终被掠令人感慨不已。

因此有可能豹是最具悲剧性的动物。它不及虎狮威猛，成群豺狼的狠毒，它始终处于一个边缘地带，孑然独立，隐隐透出些威胁。坚忍，机警，克制，敏捷，无声无息，豹成为著名的在野者、怀才不遇者、潜在的僭越者和旁观者。

虎、豹、狮。人往往并列地提到它们，但它们永远不会成为三兄弟。虎在山间穿行，狮群居草原，豹则无所不在，在草原、山泽、雪域甚至人迹罕至的荒漠。虎狮威胁着豹的肚子；豹无声无息地觊觎着它们的后代。斑纹日益鲜艳，对抗中生命得以发展和强盛。让我们祈求豹来拯救我们麻木的心灵——在深夜闭上眼睛，你会看到一只豹子，看到它小巧坚硬的头，让你的周身，笼罩在它清冷的目光之中。

鹰

　　一只在鸡群长大的鹰失去了飞翔能力。人绞尽脑汁企图让它重新飞起来。把它扔向天空，它扑腾着翅膀跌下；捉来黄鼠狼，它竟然在鼠屁浓烈的恶臭中卧以待毙——那本来应是鹰的猎物啊！绝望的人将其抱到高山悬崖，一掷而下——奇迹发生了。急速逼近的死亡割断了昔日卑琐环境的温情、留恋和惰性，死亡令它重获自由和飞翔的能力。死亡的恐惧、求生的欲望和飞翔的欲望。

　　是恐惧而非勇气，使鹰沐浴重生的光辉。这是一则据说让不少人感到震动的故事。我不知道，震动之后，他们是否回归麻木的黑暗之中，或者在刹那的激情驱使下奔向高崖——没有飞起来却摔死了。他忘记了自己原本就是一只鹰，他不过演绎了一场荒唐而悲情的故事而已。

　　但无论如何，鹰被动地被掷下旧的生命因而开始新的生命的故事仍然令人振奋。现在，我们把故事的结论作为起点：鹰飞起来之后，它能做什么？

　　鹰是用匕首攻打粪土的猛禽，一生从事着荒谬的搏斗。它以满含激情的仇恨和热爱对待卑琐之物：动物腐臭的尸骸；老鼠；蜿蜒而行的丑陋的蛇。造物将神奇之物与易朽之物紧密衔接在一起，让人疑惑不解。鹰是否在仇恨的岁月中渐渐爱上了腐臭的尸体，直到有一天自身也变为同类攻击的对象？生长、发展以及轮回，人在恍惚的生命中无力作出评判。

汉民族的原始崇拜中没有留下鹰的阴影，但浩瀚的汉语典籍却为我们记载了太多鹰的称谓：鹫、隼、鹞、鹏、雕、枭、猫头鹰，最具魅力的是或鱼或鸟的鲲。鲲以巨大的形象遮掩了世人蒙昧的眼睛，或才是无边无际的庄子所为。那几乎是无所不在的自然的化身的飞禽和人物。

鹰的出现是不祥的征兆。古中国汉朝的贾谊因为一只鸟在他的住所怪叫，他非常伤感。他预见了自己的死亡——这仅仅是表层的符号，在惊悸的心灵深处，我想他更预见了生命轮回的悲哀，无可抗争和摆脱的绝望以及无奈。

鹰游弋、杀戮，在乌云和寒流中穿行，敏捷地躲避劈开天空的闪电。它在数千米的高空能清晰地看到一只老鼠的蠕动，老鼠周围的地貌草木（我希望自己相信，鹰敏锐的、利剑一样的目力绝非用来寻找老鼠）。它和滚滚的烈日、云群飞翔在我们头顶。展开羽翅的大鹰足有一丈多宽。它在高空中猛然收翅、俯身冲下，如同巨石从天而降。它强劲的翅膀足以扇断骆驼的腰背；它锋利坚硬的爪子能抓碎岩石——鹰将猎物提上高空直掼而下，将其摔死在尖石之上。

令人沮丧的是我们极少能看到如此宏伟的场景。那是草原上的飞鹰。人口稠密的中原地区只有乌鸦、麻雀和鹞鹰，此外是纸扎的飞鸢。鹞鹰仅以鸡和飞鸽为食。

在偶尔的幻象出现时，我们能看到鹰的栖息地：那人兽弗至的高山之巅的巨岩。浓云四垂，凛冽的悲风回旋，下面是深不可测的大渊和湍急的河流。鹰岿然不动，眼睛漠然若无所见。

它俨然是虚无之神的化身。这奇异的破败景象中，无限的杀意和生机同时显现。

董重作品 /《交易》布上油彩 /150×175cm/2010/

孔雀

　　"孔翠群翔，犀象竞驰。"左思在《蜀都赋》中这样写。孔是孔雀的简称。古汉语中，孔有美和大的意思，就是说，孔雀是一种又美又大的鸟儿。叫孔子的人曾称赞老子是一条龙，他自己和孔雀有没有联系？他在暗喻自己是一只唯美的鸟儿么。

　　我相信孔雀就是方位里的朱雀。不知何故，人们用它象征南方和主宰火德。后来又说它在火里能得重生，这样子，其实它就又变成凤凰了。凤凰是神鸟，凤雄凰雌，没有什么人曾经真的看到过它们，只是在目睹某人高贵的风范，不由自主联想到凤凰翔舞的姿态，并做出附会的比喻。长时间人们只好用对孔雀的认识来替代凤凰，大概的意思，后者比前者更美而已；但直到唐朝，还把两者混为一谈。有个孤陋寡闻的家伙见了孔雀，为其美所震惊，跑去女王武曌那里汇报见到了传说中的凤凰。女王接受了他无知的说法。其实她知道对方指的是她自己。女王武曌是我老乡。

　　孔雀就是这样一种美得总让人想入非非的鸟儿。据说它周身绚丽的羽毛，曾使人类中每一位目睹它的人产生了短暂的晕厥，就像在丛林中遇到虎豹那样的猛兽所产生的生理反应一样。所不同的是，这一次人是因为美产生了强烈的恐惧。

因美而战栗，现在这样的体验在人心中已经不多见了。英国作家王尔德曾经在文字里重现过那些美的辉煌。他在混乱的生活中偶尔告诉了人们痴狂的美，美让人产生的恐惧，以及美的可怕和残酷。愚昧的人们以为他在发疯，唯有很少人相信，他是至今为止人类中道破美的禁忌的为数不多者之一。

孔雀群居在热带森林中或河岸边。主产于东南亚和东印度群岛，属陆栖雉类。它有许多不可理喻的生活习性，比如小心翼翼地用月光、日光、树叶的阴影来喂养自己华丽的羽毛，生怕羽毛损坏，夜间都不肯躺下睡觉。它极为挑剔栖息场所，低矮的灌木丛不屑一顾，只会在枝叶疏大的树木歇息。更离奇的是传说中，它连性生活都否定了，雌孔雀仅仅依靠雄孔雀羽毛上晕斑光线的折射就能受孕。

孔雀甚至为美牺牲了智慧。它摇曳多姿的长尾，人兽为之目眩的羽斑，压榨着它的脑袋，这让我们不合时宜地想到，一种如此华贵的物种却只有小得可怜的头颅，又多么让人遗憾。

但人在动物园的铁丝网，见到它已经因囚禁和毫无生活质量可言、变得了无生气的华羽，仍然赞叹不已。他们专注于欣赏它正在开屏的尾部，原谅了它的虚荣，它可笑的嫉妒，它在细沙上随意屙下的粪便，原谅了它开屏的同时，愚蠢地暴露出丑陋的屁股。

人为美女也是这样做的，总有理由谅解她们各种粗俗的生活习性和匪夷所思的索取。孔雀一般在二十五岁时死去，这也是每一个美女生命中风华绝茂的时刻。

人在各种形式的意会中都暗指孔雀为阴性，但自然界里唯雄孔雀才拥有美羽。孔雀在华丽的羽毛中藏有一个可怕的物事：剧毒的孔雀胆。它要这剧毒的东西做什么？人在堕入毂中、为美女所惑终于醒悟的时候也会问：她藏着那么恶毒的心思做什么？

狮

　　佛语中有所谓狮子吼，意味着深沉的、震魂慑魄的潜在力量，有大智慧的含义。吼声的确是一种杀伤力极强的武器。在广阔的热带草原，酷热逐渐退去的夜晚，狮子的吼叫声能传到方圆十公里之外的地方。——声音似乎不大，沉闷，倦怠，像旱天的雷，不同的是它仿佛从地心发出，久久之后，仍然隐隐回荡在夜空之下草原之上。吼叫是雄狮发出的，与所谓的河东狮吼无关。雌狮似乎不叫。当然不是说它们哑巴——它们像猫一样哇呜哇呜，有些亲昵的味道，即使在恐吓对方时也是如此。

　　狮并不以吼声猎食，它以吼划分领地。凡声音能够穿越到的区域甚至更远，都是它的王国。狮是在以吼声安抚子民，还是警告来犯者？

　　与我们预料的相反，大草原上的生灵远远看见狮群，并不惊慌失措地逃走，而是依旧安详地吃草。只有在狮群暴起袭击的时候，动物们才四下里散开。但并不走远就停下来，恢复正常的列队：年幼者在中间；首领在最前面带队；部分强壮者在巡逻和游弋。在它们旁边，受难者的哀鸣和挣扎是短暂的，这与它的亲属和它所在的部落已经无关。它是被献出的祭品。各种草食动物显然习惯了这种杀戮——狮群以杀戮清除了它们中的老弱病残者，使各种动物部落保持旺盛的生命力。而狮子只有在饱食入睡之前才会吼叫。因此，狮吼也代表了草原上的秩序和安定。狮群是大自然赐予草原的牧者。在这里，它们掌管着生杀予夺的大权。他们傲慢而无所畏惧，所向披靡。

奇怪的是，狮王和其他雄狮不出去狩猎。它们不屑于做卑琐的事么？

它们的分工非常有趣。这是男权至上的社会的理想境界：女人买菜（或许还有赚钱）、做饭，洗衣服——相互用舌头舔对方的毛来清洁卫生；男人们负责外务，与外来的侵略者打仗，教育后代。再剩下的，就是以源源不断的爱情来滋润女人们。——爱情逼近的季节，一只雄狮可以只食色而不他顾，一周之内不吃不喝，性爱次数达百次之多。试想一想，有如此能力的男人也肯定不会是孬种。至于其他，哼，只不过懒得去做而已。

狮的确极懒。饱食之后，大多时光在昏昏欲睡。它们大摇大摆地，像某些场合故作正经的狗一样撅着后腿走过草原，或者毫无顾忌地酣睡，因为它们所向无敌。对于多数动物，狮是神，是命运的主宰；对于另一些，如秃鹰、豺狼，狮群是轻蔑的恩施者，两者常抢食狮食的残余。

狩猎由母狮来完成。它们三五只一群，轮流值日。斑马、瞪羚，是狮子惯常享用的美餐。它们不怕人，也不轻易攻击，对往来越野车带起的尘土视而不见。狮子颇具用兵之道。以出奇不易的袭击捕食猎物：将它们庞大的身躯隐藏于在烈日、暴雨、不计其数的动物尸骸中疯狂生长的草丛之中，悄然匍匐向猎物靠近。一只负责正面进攻，其他成环围之势。突然，主攻的母狮暴起——它飞越的动作在空中划出一道弧线——漂亮而强劲，像闪电劈开虚空，你仿佛能听见它撞击空气时发出的呼啸——猎物奋起——致命一击。猎物还有余力逃窜，其他狮子截住了它。

或许是因为热带食物易腐，狮子进食时，猎物往往还活着。一只狮子按住头部，其他狮子开始撕扯。那场面是异常恐怖的、充满血腥味的：被按在地上的动物尚在挣扎，只是力气越来越弱。它热乎乎的血四下里喷涌，溅在草上、地上、狮子们的脸上。它的后半身已经白骨嶙峋；它竭力睁大的眼睛里充满了惊恐、悲哀、无助，以及疼痛和之后的麻木。这情形像在做梦，但梦里不再是雨水和鲜美的草。这可怜的兽清醒地听着自己的肉被撕扯下来，听着时而发出的自己骨头的碎裂声。然后，它半身骨头半身肉地被衔走，在狮子的巢穴完成最后的记忆。

狮群少有对手。如果有，那只是因为对方的体型过于高大，而非生性凶悍，如象、犀牛等。一般而言，狮群不肯轻易冒险。但并非所有的狮子如此，好大喜功的狮子还是有的。

五头母狮盯上了一群非洲水牛。已经一个多礼拜了，狮们穷追不舍。黑色的非洲水牛成群活动，单只成年水牛重达一吨，高度数倍于狮子。它们坚硬、锋利的弯角，对狮子有致命的杀伤力。但狮群已经孤注一掷。

在水泽边，一只贪恋清凉水温的水牛不经意落了单。它前脚刚刚踏上陆地，五头等待已久的狮子扑了上去。

这是蓄意的挑衅，不公正的角力，战斗一开始便分出了优劣。水牛寡不敌众，它过于庞大的身躯运转不灵，它巨大的弯角无处可用。况且，狮群还有它们独到的战术：一只狮子在正面挑逗、触怒水牛，令其注意力集中在它身上；其余狮子旁敲侧击，有两只狮子居然跳到了水牛背上，一只咬住水牛的头上方，另一只前腿趴住水牛臀部、后腿着地，一边撕咬，一边试图以重力压倒对方。水牛终于力不能支，身体渐渐倾斜。它开始哞哞求救。

水牛群赶回的时候，同伴已经倒在地上。狮们四下里跳开，或蹲或立地观望。被袭者伤痕累累，头部、臀部，背上，流着殷红的血。黑压压的蝇群嗡嗡飞舞，高空有兀鹰盘旋。水牛们愤怒而笨重地追逐着——它们的速度差狮子甚远。在它们脚下，狮子漫不经心地小跑着，不时折回头来。

水牛返回去的时候，狮子们又紧紧跟上。被袭者已经勉强站立，在同伴们中间。

战争进入相持阶段，从正午直到黄昏。水牛们粗大的鼻孔喷着鼻息，狮子们眼里的欲火愈烧愈烈。也许是被袭者受伤过重，水牛群突然决定放弃。它们撤走的时候，没有回头。被袭者朝它们撤退的方向凄凉地叫了一声，眼神里有食草动物特有的听天由命。夜幕降临，杀戮开始。

对狮子而言，最可怕的事莫过于在打猎时负伤。天气炎热，再加上蚊虫叮咬，伤口极易化脓。这时候就会遭到狮群的遗弃，因为腐烂的伤口将快速传染。它悲哀地低吼，向父母兄弟求救，但它们跳开去，惊恐地看它，像从来不认识它一样。狮群不允许它和它们躺在一起。然后，它眼睁睁地看着它们转身离去，没有谁招呼它。等待它的只有三条路：病死或康复——后者不大可能，赤道地区的烈日几乎不给任何动物这样的机会；投奔其他狮群——仍然不可能；被豺狼吞噬。落单的狮子抵不过凶残的狼群，更何况身负重伤。

狮子王国的统治者具有至高无上的权力。它妻妾成群，每食当先，自行选择迁徙与否，决定前来投奔的同类的去留。不过王位并非永久性或者世袭，而有点像西方的选举制。这是狮群最为隆重的大会，更是每只成年雄狮一生中最难忘的时刻。

挑战中的失败者大多远走他乡，加入别的狮群；重伤者抽搐着死去。但狮王不管卫冕成功与否，总有一天它会被赶下台。那时它在草原上踽踽独行，想着昔日的荣光，前途的莫测，伴行的只有自己的阴影。正午阴影奇浓奇黑，也奇短；黄昏极长。天色渐暗阴影消失，然后铺天盖地淹没了它。

曾经傲慢威严的君王啊，昔日荣华今何在、何在?

杀戮开始生命，尸骸滋养草原。造物以不同的方式，赐予万物同等的权力。造物是公正的。

虎，老虎，大老虎

　　虎。老虎。大老虎。被写在纸上的虎越来越不真实，远不如大虫两个字来得斑斓凶猛。可能到虎被叫做大老虎的时候，虎就彻底死了，没了，成为年画中门神一般的物事，用一大块麻糖就能粘住它的嘴。

　　画虎不成反类犬。沉湎于文字的人面对造化的美，往往有这样的自惭。但真的虎是一种怎样的动物呢？

　　虎盘踞山巅，喜欢孤零零享受高岗的悲风，让山间的松涛、明月，潮水一般一波一波地涌着它。虎行随风。风是它自己掀起的。如此说来，虎是在桀骜地孤芳自赏吗？

　　据说虎从来不肯光临一马平川的平原地带，因为害怕那里的狗朝它汪汪叫。试想一下，对于人持其一块死后枯骨在山间行走、猛兽毒虫都避之不及的虎来说，被狗追着狂吠，的确是有失体统的事。

　　很少有动物像虎那样酷爱孤独。每只虎——无论雌雄，自成年之后就仅拥有短暂的情爱，为时一周或者两周，然后是永久的分离和形同陌路。为了这恍惚、短暂而持及一生的激情，虎以牺牲婚姻作为代价。它在蔑视婚姻，蔑视生活中的卑琐之物。

我们无权断定，它的选择是否明智。

虎在树上撒尿，以此界定自己的疆域。王国因地盘的大小、猎物的多寡而定。奇怪的是，虎们很少因此发生争执。它们懂得对造物赋予自己的天敌，要有敬畏之心。

但是对闯入领地的入侵者，虎绝不姑息——注意：不是猎物，大凡入侵者，意即与它地位相当。这时候，一场恶战在所难免。在极为罕见的情况下，虎会与豹殊死搏斗。虎不及豹的速度和耐心，但它对冒犯者有着奇怪的执着，置对方于死地而后快。如果这场决斗于黄昏开始的话，那么翌日黎明，你会看到虎守着一头硕大的斑豹。你对虎的畏惧之情遮掩了虎本身的疲倦；你看到的只有它的威猛和无与匹敌。你看到了结果——这已属侥幸；期间百兽惊悸失色，唯有黑夜的丛林目睹了这一切。它缄默不言。

在山间，虎是漫不经心的牧者。有人著书说虎捕猎只有三种动作：一拂、一扑、一剪，大致是不错的。虎一扑不中，往往自行放弃。这令人想起项羽在某一次箭射刘邦时的情景——中脚踵而刘邦佯言不中，项羽于是折弓不射。

虎能轻易地搬动重达一千斤左右的猎物，乍听不免让人骇然。手格猛虎几乎是不可能的。虎还知道潜伏在猎物的下风向，以遮掩自己凛冽的体味，陡然之间发起袭击。

好似猛虎下山冈

虎直奔猎物要害，断其喉咙，然后跳踉大阚。它用粗大的舌头舔猎物的皮毛，目的是使其毛发分开，露出粉红的肉。动物园里的虎日需三十公斤肉，但自然界的虎进食永无节制（内科医生应该认真研究虎的胃）。如果实在吃不下，剩肉它不再行光顾——那是蚁虫、苍蝇、兀鹰和豺狼的盛宴。

饱食之后，虎喜欢将身体浸泡在水中，依靠水的浮力来消化食物。它无所顾忌，因为造物没有赐予它天敌，除了天灾、疾病和森林的缺少。它会发出倦怠的咆哮，与饥饿时的虎啸不同，这是让百兽各行其是的信号。

除不可思议的力量之外，造物同样赐予了虎不可思议的外表。虎周身的条状斑纹具有恐怖神秘的美感，但是，没有两只虎身上的花纹完全相同。这绝不是传说。对同一只虎而言，斑纹的粗细和分布状况会因它的遭遇而发生变化。凶猛的大虎条纹粗壮，皮毛生气勃勃；与此相反，在生命中一再遭受打击的神情沮丧的虎，皮毛黯淡无光，原本可能较粗的条纹会变得纤细且暧昧不明。

雄虎体型、重量略大于雌虎，所谓虎毒不食子的俗语也仅适用于母虎。雌虎同时兼顾着父亲和母亲的角色，它含辛茹苦地养育子女，还绝不允许雄虎靠近子女半步。它的身体在岁月中变得衰老不堪，却不会为卑琐之物所羁绊，变得鼠目寸光唠唠叨叨。母虎与母鸡有着天壤之别。是严肃的母亲、富于爱心的母亲和绝不慈祥的母亲。

虎一胎生三到五只虎仔不等。自断脐带然后觅食。在母虎外出觅食的空档，虎仔极易受到攻击，成为豹、鹰、豺狼、熊罴和山猪的美餐。也许正因为此，哺乳期的母虎异常狂暴。对于入侵者它显示出前所未有的勇气和力量。捕猎成功后，它径直衔着食物返回栖息地。野外工作的动物学家们常常看到，瘦骨嶙峋的母虎卧在草丛中，旁边是几只正在嬉戏进食的虎仔。母虎的眼睛没有看着食物；它干瘪的腹部在剧烈起伏。

母虎对所有的虎仔一视同仁。但天生有缺陷的、在玩耍或遭袭击受伤的，往往被遗弃。母虎会突然决定迁徙。最弱的

118

一个气力不济，或者腿部有伤，一跛一跛地落在后面。尚未学会吼叫吱吱叽叽地哀鸣着；它在哀求？哭诉？绝望而愤怒地呼号？母虎和兄弟姐妹们没有回头，也没有停下来。现在只剩下它一个。它无助地叫了一声，前后左右转着看了看，四周蚊虫的嗡嗡声格外地响，无边的寂静里，暗藏着浓烈的杀意。

这或许是极端残忍的。但试想一下，作为兽中王者，虎应该是完美无缺的。它的力量，它无懈可击回环自如的身体，它无与匹敌的勇气……实在不需要一只跛脚的虎来亵渎造物。

这不禁让人想起动物园里频繁发生的母虎遗弃虎仔的事件。自顾不暇生子何为。虎是在以这种方式，消极逃避丧失自由和尊严的命运吗？当力量和勇气成为被赏玩之物时，它们也就从变质、虚假直到消失。这是正在败落的美。

虎是真正孤独的动物。它看到了什么、听到了什么，经历了什么又怀恋着什么？对此我们一无所知。经历了太多的杀伐而从不厌倦，丛林在现实和记忆中同时展开，梦境和真实一起开始。它梦见了一只虎，那是它水中的倒影、昨日和明日。

在有限的时间里，虎拥有丛林；在有限的地域里，丛林主宰着虎。

狼

大地在狼群的舌头下面。

——休斯《嚎叫的狼群》

名作家和富人海明威在他生活的另一面——闲逸而刺激的打猎经历中，发现狼是极其淫荡的动物。它们雌雄双体，无止尽地性交，在没有性伴侣的时候自我满足。

这当然是荒谬不经的论断。但它能满足富有而无聊的人们的猎奇欲。海明威自己是不喜欢狼的，他更倾向于将自己认定为一头老狮子或垂死目光依然凛冽的豹子。不过，当海明威扮演富人和作家的双重身份始终困惑终于厌倦的时候，他自绝于世的那一声枪响，则像极了孤狼在冬夜的旷野发出的凄厉长嗥。

当深夜在旷野中嗥叫，

惨伤中夹杂着愤怒和悲哀。

实际上狼被误读已经很久了。汉字中的狼是"犬"加"良"字。后者除表音之外是否还有其他含义：狼是良犬么？但只有狼狗，没有像狗一样的狼。

狼最初的出现伴随着一只叫狈的动物。狈赖以生存的传说和汉语言背景，对我们来说显得广漠而模糊。狼狈为奸。人愤恨而无奈地说。狈在语词中匆匆一闪而过。

在并不遥远的时代，乡村与乡村之间的荒凉地带，是狼出没逡巡的场所。那时狼是牧羊人的对手，单调、悠长的视野中冷不丁闯进一只狼，便引起牧羊人的兴奋而非恐惧。这一切在高度城市化的现在，已经不可能了。肮脏的花环般的垃圾围绕着大地上每一座大大小小的村庄，像众人散去的葬仪。狼失去了生存背景，但它永远不会模仿狗以吃屎为生，或在垃圾堆里觅食，更不会被妇人搂在怀里、抱着上街。

所以狼越来越少了。也许我该写一篇文章：《乡村时代的狼》。那毕竟是值得怀恋的事。

狼是贪婪的、不驯的，其生命力之强盛令人吃惊。一匹被捕兽器夹住后腿的狼，宁可咬掉后腿也要逃生。在对猎物的围攻中，负伤毙命的狼会迅速被饥饿的狼群撕食，——狼以此保证充沛的体力，同时亦表明了对猎物势在必得的决心。这残忍的行为足以令猎物丧胆。

狼群里只崇拜强者。唯有强悍的雄狼才能博取母狼的青睐。这使得它们的后代不致退化，也不会进化成狗。狼的野性有时让人怀疑：狗真的是狼转变而成的吗？

人厌恶狼的不驯。在人的语言中，太多的拟人化遮掩了狼的本质。狼被描绘为"野心"而非"野性"。那个家喻户晓的"狼来了"的故事，是让孩子们驯服的道德训言。这里，野性是可怕的，它导致孩子——新生事物的毁灭。就是说，孩子面对的是一个强大的社会环境，说谎就触犯了它，遂之招来死亡的惩戒。

另一则故事《披着羊皮的狼》更加做作，很明显，那个反穿着羊皮袄的羊倌才是真正的阴险的杀手。

马戏团里可以让老虎跳舞，让狗熊钻圈，唯独没有狼。动物园里的狼则让人怀疑，那不过是几只大狗被关在笼子里。但它们从来不叫，不摇尾巴。它们上蹿下跳，不像虎那样懒洋洋丧失信心。狼永远在寻找出口。

狼也许正在消失，逐渐蜕变为一个令人警惕的词：狼。

狼。

堕落为一个词，堕落到与女人和孩子为伍。色狼。大灰狼。由一种原始记忆继而人拟物化，在语词的边缘隐隐威胁着人。

但是真实的狼仍然存在。在我们的视野弗及之处，在草原，荒漠，戈壁，人烟罕至的苍茫地区，狼群可怕地呜咽着。和美一样，狼生活在规矩之外。它的獠牙，发绿的眼睛，令人毛骨悚然的嗥叫，与其说是丑的，毋宁说是美的。

象

　　骑瞎马的盲人最能体会胯下兽沉默深沉的悲哀。由此，接下来我们联想到那则著名的、有歧视残疾人倾向的摸象的故事。但就对大象的认识而言，也许更多的需要感觉或者说是触摸。肉眼所能望见的庞然大物，仅仅是世俗间的幻象而已。幻象。虚幻的大象。我闭上眼睛，摸到的却只是一个小小的物事，它或者是象身上的一枚虱子，或者是一颗温暖而柔软的心。本来嘛，如象这样的巨灵，只配像荷马那样的瞽者去摸——洞悉一切，已经用不着眼睛来蒙昧自己。

　　中原无象。但象在中国著名的乱世三国时期，就已经频频出现。先是蜀国的军队与跨战象出阵的南蛮兵士作战，战士们的枪矛无法刺着敌人，他们胯下的战马战栗不已，战斗根本无法进行，看上去仿佛是象对林中众兽进行的大规模驱逐。再后来是象启发了魏国年仅七岁的曹冲的智力，但他很快暴死。因象而开启智力的人必遭天殛吗？

　　但象终于作为吉祥物出现，和一个僧人的名字紧紧联系在一起，僧人即唐朝九死一生前往西天取经的玄奘。他的博学、执着、对佛学的悟性，得到当地朝野的敬重，他被加以跨象游街的礼遇。我们不妨猜度一下他当时的心情：如果他真的心灵寂定的话，此刻象在他脚下、万众匍匐在象的脚下，那么跨在象背上和在狗背上、实际上并无区别，掌声和风雨声并无分别。有人带着疑问翻阅了《西行记》，发现其中幻象丛生，纠缠着瘴疠和缕缕云雾，尚缺乏云破雨霁千里皓然的空明境界。

象。庞然大物却不伤百畜仅以草木为食，可谓尽得佛缘佛法。象在亚洲东南的亚热带热带丛林与人友善，如同中国中原地区的牛一样温顺忍耐。据说在那里，驯象师是有名的职业。皮肤黝黑的人们骑着大象走过丛林，可以避开猛兽毒虫的攻击，可以摘取热带地区疯狂生长的树木上的果实。不知道，能否像牛一样挤奶给人喝？

象呈异相，或曰宝相佛相。高大威严，雪白的长牙在巨鼻两侧左右对峙。以象牙做筷，据说遇毒则筷变黑。大概此物可使象识别林中的毒草。象的长鼻能达到拾起一根绣花针的灵敏程度。很难令人置信，那会是巨大乃至笨拙的大象能为。

象喜戏水——用长鼻吸水往身上喷，憨态可掬。给人的感觉，仿佛一个老叟朝人做鬼脸。

举止庄重的象不肯攻击他物，对虎豹兔獐一视同仁。但它能轻而易举地对付来犯的敌人。象鼻一卷令敌人窒息而死，或者卷起后将其摔死在岩石之上。它轻轻抬起一条粗腿，便足以将敌人踩成肉饼。丛林中的野象则在漫长的时间进程中，从祖辈那里继承了对人的敌意。它们看见熟睡在树下的人，会悄悄卷起动物粪便、枯枝、树叶、沙土将其掩埋。

丛林中最为隐秘的地方之一，是象冢。诸物不敢靠拢此地，否则必招致群象的死命追杀，不得手而不罢休。——那是一个自然的、又被象用鼻加宽加深的大坑，坑内白骨累累。死期将至的老象在群象的簇拥下来到这里。它前腿跪下，慢慢地顺着边上的斜坡溜了下去，坑底已备扔下数日的食粮。这老弱不堪的象好一阵过后才能勉强站立。阳光从树叶间露进，照射着它在尘埃中渐渐清晰的老态。众象围在坑边一齐举鼻向天，哀鸣数声后缓缓离去。至此，奇异的葬仪结束，只剩下老得快不能吃草的象，在坑底平静地等待死亡。在四周寂静的压迫下，它会不会变得不耐和急迫？

总的来说，象的脾性是温顺的。这使得它庞大的身躯有点儿滑稽有点儿慈祥。驯象喜欢逗弄小孩，用长鼻轻轻卷起孩子——孩子哇哇大哭——放在它身上。淘气大胆的儿童抓住象鼻攀援而上，然后哧溜一声顺象鼻滑下，他把象鼻当成了公园里的滑梯。这时的象不愠不火，偶尔，它吸进满鼻的水喷孩子一身，再把嘎嘎笑着逃奔的孩子一鼻子轻轻碰倒。

但也有例外。象怀胎生子要一年零九个月，因此它惜子如命。亚洲东南经常发生驯象因失子而发疯的事件。在一个印度电影中，一头走失幼子的母象焦灼而漫无目的地在田野上寻找着，小跑渐渐变成了狂奔。它踩过农田，拔起路旁大树恶狠狠摔下；它在村庄里狂奔，遇物辄毁，踩踏鸡舍、撞翻牛棚、掀翻屋顶，追赶惊慌逃窜的人畜。诸物在此时此刻都成了它的敌人。一个妇人惊慌之中，怀中抱着的婴儿脱落掉在地上，咚咚赶来的大象一只前掌即将踩下。一声非人的尖叫声中，妇人朝着大象跪下——我们看见，狂奔着的、已经举起前蹄的象骤然停顿。它高悬着的那只前掌正下方，是哇哇哭的孩子。泣不成声的妇人将头埋在尘土里。而象的眼睛里，竟满是泪水。

一位泰国的白人警察记叙了另一个场景：一头象失子发疯，他奉命在街头对其执行枪决。瞄中大象并射出子弹的那一瞬间，他清晰地看到了象每块肌肉和内蕴的力量的朽坏：死亡迅速追上了象，象身上的肌肉刹那间变得衰老、松弛，仿佛突然被抽走了全部骨骼。然后，象缓缓地、缓缓地倒了下来，轰隆一声，

貳

大地似乎颤抖了一下，他觉得自己内心也有什么东西同时崩塌了。怜悯、悲哀和巨大的恐惧攫住了他。他说他从来不曾想到，射杀一头象会引起如此严重的后果：他射杀了一个善良的、偶尔因类似人类母爱一样的情感而犯下罪错的巨大生命；他冒犯了神。他知道任何理由都不能致使他自我宽恕，他将终生活在这罪孽之中。

驼

发情的母驴龇牙长鸣，
高大的骆驼在妇人面前跪下。

　　远在新疆的周涛极其厌恶骆驼，认为骆驼是一种为了生存而变得丑陋龌龊的动物。我想他在写到骆驼时，一定想到了周围一些不快的人和卑琐之事。但周涛自己，不是由写诗而改写随笔了么？周涛先生年长我很多，我极喜读他的随笔作品而非诗章。我认为，他也是一名美丽的意气风发的骆驼。近年不见他的作品，不知他是否仍在像骆驼一样长途跋涉。

　　驼是大漠的主宰，就仿佛狮子主宰着热带草原一样。在浩瀚的沙漠中驼如鱼得水——常让人产生不合时宜的幻觉：驼是不断曲线流动而又时常凝固起来的沙海中一尾古怪的大鱼。
　　驼高大而瘦骨嶙峋的身躯仿佛永远在沙漠中屹立不动。脖子很长，使得它看上去高瞻远瞩深谋远虑；小小的眼睛总透出沉稳和善。脚掌宽大厚实，不易陷入流沙那柔软细腻的陷阱。驼的皮毛枯槁而细密，尾部像冬日干枯的草一样了无生机。它周身没有一样华丽的物事，俨然是一张足以抵御大漠中忽冷忽热阴晴不定的寒刀热剑的坚实盾牌。

驼是生命的奇迹，它告诉我们，生命之顽强，竟一至于斯：在高达摄氏四五十度的大漠正午下，驼仍安然前行，沉默地积攒着热量以应付继而夜间摄氏零度以下的低温——它的背上还驮着人以及沉重的水囊，囊中的水当然是轮不着它喝的。没有任何食物，它只是沉默地走着。遥远而漫长的丝绸之路，就是在骆驼这不愠不火的动物脚下一点一点延伸出来的。

驼还需背负自己的行囊，就是背部的驼峰。这两个丑陋的肉袋可使它在不食不饮的情况下，健步前行长达半月之久。疯狂的、足以吞噬整个村庄的沙暴来袭之际，驼朝天哀鸣然后跪倒，用身躯挡住主人。飞沙席卷了天空大地向他们扑压过来时，驼与拽着其缰绳的主人缓缓移动，以防被流沙活埋。在干燥得可怕的、随时可能令人兽倒地毙命的大漠深处，驼还能凭借灵敏的嗅觉找到水源，前蹄刨地，直到刨出甜美的泉水。

隐忍，缄默，无视岁月的流失和其中的艰难苦恨，驼告诉了我们抵达目的另外一种途径：如果说荆轲是一匹竭力狂奔终而力尽、口吐白沫倒毙的马，那么驼则是刺客聂政。以长期充分周密的准备、源源不绝的力量和可怕的忍耐来抵达速度所不能企及的领域，而一旦抵达，它积蓄的沉默的力量爆发，亦如大漠中令人恐怖的异象一样强大和无坚不摧。

大漠沙如雪，燕山月似钩。我一直怀疑这诗句说的是驼。驼有足够的魅力和资格，来配天空中那把清冷的弯刀。武侠小说中偶尔会写到骑着疾如迅风的驼的异人，驼走那么快，是有点荒谬不经了，但驼也并不像人们想象的那么缓慢。人有这样的错觉也难免：仅仅因为沙漠中永恒、单一、行同静止的色调罢了。被鞭打出血、圆睁怪眼狂奔的驼速度快于马，持久力更是马所无法匹敌的。

牛

出函谷关的老子不知所终，有说去了西方，但终于消匿于无形，倒是他胯下的巨大青牛一度声名显赫。印度人奉牛为神物；古希腊人对牛也格外尊崇。奥德修斯的下属因宰杀阿波罗的神牛而遭到严厉惩罚，宇宙之王宙斯也曾化身金牛，诱惑了美丽的少女伊娥。之后，为了使她逃避王母的伤害，将她变为一只可爱的小母牛。但后的恨意仍追逐着她，驱使她在陆地上无边无际地流浪，让牛虻和疯病折磨她，让她在夜间孤独而惊恐地对着星空祈祷。

我们这一代人所受的启蒙教育中，牛的出现伴随着小英雄放牛娃王二小和一本叫牛虻的书。长大以后知道，真正牧过牛的人还有两个君王。其中之一是朱元璋，他后来娶姓马的媬妇为妻，最终成为王。幼年牧牛的经验使他熟稔牛的习性：温顺、缓慢、勤劳。他以牧牛的方式放牧国家，天下莫可当矣。

一头耕牛抵得上一至两个健壮劳力，所以在古代，私自宰杀耕牛要获罪被判刑，刑律中对盗牛贼的惩戒更为严厉。寻常人家与牛患难与共，二亩薄田一头牛，在汗与土中，人牛达到相当默契的地步。主人的一个眼神，一扬手，一投足，牛便知道要它做什么；它慢吞吞地抬脚或者转身，间或喷出长长的鼻息。借牛使用的人往往因不了解这牛的习性而无法驾驭，只好将主人一同借去。这样一头牛，恍然成了一家中的一口人，一家人命运的象征。它伴随老农度过漫长的岁月，当它老得不能动弹的时候，主人任其自由活动，不再把它拴在牛棚里。它会留恋地在院里四处走动，这儿闻闻那儿嗅嗅，像是与各种有形无形的生命作最后的道别。它会遛到昔日干活的田里或放牧它的草地，跟在与它一样衰老的主人后面慢悠悠地回家。在巨大的夕阳下，一人一牛的处境及心情是极为相似的。牛固执地扭回头去，大而呆滞的眼睛看往返走过无数次的田地，会有浑浊的老泪溢出。人牛都清楚，他们终其一生所用的犁，即将把他们也犁入土地。

这牛终于老死的时候，贫困的农家不会将其杀掉取肉，而是草葬在它以前经常干活的地里。当然不会堆起高高的坟头，那会妨碍种庄稼。仅仅插上一个树枝或放一块石头作为标记。尚未故去的老主人偶尔会去田里，坐在埋牛的地面上默默抽一袋烟。

牛是忠厚长者。家禽家兽中，狗不间断地朝猫、鸡狂吠。恼怒的猪凶狠地追逐咯咯乱飞的鸡，猫居心叵测地盯着幼兔、雏鸡，暗地里磨着锋利的爪子。与世无争的牛则与诸物相处甚善。它不以庞大身躯欺辱他物，即便与同其体形相仿的驴、马、骡等也很少争执。

当然牛也有牛脾气。一旦僵持它会停下不走，鞭打出血也不肯挪动半步。被激怒的牛会圆睁怪眼狂奔不止，大车被它拖得稀巴烂不说，遇见沟壑都能不顾一切跳下去。

牛反刍，夜间黑暗的牛棚里它静静地咀嚼吃下去的东西。

这奇异的习惯接近于人无聊时嗑瓜子，又仿佛对一件事物不断回忆的过程。牛病了面黄肌瘦，还会啃坚硬的石头直至满嘴流血。这种牛偶尔腹中会长出牛黄。牛黄是名贵药材。

到目前为止，我所述说的只是理想化的牛。事实上人对牛的了解更倾向于肉体，像人对爱情的了解多于性交。如一个显赫的名字——解牛的庖丁，他以善于在破坏有生命的物时保持无生命的物的锋利名世。俄国人喜吃土豆烧牛肉，牛肉烧得半生不熟，有大人物讽刺他们，说吃多了要放屁。

黄牛像黄皮肤的汉民族。老子骑青牛过函谷关，他胯下的牛如此深远地影响了中国的习性：食素、勤恳、忠厚、不喜多事，更要命的是那种悠然的、不愠不火不急不恼的气度。活儿多着呢慢慢来。大致可以说，每个汉人的心中都有那么一头小小的神牛，或者一块小小的牛黄。名贵的牛黄对其他物种极为有益，对牛自己却毫无用处。非但如此，牛黄还苦恼地折磨它们，使它们日渐消瘦；它们生命的目的，志在使这样一块牛黄渐渐长大。

马

执策而言，曰天下无马。

数千年的岁月中回荡着马空旷、急促或者悠闲的蹄声，那敲击大地的声响有着金属般的质地。还没有任何生物能令人如此为之感动，以致以相马名世的伯乐几为圣哲。汉神话中有关于蚕马的故事：马为少女带来征战沙场的父亲，少女却不肯兑现招马为婿的诺言。父亲暗中射杀了马，剥下马皮挂在院中的石榴树上。狂风中的一日，马皮裹住了在树下玩耍的少女。她变成了蚕。

这故事警戒后人不要忽略物的灵性，尤其对马，应当有敬畏之心。

马有太多的理由博取人的敬意。它以疯狂的速度飞奔，它的身躯在虚空中流动，焕发出不可思议的美。在站立时，它的眼睛是沉静的，有贵族式的忧郁。见惯了战场的杀戮、血迹和尸骸枯骨，这眼睛有生死之外的超然，平等平静地对待一切苦难而摒弃俗物于方度之外。只要是奔跑的时候就是幸福的。于是，瞬间这沉静生发出惊人的力和速度：马凭借大地飞腾起来，四蹄开始疯狂地擂动大地的褐色鼓面。

动与静之间栖息着真实的马。试想一下万马在低云高草间嘶鸣、在风雨闪电中狂奔，就足以令人胸中块垒荡然一空。而在钢筋水泥的现代，拥有一匹马的念头常令人黯然。

马恪守着什么——据说驯马时中途不能换马，否则前功尽弃。马是如此崇尚勇者：一旦有人制服它，它终生忠实不二；但如果最初失败的骑手试图跨上它的背，它绝不屈服。

除忠贞外，马恪守着自己的尊严和局限中的自由。它在精心雕琢而成的马鞍、辔笼、铁掌、马鞭之间腾挪闪跳，将局限中的自由发挥得淋漓尽致。金圣叹评天下文章曰佳者需沉着痛快，此四字喻马，不为过矣。而传说中俊异非常的良马，用鞭子抽打出血它都不肯走，却只需用鞭梢轻轻一碰。

马有着将军一般的勇敢决绝。骑者执缰而至，就悬崖上一跃而下，在峭崖与峭崖数丈宽之间一跃而过。马如游龙。士兵们脱下沉重的铠甲置于马背之上，拽着马尾渡过深夜幽暗湍急的河流。未有过畏步不前的马；却常可以看见马儿力竭倒毙路旁。它为什么不肯停下来？

在尘土和时间中穿行，践踏着鲜血而不事杀戮，马本身就是苦难的化身。飞扬的鬃毛被剪短；自然的四蹄被钉上铁掌；后臀烙上红褐色的官印；瘦骨嶙峋的马拉着重车走在陡峭的山路上……只有天山上下沐风浴雨披霜践雪的马才是真正的自然的精灵。也唯有自然配做它们的牧者。

再受尊崇的马也得在人的腹腰之下。也许正因为此，人对马总有一种潜在的负疚。他们创造了冥冥之界的牛头马面，让牛马来惩罚在尘世为恶的人。大概他们认为，自己和马一样善良、怀才不遇遭受埋没。

食不饱。

力不足。

草原上的牧民告诉我们：马的颜色是会改变的。一匹幼年灰黄的马，成年后很可能是炭黑的乌驹。黑马的脾性是最暴烈的。马对食物、环境极为挑剔，断不肯降低生活质量：它的口味精细；住所不可龌龊有异味；不可饮用冰冷的水，否则腹痛掉膘；受到突如其来的惊吓会勃然而怒无以阻拦。它以尽力的奉献回报主人，否则一蹶不振。并非偷懒，而是源于本能的消极和厌倦。

马困了打滚，却不卧下入睡。它在黑暗里静静站立，若有所思的样子。它会梦见无边的芳草、如雪的大漠和高悬的明月吗？

对欧美人而言，马仅仅作为工具存在，和一所房子、一辆马车没有本质的区别。赛马豪赌那样的物事，也唯有他们能够想出来。东方民族则相反。他们与马有着冥冥之间的交流。马与人间或融为一体，彼此成为各自生命的一部分。诸将莫贪羌族马。对名马的狂热引发了王朝之间大规模持久的多次征战。汉武帝为天马征战匈奴；以异言进谏驯马的武则天遭到唐太宗的戒恨；成吉思汗的后裔则建立了庞大的马上帝国。欧洲人数个世纪闻风丧胆的黄祸，其最可怕的武器竟然是区区马鞭。

马是男人的英雄欲望。佩剑荷戟，怀抱美人坐于马背之上，极目天地，无可当意。但是，在楚汉之争最为剧烈的时候，瞬间有三件雄美之物自戕：项羽、虞姬、乌骓马。这是人经历的岁月中最晦暗的一日。至斯，三者合一的宝马美人英雄不复再现。

仅仅是千秋万世之后，频频出现于男人们恍惚的梦中。

深秋草黄，马鸣萧萧，加深了肃杀季节的寒意。马在诉说什么，我们又听到了什么？

鹿

呦呦鹿鸣，
食野之苹，
我有嘉宾，
鼓瑟吹笙。

　　曹孟德的意思，是说他要像鹿在荒野里呼唤同伴一样，以鼓瑟吹笙向诸位佳宾示以友好之意。他不肯承认自己是一匹狼或者一头猛虎。强者出于策略或自身需要，往往喜欢巧妙示弱。但在孟德看来如鹿的、可随时任自己宰割的宾客，他会不会在潜意识里蔑视他们？孟德这首《燕歌行》在阵阵鼓乐声中奏出了不祥的谶言。鹿们不会永远成为座上宾的。杨修死了，孔融死了，华佗死了。死去的大多数是些精通文字的文士。他们为何对文字的感觉如此愚钝呢？

　　鹿和各式各样的牛、羊、马一样属于反刍动物。厌倦肉食的性格及生理构造使其成为生灵循环中最为柔弱的一环。所以佛认为，像男人不会生孩子一样，绝不食荤的鹿具有悲悯之心。佛还创造了一只五色神鹿来点化人无休止的贪欲，可惜过了几千年仍无人理睬。

以惊人的速度消失——鹿以快速逃遁来躲避随时可能出现的天地之间的杀意。内心羞怯的鹿，一种永远处于警觉状态和逃亡状态的兽，一种随时都正行逃遁的兽。你不要指望跨上一头鹿的背。惊慌失措的鹿会驮着你闯入一个完全陌生的领域，那里的水还没有来得及被任何物照过影子，甚或，所有的物尚未来得及被命名。你会如痴似醉地爱上在风中消失的过程，逃亡那孤独明澈的境界，再也不屑于去追赶。然后你有可能变成一只鹿，一头内心羞怯的鹿，内心有着无穷魅力却始终逃避被人发现的鹿。

鹿的种类很多。仿佛安徒生的美人鱼，以终其一生拒绝开口和剧烈疼痛为代价，换取女人下体和浩渺亦更为痛苦的爱情。有一种鹿得到了修长的脖子，也就是长颈鹿了。人普遍认为它是最为沉默的兽。据说女人修颀的脖颈最具有诱惑力，不知长颈鹿是否如此。

接下来我们要说到狍子。狍子有惊人的嗅觉，能嗅出四百米以外的人来。它的皮毛几乎和丛林的颜色没有分别，当然这是一种保护色。狍子总是高高仰起脖子并抬起一条后腿，一副随时准备逃走的预备姿势。在逃避敌人的奔跑过程中，它往往突然回头沿原来的足迹走一阵子，然后向侧边跳跃一大步。顺着气味较浓的双重足迹追赶的猎手，直到双重足迹消失才掉转头来寻找分支足迹，这时候狍子已经逃之夭夭。

狍子是那么小心翼翼，它穿越丛林甚至不发出一点声响，咀嚼东西的声音都不会令草窠子里一只昆虫的歌唱停下来。为消灭自己在地上留下的痕迹，母狍刚生产后会舔净地面，吞下胎盘，连被血浸湿的泥土也要吃掉。新生儿从祖辈那里遗传到了对危险的要命的敏感：一两个小时后幼狍能够站立，如果是双胞胎它们一定各奔东西，卧在相距五十米至八十米甚至更远的地方。这相互敌对的厌恶情况显然是为了避免两只幼兽同时落入一只猛兽之口。母亲也卧在离孩子八十米左右的地方，它时刻提防着。看不见的危险从它们速度所不能到达的地方笼罩着它们母子，令它们为之颤栗。

还有两种鹿值得一提。一种是称作四不像的麋鹿，以奇异的形象长期以来被人惊呼为吉祥物。现在这种兽似乎快灭绝了，不知是不是象征着吉祥和善的事物即将从世间人心中消失。四不像在《封神演义》里成了姜子牙的坐骑，大概是对老头儿的揶揄，说他在漫长的岁月中一事无成，那么老了才出来做官太不像话。

另外一种鹿几乎成了恍兮惚兮的传说中的神奇之物，就是麝。它是森林中的精灵，周身散发着浓烈的香气。它总是不能自已地在自己的香气中风驰电掣地奔跑。麝是一种多么自爱的动物啊。人千方百计地捉住它时，它就挣扎着在死之前，把体内的麝香化掉，变为一具臭皮囊。它将最美的事物留给自由或正在消匿的自由。脆弱的美有时竟如此壮烈，像破碎的玻璃器皿，割得我们柔软的心鲜血淋漓。

以前有人突发奇想，用麝香来治疗狐臭，这做法有点儿亵渎造物。但麝香终归成了名贵药材——麝是愿意为美人做牺牲的。将麝香摆在闺房中，能令女人不孕，始终保持美丽的胴体和性爱的快感。

鹿奔跑的速度令人惊羡不已。有某体育教头异想天开，以鹿为图腾，创建了名震一时的田径兵团，兵团所有成员胸前都佩一枚小小的梅花鹿金像。这位教头获取了奇迹般的成功。但他忽略了鹿的又一特性：内心的脆弱。他什么时候不慎伤害了她们呢？现在鹿的速度是用来逃离他的。兵团不复存在，鹿们逃之夭夭，同时带走了教头昔日的荣光和今后的自尊狂妄。

不过在很多时候，鹿被认为属雄性而且长寿。鹿化就的童男，鹤化就的玉女，是南极仙翁——一个神话中长寿老头儿的侍者。它们共同守卫着一株能令人起死回生长生不老的灵芝。我想这可能在暗示，鹿的速度、长寿与其生活环境和惊人的嗅觉有关。它在山间穿行，总能寻觅到千年老参、灵芝、何首乌。吃了那么多的神草能不长寿吗，没有跑得飞起来才让人心里犯嘀咕呢。

鹿最大的敌人，恐怕还是它自己，或云爱情。什么样的速度能躲开爱情呢？那是造物放置于生灵心中的小小机关，一触即发，首先虏获了我们自己。每年春秋两季爱情来势凶猛，鹿不知所措不能自已。它满山遍野地寻找，哀鸣，暴怒地用犄角撞击树干，蹄打大地；它两眼发红，后腿之间粘着厚厚的精斑。这时的鹿精力无处发泄，情欲的折磨令它发狂，像十七八岁寻衅滋事打架斗殴的少年，像为情所困负气离家出走的少女。它失去了以往的很多习性，包括警觉、羞怯和逃跑的本能，以至人模仿雌鹿的叫声吹响哨子，它都会傻乎乎地跑过去。人无比羡慕鹿无以休止的性能力。他们割下鹿的犄角和生殖器来吃，幻想能像鹿一样雄壮、把整个大地作床；他们希望能招回即便被稀释了的爱情。在糊里糊涂的爱情泥淖里打滚那多么幸福啊。

鸦

寒鸦飞数点，
流水绕孤村，
斜阳欲落处，
一望黯销魂。

暴虐的王者杨广，其另一面是颇具才情和男性魅力的诗人。在这首诗中，他说出的破败景象，暗合了不祥的征兆。隋朝尚黑，一身漆黑的杨广是一只多么倒霉的乌鸦，无意间言中自己的不幸。杨广还是一位要命的虚无主义者。他否定了人伦，弑父、杀兄、霸母、奸妹；否定了人的极限，大规模征发民众开凿运河，让终日浸泡在水中的工匠下半身长出肉蛆；最后，他否定了整个王国和自己的头颅。

让我们再看几则关于鸦的诗。枯藤老树昏鸦……这首人们赞不绝口的元小令，我实在看不出它的好处。充其量，不过描绘了一幅凄惶的画面而已，画面全然静止，没有丝毫的活力。相较之下，倒是寒鸦戏水的古曲要高一筹。你如果静静地听，渐渐便能走进那清冷孤寒的境界，那是自怜自爱、直言不讳、有些呆滞枯涩又绝不肯俯就的鸦。

鸦是最大的鸦科动物。在中国北方一些地区，鸦又被称作鸦雀、老哇，后者大概因鸦的叫声而来。乌鸦周身羽毛黑得发绿，你看，它白眼一翻，在光秃秃的树枝上振振翅膀——它飞起来了，"嘎——嘎——"鸦在灰白的天空中留下渐渐远去的剪影，它干硬、凄凉的叫声仿佛在寒风中缓缓坠落，又从坚硬的冻土上反弹起来——像一把尖利的、无形的刀子直逼人的心脏。

人畏惧这黑过黑夜和虚无的鸟，相信它的叫声是死亡的咒语，于是以更为恶毒的语言诅咒它。黑夜里听见乌鸦叫声的人会惊恐地想到亲人生命的消失。他在黑暗里睁大了双眼倾听，鸦声之后无声无息，只有肆虐的风在窗外呼号，而他仿佛听见了死神逼近的脚步声、亲人生命渐去时发出的呼救声。他因此彻夜不眠。

没有任何人愿意接近一只乌鸦；同样出于畏惧，也没有任何人愿意伤害一只乌鸦。但这对于乌鸦来说有失公正。如果侥幸言中不幸，也不过是道破了不可更改的事实真相而已，它仅仅充当了无意间发现死亡迹象的业余使者；如若不是，那就是它长得太吓人叫声又过于难听了。

但乌鸦不肯保持缄默。它毫无畏惧，嘎嘎地、声嘶力竭地尖叫，一直叫到世界末日，尽管它叫得人心烦、痛苦、高血压发作，恨不得掀掉它的老巢，捉住它绑在火柱上、将其烧成炭鸟，尽管它叫得人难堪又根本没人听懂。它要把人从美梦、春梦、噩梦、各种虚假的幻象中唤醒，让人面对死亡和地狱，面对蛆虫从恶臭尸体的嘴中爬出。它是大漠上的耶利米。

报丧的乌鸦、遭天杀的乌鸦，大清早出门的人看见一只乌鸦、马上会缩回房中，如果强要出去办事，这一天将触尽霉头。人们对鸦是那么厌而远之，甚至不愿让其出现在自己视野之内。这使我们对它的习性惊人地无知。其实乌鸦是一种智商极高的动物，小学生熟知的乌鸦喝水的故事——衔起小石块投进瓶子使水面升高，对乌鸦来说不过是小儿科的把戏。乌鸦会收藏食物，会模仿从人那里听到的哨声、咳嗽声和其他许多种声音。从周遭环境的各种现象中学会各种各样的动作，比其他鸟类要和谐得多。

乌鸦喜欢把巢筑在高入云端、坚硬又富弹性的老树的枝丫上，如榆、槐、柳的顶梢。这些树往往周围孤零零再没有其他树木和障碍物，处于旷野或村庄的边缘。在冬天，就分外显出一副凄凉景象：光秃秃的田野、孤零零的树，稀疏的枝丫，树梢一只黑色的、在寒风中摇晃的鸦巢，灰白的天空从上面逼近它、压迫它，它似乎随时会掉落下来。

鸦对巢穴格外珍惜，因为筑之不易。某次某地筑路，人们伐倒了一棵上有鸦巢的大树，巢自然摔得稀巴烂。无穴可归的两只鸦盘旋附近的天空哀鸣数日。不久，从此地路过的人们不间断地遭到鸦的攻击。它们从空中撒下粪便，猛扑下来啄人的眼睛。有人前额被抓得鲜血淋漓。两只鸦被激疯了。人们不得已射杀了它们。鸦从空中猝然摔下的时候，人们围了上去。持枪的人惊恐地看到，鸦在地上挣扎、抽搐，眼睛里射出恶毒的白光；它沾满尘土的黑色身体的边缘，荧荧发出鬼火般的绿光。有大胆的人提起僵硬的鸦埋藏了它。

没有任何政府公文的明令禁止，在没有异外情况下，人自觉不自觉地不去招惹那怪异的飞禽。况且，鸦的巢穴筑得太高了，人兽弗及。但再高的树梢，也有轻捷如猴的孩子能够爬上去。在一个村庄的村口有一株高大的榆树，黄昏翔集数不清的飞鸟。村中长者说，那里的鸦巢是鸦王栖息之地。一日，一个孩子在好奇心的驱使下，偷偷爬了上去。近了近了，地面上的物越来越小，鸦巢在他不断抬头看的眼里越来越黑越来越大，枝丫在摇曳，鸦巢终于到了他的头边。按捺不住的兴奋和恐惧使孩子的心剧烈跳动。他屏声静气地往里看了看。这是什么样的鸟窝呀。全用短黑的枯枝搭成，粗大的缝隙间有光透入。孩子沮丧地滑了下来。他在夜里惊悸地醒来，梦中，他看见一只硕大无朋的乌鸦。

冬天很快降临了。狂风整天整夜地呼啸着。孩子时常坐在窗前，怔怔地望着远处光秃秃的树上一个小黑点——鸦巢。它随时可能掉下来。他想。孩子仿佛清晰地看到，寒风像一把尖利的看不到的刀子，缓缓插进稀疏粗糙的鸦巢，插进乌鸦坚硬冰冷的小心脏。鸦们在巢中相依为命，任寒风阵阵梳理它们的骨头。它们如何抵挡死亡一波又一波的袭击？冰封雪飘大地茫茫，埋葬了一切遮掩了一切，它们去哪儿觅食以保持体内最后的温情？

这呆呆痴想的孩子就是昔日的我。

"嘎——"，"嘎——"乌鸦拍拍翅膀飞起了。它的出现使整个北方漫长的冬季荒凉冷漠。乌鸦在飞，村庄在大风中晃动。乌鸦嘎嘎地叫着，铅灰色的天空倾斜下来，无边无际的大地飘摇不定。

燕

燕子们都回来了
它们不栖落，有云无雨
高高翻飞，如快乐一词本身。
我爱燕子带领整个春天的飞翔。
五岁时房梁上的燕子
排泄弄脏了我的连环画书，
我挑了它的窝。
这个错误惩罚了我四十年。
每次看到燕子我都希望
它是那一只燕子的后代。

——《孤乡》之四：燕子带领整个春天的飞翔

一

蒲松龄写过一则名为牧竖的故事。说两个放牛娃在山间玩耍，不经意捉到两头小狼崽，兴高采烈地抱回家。途中忽遇母狼，慌乱之中，两童各抱一狼崽飞身爬上两棵相隔不远的大树。追至树下的母狼措足无策，急促地转圈、刨土、嗷叫，龇着森然的利牙撕咬树干，一次又一次朝树上跃起又一无所获地落下，气喘吁吁无片刻停歇。惊魂初定的两个孩子被困树上，其中一个大概因为紧张，抱着树枝的手臂抓得太紧了吧，压着了怀中的小狼——它哀嚎了一声，树下的狼飞速奔了过来，两只前脚拼命抓树。孩子们有了办法。他们轮流击打怀中的小狼，令其尖声嘶叫，此起彼伏。母狼在树下着了魔似地往来飞奔。救子心切使它盲目而疯狂。最后因劳累和哀伤倒地毙命。

这个故事里始终萦绕着母狼绝望、哀恸的长嗥。急欲夺回子女，它丧失了抉择和判断的能力。或者，难以决断，原本就是群居的犬类动物的共性？我们看到，一只狗在遇到新旧两个主人时，它的表情何其痛苦：前爪和头都扑在地上，唔儿唔儿地叫，它的身体在轻微而剧烈地颤抖。佛经中还记载了这样一则狗的故事，说有两座寺庙隔一条河，开饭时有施舍动物的惯例，而两座寺庙的开饭时间不一样。有那么一条狗频频光顾，如此习以为常。可有一天，两家寺庙同时鸣响了钟，同时飘出饭菜的香气。这狗于是犯了难：它飞速奔向一家寺庙途中转向，朝另一家的方向狂奔；刚过了河远远望见寺庙又折了回去。如此反复不已，最后死在了河里。

我在想，燕子也是这样一种难以做出抉择的物。终其一生，在两地之间忙碌、奔波、鸣叫，低掠翻飞，它永远飞行在抉择之中，最后却选择了第三者——死亡。虽然迁徙是候鸟的天性，但是，如果飞到南方过冬是为了避开北方的严寒的话，那么是什么理由，使它非要在春天飞回北方呢？北方的夏季不见得比南方凉爽——不致过于闷却热得暴烈。燕子本身就是一种暴烈的鸟么，或者是有着双重性格的鸟？

它思念着什么，寻找着什么，不肯放弃什么，轻盈地躲避着什么？

二

孩子们念：冰雪融化，种子发芽，小燕子从南方飞回来了。这句子铿锵整齐，分外具有一种喜悦的意味。

燕子，黑色的燕子，几乎成为春回大地的象征。但燕子无视广袤的天空———冲上天无非是要返回温暖的国度或回到老家。贴着地面迅速掠过，在水面上、人的眼波上打着水漂，擦着孩子们刚刚长起的头发飞过，在屋檐下往来穿梭，燕子永远是一副忙碌而且盲然的样子。它旁若无人地做着自己的事，黑色使这卑微的鸟显得庄重自尊。除黑豹之外，几乎再没有任何物及得上燕子，能把笨重的黑色发挥得如此巧妙轻便：一切都为了飞行的需要。展开翅膀的燕子身体，边缘看上去几乎是锋利的，在透明的光中，仿佛一把传世名刀，精致，美丽，微微发出些锋芒。

燕子是如此热爱家室和世俗生活，以致它们把巢穴筑在人的居室中。风俗在悄然间形成：人们相信，好的人家才会有燕子飞来落户。每年清明前后，燕子来到天气转暖的北方，但北方农村的人们不太欢迎清明以后栖落家中的燕子，不过也没有驱逐的举动。燕子仅仅是昭示了不可更改的命运罢了。

燕筑巢是极为辛苦的事。筑巢所用的泥巴、树枝、枯草，全靠雌雄双燕往返用纤小的尖喙衔回。它们要飞行多少趟？我曾看过一则资料，具体的数字忘了，尚记得当时的感觉，非常惊讶。就这样一个不厌其苦精心设置而成的巢穴，若有顽劣的儿童搬来梯子攀援而上，捉出燕雏或燕卵好奇地看看再小心翼翼地放回，那么警觉的燕子很快就会发现。它们啾啾鸣叫，仿佛商量着什么。次日黎明，燕巢中空空如也。那孩童会挨上母亲一顿好打。而遭遗弃的燕巢，明年，后年，大后年，原来的那对燕子不会再行光顾，其他燕子来后看见旧巢也会离去。若这户人家试图引来燕子，他们必须做的第一件事，就是把旧巢拆除。

三

谁家飞燕啄新泥。

风停下来了。树底下出现一道神奇的光线，接着便下起雨来。着了魔似的鸟儿声嘶力竭地尖叫，它们磨尖自己的嘴巴，靠拼命的呼叫来抵御寒风的侵袭。它们张开嘴巴拼命呼叫，叫声震耳欲聋。

黑色的、不亢不卑的、忙碌的燕子啊。每年两度大规模的迁徙，我们不知道那是逃亡的过程，还是在重新寻找乐土；或者以此暂且忘却琐屑的温情，恢复飞翔的欲望和梦想？莫非它们在两个地方漫长而永久的游历，仅仅是为那两次穿越千山万水的飞行？

它来的时候，我们欣喜；它要走了，疏忽的我们竟然没有察觉。什么时候它在屋舍的每个角落恋恋不舍地回旋，它以何种方式与院里的鸡牛犬马道别，什么时候它围绕我们的头顶转了个圈，什么时候它和邻居约好了离去的时间？有一天，围在火炉边的我们突然发现，屋顶的燕巢中空空如也。于是我们等待着，等待着，等待着雪花变成梨花，冰破和春天的回归，春天却仅仅回归在我们女儿的身上。

飞得太快的燕子啊，以致我们无法看清，你是不是我们家那一只受过伤、我的女儿敷过药的那一只。在漫漫的飞行中，你们中的哪一只为猛禽攫住，哪一只被弹弓、子弹、寒流、疾病追上，哀鸣着坠落在不知名的村庄？有多少只燕子渐渐老去，永远留在了南方或北方,哪一只悲哀的燕埋藏了它？燕飞来——它如何识别变化日异的村庄房舍,如何相识布满灰尘的旧巢和因苍老而变得陌生的主人的面孔?

飞吧,燕子,黑色的燕子,忙碌地追赶着透明的时光,渐渐消弭在时光之中;将你们精巧的剪影留在泛黄的纸上。燕飞飞。啄皇孙。这蒙昧不明的汉童谣,竟仿佛是卜筮中的不祥谶言。"翩翩之燕,远集西羌,高山峨峨,河水泱泱。父兮母兮,道里悠长,呜呼哀哉! 忧心恻伤。"这是远嫁匈奴的王昭君的悲怆鸣叫。在将自己女儿献给异族以换取一个王朝安宁的时代,叛逆的美人昭君是一只黑色暴烈的、永远滞留苦寒之地的燕子。终日吃着牛羊肉,她只是思念着春天、自己日益远去和再也无法抵达的春天,在梦里时常见到温暖的灯光下一碗热气腾腾的稀粥,突然间这稀粥会发出刺鼻的味道。那是她洁白如玉的、在岁月中渐渐松弛的胴体已经沾染上的膻腥气息。

"暗牖悬蛛网,空梁落燕泥。"时光对事物细微而无不至的令人心碎的破坏蕴含其中。"旧时王谢堂前燕,飞入寻常百姓家。"物是人非朝代更迭,强烈的哀伤破纸飞旋。"清秋燕子故飞飞。"一只在感怀伤世中若有所思并冷静起来的燕子。

宋以后哀伤变成了淡淡的怅惘。"似曾相识燕归来。"去年的燕子飞回来了吗? 去年的春天却永远不会回来。又是春天、转瞬即过,没有丝毫宽恕和温情的秋已来临,又一只燕子要飞走了。童谣还萦绕在我们耳边:小燕子,穿花衣,年年春天到这里。我问燕子你到哪里去? 燕子说,这里的春天最美丽。对你我而言,这春天是追忆呢还是憧憬和等待?

四

燕永远生活在我们生命中最美好的春天。但是有两个奇怪的地域以燕来命名。"燕山雪花大如席，片片吹落轩辕台。"燕山在今天的阿尔泰山，燕飞不到的极北的地方，不知为何用燕做名字。

另一个特例是古代叫燕的国家。燕国以阴鸷忧郁的王子丹震动历史。为保存国家，他写下了史书中最为悲壮的、所有读书人架上书中绝少尘埃的一页：在秦国为质的丹申请归国遭拒，曰除非乌头白马生角。丹夜逃出关受阻，一夜间黑发尽白。散尽国财约刺客，易水壮士发冲冠，雷霆一击终落空。计划失败后秦大举来攻，王子丹不胜其忿……野史如此记载：王子丹逃亡衍水桃花岛（今朝鲜地域）。燕王呼丹痛饮大醉，割其首献秦将以全宗庙。野史接下来俗套地称，燕王禧哀恸甚。是时四月，天忽降大雪。

后来的事就不可信。我特意查询了一些书，却果有此事，王子丹死后天雪深二尺四寸，以致秦将军王翦无法进攻，只好退兵。次年，秦灭燕俘燕王禧。

燕太子丹，精心策划的失败格外惊心动魄。燕国和叫做燕的飞鸟有没有联系？怀疑有，时光往往湮没一些事或物的真相。燕赵多慷慨之士。

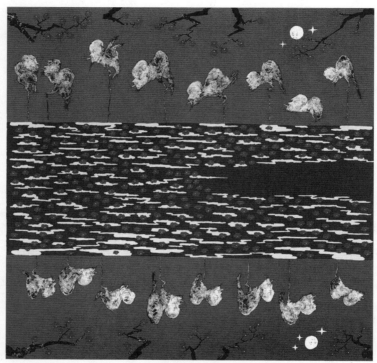

董重作品 /《倒影》布上油彩丙烯 /150X150cm/2008

雁

　　飞雁代表了人浩渺的心事。但人对它一无所知，甚或不知道它们是什么时候飞到北方来的。约摸是春天吧。直到秋尽，雁行阵阵掠过我们的头顶，我们才恍然想到，雁群又要飞走了，又一年过去，夜会越来越长越来越冷也越来越寂寞。

　　雁字回时，
　　月满西楼。

　　还有青春和满腹的哀怨和大雁一起飞走，又有多少事物经历过我们，然后随雁远去再也不会回来？

　　白云在天，丘陵自出。道里悠远，山川间之。将子无死，尚复能来。在通信不便的古时，山川之隔和时光一样残酷，会永远隔断亲友们之间的联系。

　　雁是自由的，它在我们眼中迅速消失。但人终于忍不住，慨然作鸿雁传书之想。于是，就有了你我都知道的牧羊人苏武的故事。他不断地捉住受伤的大雁，将草就的字样绑在雁腿上，然后对其精心照料，等待其伤愈后返回中原，侥幸被朝廷的人射下来看到字样来营救于他。现在的我们设想一下，那是一件多么悲哀的事儿，因为其中的概率何其渺茫。这可怜的鸟儿首先要躲过流弹一般的鹰隼，然后飞到皇宫上空或者皇帝老儿林苑上空，在那儿苦苦等待一个什么人把它射下来。这样的事儿苏武做了多少年？起码有一二十年吧。雁实在成了处于绝境中的他唯一的希翼。我不知道，那偶尔仁慈的皇帝是如何处理那只被射下来的鸟儿的，葬了它，还是杀了吃肉？

得以重返中原的苏武会怀念那些苦难孤寂的岁月么——那些岁月里有翻飞的鸟儿和他的青春。而我只惋惜那只被射下来的鸟儿。它因挽救别的生命而丧失了自己。我是一个软弱的人，希望苏武能像我一样，心存内疚和感激。但遗憾的是苏武只感激那个高高在上的皇帝；他不知道在皇帝老儿那里，他也不过是一只雁而已—— 一只随时可能被射下来的大雁。

曾有传言说人是土性的，因为大地以无形的绳索捆住了人的后踵，令其不能飞翔，人并且因此获得了力量以及智慧。但人是多想如同大雁一样高飞啊！对人来说，能够脱离大地也就是自由。他们没法子自个儿飞起，也没法模仿大雁，只好按照苍蝇的样子制造飞机飞上天。但这飞机经常变成了没头的苍蝇，所以每年都有很多人，扑通扑通从天上掉下来摔成肉饼。

我在想，人之所以没有进化成鸟人或飞人，终归是有其原因的。自由一定得付出代价。空中并不安全——你看，天空中自由翱翔的鸟儿，有多少双发红发绿的眼睛在盯着它们软弱裸露的腹部！而人，在进化的过程中选择了生存而非自由。更何况，如果人也垂着柔软的腹部在空中飞，让大地山川上的走兽都看见，那还像话吗？因此也可以说，是道德斩去了人的翅膀。

为了抵御高空强大气流的撕扯，雁们结成雁阵——一字或者人字形的队伍。随时有流矢追上它们，还有心思极为恶毒的人在等待着，瞄准着，要一箭射穿靠得很紧的夫妻雁或者母子雁，它们向苍天哀鸣着掉落下来。即便侥幸不死落单，情形也是险恶的，因为受伤的雁连一支惊弓都不能抵御。

雁们小心翼翼但又坚定不移地飞着。尽量避开人的聚集处，将夜晚的栖息地选在人迹罕至的水边，而且还设置了重重哨卡或者报警雁。白天，它们飞得很高，像一个个小黑点儿，一份早已寄出却迟迟不能到达的家书，像时常在我脑海里浮动的捉摸不定的字。高蹈的雁是一种多么清高的鸟儿呀，无力或不屑于对伤害它的敌人施以攻击——它们的目的地尚未抵达呢，实在没有理由停下来。仅仅在匆匆的飞翔中，以脱落的羽毛、撒下的粪便和口水向人表示轻蔑。

人始终没有学会驯服大雁。对人坚硬得像一个小石头的心来说，雁的体形过于庞大了，那是一种高傲的鸟儿，小石块般的人心实在无法容纳它们。人最后驯服了木然的鸽子来替代雁传书，驯服了各式各样的鸟，以其鸣叫取乐。旧时豢鸟取利的人还有更恶毒的方法驯鸟：抉其双目、扭转其舌头，鸟儿的叫声会异常凄婉，催人泪下。究竟谁会是那只不幸的鸟儿呢，以牺牲自由和幸福来换取动人的歌唱？

那不幸的鸟儿太像诗人，像荷马、弥尔顿或者博尔赫斯。它肯定不会是大雁。雁是自然中高傲的诗人。整个秋天，我们沉浸在它们隐隐的叫声中，那声音像秋风一样凌厉肃杀。那声音自高空下坠、飘散，蔓延于天地之间，无处不在地包围了我们。我们有了隐隐的寒意，我知道那来自对时光的惊惧。

又是秋天了，雁字阵阵，它们在地上巨大而淡漠的投影一闪而过，展现了它们非凡的速度。它们目标准确，方向单一，有一种赴死般的决心和坚定。但这只不过是萦绕于我脑海中的幻象而已，雁们是不肯光顾我们这所污染严重的城市上空的。它们不肯降临我们黑暗的头顶。

喜鹊

　　独居深闺的大姑娘绣着鸳鸯、并蒂莲，然后是两只喜鹊闹春梅，心里怀着羞涩的憧憬。春宵苦短又黎明，草长莺飞二月天。起床推门便看见院里树上一只喜鹊蹦蹦跳跳叽叽喳喳，叫得她心花乱坠心花怒放。她会红了脸想到昨夜的春梦，抿着嘴偷偷笑出声，她知道幸福的脚步临近了。这一天或许是花言巧语的媒婆上门来提亲，也可能是她刚出院门迎面看见一个文弱秀才。她以为她看见了缘分和幸福。

　　以后的日子里，将为此担心为此流泪为此挣扎。棒打鸳鸯不散，几度风雨又逢春，演绎出多少悲情故事。这是爱情么？有限的自由导致了芳心痴痴。因为别无选择，更因为有那只喜鹊，给了她信心和冥冥中的感应。

　　区区一只喜鹊，就这样曾给予多少深闺女子饥渴的心灵以安慰，以及对其终日幻想的满足感。或许，喜鹊的意义就是这样诞生了。

　　想想也是。一大早推窗就瞧见一只花不楞噔的喜鹊扑腾腾趴在窗棂，好奇地探头探脑，灵巧地向你走近几步又跳开偏头看你，一边还清脆婉转地喳喳鸣叫，总不免让人愁眉乍展笑逐颜开：嘿，喜鹊，喜事来了。

但喜鹊仅仅是好奇而已。很多时候它有着猫的秉性，具有强烈的猎奇欲望，好玩耍和戏弄别的动物。它会从背后悄然走近它们，抓住善意的鸽子或松鼠的尾巴，吓得它们一塌糊涂。它还经常躺在猫的眼皮底下寻衅，当恼怒的猫伸出爪子来袭时，它会迅即做出反应飞走。

喜鹊还会飞到小狗背上，抓住它的尾巴。小狗吠叫着朝它扑去，双方绕树兜圈儿。如果小狗衔着一个圆球，喜鹊就轻轻靠拢它，当狗用脚爪抓球而球落在地面时，喜鹊立刻抓住球蹦跳着跑开，或者在地面上空低飞，让小狗追它。

喜鹊有着许多善良的诡计：吃剩的食物，它会将其塞到树叶底下或松散的土里，然后搬来沙子，把这些地方填平，并小心翼翼地用树叶、树皮把食品伪装好。有时，一只喜鹊为了把站在藏物处很近有另一只鸟的注意力引开，就开始紧张地将土块朝另一处撒去，当那只被好奇心所激起的鸟飞近时，它便飞快扑向藏物处。

过分的好奇使喜鹊成为一个快乐的小偷。它特别喜欢小孩子玩的陀螺、风车，见到它们就趁人不注意，抓起带走偷偷藏起来。可惜乡村的孩子们并不知道这些。当丢在院落里的玩具丢失时，他们还以为是邻居家的小玩伴偷走了呢。少不了一场干戈。但是有一次他跑去树林里掏蚁窝，很可能，竟从土里挖出了自己的陀螺或风车。他当然百思不得其解。

喜鹊特别希望能钻进一间小屋子尤其是厨房里。它还学会了揭开锅盖，以便取出其中的美食。有时候，它们也是极为凶狠的，常掀开鸟儿们的巢顶，抓走鸟蛋和幼鸟雏。它会捕捉病鸟和受伤的鸟，像鹰一样将猎物撕碎。

当喜鹊见到死去的同伴，或者从它身上拔出的羽毛，就久久地在周围跳来跳去，由于愤怒而大声啼叫，发出连续不断的惊恐不安的短促尖锐之声。如果喜鹊遇见了狐狸，就站在离狐狸的嘴数米远的地方，然后向狐狸飞去，并紧紧跟踪它，直到它离开其活动区的边界为止。

喜鹊——这黑白相间的叽叽喳喳的鸟，快乐的、偶尔偷我们一点东西、逗得我们的孩子和狗哇哇大叫却又同时向我们报着喜讯的鸟，现在已经不多见了。因为生存环境恶劣和物种的减少，喜鹊被迫与乌鸦"联姻"。报忧——报喜，两种极端的融合——或许，大自然赋予它们二者的灵性也在消失。

鸡

风雨如晦，
鸡鸣不已。

　　鸡。词语的背后我们看到这样的场景：飞向庄稼的鸟不幸落入猎人的网中。它们尖叫，扑腾，纤弱的指爪伸向网外，细长的喙徒劳无益地啄着网绳。羽毛四下散落。它们中的一些当时就变成了美餐。一些被剪短翅膀，或者腿上拴着绳索，圈在一个地方养起来。

　　腿部流血，两眼望天，有些鸟在绝望或挣扎的创伤中死去，遥远而无限展开的天空在它们小小的眼睛里晦暗、消失。有些死于人的腹中。在囚禁中，幸存者飞翔的欲望渐渐消失。它们的身躯由飞翔必须的轻盈变得丰满；起初剪掉后不断长出的翅膀也停止了生长。终于有一天，当鸬鹰的影子迅速落下，躲藏而不再四下里飞散，鸟们惊慌失措地往角落里钻。这一天起它们变成了鸡。

　　从飞翔的鸟到一只鸡，鸡的历史充满血腥。进化还是退化？充满无奈和悲哀。其中还有造化的愚弄，就像一根刚硬的铁杆，在外力的压迫下渐渐弯曲。我想，当人厌弃了家养的牲畜、厌弃了鸡和鸡蛋,开始寻求野味的时候,也许会让鸡重新飞起来的。

神话中太阳中心的三足乌,有几分像始祖鸟,但更多的是像鸡。我怀疑,方位里的朱雀,传说的火鸟和凤凰涅槃,说的都是鸡。

鸡的生殖能力极其惊人。一只雄鸡可以驾驭成群的母鸡。如果有两只雄鸡并存,械斗将不断升级。常可以看到,一只公鸡鹤立鸡群,昂首阔步。在找到食物时,雄鸡很能发挥其大丈夫风度——它骄傲地退在一边,时而咯咯几声,或者自得地振振翅膀,向四周警惕地察看。在西方,雄鸡甚至成为淫荡的象征。一些色情场所用公鸡作为招牌。

观察一下鸡的生活习性很有意思:鸡杂食,它是一些剧毒之物如蝎子、蜈蚣等爬虫的克星。但奇怪的是它不吃蜘蛛,就仿佛不吃豆子一样。鸡不惧小蛇。而鸡死之后,又会遭致毒虫的恶毒攻击。把一只死公鸡埋在地下,周围百米之外的大小蜈蚣都能嗅见,并赶来疯狂地叮食。

也许正因为这些——再加上雄鸡黑夜打鸣,鸡被认为是纯阳之物。传说当夜间鬼魂出现,雄鸡每叫一次鬼就缩小一截;鸡叫三遍它还没有来得及逃走的话,就永久消失在三界之外。鸡甚至代表了人间正气:人们结义时要喝鸡血酒;道士作法驱邪也往往用到鸡血。在一些偏远的乡村,还可以见到妇女们在夜间用灯火和鸡血为小儿招魂。

对鸡而言,农妇就是它们的上帝。鸡和农妇的个性相互感染。一个妇人探头窥视的动作,和东张西望的母鸡何其相似!她们琐碎的闲话更像极了母鸡们的咯咯咕咕。二者的神肖之处还表现在对同一粒芝麻的关注上。当一个女人变成了母亲,就更发挥出一只母鸡的天性:正在孵蛋或带小鸡的鸡妈妈,对于任何企图靠近它的东西,——无论是人,是庞大的动物,还是它以往无比恐惧的天敌，都会愤怒地浑身羽毛倒竖，甚至不顾一切扑上去。爱使它完全忘却了自己的卑微和力量的弱小。它的行动起到了惊人的效果：在白天，向它进攻的黄鼠狼都会赶快逃走。

事实上就某种程度而言，鸡成了琐屑之物的代名词：一地鸡毛、鸡毛蒜皮。自从某一种鸟变为鸡以后，它们的天敌也开始庸俗化：由鹰隼变成黄鼠狼。黄鼠狼捕猎的手段更是俗不可耐：放屁。这后来成为政客们常用的伎俩。

鸡的历史在被遗忘，现代社会加快了鸡进化或退化的速度。鸡，一些暧昧不清的意味游离于这个词语之外。鸡在那里？一只鸟在天空中自由翱翔；一只母鸡在院子里东张西望地觅食；一个少女走向大门口，不小心脚下踩着一块鸡屎；明明灭灭的霓虹灯下，一个浓妆艳抹的女人在寻找猎物或者猎人。

苍蝇

明知朝生暮死，所以只要有光就开始一刻不停地忙碌。终日处于死亡的威胁和压迫下，与其说它是在逃避死亡不如说它在追赶死亡。你看它围着苍蝇拍子嗡嗡乱飞，啪的一声变得稀巴烂。你忙乱得像一只苍蝇。这是在说某一类人、某一个民族，他们拼命而盲目地工作，往往失去了生活的目标，最后像没头的苍蝇一样一头撞死。

寒冬季节，苍蝇逃匿得无影无踪。它们究竟躲到哪儿去了呢？以致让我们误以为它们作为物种已从地球上消失——那是不可能的，因为春日乍暖还寒时它们就又重新出现了。笨拙地飞行在料峭的空气里，如果不是嫌弃它肮脏，人伸手就可以把它抓住捏死。突如其来的寒流会冻死它，但这并不影响苍蝇越来越多地出现。在大风雨来临之前，无以数计的苍蝇躲在阴暗的角落里，抱成团密密麻麻地趴在电线上晾衣绳上，仔细一看万头攒动。曾发生过电线吃不住太多苍蝇的分量而断裂走电打死人的事件，但很少有人知道并相信那是苍蝇干的。

苍蝇的出现是物速朽的原因之一。它以惊人的速度使物迅速腐臭然后成就苍蝇，终日忙碌乐此不疲。自己死后也成苍蝇，以分化的形式来敌对生命的消亡。它是以有形的生命与生命为敌的复仇女神，地狱的天使，魔鬼的爪牙，真正能让人从死亡中获得重生的物种——变成苍蝇。古典作品中连阴暗之物都是伟大的，以致但丁在地狱里都没有放进一只苍蝇——卑琐之物的位置。这常常使我既无限神往又深表遗憾。

几乎无所不在的苍蝇；同时又几乎无所畏惧的苍蝇。苍蝇在旋舞，虎豹狮那样的猛兽都无计可施，在锋利的爪子的缝隙钻过，在尖利雪亮、沾满血迹的牙齿间跳舞。庞大的象只好把自己埋在沙土里、藏在水里以暂避它们的攻击。它们叮得公牛发疯，它们肆意抚弄蛇阴森滑腻的身体。犀牛为了对付它们，不得不容忍一只鸟在自己的头上猛啄。这鸟因此被叫作犀鸟。

它们如此地仇视生命，在一切物上旋舞、上下其爪，时刻在等待、在预谋。它恶毒地把粪便屙在人的衣服上、饮用水中，将粪便撒进人的食物，它乐于让一切变得混沌一片，乐于让一切生物像它一样盲目忙碌。一遍一遍地试探着桌子、椅子、床，它不能容忍一切物处于静止的状态。飞起又落下，嗡嗡嗡声嘶力竭地喧闹；它在熟睡的人的脸上踱方步、飞旋、跳死亡的舞蹈，把粪便屙在上面，把卵产在上面，以为它已经占领了这张脸，它想让这张脸彻底变成苍蝇飞走。

人对这丑陋肮脏的生物痛恨至极。他们容忍同样屙粪不止同样喧闹的燕子自由出入密室帮忙消灭苍蝇；他们张开大手朝停在墙上的苍蝇猛扇过去，啪的一声打痛了自己手掌苍蝇却早已飞走了。它飞了一圈又转回来落在老地方，嘲笑般地望着；仍嘲弄般地落在人的头顶。它不停地飞呀飞，不停地嗡嗡嗡嗡叫，它的叫声、让人眼花缭乱的旋舞搅得人头脑发胀心神不宁。人发明了蝇拍来收拾苍蝇，苍蝇趴到人挥舞的拍子上、趴在人手上，它盲目、疯狂、毫不畏惧。

气急败坏的人动用了化学武器。毫无戒备的苍蝇大批大批死亡。但它们的尸体滋生出的苍蝇再不怕这种药，人却反受其害。还有农村妇女实在受不了苍蝇的滋扰以及与苍蝇一样龌龊的事物的折磨，喝了灭害灵自杀。这时候，苍蝇停在她睁大凝固的眼睛上，向她死亡的眼睛证明自己的胜利。

每一只苍蝇都是一台小小的轰炸机——对了，人向苍蝇学习制造了飞机，还学会了它们的免疫能力、适应环境的能力。在我所居住的城市，一次有两人争论污染。一个说这城市全球污染最重人不能活了，另一个反驳说这算啥我们早适应了，外地人来了很快就病就死我们呢没事。人这小小的本事是跟苍蝇学的。

多少个世纪过去，人蝇对峙的局面仍未改变。再也无计可施的人创造了黔驴技穷的词汇作为自嘲。但苍蝇不肯善罢甘休。每年每度它们卷土重来，顽强疯狂不顾死活地向人发起进攻。它们绝不妥协。千秋万世之后，苍蝇将蠕动在最后一具人类的尸体上高奏凯歌，然后嗡嗡嗡哼着黄色小调飞进他嘴里繁衍后嗣。那时候，苍蝇占领了整个陆地，黑压压的蝇群与白云苍穹同在永在。它们拒绝进化，以否定生命的方式继续生存下去。

苍蝇，或一个时代

　　西方民族曾经那么饶有兴趣充满疑惑地盯着我们这个古老的国度，尤其是那个红色风暴的年代。一段时间，他们在所有的报纸上大肆宣扬这个国家的奇特举动：消灭一切害人虫。在漫长寒冷的冬季，在光秃秃的萧瑟的田野，在肆虐的风中，到处是穿着黄褐色衣服的人们。疯狂的热情淹没了一切。他们拿着弹弓、网罗、铁锹、尖石等在冷兵器时代就已使用的工具，掘起冻土、杀死老鼠和冬眠的蛇；他们敲锣打鼓把麻雀从一个村庄撵到另一个村庄，以致好多麻雀因无处落脚，最后活活累死了。每个学校的学生，村民、工人，被勒令定期上交若干只老鼠尾巴。房屋村舍的各个角落遍布捕鼠机关和鼠药，全国发生了数万起人被捕鼠器夹杀、夹断手指或脚趾的事件。屋檐下的麻雀巢穴数以亿计地被掏出掷下，麻雀筑巢所用的柴火，足够一个村庄的人烧火做饭足足一年还多。黄昏家家户户飘出肉香——麻雀被百姓煮着烤着吃了。孩子们用尖细的铁丝刺进麻雀的身体，串成一长串（这铁丝后来被搜尽大炼钢铁）。麻雀们淌着血、尖叫着、扑腾扑腾地挣扎抽搐，引起孩子们一阵阵的惊叫和欢笑。他们在相互攀比谁的麻雀最多……一时间无数村庄的麻雀绝迹，无所不在的老鼠终日躲在洞中不敢出来，据说有饿死在洞中的。还发生了鼠们自相残杀为食的事件。剩余的鼠变得凶残异常，它们甚至在夜间把硕大的公鸡咬死撕碎后拖进洞中。但是苍蝇呢？大冬天它们不知躲到哪里去了，人们曾经翻箱倒柜地寻找其藏匿的地方，却一无所获，只好悻悻作罢。

春天很快来了。人们热情不减，警惕心高涨。所有的鸟类都遭了殃，不断被杀死，它们筑在野外树上、崖壁上的巢穴纷纷被捣毁。唯一例外的是燕子，黑色的孤零零的燕子，有点儿不祥地在村庄上下哀鸣低旋。人当然没有忘记苍蝇。他们找来全部可能有的硬纸片，扎上针眼做成蝇拍，虎视眈眈地等待着，等待着。春天在等待中显得有些诡异。——然后一天比一天热了。苍蝇在响彻村庄的劈啪声中越来越多。啪！啪！噼里啪啦！声音越来越响后来像放鞭炮，全国上下回响着这种奇怪的声音。打死一个变两个；打死两个变四个；打死四个变四百个四万个四万万个……池塘里、水井里、人们的锅里，到处飘浮着蝇的尸体。每天早晨，人们用簸箕往外倒黑色的令人作呕的苍蝇。苍蝇还喂饱了无数只鸡——那些天它们除了苍蝇什么也吃不上，以致好多鸡余生再也不肯吃苍蝇。

装苍蝇用的簸箕很快换了筐子，每天由成年男人用担子往外担，由两个孩子吃力地往外抬……

忽一日正午，某个村庄正在午睡的人们被一种奇异的声音弄醒，纷纷挥开环绕自己飞舞的苍蝇跳下床出门去看。天哪！他们看到，在村庄的外面远远飘来一朵黑云——离地面很近，发出机器般的轰鸣，黑云越来越近越来越大声音越来越响——是苍蝇！人们惊慌失措地飞奔回家紧闭门窗；天色陡然暗了下来——黑压压的蝇群漫天飞舞、遮住了村庄的上空，然后轰的一声扑了下来四下里散开。院里的一只黄狗一下子变成了黑狗，古怪地吠叫着在地上打滚，然后是黑牛，黑树，黑色的院墙和地面……它们从窗棂、门缝往里挤，门窗被撞得嘣嘣作响。有愤怒的男人冲出去驱赶，一开门苍蝇轰的一声涌进门去，男人仿佛一下子穿上了黑色的铠甲。他张嘴呼叫，苍蝇成团钻进嘴中……一阵手忙脚乱之后，他吐出起码数十只苍蝇。

苍蝇太多了太多了。牛被叮咬得发疯，满村庄满田野地狂奔；狗跳进池塘不敢出来，连燕巢都被团团的苍蝇塞满。拼命扑杀苍蝇的燕子的叫声渐渐凄厉——嘴上流着血，它们的快速飞旋和拔高已不是为了捕捉苍蝇而是逃窜。被困扰得失去理智的人们穿上厚厚的衣服、戴上口罩，举着火把、树枝，拿着床单、装满农药的喷雾器，一起出动剿灭苍蝇。

黄昏临近时蝇群退去。已经入夜了，不放心的人们仍然不依不饶，在各个角落认真地查找、扑打躲起来的苍蝇。

第二天蒙蒙亮，蝇群卷土重来。虽然，攻势远不如昨日凶猛，而且来得过早，它们翅膀上的露水尚未完全干透。一夜未眠的人们再次投入肉搏，将笨拙飞行的苍蝇扑落在地上踩死。然后，太阳升起来了——苍蝇的攻势一下子凶狠起来，而且越来越多的苍蝇投入战斗。嗡嗡嗡嗡嗡嗡嗡……

打呀打呀杀呀杀呀杀呀杀呀杀杀杀。与昨日相仿，蝇群于黄昏时分退去。但是，人们的食物、器皿、被褥、灶具乃至屋顶墙壁，甚至草棵子上都盖满了细小如沙粒的黑色蝇粪。整个村庄弥漫着一种奇怪浓烈的腥臭。人们用手推车将打死的蝇子往村外推然后点燃，大火映红了半边天空。

第三天幸好，蝇子较前两日少了许多。但所剩下的蝇子个头奇大，在阳光下闪着奇诡的绿光。它们像小鸟一样飞得很高，几与屋檐相齐，觊觎着、放肆地飞舞着，地面上它们的阴影，奇快奇大奇浓。

人们把上百斤的农药细细撒在街道上、房内，甚至连房顶也不放过。田野里也撒上了农药。池塘里干脆成瓶成瓶的农药倒了进去。又在村庄的每个角落撒上石灰。刺目的白色使村庄看起来干净而且恐怖。

三天以后有人开始呕吐，接着跑肚子的人越来越多。各家各户传出稀里哗啦的声音和人们恶毒的咒骂声：遭天杀的苍蝇！我操你十八代的祖宗！小孩子在去茅厕的路上就屙到了裤裆里。还有些人家，茅厕被其他家人占着，只好跑到野外地里去，召来更多的苍蝇围叮和滋生幼虫。妇人们不停地洗衣服。那些沾在衣服上的蝇粪却怎么也洗不掉。

遗于野外的粪便……倒进农药的池塘的绿色水面上，不几日漂满了翻白肚的青蛙。地里到处是倒毙的老鼠，更多的却是猫——村里全部的猫和狗，以及一半以上的鸡都被毒死了。夜晚的村庄影影绰绰孤立无援，一片死寂瘆人。有人从中看出更为不祥的征兆。

半月以后各种死物的尸骸砰然爆裂，从中爬出不计其数的蛆虫。这些蛆虫在爬行蠕动的过程中就长出了翅膀，然后一振一振地飞起来了！乍看还以为是驴马走过时带起的微尘，但越来越密越来越黑越来越多，一群汇入一群堵住村庄的出口，然后轰隆一声像决堤的洪水涌向村庄的中心。

屙得两腹空空的人们被迫再度与蝇群一决死战。但这次的蝇群与以往不同：个头小，飞得极快，个个绿荧荧，还像蚊子一样叮咬人，不痒却奇痛，很快被咬的地方溃烂一片。它们降落在人兽的皮肤上，有一种深思熟虑的凶狠和执着，被拍死了仍不松口。而且，这些家伙根本不怕农药！它们在喷得地上积成水洼的农药中游一会，振振翅膀又飞起来了。肉苍蝇，天孽呀。有老人感慨着说，慢慢一巴掌下去就拍死了叮在自己干瘪的胳膊上的七八只苍蝇。有人说这异乎寻常恶毒的苍蝇是误食毒药而死的牲畜在转灵报复，更多的人则想到了去年大批大批被杀死的麻雀及其他鸟儿，想到那些被串在尖细的铁丝上扑腾着尖叫着流着血的麻雀。

夜间开始有妇人抱着高烧不退的孩子在路口为麻雀烧纸，人渐渐多了起来。漆黑的夜里，在村外路边，摆上了两溜供品：一小碗苍蝇一小碗谷物一炷香一盏灯；一小碗苍蝇一小碗谷物一炷香一盏灯……风中烛火摇曳不定，香烟冉冉升起又不断被吹散。送供品的人都在大后半夜，不能让人看到也不许说话。悄悄听见邻居家吱一声开门过了很久又吱一声关门，才敢端着香火蹑手蹑脚地出去……

不知是不是祈祷起了作用，苍蝇渐渐少了。惊魂初定的人们又开始了正常的生活。之前家家户户已叮哩哐啷地忙碌，把木头劈成小木块做鸟窝。尚未痊愈的孩子们也有了事做。他们爬高爬低，把各式各样或精致或粗糙的鸟窝挂在屋檐下、院里的树上和村外大树的高枝上。但始终没有鸟儿飞来。燕子也飞走了，越来越凉的风变成了呼啸，又开始夹杂着雪花飞舞，整个村庄在大雪中飘浮，没有一只鸟一只猫一只狗。光秃秃的枝丫上悬挂着的鸟窝在狂风中晃荡，有些枯枝被积雪压断，与鸟窝一起掉在地上。有人从雪中把它刨出来又挂上去。

春天了，苍蝇还是很多，但不像去年那样猖獗。又过了一年，苍蝇恢复了以往正常的样子，树上的鸟窝里，渐渐有了鸟儿。

这事儿后来渐渐被人们淡忘了。但村庄里永远留下了一句俗语，用来形容某人特别凶狠时说：他像那年的苍蝇一样狠一样不要命。

蜂

有人说花朵是植物的生殖器，那么，蜂则是严肃的浪漫主义者。它拼命钻进每只花朵，采集花蕊深处的神秘汁液。它以玷污天下花朵为己任，非常勤奋地，把这种貌似性交的事情当做工作。

蜂善于攻击性的行为。尾部使不幸的人产生剧烈的蛰痛感的毒刺，让人轻易地联想到男性的性攻击。这其中隐含着初夜的刺痛，是否也隐喻着对男根的崇拜和古老恐惧，以及女性奇异而不合时宜的幻想？招蜂引蝶。人这样形容风骚妖艳的女人。她们为永恒拥有瞬间的强烈快感，而使自己不断具诱惑性、暴露性地绽放。快感和刺痛感——我觉得，其中还隐含着人对此矛盾的心态：鄙夷和嫉羡、痛恨和盼望。

蜂是一种相当古老的昆虫，但它们建立起的庞大帝国，和人类社会有着惊人的相似。除蜂后外，所有的蜂兢兢业业，毫无倦怠和偷懒之意。它们的工作只有两种：和花朵性交攫取其精华；和蜂后性交，交出其精华并哺育后代。后代长大后继承父志，如此终其一生，世代流传。

这是有趣的女权社会，指令琐碎而且严厉，毫不含糊。古中国曾有两个著名的女人建立起类似的帝国：国家事务变得像女人穿针引线一样繁琐不堪，令人眼花缭乱，却又有条不紊周密异常。男人们则被搞得晕头转向，丧失了行动的方向、意图和自己的判断能力。他们乖乖地像机器一样执行女王的指令，指令都是些细碎的、令他们摸不着头脑的规矩，杀人的指令则为破坏规矩的人而定。整个王国忙而不乱，至少在女王眼里是这样，也许只有她清醒地知道国家、人民、男人以及自己。当所有的大臣被派出、诚惶诚恐地执行她的手谕时，女王孤零零一人留在后宫，这日益衰老而精力充沛的女人在安详地等待性交，等待那孤独快感的高潮来临。她高贵地站在高潮之上。

为工作而拼命性交和为性交而拼命工作，二者之间的承接关系是模糊或混淆的。就此而言，东方某民族简直是蜂群社会的变形——预言家诺查丹玛斯在一本书中称其为食鱼的民族。他们聚集于一个小小的海岛，人民低矮，却喜欢自称大帝国。该民族向心力极强，工作毫不懈怠，像蜂群一样紧紧围绕皇宫——那是他们力量的源泉。粗略浏览一下他们的文化，会发现从文化肇始到现在，始终存在着淫乱的毒素。与汉文化相比，如果说汉文化把情欲引导为对世俗生活的兴趣的话，那么他们则直接将其引发出来，成为对淫乱的始终如一、有增无减的高度兴奋。他们还喜欢恶毒地攻击其他民族，所起的效果同蜜蜂相仿：短时间内使被攻击者疼痛难忍，却彻底毁灭了他们自己。

蜂嗡嗡地飞着，环绕花朵忙碌，然后回到它们的巢穴。蜂巢的形状和女性乳房的组织何其相像——强大的原始欲望和繁殖欲望——我不知道这是不是巧妙的暗合。

蜜蜂在巢穴里，用酿就的花蜜供养伟大的女王及其后裔。它们尾部可怕的毒刺，时刻准备攻击来犯者。那是它们保卫家国的唯一武器。

这武器并不见得总能奏效。贪恋蜂蜜的猴子和狗熊宁愿被蜇得鼻青眼肿，也断不肯放过巧遇的美餐。看那狗熊，它笨拙地、摇摇晃晃地站立，一只前掌捂住脑袋，另一只爪子还紧紧抓着蜂窝。黑压压的蜂群围绕着它疯狂叮蛰。狗熊慢吞吞地、慌乱地逃跑，扑通一声掉进河里，顺势把身体没入水下。

冒这种风险毕竟太可怕了，所以人开始用蜂箱养殖蜂群以汲取美味的花蜜。但蜂群有时会莫名其妙地炸窝。

小小蜜蜂的杀伤力偶尔也是可怕的，所以我们要警惕那个所谓的食鱼民族。他们远比蜂群凶残。司马迁还说过一个人像蜂：秦王为人，蜂准长目。准就是鼻子，像蜂一样的鼻子是什么鼻子？我猜不出。但，想必，长着那样古怪鼻子的人，一定恶毒异常。

蚁

汉词汇：蚁集

　　人用蚁集来形容那些大型集会妄图叛逆的人。哼，处理他们像捻死蚂蚁一样容易。用蚁集极言人数众多而且杂乱大致是不错的，但蚁群的忙乱有着井然的秩序。

　　蚂蚁——是组织性严密的群体活动的昆虫。有一则南柯一梦的故事提到过蚂蚁，意思说文士淳于越梦入蚁国贵驸马，然后蚁国遭相邻敌国攻击云云。古中国没有严格意义上的生物学家，但奇怪的是这则故事对蚂蚁的习性了如指掌，尤其是一些细节，如蚂蚁国度之间的敌对和永恒的仇恨，蚁国的高大辽阔等等。

　　蚂蚁种类不下五千种，历史悠久，遍布世界各地，不过它们与自己两千五百万年前的祖先没有太大区别。蚂蚁社会具有毫不松懈的铁的纪律，它们就生活在那种种不可动摇的规矩之中。我怀疑这规矩和对规矩的恪守，同时也妨碍了它们进化。或者，它们乐于处于这斯巴达式的社会，永远保持古典的理想境界？

　　蚂蚁王国属母系氏族，蚁后为部落首领。很少有人知道，最初的蚂蚁是有翅膀的，这翅膀专为爱情飞翔。在春天、夏天，它们翩翩起舞，在空中往来交尾，然后雄蚁悲惨地死去，雌蚁蜕掉翅膀回巢穴产卵。爱情使它们飞翔，婚姻则令它们在土里爬行，蚂蚁的遭遇会令一些人不寒而栗。

蚂蚁是伟大的建筑师、天文学家和通灵的巫师。它们的巢穴筑在避雨见光又能保持阴凉的高处。洞要坚固，才能经得住人兽沉重的脚蹄；洞内宽敞干净恒温，且有一定的湿度。千里之堤溃于蚁穴。有一种白蚁在大堤上筑巢，巢穴范围能达方圆五公里之广。它们不怕洪水倒灌吗？

前面已经说过，蚂蚁是通灵的巫师。它能预测暴雨，会在巢穴的出口高筑堤坝，或者全体搬走。它们还知道大灾异的来临。之前蚂蚁们扶老携幼，浩浩荡荡地搬到较为安全的场所。它们寻常从洞内外出时，则根据太阳的位置来确定方向。

蚁们懂得未雨绸缪的道理。它们在整个春夏秋季里忙碌，瘦小干黑的身躯不知疲倦。这一切不过是为了生命在严冬时节的延续。冬天很快来临了。万物归藏，大地荒凉。蚂蚁们的巢穴筑得很深很深。它们在黑暗而温暖的家中，悠闲地享用着丰盛的食物，听着头顶寒风呼啸，大树的枝丫咔嚓冻断，听着人因寒冷难耐而不断发出的跺脚声。三尺冻土之下，它们如何保持畅通的呼吸？这对我们来说是一个小小的谜。

蚁还从事畜牧业以保障食物来源。养殖蚜虫：冬天将其赶入洞中，并为其建造特别的住处；春天时又把它们赶回树上，像放牛一样。蚜虫的分泌物就是蚂蚁的食物。蚁用触角击打蚜虫以获取这种琼浆玉液，类似于人挤牛奶。

蚂蚁的食物一部分是肉，一部分是植物。热带的一种蚂蚁能够培育真菌。它们把一片片树叶搬进洞中，将植物嚼碎拌入唾液准备好堆肥，然后在肥料里种上一种特殊的真菌。

蚂蚁喜欢叮食甜食。古代人利用蚂蚁发明了一种邪恶的刑罚：蚁刑。把获罪者绑起来，行刑者在其脸部、头部、双臂、胸部、大腿甚至生殖器上不厌其烦地用利刀割下细小的伤口。据说一般要割三千刀。获罪者有一种始而尖锐终而麻木的疼痛，他很快变成血人。然后行刑者在其伤口上撒下白糖。无以数计的蚂蚁从四面八方赶来叮食，血人变成黑人，蚂蚁锲而不舍地将他一点一点搬回巢穴。获罪者浑身颤抖奇痛奇痒一边咒骂一边哭一边笑……数天后他只剩下一具森然的骨架——骨架是因剧烈的笑而扭曲着的。

可以想见，疯狂起来的蚂蚁有多可怕。尤其是一种食人蚁——非洲一些地方曾发生过令人色变的蚁灾。食人蚁成群结队从森林爬出，自四面八方向村庄、城市发起冲锋。它们发挥出惊人的协作精神，毫无畏惧前仆后继。有一只倒霉的斑豹不慎掉进了它们的罗网，它根本来不及逃走——仅过了三十秒就变为枯骨。无法抵敌的人们且战且退。放洪水来淹，蚂蚁们咬掉树叶坐上去过河；点起火墙阻隔，蚂蚁们抱成团滚过去。它们还集中力量攻击手持灭火器身穿防护衣头戴玻璃面罩的人……

这是一群来自地狱的蚂蚁，妄图把一切生灵带回去攫为己有。近来有新闻说，在中国三峡工程涉及范围，有某地突然出现约十五亿只老鼠——十五亿！顷刻间冲进你所居住的三室一厅的房子能密匝匝摞到天花板，不消说别的，压也把你压死了。那情景想必比蚂蚁更可怕。

蚁比人更早地掌握了高信息传播的技术，主要依靠体内的放射性元素碘。消息从一只工蚁那里传出，四小时内蚁群中百分之四十能得到信息，三十小时后可达百分之九十。与此相似的是，某种毒蛇捕物靠头部的红外线设置——可通过探测热量和物的位移来感知物的方向。譬如蛇会探头入鼠洞试探，鼠头部热量最高，蛇一击而中。

此外，蚁穴的统一靠洞穴的那种特殊气息来维持。这种气息具有重要的信息功能：使工蚁惶惶不安，促使工蚁更好地照顾幼蚁。

蚂蚁的高度协作精神常令我们叹为观止。但这仅限于同一蚁群；蚁群与蚁群之间的争斗是永无止尽的。争斗中它们发展出让人瞠目的智力。欧洲森林里有一种红蚁常侵入黑蚁穴中，弄死蚁后自立为王，将蚁蛹霸为己有。那些蛹孵出的蚂蚁就把它看作自己的母蚁。然后母蚁不断带领蚁群外出掠来蚁蛹作为奴仆，建立起一个残暴的奴隶制国家。热带还有一种偷窃蚂蚁，将洞穴直接筑在白蚁集中。它们体长仅两毫米，不断将小白蚁偷出，贪婪地吃个精光。白蚁对其无计可施，因为敌人太小太小了。

蚂蚁是昆虫中的马，就体形而言可谓神速。还有人认为蚂蚁是力气最大的物，因为它能扛起比自己重数十倍的东西轻松地奔走，这是任何生物都无法与之相比的，连极善负重的龟都不能及。细小干瘪的蚂蚁从六层楼上摔下来也不会摔死，它那么轻盈，就仿佛一根羽毛从天上扔下来绝不会跌烂一样。

据说蚁肉极酸，故而大多数鸟类都不肯吃它，连鸡都对蚂蚁不屑一顾。蚂蚁主要成为孩子们的猎物。他们用樟脑球画圈，将蚂蚁圈起来看它转来转去冲不出来；撒尿冲垮蚁窝；抓住两只大蚂蚁拽掉触角让它们打架；掘起蚁穴露出白花花的蚁卵一脚踩个稀巴烂，还把蚂蚁扔到热锅上。他们无知而残忍，他们太小，还不懂得尊重造物以及生命。

不知道蚂蚁如何躲避人兽巨大的、从天而降的脚蹄，就仿佛人依然无法躲开命运突如其来的打击一样——我们的脚悬在蚂蚁头顶，谁的脚高悬在我们头顶？有故事说一老妪在中国式地狱里遭受惩罚，罪过是某年某月某日在某地踩死过某只蚂蚁。这说法有点儿荒谬不经。人除非裹足不前，否则不可能不经常性地把蚂蚁一脚踩进地狱。

人永远是蚂蚁的天敌或蚂蚁部分命运的主宰。蚂蚁除此之外的天敌还有食蚁兽和某些甲虫。庞大的食蚁兽终日逡巡着，寻找着，向蚁穴的出口喷着巨大的鼻息，然后细长的嘴巴伸进蚁穴把成窝的蚂蚁一下子吸进腹中。一些甲虫则钻进蚁穴，将长满尖利短毛的腹部伸向闻讯赶来围剿的蚂蚁，腹部分泌出一种奇异的液体。蚂蚁吃了以后就像喝醉了酒一样，失去了辨别方位的能力和高度的责任心。甲虫开始放心大胆地吞食它们及其幼虫。

蚂蚁，启发人感慨生命的卑微和悲哀。蚂蚁则不以为然。人生前踩死蚂蚁，死后被蚂蚁吞噬。蚂蚁也许相信，它们才算得上最高级的物种。

虱蚤

和尚头上长虱子
瞎子看见大麻子
　　　　——俗语

大姐走路笑笑的
两只奶子翘翘的
我想用手摸一摸
心儿总是跳跳的

艳诗出自中国语言革命时期的执大纛者刘半农之手。时人不齿，后人虽勉强评论说语言清新大胆，也难以遮掩其轻佻直露。熟悉刘半农的人却从中读出一种恻怆，因为这位才华横溢、叛经逆道的诗人死得太不像话，简直可以说是窝囊：被一枚虱子咬死了。那是在一次长途旅行中、在一个小旅馆，某虱子吃了他一口，很快引发流感，刘半农遂与虱子一起二命呜呼。

传播疾病，莫过于老鼠身上的虱子——鼠疫，致使人畜大批大批死亡，只剩下白花花的虱子遍地蠕动。于是，在著名的"文革"期间，国家领导人倡导人民灭四害：麻雀、老鼠、臭虫、苍蝇。虱虫是臭虫的同盟军，自然在被灭之列。据说有一位村书记提意见，说我们村连人喝的水都没有，没法子洗衣服，虱虫难灭，他立刻被打倒游街。另有一次批斗大会上某妇女发言：在万恶的旧社会与女儿失散，找到后为其洗头，脸盆里水面上漂起密麻麻一层虱子。一老工人呜呜哭着站起来说你这算啥，那时我一家三口逃荒，我要有你那一盆虱子儿子就不会饿死了。满场愕然、雷鸣般的掌声后是雷鸣般的口号声：打倒万恶的旧社会！这事儿太过荒唐，现在的年轻人一定不信，以为瞎扯呼，就连我也是将信将疑。老年人则感喟：比那荒唐的多了，你小子知道的那点货算个啥？

精神不灭虱虫不灭，曾是魏晋名士们常议论的话题。那时候，扪虱而谈是流行时尚。我只不明白他们捉住虱子以后怎么办：径直扔掉，还是干脆像吃花生米一样下酒？狂放的名士们干得出来的。

虱虫后来成了乞丐、阿 Q 和猴子豢养的宠物。前两者自捉自尝，猴子则是两只一起坐在太阳地里互相帮忙，说不上谁占谁的便宜，偶尔就因此打了起来。名士们不见了——不知道是不是因斯文沦落，名士们变成乞儿和猴子，或者学会了精神胜利法隐藏起来。

说一则真实的故事。我高中所在的学生宿舍，是一个十八平米的大房子，住着三十多名学生——没有上下铺，只有一个大通铺土炕，从南头顶到北头。我从未住过学生宿舍，一直在外寄宿，所以不甚了了。有次放暑假之际，去宿舍帮一个同学拿东西，进去后物品狼藉，遍地废纸，只听见沙沙的声响。初以为是脚下粘的纸张，站住不动后不禁毛骨悚然：那沙沙的细微声音居然发自炕上的跳蚤！像蚕吃桑叶，寂静之中愈发强烈，竟不知有多少只蚤虫在跳跃。我卷起裤腿咬牙冲上大炕，取下物品赶紧出门，拼命跺脚。走在路上不一会儿，脚踝上起了一层又红又痒的小疙瘩。

这可是千真万确的事儿。你也许会说，你们那儿一定太穷了。我遗憾地告诉你，这次你错了。我们那儿非但不穷，而且在内陆县中，几乎算得上是富裕的。

年代也并不久远，在八十年代末。现在的中学生的住宿条件，应该好多了。但是，像我们学校当年的那种情况，还有么？肯定有。还有那么多的孩子连学校都上不起呢。

真理不灭虱虫不灭。看来，虱虫比真理还要顽固。古人云：皇帝身上还有几个御虱呢。中药里有名叫龙须的药引——龙须即皇帝老儿的胡须。如此，御虱也当是名贵药材，而且分牡牝，牡壮阳，牝滋阴。

话扯远了，打住。还有一则流传甚广的关于虱蚤对话的故事，略嫌伤风化，不说也罢。

董重作品/《斗兽》布面油彩炳烯/250X140cm/2009/

鱼

> 沧浪之水清且粲，
> 中有鲤鱼长尺半。
>
> ——中国春秋时《饭牛歌》

在险恶的深渊，幽暗湍急的地下河流，在古井中，在鱼缸里，鱼出没不定，显现出生命的勃然萌动。庄子鱼乐与人乐的著名争论，其实有可能是关于人如何介入艺术境界的状态的探讨。西汉歌谣中有枯鱼过河泣的句子，看上去更像人在惊恐万状的梦中所看到的幻象。这也是汉歌诗的一个共同特质：物与物几乎没有什么必然联系，辽远、陌生、孤独、空旷，还有奇怪的恐惧感和莫可名状的焦灼。这幻象后来出现在干宝的《搜神记》里：在一座即将面临灭顶之灾的城市，街上往来的行人突然惊恐地看到，每个人的头正上方都有一尾小鱼，仔细看时它还在摇动尾巴。有人回家拿铜镜来照自己头顶，铜镜在手中破裂，裂缝中有鱼儿钻进。去水边照，平静的水上旋即刮起狂波，水面径直分开，水底隐约有城郭道路房舍田地一般的物事。没人能够阐释这幻象的缘由。不安的人们彻夜不眠。次日黎明之际，四面奔涌而至的大水淹没了城。

灾异来临之际，除人之外的不少动物往往有预感。地震前两三天，连家养的鱼也会格外骚动，拼命跃出水面，甚至撞死在鱼缸壁上——它想找一个出口、远离这地方。而一九九八年的大洪水灭之后，中国北方某座曾一度遭受洪水围困的城，周遭水域的鱼格外肥硕。但鱼市的鱼无人问津，尽管价格便宜得吓人。人们说，这鱼不知吃了多少人肉才长这么肥。谁敢吃？

> 林暗众逐虎，
> 月明人射鱼。

古人捕鱼最初非网非钓，而是用削尖的木棒扎；再后来，发明了简陋的弓箭来射。最神奇的莫过于用鱼来传递书信。汉诗云：

> 客从远方来，遗我双鲤鱼。呼儿烹鲤鱼，中有尺素书。长跪读素书，书中竟何如。上言加餐食，下言长相忆。

诗中的交代不甚了了。为何书信要置于鱼腹之中呢？客从远方来，那么应该是家人或者亲友托其来专门传递物品的。书信和鱼放在一起置于包裹之中呢，还是出于保密置于鱼腹——从鱼嘴里塞进去？客迢迢千里，这鱼不怕烂吗？又或者鱼一路放在水中？书信和鱼放在一起又有何寓意？有说此诗明达夫妻之情，那么鱼而成双，该是暗寓鱼水之欢了。

许是农业国度对水族的好奇、畏惧和尊崇，人们赋予鱼以各种各样的灵性。汉人顶礼膜拜的龙常变化作鱼，尤其是受困的龙，它可以借一滴汗水、泪水甚至血水尿水飞腾而去。欧洲格林兄弟的一条小金鱼后来又被普希金写为诗篇，说渔夫和金鱼——条厌倦了人不知餍足的贪婪天性的鱼。鲤鱼跳龙门的神话描述了人对凶猛大河的敬畏，以及一群追求上进的鱼。

但鱼还是主要因垂钓者和渔夫而出名。这些家伙们都是些所谓的隐士高人，在水泽边披霜冲雪，享受高洁孤独的境界，当然还要享受关节炎和风湿类风湿心脏病。有两位拙劣的垂钓者值得一提。一个是三千年前的老匹夫姜尚，他居然直钩钓鱼，偶尔想上钩的鱼因咬不住鱼钩只好乖乖离去。他一直钓到八十多岁，才算得了一条大鱼——这故事的衔接是妙不可言的，因为文王的始祖是个弃婴，曾在水上得到众水族的呵护。文王真的和鱼有一点点关系么？

另一个垂钓者是大奸大恶的袁世凯。此人不断破坏叛逆，以给自己的叛逆制造条件。他破坏新事物时自己得以巩固；叛逆旧事物时自己即刻消亡，因为他本身就是旧的事物，他扼杀了自己。最后，袁世凯做了八十三天皇帝被迫退位时，他跑到山林里，坐船披蓑衣在严冬大雪的湖上垂钓，并且让摄影师拍下他独钓寒江雪的场景。我曾见过这样一幅图片，认为是袁一生最为成功的写照。它暴露了一个告密者竭力想把自己隐藏起来却欲盖弥彰的心态。

鱼。歌云：江南可采莲，莲叶何田田，鱼戏莲叶间。鱼戏莲叶东，鱼戏莲叶西，鱼戏莲叶南，鱼戏莲叶北。这是艺术的欢娱的境界；鱼水之欢；——用此来形容人最古老又不可或缺的活动是再恰当不过的了，因为鱼本身就是一种生命原始的物。还有参禅般的垂钓。

性爱、艺术、宗教是鱼昭示给人的三种生命状态。三者都在瞬间使人达到原始洪荒的思维状态，有大欢喜有大寂灭而人超乎其外。拔刺一声，一只鱼儿跃出水面。

癞蛤蟆

　　儿时玩一些古怪的小把戏，现在想来，当时真不知出于什么样的用意。譬如，在课堂上偷偷把前桌女同学的辫子绑在椅子上；袖里笼一只癞蛤蟆呀青蛙呀什么的放在课桌抽屉里；把粪便屙在讲台上老师的粉笔盒里。现在我们长大了，不会做这些小把戏了，我们一本正经道貌岸然又心怀鬼胎，坐在办公室里热情地谈论着无关痛痒的话题，像言及太监生男还是生女容易一样了无趣味。

　　累吗？有聊吗？我觉得虾蟆都比这有意思多了。还是说说癞蛤蟆吧。

　　李贺说食熊则肥食蛙则瘦，却断然不肯食用癞蛤蟆。他自己瘦骨嶙峋，估计吃蛙很多；也可能因此写出了不少好诗，因为有人曾说，食熊的胖子是写不出好文章的，这话和曹刿著名的"肉食者鄙"是一样的道理。据说李贺找不到合适的情人，终于憔悴而死；他一定不喜欢唐朝的女人，太胖了。其实李贺是个超越了现实的人，他应该活在宋朝。宋人多怪癖，那么有食蛙嗜好的李贺，就会成为一代名士。谁让他倒霉生在后唐呢，充其量在当时是一只不为人喜的癞蛤蟆——终日逡巡在荒凉潮湿的郊外，在瘦毛驴的脚下。有谁肯和一只癞蛤蟆亲近？

女人们别说去摸癞蛤蟆滑腻腻黏乎乎一身小疙瘩的皮，就是偶尔瞥见也会失声尖叫，其声音之大足以杀死一只小鸟，吓得太监生出孩子来。这时候癞蛤蟆只是瞪着头部的大眼睛，直勾勾地盯着她失色的花容——那样子也就是垂涎三尺。去你的！女人们诅咒着一脚把它踢到角落里。然后一会儿它就不见了，它跑到哪儿去了？

癞蛤蟆喜欢待在阴暗潮湿的土穴里，多半时候，它在一声不响地发愣。它那么孤独，没有谁关心它到底在想什么；但有一点可以肯定：它绝不会在想某一只天鹅。人兽都对它敬而远之，大概还包括与之酷肖的青蛙。即便于此，它还是拼命设法自保，披上一层土黄色的、长满小土块般一疙瘩的外衣，以使人将其与泥土混淆起来。

在某些地方，蛤蟆和蟾蜍是一回事。非洲丛林有一种剧毒的蛤蟆，颜色血红乃至透明，连眼镜蛇都对其退避三舍。

多数人认为，蛤蟆像哑巴一样沉默。这一点它比青蛙要好得多，青蛙总是长舌妇般地聒噪。但人们宁可称赞青蛙好得"呱呱叫"，不肯讲蟾蜍的好话。那是因为世间爱说闲话的人太多太多了，他们在互相恭维。

不过蟾蜍并非哑巴，只不过属于寡言一流而已。夏日黄昏天雨将至的闷热里，蟾蜍会自言自语地发出一种"浮豆儿、浮豆儿"连续的短促声，似有一点羞怯，很脆很好听。我有一次误以为是一种蝉，或昆虫、鸟之类，爬到房顶上、墙角、树上到处找，没有没有没有还是没有。后来有长者告诉我，那是癞蛤蟆啊。蛤蟆？真让人难以置信。

蛤蟆被认为属至阴之物。北方农村小孩子常患肚脐疼痛或腹胀腹痛，大人就用一个土方：在蛤蟆喜居的阴湿地取一种细绵微潮的土撒上去，很快就好了，出奇地灵验。蛤蟆的皮晾干碾碎，据说可治妇科病。

癞蛤蟆想吃天鹅肉。人轻蔑地说。悲伤的蛤蟆、寂寂无言的蛤蟆、不为人喜的蛤蟆最后只好躲到了月亮上。其实想吃肉的可能是天鹅，你看它们成群结队地在天上寻找，在夜间也拼命往月亮上飞。天鹅兴许是像人们想象中那般美好，它们一边飞一边撒下粪便一边嘎嘎乱叫，声音如同美人在生活中兴奋而刺耳的尖叫令人厌恶。天鹅也是一种贱鸟。

太原白公曾写到飘零的歌女和水上破碎的明月。弥漫天地的感怀伤世里，那个自言身世的歌女称家在虾蟆陵下住。虾蟆陵在长安，今不知何处，大概因地低潮湿蛤蟆极多而得名。从小，她对遍地跳跃的蛤蟆已从习惯到麻木。在倚楼卖笑的生涯里，那里癞蛤蟆一般的少年，骑大马摇大扇满脸粉刺的五陵少年，榨尽了她的青春美貌。一曲红绡不知数呵……血色罗裙翻酒污……再来一曲！

贬谪的白公说自己住近湓江，地低而湿，想来蛤蟆也一定不少。往昔曲尽逢迎的官场生活、现在环绕住处的苦竹，对他的生命进行了细微而无所不至的破坏。清冷的月光照着微微摇曳的苦竹，苦竹影里，是孤独哀伤的白公。现实生活中哪有像月亮上那般圣洁的蛤蟆呢。

反哺的故事

　　闷热的夏夜，坐在院里乘凉的孩子望着星空，心中会对神秘世界升起无数好奇的欲望。他会不知疲倦地缠着大人讲稀奇古怪的故事，从中得到求知的满足。现已作古的奶奶就在这样的背景下，给孩童时的我讲了这么一个故事。

　　主人公是中国古代寻常的农夫。他应该是个年轻人，或许还拥有几亩薄田。家境不佳，父亲早逝，母亲含辛茹苦把他养大，但是他非常不孝。当他在田里干活、中午老母给他送饭时，稍有差迟或者饭菜不可口，他就对老母轻则恶言詈骂，重则拳脚相加。他一定认为，母亲吃他收获的粮食，给他做饭送饭是理所应当的事。

　　故事就安排了这样一个中午作为转机。他已经非常疲劳，而且饥肠辘辘，但老母还没有把饭送来，他很恼火。他想，老不死的送来饭时，狠狠揍她一顿！

　　农夫去地头的树下歇息。或许他是躺着的，因为一个地道的农民不会视泥土为不洁，况且仰面朝天能使疲乏的身体得到充分休息。他无可消遣，又抽不起烟，躺着的姿势也不能让他得以观察地上的蚂蚁解闷，这样，他的视线只能集中在树上。

　　树上有他经常看见的那只乌鸦窠。一段时间以前，常见一只很老的乌鸦飞来飞去，衔虫子喂正在孵蛋的老母鸦。后来老鸦不见了，母鸦不停地出来觅食，鸟窠里时常有啾啾的鸣叫声，大概是小乌鸦吧。再后来老母鸦也失踪了，只见一对小乌鸦往来飞动。老母鸦哪里去了，也死了吗？

恰巧这时小乌鸦衔着虫子飞来，停在窠边的树枝上。农夫看见从窠里探出一只鸟的头，伸出嘴接过小乌鸦衔的虫子。是那只老母鸦！

农夫饶有兴趣地观察着乌鸦的行动，开始思考这件无意间发现的事。他坐起身来，简单的头脑渐渐把乌鸦的行动和自己联系在一起。一切像神示一样，他看到了父母养育自己的整个过程。已经飞不动的老母鸦好比年迈的母亲，但老鸦尚有小鸦喂养。而母亲呢？我呢？我刚才还想揍母亲一顿。我甚至不如一只乌鸦。

自责和羞愧占据了他的心灵。这时他看见年迈的老母，正步履蹒跚、畏畏惧惧地提着饭罐向他走来。"母亲！"一种充盈内心并急剧扩张开来的负罪感驱使他站起来奔跑着向母亲迎去。以往打骂母亲的情景闪现在他的脑海，折磨着他……

以往被打骂的情景闪过母亲的脑海。饭罐掉在地上。碎了。农夫的反常举止吓着了母亲。又要挨打，这顿打一定不会轻。母亲想着扭头就跑。农夫边追边喊："母亲快停下！"老母亲越发害怕。儿子的脚步越来越近了，老人家慌不择路，一头撞在了一棵树上。老人家彻底逃离了苦难的人世。

"母亲快停停！"的惊恐喊叫突然停下。农夫扑过去抱住母亲的尸体痛哭流涕。老人家甚至没有给他一个改过的机会。

故事到这儿戛然而止。在我的幻觉中，凄厉、惊恐、悲怆的"母亲、快停下！"的呼喊声中，农夫抱着母亲的尸体仍在田野里无止无境地奔跑，他的尽头一片虚无，铺天盖地的黑乌

鸦像纸钱一样环绕他上下翻飞。年幼的我眼泪汪汪。我无法忍
受这样的结局。我宁愿用母亲讲给我的类似故事中的一段作为
结尾：农夫伐了撞死母亲的树做了棺木，把母亲埋在乌鸦建巢
的树下。他就在坟边盖了一所简陋的小屋，整整一辈子陪伴着
母亲。

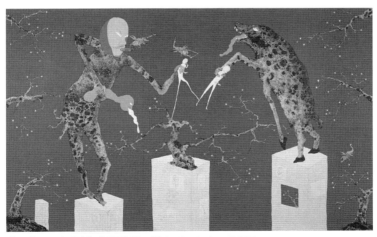

董重作品 /《对峙》布面油彩丙烯 /150×240cm/2007

狗

　　我想象一群半人半兽的动物在深夜、在一个名叫数千年的地方围着篝火狂欢，火苗贪婪地舔着丰收的猎物。一群狼或者豺狗在不远处的黑暗里静立、逡巡，隐忍地等待剩下的骨头。仍旧是数千年前。缓慢的进化使现代的纪年方式变得无足轻重。半人半兽的动物在土炕上建起了简陋的木屋，由穴居变为半穴居。猎物越来越充足，一些活捉的、杀死以后肉会腐烂的野兽被关在地洞、栅栏里养起来，有野牛、野羊、野猪甚至豺狼。它们在啃吃带肉的骨头、由采集植物到种植植物的动物的剩食乃至粪便的过程中，凶残的捕食本能逐渐消弭；在近乎凝滞的时间中，在以繁殖为目的的无止尽的交配中，自然赋予它们的野性的尊严黯淡下去。

　　时间的大河流经黄金、石头、铁，在流经机械文明时突然加快：蒸汽、飞机、电话、原子弹、电脑……半人半兽的野兽进化成我们衣冠楚楚的现代人类，他们驯养的野兽大多数蜕变为人类的食物。而豺狼失去了贪婪无信的本能，失去了尾巴的坚硬，学会了摇尾乞怜和忠心耿耿，以及对昔日同类猖猖狂吠。它们变成了狗。

　　这是一种多么奇怪的动物啊！丧失了自己最重要的自然属

性反以此为荣，不知道自己的悲剧性。但我们人类又何尝不是呢？人不会告诉狗它的历史，而我们人类出于自负，也不会怀疑自己是在进化还是退化。

狗们有没有受到原始本能的召唤？也许有，譬如跑进山林的野狗；譬如发疯。但大多数狗一生不事二主，恪守着主人赋予的职责：导盲、看家、缉毒及其他。唯其悲剧性的存在，才更显得狗们的行为悲壮惨烈。它们吃残羹冷饭而毫无怨言；它们宁可饿得皮包骨头受主人虐待也不肯跑出去；它们甚至听主人的话趴下不动让主人打死……它们的行为使我们芸芸众生热泪盈眶。

培养孩童爱心的办法是让他养一只动物，最好是一条狗，对狗的宠爱能消弭孩童一贯的无知的残忍和孤独的内心世界。通晓人性的狗会是孩子最好的伙伴。意义还远不仅于此，无论如何，狗还可以算是贴近大自然的动物，孩子在向它倾注感情和得到感性的认识时，与大自然、与外界交流的小小渴望也得到了满足。多少年后他仍然会记得，一条狗蹲在他的童年，蹲在他放学的路上等着接他回家。

我姐姐五岁时养过一条狗。她每天背着、扛着、骑着、抱着，用麻袋提着，在村巷田野里疯。狗后来在袋子里活活闷死了。长大后提起，姐姐怎么也不信："咋能呢？我怎么能弄死它呢？它有爪子有牙齿，不会挠、咬吗？"她实在低估了狗的忠诚。我六岁时过继给外地的二叔，父母姐弟、熟悉的玩伴、景物一下子无影无踪，代之以陌生的环境和一群同龄小孩。几天新奇之后，几次鼻青脸肿地回家，我不再出门，一个人在家坐着，小小年纪便开始孤独忧郁。为了哄我开心，一天，二叔突然抱着一只小黄狗回来。真是太兴奋了！我的激动无法形容。晚上二妈不让狗进家，我就竭尽儿童的智力，用砖头、木块给它搭起一个小窝，偷偷撕下棉衣里的棉花铺在里面，接连数日我睡不稳觉，蹑手蹑脚爬起来出门看它。吃饭时我偷偷把碗里的饭拨给它，二叔给我好吃的东西，我都留一份给它。我没有忘记为它起名字，苦思冥想否定了好多，最后决定用弟弟的名字"小明"，叫它"黄小明"。

我开始雄赳赳地带狗出门。一大群欺负过我的小孩一见我，呼啸着跑过来。黄小明汪汪叫着冲过去，孩子们吓得回头就跑。小明咬住了其中一个的裤腿，跑得慢的几个孩子都吓哭了。一个孩子的母亲闻声跑了出来。我喝住小明，心头有一种报仇末了的隐隐兴奋。

孩子们开始羡慕、巴结我。一个稍大的"孩子王"提出条件：我让他玩狗，他让我当二头领。我没有同意。欺负过我的人出于利益又想利用我，我不打算和解。

渐渐有孩子上门找我玩，无疑是小明使我提高了威信。小明给了我多少欢乐！它使我不再郁郁寡欢，忍气吞声，使我拥有了自己的朋友——他们以小明吃过他们喂的食物为荣互相夸耀；在玩捉迷藏时，它带我去找藏起来的孩子，一个也不拉下，轮到我藏时，它和我一起静静地不出声。它甚至在田野里捉住一只松鼠！衔回来给我，居然活着。我把它养起来，自然又成了小伴们的艳羡对象。

大约是半年吧，奶奶带着我去走亲戚，狗一直追到火车站。我骂它，撵它，喝令它回去，用石子扔它，它跑一截路就回头望我。至今我仍记得它站在灰灰的土路上扭头看我的情景，记忆给它的叫声和眼神增添了一种凄婉和留恋。

第二天回家，一下车我直奔家中，奶奶远远落在后面。推开院门，小明没有像往常一样欢吠着迎上来，院子里空空的，狗窝里也没有。二妈从屋里出来，平淡地说，昨天晚上狗好像

190

没有回来。我幼小的心灵觉得难受，哇地哭了。

我开始找，满田野满村巷找，哭着喊：小明——小明——小——明，鼻涕眼泪洒落在风里。傍晚空落落地回家，一个小伙伴在家里等着。他住在火车站附近，说昨天他妈妈看见，一个陌生人抱着狗上了火车。

我不信，我每天去火车站等，坐在院门口等，痴痴地等，晚上挨个儿地去小孩们的家门外偷听有没有狗叫，夜间院门插上门拴后我又偷偷打开，给狗留着门。但是黄小明终于没有回来。

多少年后我仍然多少次梦见我的狗，梦见它在空荡荡的田野里奔跑；梦见它长成了大狗，深夜里使劲地用爪子挖门；梦见它半蹲在土路上，摇着尾巴，偏着脑袋看我；梦见它飞跑上门前的土坡，扭回头等我追它……

黄小明就这样和我的童年一起丢失了，永远也不会回来。我变得沉默、阴郁，喜欢一个人呆在角落冥想，好像一下子变成了大人。成年后想起，童年空荡荡的竟只有一条狗，孤独，哀伤，想家，它一半是小明一半是我。

另一条狗的故事发生在我九至十二岁期间。大姑家离我们村不远，五里地左右，表哥和我差不多大，很能玩到一起。隔三岔五放学后我就溜去，每个暑假也都在他家度过。

大姑父养着一条善良而凶猛的大花狗。我和表哥出去玩，无论是在水库捉鱼，在田里逮野兔，还是打架，它都是最好的帮手。每次我们总是满载着战利品兴高采烈地回家。有时天擦黑我回家，表哥便带着狗陪我走到他们村口，拍拍狗头，大花狗就一声不吭地领着我平安到家，我多想让它多呆一会儿啊！但花狗从来不肯在我家过夜，它一扭头就跑得不见踪影。

那是个连人都填不饱肚子的年代。记得我在大姑家吃饭，经常是做饭时没有了粮食，只好东家西家地借。但无论多穷，大姑父总是在动筷之前把自己的饭拨一半给狗，他吃多少狗吃多少。这狗也义气，有一次竟衔着一只肥大的、血淋淋的野兔跑了回来，径直窜进厨房找大姑。要知道它也是常饿肚子的呀。

大花狗还能偷东西。秋夜里它一次又一次从田野衔回大棒子的玉米。藉此，正长身体的表哥和我才不至于过分缺营养。

人类总是要做些残忍的事。大约八十年代初期吧，突然兴起打狗运动，县里还成立了打狗队，见狗就打见狗就杀。到最后，全公社就只剩下大姑家的一条狗。打狗队的人终于找上门来，大姑父必须妥协了，否则要被扣掉半年的工分。大姑父阴沉着脸，用铁链子把狗拴在一棵尚未挂果的梨树上就走了出去。

我记得那是个下着细雨的春日，薄暮逼近，打狗队的人拿着棒子向狗逼近。大花狗跳踉狂吠，蹿起来有一人多高，我和表哥紧张得挽紧的手直发颤。打狗队员举着棒子呼啸着砸下，大花狗一偏头，咬住了棒子，"吧嚓"一声，胳膊粗的棒子断成两截。狗闪电般一蹿，咬住了那人的手腕。那人痛得叫了一声，疾往后退，手腕上鲜血淋漓。

狂暴的大花狗突然静下来，是大姑父进来了，手里拎着一根木棍向狗走近。我看见大花狗紧张地转圈，忽地，它趴在地上，浑身颤抖，仿佛求生的本能和另一种什么力量在撕扯着它。它唔儿唔儿地低叫，凄婉痛苦，似乞求，似辩解，又似倾诉，它紧紧盯着大姑父的眼睛，它的眼里满是泪水。

至今我不能忘记大姑父挥棍打下的情景。大花狗又低低地呻吟了一声，似乎是不理解、不相信这样的举动。一片寂静，周围的空气好像冻结了一般。大姑父突然扭头狂吼，手指着打狗队员：滚！你给我滚！……打狗队员抱着头踉踉跄跄地跑了出去，掉在地上的棍子绊了他一下。

大姑父一连几天未回。狗当时没死，但是它开始绝食，谁喂它都不吃。它卧在那里，眼睛直勾勾盯着院门的方向。它在等待？伤心？感到冤屈？四五天后，这伤心和冤屈渐渐地定格在它的眼睛里。

大姑父回来，抱起大花狗，大滴大滴的泪掉在它已经僵硬的身上。

我们把它埋在那株梨树下面。次年，梨树果子累累。下果时我和表哥不约而同地想到了大花狗。表哥眼泪汪汪地说："爸，狗……"一直在旁边闷着抽烟的大姑父"啪"地煸了他一个耳光。

大姑家好多年没再养狗。我上高中时，大姑父终于接回一条黑狗，疼爱非常。大姑父在田里干活中午不回家，大姑就把饭放进瓦罐让狗送运去。

大姑父后来猝然病逝，下葬时黑狗静静躺在坟坑的棺材上，埋土的人盖住了它的脖子它仍然不动。表哥哭着把它抱上来。以后每日下午，它都要待在姑父的坟边，风雷雨雪从不间断。

这条狗大约活了有七八年。有几日家人不见它，表哥便去坟地找，果然在。它已经老死了。

表哥把它葬在了姑父的坟里。

伤害

故事里有一个孩子和一只麻雀。在我们北方，农村，麻雀是最常见的一种飞禽。黄褐色的斑长满了它小而不巧的身体，它的叫声叽叽喳喳，像人们和小贩讨价还价；它像小土块一样穿梭在屋檐与屋檐之间，和我们芸芸众生一样为细琐的生计忙碌。

读过屠格涅夫的《麻雀》的人，也许曾为它那卑微的母子温情所感动。故事里的孩子也正是刚刚学过小学课本里所选的《麻雀》课文的年龄，不知忧愁，充满幻想，也许曾想过像鸟儿一样飞翔。哪怕像麻雀一类的鸟儿在天上飞也好啊。既然不能，捉住一只在天上飞的麻雀也是一件令人兴奋的事。

那是一个偶然的机会。闷热的中午，孩子踩着落叶、枯枝和杂草，在村外的林子里玩。麻雀在头顶的树枝上叽叽喳喳，有一只竟然飞到了孩子的脚边。孩子起身戏耍地追赶，突然发现，它是一只刚刚学飞的雏雀！——它笨拙、仓促、慌张、幼稚地扑棱棱飞，飞行的高度还超不过孩子的头顶。这是一只学飞的幼麻雀！紧张和兴奋交织在孩子的心中。

……这仅仅是刹那间的事。当孩子小心翼翼地双手捂着扑腾的小麻雀、像捧着自己剧烈跳动的小小心脏时，他才来得及回味适才的情景：一大群麻雀在他急促的脚步声中，护随着小麻雀慌张地逃窜。而现在，它们在他周围的树上乱飞、聒噪，有两只落在他的面前，不停地跳跃，在孩子头顶飞来飞去。它们是小麻雀的父母吗？

站在大片麻雀的吵闹声中，孩子有些不知所措。心脏的剧烈跳动正渐渐平息；两只老麻雀灰色的、悲哀无助的眼神触动了他。他看看手中惊恐未定的雏雀，有些悲悯又有些不舍。

孩子在矛盾的心情中、在麻雀们平凡而细琐的悲鸣声中回到家中。他坐在屋檐下，发了一会儿呆；然后进屋找出一条细绳，系在雏雀纤弱的腿上。雏雀在手中挣扎着，一些细羽在空中飘落。系绳的时候孩子发现，雏雀的腿还不及绳子粗，嫩嫩的黄色有点透明，似乎一碰就会折断。孩子的心中一紧。系得松一点呢，还是紧一些？这念头渐渐被拥有一只鸟儿的兴奋淹没了。

雏雀已经停止了挣扎。在孩子手上，它的胸脯还在急剧起伏；身子很热，不知是它的体温还是孩子手太烫的缘故。它偏着小脑袋打量着孩子，眼神中说不上是欢乐还是恐惧。孩子想，它会死吗？

院子里那两只麻雀还在焦灼地叫唤，有几次它们"嘭"地撞在窗户上，孩子在屋里能看见它们映在纸窗上的阴影。孩子拿来小米喂给雏雀，它不吃。他决定带它到院里。一出门，那两只麻雀几乎撞到孩子的头上。

孩子把系着雏雀的绳子缠在一棵树上，站开一截距离。他看见，两只麻雀不顾危险飞了过去。三只小脑袋凑在一起，叽叽喳喳商量着什么。其中一只低头徒劳地啄咬雏雀脚上的绳子，一边惊恐地朝孩子的方向看；另一只径直飞走了。一会儿它飞回落在雏雀边，嘴里衔着一条虫子。小鸟儿会死的。放走它的念头在孩子心中一闪。

　　天色渐渐暗下来了。归巢的麻雀们在屋檐下拉着家常，数不清究竟有多少只，也分不清其中有没有小麻雀的父母。孩子把小麻雀带回屋子，放在一只筛子里。黯淡的灯光下，小麻雀缩在角落瑟瑟发抖，瘦弱的身躯被筛子反衬得愈加孤单可怜，像是随时可能从筛孔里漏下去。它的爪子抠住筛底，发出窸窸窣窣的声响。孩子怜惜地伸进手去抚摸它，感觉到它身躯的微微颤动。它似乎叫了一声，这叫声在夜里显得微弱而凄凉。别害怕，小鸟儿。孩子安慰着自己。你不会死的，明天一早我就放了你，你的爸妈会来接你的。这一夜孩子睡得很迟，手下意识地攥成拳头放在胸口，在睡梦中，他的表情显得很痛苦。

　　窗外麻雀的叫声吵醒了孩子。太阳已经很高了。他匆匆起床，从筛子里拿出小麻雀。经过一夜，雏雀似乎更加瘦小了。孩子揉揉眼睛，捧着它走出门去。

　　他把幼雀放到地上。幼雀拖着长长的线跃了几下，偏头看他，似乎有些疑惑。孩子咬了咬嘴唇，走过去解开了绳子，退到门口。他看见幼雀又向前蹦了几下，斜斜地起飞，离地只有二尺多高，然后撞到墙上掉下。孩子朝它奔过去，它惊慌地往墙角缩，孩子捉它的时候它没有动。

　　孩子把它捧在手上，仔细地端详。它轻得几乎没有重量，眼睛里仿佛流露出些悲哀和听天由命的神情。孩子隐隐感觉到一些不忍。飞吧，小鸟儿。孩子在心里说。他把鸟儿向天空抛起，鸟儿凭空扑腾了几下，又栽到了地上。一只猫蹑手蹑脚朝麻雀走近，孩子赶紧过去把它轰走。他四下里看着，没了主意。院子里树上、墙上、屋顶上落着几只麻雀，但没有一只飞落到孩子的面前。耐心一点。孩子对自己说。

　　整整一上午老麻雀没有飞来，有几次孩子惊喜地以为它们

196

来了，因为有几只麻雀几乎落在小麻雀面前，但它们只是好奇地一瞥，就匆匆飞走了。孩子终于疲惫了，那是一种沮丧、失落与轻微的愤怒交织的情绪。

中午孩子喂雏雀饭粒，它不吃。他躲开去，放置在雏雀面前的饭粒仍然没有减少。下午的时候，它的头无力地耷拉着，眼睛半闭半睁。老麻雀仍然没有飞来。它被孩子捧在手中，软软地站不起来，呆呆的眼神没有任何表情。它要死了。老麻雀不会来了。孩子惊慌地想。有种说不上来的痛苦攫住了他，他有点想哭。

第二天早晨，孩子从筛子里捧出小麻雀的时候，它已经死了。它在他的手中冰凉而僵硬，这冰凉的感觉，一直深深地、深深地传递到孩子柔软的内心。

孩子掘了个土坑，把小麻雀埋到那片林子里。泪眼蒙眬中他仿佛看见，一大片麻雀环绕他飞舞，这幻象渐渐被小麻雀孤单、瘦弱、凄凉的身影所代替……

一天的时光很快过去了。时光永远如此，——它强大、无所不在，扼杀一些东西又使一些萌发；它将这一天的光阴了无痕迹地扩展开来，到遥远、遥远的地方去，到光的尽头。

猫

狗忠猫奸，恰如其分地说明了两种动物的特性。这也许就是它们世代为仇的原因吧。就像人一样，互相看不惯彼此的品格又常见面于是无休止地争斗。但是小巧的猫似乎从不吃亏。每次当你看到气咻咻的狗对着爬上树悠闲地洗脸或者向下嘲笑的猫狂吠，鼻子上还偶尔带着一两丝血痕，你就会感到体形相对庞大的狗是多么无奈和可笑。

猫有许多类似人的怪癖。猫会像娇滴滴的小姐一样偎依着人发嗲，而且像女人一样善变，经常私奔到富人家里；猫叫春固然难听，但猫的男欢女爱却总在隐秘中进行，不像狗那样恬不知耻；它排泄粪便要用土埋起来，不小心被人瞧见，会气得上蹿下跳，数日不得安宁；它嘴馋；它永远干干净净，像绅士一样极斯文地用膳，完毕后还要洗脸。就连它的残忍都像极了人类——抓到老鼠先戏弄个够，看腻了敌人求生不能求死不得的可怜相之后才朵颐大快吃个精光，然后梳洗一番，文质彬彬地蹲在火炉边没事一样地假寐。

阴阳相生相克，万物都有它们的克星。精明如斯的猫居然也有其天敌——一种方言叫山猫的野兽。我曾在故乡的沟沟坎坎里见过，体形在大猫与狗之间，灰黄色，极快，陡峭的悬崖唰地就蹿了上去。据说猫见了它，非但不敢逃，而且走都走不动。山猫赶着它来到泉水边，逼它不断地喝水、洗澡，直到把肚里的脏东西吐干净，才从容地将其吃掉。

我自然相信这种说法，因为那时候我极恨猫——无缘无故地恨，对家里奶奶养的一只大白猫，常常挖空心思，欲置之死地而后快。几次之后，它见我就躲起来，在黑暗的角落里阴恻恻地看我。

我做错事挨打之后，模糊的泪眼总能看见那只猫：它半卧在窗台上，或者太阳能晒着的地方，眼睛惬意地半闭，脸上似有一种幸灾乐祸的神情。

这只白猫一定会报复我。

终于有一天放学回家，我养在玻璃瓶的金鱼全不见了。罪魁当然是猫——我找见它时，它嘴里还衔着一条小鱼。我发疯似的举着棍子到处追它，鸡惊得满院飞，猪在圈里乱窜。我哭着喊着要杀了它扔进茅坑。奶奶无可奈何，骗我说要把猫埋了，偷偷把它送给了三姑。

一晃两年过去了，当时我仍读小学。那一年冬天鼠害猖獗——许多人家的猫被鼠药毒死，在村子里几乎绝迹，生命力极强的老鼠家族却在死亡、繁殖的过程中增强了抗药能力，药毒不死，家族日益兴旺。人们防不胜防。我们家悬空挂在篮里的食物过一宿就不翼而飞，十几只下蛋鸡被老鼠咬死吃掉了一大半，最后连公鸡都没有了。沮丧之余，奶奶想到了那只白猫。

猫被接了回来。它胖乎乎、懒洋洋地躺在奶奶膝上，眼睛都不愿睁。我们都猜疑：它能捉住老鼠吗？

一天晚上，我和弟弟被一种奇怪的声音惊醒，爬起来向窗外看。啊呀！借着月光我们看见，院子里黑压压的有数不清的近百只老鼠，吱吱呀呀叫着围攻一只白色动物。是那只白猫！

它敏捷地跳蹿，左撕右咬。我们屏声静息，几乎看呆了。

早晨醒来，发现被子上卧着白猫。可能是太累了，我抱它时它都不愿醒。我把它轻轻放在灶边。穿衣出门，院里横七竖八躺着十多只老鼠，有两三只竟有白猫那么大。大概这场恶战以鼠们的失败告终。白猫仍然每天睡大觉、晒太阳，但从那以后，不仅我家而且左邻右舍好几户都安宁了许多。

接下来发生的两件事更使我彻头彻尾地改变了对白猫的看法。这两次事件恰恰都与麻雀有关。第一次是看"龙虎斗"。要知道我小时最怕蛇，想起那滑溜溜、阴森森的东西身上都起鸡皮疙瘩。猫的胆魄则使我肃然起敬。

那天兴许是猫爬到屋檐掏麻雀，正好碰见蛇也在做此勾当，起了纷争，于是，一只白猫、一条两尺多长的银蛇，就在屋檐上展开了惊心动魄的鏖战，我们在院里看得清清楚楚。气氛紧张极了。白猫弓着身，浑身雪白的毛和那条黑尾巴都直竖了起来；银蛇昂着头，半身直立，咝咝吐着信子。二者对峙，相距不过一尺，伺机相扑，千钧一发。这时候银蛇的头一闪，快得几乎看不清，白猫似乎跳了一下，没有躲开。我们失声叫了起来，我们看见，蛇紧紧缠住了白猫，骨碌碌滚下屋檐，在檐边上停住了。

猫发出低沉的、愤怒的吼叫。几乎同时，猫向上、向檐顶的方向蹿起一米多高！它跃在空中的白色的腰身异乎寻常地粗壮，简直像是狗腰；银蛇的身体不可思议地裂成几截噼哩啪啦地摔在瓦上。猫威风凛凛地稳稳地落在房顶，我们都目瞪口呆。

大战之后的猫也伤了元气，一连数日，它病恹恹地不吃东西，不住地用舌头舔脖颈上一块地方，可能是蛇咬的伤口。但没过多久，它又恢复了生气，在床上跳来跳去，捕捉小姑的毛线球戏耍。很快，又发生了它智取麻雀的事。

那是一个冬日，我们一伙孩子在炕上玩扑克，白猫无声无息地进来，口里衔着一只麻雀，往桌下一抛，跳到灶火边。大家都觉得有些奇怪：麻雀在天上飞，它怎么捉住的？但也没太在意。又玩了几圈扑克，一个孩子尖叫：桌下有七八只麻雀！这时候猫又无声无息地进来，竟衔着两只麻雀，依旧是往桌下一抛，跳上灶火边假寐。约莫十五分钟左右，它又跑了出去。

我们远远地跟着它，穿过一条条街巷，来到大队的仓库。仓库堆满了粮食，门不严，鸟雀能从门下面的缝隙飞进去。只见白猫走进仓库，像人一样地推门，麻雀听见响动，哗啦啦从门缝里往外飞，猫伸爪一扑————哇！又抓住一只，大模大样地跑回来。

多么聪明的动物，想出这样的妙招捕食！更难能可贵的是：它居然能算准麻雀飞出来惊魂稍定、为饥饿驱使又飞进去的时间，每次都是一刻钟左右！

这一晌它捉了足足十五只。我们几个眼馋，等它出去时偷偷藏了两只，它回来后竟围着我们转圈，一边看它的麻雀一边冲我们怪叫。不得已，我们只好还给它。

这只白猫后来渐渐老了，不再捕食，移动也不大灵便。快死的那几天，它总是缠着奶奶，喵喵凄婉地叫，听得人心酸。有时奶奶去较远的地方串门，它仍要蹒跚着一路找去。那一天它终于开始不吃东西，也不能动弹。奶奶抱着它喂米汤，上面喂下面就流出来。一会儿工夫，它就在奶奶的怀里渐渐地僵硬了。奶奶声音苍凉地说"老了，猫也老了，这也是一条命啊！"浑浊的老泪就顺着满脸皱纹流了下来。

经历了这样一只猫，我部分修正了对猫的偏见。想想也是，说狗忠也好，猫奸也罢，其实都是分工使然。捕鼠的职能使猫聪明或者奸滑，谁家有鼠去谁家；看家的职能则使狗忠烈或者愚忠。如果拿人做比方，那么猫是这样一种人：对本职工作兢兢业业，此外一概漠不关心。倒是不义的人们自己心怀鬼胎，却幻想着别人对他永远忠诚，幻想在易朽的尘世得到一种永恒不变的东西，这才做出一番褒狗贬猫的无端举动来。

董重作品 / 《独自站立》布上油彩 /175X150cm/2013

第叁辑

鱼猫
乌鸦
蛇·乌
卫马
瓠盘

巨鱼
唯一的乌鸦
龟·青
精蚕

巨鱼

池塘里漂浮着车轮般大的莲花，它们是否正在开放，或者静静衰败；两条细长的黑蛇缠绕在一朵白莲的边缘，好像动了一下，又好像没有。这是热带雨林中的小池塘，雨后盛大起来，就仿佛中国的云梦大泽，变得无穷无尽。这是公元前五百多年的一天，你可以随便想是哪一天；一天与一天几乎重叠几乎一个样，反正都是闷热，潮湿，天黑了又白了。有女人恍惚的歌声，高亢，急促，在高处不可思议地微颤，掉下来又游得更高；在莫名的地方消失，很久过去了，却以为还在唱，又或者那是另一个时间里的声音。

但佛陀看不见也听不见，那时候他不叫佛陀，是乔达摩·悉达多，一个遗王位而去的故王子。他坐在林中树下修行，天白了黑了又白了。草木疯长，佛陀偶然似乎能听到它们疯狂生长的嘎嘎声，力竭而枯死的最后挣扎声。有时他梦见自己原本是一株树，一株菩提树。佛陀衣衫朽坏，神情憔悴高贵。一条藤从裤裆钻出，在他的身上绕了数匝，已高出头顶。一只蚁迷失在他的毛发中；一条小蜥蜴钻进他的左鼻孔，然后从右鼻孔爬出来。

万物循环，生长、强壮、衰败，佛陀在渐渐捕捉到一只苍蝇和一头猛虎的联系，它们的区别；他想赋予那隐秘而妙不可言的关系以一种合理的解释。他要给万物安排一种崭新的秩序。一种彻底的循环，无懈可击的循环，它貌似大千世界的真理，或者的确就是。"一只钵里有十万八千条虫子。"佛陀睁开眼听见自己说话。他被喉咙里弄出的响声吓了一跳，这声音陌生，古怪，有一点悲悯，在四周嗡嗡作响，又像一声极有分量的叹息，然后啪地落在地上。它像寂静本身，寂静中蕴含的躁动，极光明极黑暗，一点一点没入土中，又一点一点从土中显现出来。佛陀站起来，开始创建佛教。

一条钵里有十万八千条虫子，这话像出自一位洁癖患者之口，他极端地思考整个世界，也许他是一个细致入微的人，能从一个人脚上的尘土嗅见他口中的气息，穿过针眼瞥见天堂。他轻轻吹动阳光里舞动的微尘来摇动整个世界。我们应该理解，释迦牟尼原本是故王子，他所处的皇宫对我们来说像是天上的大小房子一样金碧辉煌。这时候小他十来岁的博学的孔子，正在中国一个叫陈的国家的小旅馆里弹琴，面前没有牛也没有什么虫子。和佛陀不同，孔子是私生子，但他不像出身不好的人那样，有匪夷所思的怪癖或心理缺陷；他举止中庸，风度迷人，好学而且博学，不肯说脏话，再着急气愤也不会说他妈的；不肯丢失对每一事一物的兴趣，愿意在最困顿的时刻保留一点有限的体面，比如大地震逃跑的一刹那前，一定起码穿上条内裤。如果内裤有洞，那么再加一只手捂住，然后用另一只手和人打招呼。这时候他就遇到最困顿的时刻：他的学生子路充当了他的内裤。是有一个浑人出来找麻烦，但不像是陈国的泼皮来收保护费。这人身高九尺，一身漆黑，像一场噩梦，黑过黑夜，因此在黑暗里发出危险的黑光。他戴着高高的帽子，帽子宽大犹如树冠。他发出各种奇怪的嘶喊，使孔子美妙的琴声成了苍

205

蝇的嗡嗡,这些声音不像一句话,因为连贯,而且无尽无止。
里面有陈国方言,宋国方言,蔡国方言,而孔子分明听出了一
个模糊的发音,它属于鲁国,孔子是鲁国人。但很快又变成了
晋国方言。这人发出哭泣,起始似儿童的啼哭,让孔子想起年
少时被打屁股,哭泣声突然变成了老人的干嚎,孔子隐约觉得
那会是若干年后自己衰老的声音。声音转为低沉,是男女交欢
的声音,孔子热血躁动,那是自己第一次御女的呻吟吗,呻吟
变为女人的尖叫,孔子认出是卫国的南子,他曾对她说发乎情
止乎礼。

这时候孔子的内裤飞了出去,飞快长大,高过屋檐,高过
那个貌似陈国泼皮的怪人,也完全遮住了孔子的羞颜。现在我
们说的内裤,当然是孔子的学生子路,子路一向喜欢逞勇斗狠。
他杀气逼人,一下子罩住了怪人,他武艺高强,一下子打倒了
怪人。怪人变成一条九尺多长的大鱼。

这时候孔子羞颜稍定,整了整衣冠,坐下来继续弹琴,琴
声从苍蝇嗡嗡又变为鸟儿的鸣叫声,以及月光流泻般的声音,
还有上弦月的锋利、下弦月的凄厉。听得子路浑身的汗一会儿
工夫就冷飕飕。接下来子路听见孔老师的歌声:

不知死。

焉知生。

孔老师叹口气,琴声停下,余音袅袅袅,袅袅,袅。孔老
师说:"子路呀。那怪物叫酉。物老了就叫酉,老了就会有成
群的精怪来依附于他,尤其是在他衰败的时候。我老啦,子路
你还年轻。"孔老师站了起来,"我要学习《易》了。"《易》
是关于事物相生相消相长的书。子路退出去,在门外听见孔老
师放了一个屁,然后听见他嘟囔了一句:"君子慎独。"

我们从虫子说到了九尺长的鱼,恰巧这两者都涉及世界的

隐秘循环，永恒的循环；恰巧乔达摩·悉达多王子，孔老师，都曾想合理地模拟这循环，后者从对事物的浓厚兴趣出发，前者则抛弃世界的表象，然后从微观触摸到宏观。现在九尺长的大鱼已经出现，巨鱼也终于要显现了。它在北方的大海里缓缓露出脊背；海水无边无际，水深而黑，巨鱼无边无际，好似几千里长。在中国古书里，这海叫作北冥，没有听说有谁去过；但那是庄子梦中的家园，庄子以梦为家。年轻的庄子常常梦见自己是一条巨鱼，潜身于幽暗、冰凉、咸苦的大海深处。他叫它鲲。鲲在海中缓缓翻身，海水翻滚，风暴涌起，鲲一点一点露出海面。庄子梦见鲲变化为巨鸟，他叫它鹏；鸟背好似有几千里长，翅膀从云中垂到海面，突然一扇，海水劈开，柔软黑暗的海底起了裂缝，鸟抟扶摇而上，各种鱼类卷在狂风中飞上高空。

这时候庄子做一个叫漆园吏的小官。他在黑暗里打呵欠，他愿意生活在一个梦里。他喜欢编草鞋子，编得很美，很多女孩子为了穿他的草鞋想嫁给他，为了迷恋看他编草鞋时专注的样子想嫁给他，那就编草鞋吧。他成了女孩子们的梦，但庄子却只梦见巨鱼和飞鸟。他越来越多地梦到飞翔，庄子是渴望自由的人，那巨鱼的游动，大鸟的飞翔。他在梦中探讨人获取自由的最大可能，以及最大可能的舍弃，他总是想到鱼儿游动的快乐，鸟儿飞翔的快乐。庄子是一个多么复杂的人啊，这使我们想到他要命的双重人格，但也可能不是。在梦里鲲和鹏渐渐不再出现了，他开始梦见蝴蝶变成了他，一个极为娇小的生物，柔弱，单薄，几近透明，在光和风里莫名地舞动。他意识到在自由和舍弃中最深处的悸动，美的快乐，他正在变为一个彻底的唯美主义者。

关于巨鱼我们知道更多的事，现在试着述说它们。《玄中记》

中提到过东海的巨鱼，说行船一日才走完鱼头，走七天以后才看到鱼尾。这巨鱼是一条母鱼，正在生产，方圆百里的海水都变得血红。还有南海巨鱼，见自《广异记》，说海里有一座周回十余里的山，有一条巨蛇，以身绕山数十匝，低头饮水，像是渴极了，它一低头海水就不断下降。这时出来一条巨鱼；过了半天，蛇和山都被巨鱼吞了去，鱼却也不见了。这些事像吹牛，因为纯粹成了猎奇和为奇而奇，一般人们并不见得能记住它们。还有对巨鱼更为详尽的描述，但听来却有难以言说的杀意，人想捉住它，杀了它，吃了它再屙了它。英国神学家佩利说："巨鱼的大动脉口径比伦敦桥上的自来水管还粗，而自来水通过管道的哗流，论速度与势头，都远不及大鲸鱼心脏喷射出来的血。"为什么中国人就只是停留，远远地观赏，停留在巨鱼的美和巨鱼引起的恐怖呢。接下来是美国大探险家，一个陌生名字，威廉·斯哥斯比，炫耀自己如何捉巨鱼："抛出的捕鱼绳索有近六英里长。有时候巨鱼可怕的尾巴在空中一晃，像晃鞭子一样噼啪有声，响彻三四英里。"他们对巨鱼进行技术性研究，"印度洋产有大量最大的鱼，长达四英亩地。"是写过《博物志》的普林尼。而普卢塔克补充说，"除了从这巨兽深渊似的嘴里出来的东西，其他任何东西，不管走兽，船艇，还是石头，都毫无节制地落进了它缺德的大食道，消失在它那无底洞里。"还是技术性的鱼而不是巨鱼的美，我们省省吧。

关于巨鱼，王子年记载了更为古远的事，是《拾遗记》中；我们都知道治水的大禹，他的父亲叫鲧，一个以鱼作偏旁的名字。鲧治水失败，自沉于羽渊，化为巨大的玄鱼。羽渊下通江海，羽山修有鲧庙。而禹治水行遍日月之下，唯不践羽山之地。这故事似乎是说，鲧的后人与水族有古怪的联系。但谁知道呢。还有与鱼类为敌的飞鸟，是精卫，在很久很久以前、在做鸟之前，她是上古炎帝的女儿，在一次戏水时不慎淹死。这黑瘦的女孩儿还未成人，所以脸上没有刺上花纹；她在刺目的正午阳光下奔跑，在散乱的沙滩上尖叫，但是没人。她沉默地脱去她树皮的衣裳，树叶的衣裳，露出她黝黑的小小的身子，一种幼嫩叶子的味道一点一点被风吹散。走向海水，海面平静，海水略凉，我们似乎看到她小小的身子缩了一下，这狡黠的女孩儿黑眼睛一翻，眼珠子一转。大鱼在很远的大海深处翻了个身。海浪在很远的地方无声息地起涌。我们听到她一声短促的嘶叫，它被海水打断，海水灌进了她的嘴里。浪花腾起的时候有一朵没有落下去，越飞越高，她变成了一只鸟。仍然是一只黑瘦的鸟，小小的样子，像一种未成熟的鸟类，不会像麻雀一般丰满，不会像孔雀一样长尾摇曳，永远成了这样子。她发出孩子一样的尖叫，只有这一种声音，她被海水淹没时的那短促嘶叫。这无助的鸟儿衔小石子投向大海，永不停止；她的种族，一只只黑瘦的鸟儿衔小石子投向大海，永不停止。她世代与海为仇，与水族为仇。仇恨有时不因爱消弭，这成了宿命，她还没爱过就被宿命占有。她想把小石子全部衔走，让山烂掉；用小石子把海填满，让海水枯掉；她要让所有分享过她的水族全部死掉。在为仇恨禁锢在循环往复的飞翔中，她也许会爱上这一过程，但也许什么也没有。她还有爱的能力吗？爱和仇恨都让人失却自由。一枚小石子落下去，海面上溅起碎碎的浪花；一枚小石子沉下去，沉到海底，巨鱼在海底吹了一个气泡。诗人江河说：海平静地等待一个岛溅落。

现在小鸟儿掠出文字，我们要继续谈到巨鱼。阿拉伯人喜欢漂泊，喜欢讲故事，喜欢讲漂泊的故事。大漠浩瀚，长风浩浩荡荡，风沙滚涌起来仿佛大海，但海里什么也没有。阿拉伯人把骆驼拴起来，阿拉伯人坐了下来围成圈，中间是火堆，照开一点点黑透了的天。前胸暖和后胸凉，阿拉伯人开始讲故事，有一个故事讲了三年，所以叫作《一千零一夜》。有一个航海家辛伯达，是最喜欢漂泊冒险的阿拉伯人；他已经富有，却把命随手放置于自由之上。他终于第四次出海，船只遇到风暴，他万幸爬上一座小山，却原来是一尾巨鱼在栖息。他在巨鱼的背脊上凿洞烧饭，巨鱼缓缓移动起来。但幸运星垂顾辛伯达，真主保佑辛伯达，他终究大难未死，继续回到了阿拉伯人火堆旁讲故事。

这巨鱼等同于海世蜃楼的大漠幻象，它如此庞大，却足以放置于一颗小小的人心之中。它具有别一种真实，不是那干燥枯燥虚无一般无限延伸开去的大漠，那是一场噩梦，梦醒了需要听故事。我们要讲到巨鱼的诞生，在《旧约》中：神起初创造天地。地空虚混沌，渊面黑暗；神的灵运行在水上。神说要有光，就有了光。神分开光暗，称光为昼，暗为夜。在第五日神说："水要多多滋生有生命的物。"神就造出大鱼，和水中各样有生命的动物，各从其类。

> "上帝最大的创造物，利维坦，
> 这只大海兽在海里游，
> 像块流动的陆地，它的鳃吸进
> 一个大海，又把大海喷出来。"

盲目的弥尔顿将上述句子写进《失乐园》。现在流行的《失乐园》是一部日本影片，描述男女情欲，但在弥尔顿的时代，诗章《失乐园》比现今的同名电影流行得多。无聊的贵妇以谈论弥尔顿为时髦，远胜过穿一件华丽的中国丝绸长袍引人注目。以至有极端的人们模仿弥尔顿,闭起眼睛装瞎子。他写到了上帝，写到了上帝的创造物巨鱼，而诗章本身也可以算作他自己创造的巨鱼。

但耶和华是严厉、强悍的神，他有力量分开海水、显出道路，好让人民通过，避开法老的追赶；他创造了巨鱼之后造人，又让人统治巨鱼。他派约拿为先知，前往尼尼微城宣告神谕，约拿不听，他就安排了一条巨鱼吞下约拿，约拿在鱼腹中三日三夜。他开始知命，顺从命运安排，向他的神耶和华哀告：

"你将我投下深渊，就是海的深处；大水环绕我，你的波浪洪涛都漫过我身。我说，我从你的眼前虽被驱逐，我仍要仰望你的宫殿。诸水环绕我，几乎淹没我；深渊围住我，海草缠绕我的头。耶和华我的神啊。我心在我里面发昏的时候，我就想念耶和华。救恩出于耶和华。"

耶和华吩咐鱼，鱼就把约拿吐在旱地上。耶和华、暴烈的耶和华，以强力和恐吓使人民慑服。他很快又感到厌倦和愤怒，发出咆哮："到那日，耶和华必用他刚强有力的大刀，刑罚鳄鱼，就是那快行的蛇，刑罚鳄鱼，就是那曲行的蛇，并杀海中的巨鱼。"

这是多么可怕的神啊，像自然本身一样隐秘而不可抗拒。他已经制造了一场大洪水，淹没他认为不义的人民，他的创造物，任巨鱼吞噬他们挣扎的躯体，那些松散的泥土。他又让他的人民杀死大鱼，同样是他的创造物。反正鳄鱼是蛇，是有罪孽的蛇；那么大鱼也是蛇，是有罪孽的巨蛇，死了活该。反正人民和巨鱼，都赖神畜养而已。

现在真正的巨鱼终于出现，是麦尔维尔的《白鲸》；邪恶的巨鱼，一个魔鬼，它无以抗拒的邪恶力量，吸引人行动，卷入，坠入深渊。这仍是关于仇恨的故事，似乎在说，仇恨是世界的原始动力之一，恶是世界的原始动力之一；它与自由无关，与虫子无关，与秩序无关，与美无关，它是令人战栗的风暴，却与世界的发展有关。"唯留我一人，来报信于你。"他以为道出了物的真理，那隐藏于暗中的狰狞真相，可怕地暴露于光前。那是物与物之间直接的混乱的掠夺，撕咬，残杀，吞食，没有怜悯，不见哀伤，没有抑制；万物轮回，疯狂旋转，一张扒去人皮的脸，鲜血淋漓而下，苍蝇旋舞其上。杰克·伦敦，一个曾经的捕猎巨鱼的船员，残忍的写作者，荒原狼的主人；暴发的富人，社会主义学说的鼓吹者，杀死自己的凶手或具大勇者。毛润之，中华人民共和国的缔造者，"可上九天揽月，可下五洋捉鳖。"鳖有巨者，很久以前的人相信，六鳖支撑天柱；但说捉鳖不说捉巨鱼，主要是为写诗押韵。

注：原句为：不知生，焉知死。

唯一的猫

丰腴的腰间一片诡异的光，
金子的碎片，细细的沙粒，
神秘的眸间闪出朦胧星光。

——波特莱尔《猫》

　　我们要谈到所有的猫，从中找出唯一，它守候着造物的秘密，也最接近唯一的道。它缄默不言，它本身就是造物的秘密。巍峨的宫殿起了裂缝，巨蛇在其中盘旋，伸展优柔的身躯，群臣在殿上叩拜，争论礼仪、蝗虫、国王后宫的私生活和边关的寇盗。猫在上面一闪而过，它如此轻盈，如此诡异，经历一切却似一尘不染，皮毛光洁，不曾碰到雕花的墙壁，壁上的尘埃，它敛了锋利的爪子落下，在巨大的房梁上轻轻一弹，华美而冰凉的房梁在刹那间感觉到疼痛；掠过裂缝，裂缝里的巨蛇，它看到了一切听到一切，却缄默不言。最睿智的大臣，圣明的君王，都不能看到它眸里闪烁的冷漠微光。

　　它在月亮下奔跑，月亮一样古老而又年轻，月亮一样光洁，无声无息，万事万物在眸子中闪过。黑暗是它无所不在的影子，笼罩了一切。一株千年古树将被砍伐，它在里面流出鲜红的血，

213

苦涩的血犹如树汁；一棵人参长在某家人的花园，它赤裸着身
子，不知寒冷，正抖动浑身泥土；它消失在一堵墙里，从墙那
边出现，小孩儿模样，奶声奶气地低声呼喊花园主人的名字，
一丝细细的透明根须从土里伸出，系在它双腿间的隐秘之处。
炼制丹药的道人在铜镜里看到了它，道人说：国家将换掉拥有
者的姓氏。一个书生在引诱邻居的少女，她发出欢爱又似痛苦
的呻吟。一个少女在怀春，它听到她在洒满花瓣的牙床上翻来
覆去，她身体的气味花瓣一样寂寞，看到她在亵衣里隐现的乳
房，无人抚摸过的小小乳房，像一只爪子一般收敛，温柔，充
满欲望。一个书生在夜里写诗，妄想整个世界，他用文字模拟
花朵的盛开，花朵的败落，模拟神的思考和一只猫的孤独。他
为自己的困厄感到生气，扔下动物毫毛做成的笔，他要远赴边
关做一名将军，起码是一名百夫长。狗在狂吠，老人悲惨地死去，
呼出的气息在空中消失，事物在他内部冷却，凝结。他是卖炭
的老人，蜷缩蹲伏在黑暗冰冷的街上，雪花飞舞，渐渐盖埋住
他的腰身，一个梦在他内部冻结，一个关于温暖的梦，关于丰
美食物的梦，他生前流出的哈喇子结成冰凌。一对夫妇在争吵
中睡去，其中一个梦到黄金，一个梦到黄金的丢失；另一对夫
妇相拥而眠，一个梦到另一个的死亡。

　　它看到了最为琐屑的事，悲哀的事，痛苦的事和幸福的事；
荒诞不经，它琥珀色的眼睛里一无所有。目睹毒药，毒药在人
兽里面的腐烂，目睹白绫和斧钺，以及人兽垂死的尖叫。它将
目睹最为残忍阴暗的争斗，它在黑夜里喵了一声，声音婉转，
孤立无依，影子掠起，飞向天底下最大的房子，那里一个婴孩
正在诞生，就要死去，因为她的母亲就要成为女王。首先成为
王后，婴儿发出第一次哭叫，她总共留给世界一个半声音，另
外半个被母亲折断，她扼住她的脖子，脖子柔软，连折断声都

不曾有。这母亲像树叶一样颤抖，因为这时她听见一声猫叫。

她在后宫里缓缓走动，华美的丝绸虚掩她生产后成熟的胴体，那被君王和死去的君王抚摸过的胴体，那后来命令男人抚摸的胴体；扭动着猫一样妩媚又充满杀机的腰肢，却不再被称作媚娘，她成了王后。她的心坚硬，灵魂寒冷，被锋利的爪子撕扯，那与女人的嫉妒有关，与阴暗的情欲有关，与对男人身体的绝对占有有关。她像树枝一样颤抖，因为这时她听见一声猫叫，她从后宫缓缓走向冷宫，走向王的宠妃，一个没有面目的女人，她曾多少次没有面目地出现，没有面目地在冷宫里出现。她长发披散，十指绝望地向前张开，想揽住什么，抓住的只有殷血的牢门。一只硕大的猫安然地蹲在她的头上，她张嘴嘶叫，露出割掉舌头的淌血的舌根，猫在她头上尖厉地嘶叫。

她从后宫缓缓走向宫殿，那里有一把置放于最高处的椅子，从两把变成一把。她坐了上去，安详地坐着，心机成熟暗藏，犹如一只成熟的爪子，微凉，温和，甚至有些慈祥，锋利内敛，若无其事，就要无声无息地伸出，它与野心有关，将牢牢攫住整个王国。她像一棵树一样颤抖，因为这时她听到一声猫叫。

猫在她里面叫，在外面叫，她梦见无以数计的猫，在血里溺死的猫，舔着血迹的猫，向她扑来的猫，僵硬的猫和柔软的猫，老弱的猫，砍掉了头的猫从头腔里喷出血来，剁掉爪子的猫，刚出生就死去的猫。它与她内心的恐惧有关，与她内心的邪恶有关，她以为是猫诱发了她内心的邪恶。她下令杀死王宫所有的猫，杀死京城里所有的猫，凡养猫者一律处死。老鼠成群结队地过街，整夜整夜吱吱乱叫，它们啮坏人的便器，将粪便遗在女王的食物里，皇宫里的御厨不断丧掉性命，但猫的叫声仍不能休止，伟大的女王的恐惧不能休止。和尚说：这是来自天竺国的神药，我就是天竺国的神药，献给陛下吧。道士说：

这是令人永享青春的神丹,我就是一枚神丹,献给陛下吧。御医说:陛下请服用吧,我是一枚药引子。伟大的女王从宫殿缓缓起身,群臣俯首,无人敢正视女王春情勃发的面容。她缓缓走向后宫,她呈在檀木制就的床上,她脱下她的金镂玉衣。在混乱的喘息和呻吟声中,她安静下来,她无休止地渴求着这样的混乱。玉体横陈,周身散发着浓烈的情欲,恍惚中她听到一声猫叫,发自她身体深处,恍惚中她觉得自己就是一只猫,正在安然入睡,睡过好多个夜晚,好多个年头,直到有一天从很深的疲惫中醒来。她像树根一样颤抖,那灵魂的惊悸,与最黑的黑暗有关;这时她听到了一声猫叫,她梦见一截无字的石碑,一处孤独的坟茔,梦见鹦鹉的翅膀被猫折断。鹦鹉的翅膀被折断,工匠们斧凿的声音越来越清晰,巨大的石头显出墓碑的轮廓;山间大木不明意义地悲啸,在不安的梦中,变成棺木,工匠们的锯子吱吱作响。怕冷的猫打了个呵欠,弓起长长的腰背,抖动被雾露打湿的毛,毛发迸出火星。它鼻端冰冷,从树上跃下,光和暗迅速地闪过它弹长又紧缩的身体。无以数计的猫在月亮下从山林返回城市。

鼠在哀叫,天底下最大的城市灯火通明,人民在惊恐中难以入眠。天底下最繁华的城市中,所有的鼠一起哀叫,从地下、床下,从屋角,从抽屉,从厨房,从屏风,从房顶、墙壁、和空旷的野外,从男人的靴子,女人的梳妆台,婴孩的摇篮,同时发出吱吱的哀叫,发出吱吱的磨牙声。这天底下最大最繁华的城市已是鼠的乐土,鼠的理想国和伊甸园。它们远自西域而来,其大如狗,中者如兔,头悉已白,戴以金枷;从交趾国来,深毛茸茸,肉翼浅黑,曾是南中妇人的媚药;从北方百丈厚冰下而来,从潮湿的西南方来。红飞鼠、拱鼠、鼹鼠,成群递向咬尾的义鼠,唐鼠、白鼠、赤鼠和云鼠,地下建立了巍峨的宫殿，鼠道逶迤明灭，东到沧海、高丽新罗，南及天竺，向西穿过昆仑和喜马拉雅，直达大食。向北穿过草原、大漠，抵达荒凉的无人之处。它们动摇着巨城的根基，打更的鳏夫感觉到脚下的微微颤抖，然后陷了进去。守塔的老人感觉到塔身的微微颤动，精美的楼台歌榭塌了下来，建了一半的天梯突然消失。花园里的花开了一半就枯掉，它们的根基被鼠啮光；新婚之夜的男人手持白绢，上面印着女人初夜的落红，绢上有鼠粪，鼠洞，鼠的利齿撕扯的裂痕。一户人家在大声啼哭，奶妈臂弯里睡去的男婴，只剩下残余的幼小白骨。看守皇陵的兵士夜里向长官报告：皇陵在缩小。人眼看不见的黑暗里，鼠雪白尖利的牙在生长、长长，鼠在黑暗里吱吱咋咋地磨牙。国家的高僧放下手中经卷，说：鼠王出现了。闭关修炼的道人睁开眼睛，说：鼠母出现了。

鼠群在皇陵里翻卷涌动，一群一群的鼠涌向皇陵，那里空旷，高大，黑暗，将是鼠的宫殿。一群一群的鼠涌向女王的墓穴，簇拥着一只鼠，它将成为鼠王。现在它爬上女王高贵的额头，在那里撒下便溺；它俯身亲吻女王衰老的嘴唇，一块破布，它咬下一块；它转向女王眼睛，那眼睛所向之地令人胆寒，但现在紧闭。如豆的鼠眼射出光来，将它照亮。鼠俯下身子，龇露雪白尖利的长牙，凑近，啮了进去。群鼠吱吱，儒生说：鼠食死人目成鼠王。僧人说：鼠王溺精，一滴一鼠。道人说：鼠母所至，动成万万。无以数计的猫在月亮下从山林返回城市，它们在月亮下奔跑，悄无声息，万事万物在眸子中闪过。波斯猫，狮子猫，白猫黑猫，红猫花猫，悄无声息，散入千家万户风中的院门。融入黑暗，就好像它就是黑暗本身；融入光中，就好像它就是光本身，躺在被子上，像被子一样慵懒，舒适，就好像它是被子一部分。在暗火的炉火边打鼾，挠开小孩子戏弄的手指，它若无其事，仿佛一无所知，什么也没发生过，就仿佛它们从没有离开过，没有被吊起、溺在水中、扔在火里、砍下头颅和拽掉毛发。它们面容慈祥，四肢舒展，心怀叵测，貌似无辜，心满意足，喵的一声，众鼠在暗中咬牙切齿。一定有某种秘密的约定在逐渐形成，一场环绕人类的游戏将确立规则，亘古开始的游戏正式确立规则，永无休止，互不灭绝，直到今后，今后的今后。鼠王在溺精，在嫁女，猫在杀戮，在二月的黑夜里彻夜地怪叫，在八月的月亮下彻夜怪叫，它们呼喊着鼠，催促着鼠也提醒着鼠。鼠在地下吱吱唶唶人的尸体，在惨白的骷髅上磨牙，骷髅惨白发亮，牙齿尖利发亮。它从洞里探头探脑，猫蹑手蹑脚地等待，等待鼠嘴中死亡腐败的气息。夜已很深，人的灵魂安静，猫悄然走来将他们攫住，衔走。狗在狂吠，谁在死去，喵的一声。

从地下到地上，从地上到天上；乘着月光，坐在扫帚上，安然卧在黑衣女巫的肩头，从东方到西方。从走兽变为飞鸟，黑色的翅膀从腋下伸出，长着安详的猫脸，长着诡诈的鼠脸，成了猫头鹰，成了蝙蝠。世间绝无仅有的两种物，从走兽到飞鸟，一定有某种秘密的约定，空中的飞舞，它们统治黑夜，黑夜上面的天空。人兽安睡，蝙蝠的尖嘴插进他们脖颈，他们进入梦魇；猫头鹰贪婪地嗅着强烈的血腥，柔软的脖颈渐渐苍白，天色渐渐苍白。人兽乏力，鼠消失在洞中，猫在被子上安卧，猫在炉火边梳理皮毛。喵的一声。

有人走近抱起了它。这个人也许是你也许是我，但现在是一名中举的进士。困顿时他曾靠卖醋为生，养一只猫，书中说猫能招财；他读书，书中说猫有九命，他以为是说危急的时刻猫会援命。这猫如此壮硕，从他怀里一弹，在墙壁上一掠而过，落在他的怀里，嘴中噙一只挣扎的黄雀。它的眼睛清澈，好似天真无邪，它的皮毛柔软光滑，如此温顺，钻在他两腿之间，任凭他抚摸柔若无骨的背脊。喵的一声。猫背拱起，猫毛倒竖，喉咙低吼。

进士八岁的儿子奔跳过门坎。这是辛亥年的六月，阴凉的风从敞开的堂房缓缓流进。他无缘无故地恨猫，他也许是你也许是我，将猫摁在醋缸里、扔进厕所，丢进废弃的古井中，呼呵吠叫的狗追它蹿上房顶，拽掉它的胡须，绷紧了弹弓将弹丸投向它的脊背。但现在他没有心思去捉弄猫，他忘记了以为猫也已忘记，像捉迷藏时自己遮住头就以为别人看不到那样。他困了，他躺在堂屋里沉沉睡去。喵的一声。

阴凉的风从堂屋缓缓流出，猫悄无声息，它坐在他丢在一边的弹弓上。它环绕着它缓缓走动，悄无声息，悄无一人。它嗅他赤裸的脚，脚上沾着泥土的腥味，指缝里夹着青草的叶子，它嗅他坦露的肚腹，那里散发幼童清淡的汗咸。它琥珀色的眼珠移向他微微渗汗的透红面庞。它浑身绷紧，猫背拱起，尾直竖立，猫毛倒竖，一声怪叫。跨进门槛的进士看到了儿子在床榻上痉挛滚动。喵的一声。

进士低叱，手中的书简飞了出去，飞掠逃蹿的猫在空中撞见了它，书简和猫直直地跌下。几滴细小的血溅了起来，落在书简上，儿子的脸上。喵的一声。

进士的儿子从床榻上滚到了地上，然后拱起腰背，猫一样爬行。喵，喵喵。他不作声，猫在他里面发出声音。

进士抓住他的一刻他呼吸冰凉，进士抱起他，他苍白的脸耷拉了下去。他幼小的身子像一只猫那般轻盈。房子里传出进士的哀号声。

他呆坐在那里，一动不动，女人在低低地哭泣。房间里一只猫和一个小孩子的身体。其中一个在腐烂发臭，也许是两个。

房间里弥漫着死亡的气息。喵的一声。猫叫在房间里萦绕。进士呆呆地站了起来，拎起了猫，走出家门，走向河水，扑通一声。喵的一声。

是猫在叫。它在水里叫，在水里挣扎，它在水里活了过来。进士朝水中跑，想拽起那猫。这一幕似曾相识，似乎在噩梦中曾经显现，而如今真实重演。他在水中扑腾，河水不断地灌进嘴中。喵的一声，这是他最后一次浮出水面听到的声音，如此切近，似在耳边。他看到那猫正抖动皮毛上的水珠；一阵水气中，猫安详地蹲在岸上。他是它借到的第二条命，它还将成为中国宋朝的太子，或者传说中被称为御猫的武士。肥胖丰满、女人一样皮肤光洁的宫廷太监抚摸它绒绒的皮毛，寂寞的妇人怀抱它入眠。

喵的一声，一声猫（MODEM）叫，整个世界无止尽地飘摇，无止尽的混乱，无止尽的疲倦，无止尽的信息，像猫的叫声充斥我们的心，我们的灵魂。它令我们在孤独中得到安慰，一声猫叫，它以孤独安慰我们的孤独，它冥冥而不可知，指引我们的灵魂昼夜漂游。猫就在前面，它蹑手蹑脚，我们要紧紧跟上，世界唯恐失落它的踪迹，它要带我们去向哪里，反正是黑暗，不辨方向，世界往前走，猫在前面，它的爪子暗藏，腾挪轻盈的舞步中世界变小，我们感到拥挤，丢掉爱情，剩下性欲；丢掉心灵的平静，在躁动中狂奔；丢掉美，紧紧抓住财富。丢掉善，人与人不再信任。喵的一声，一声猫叫，我们说到了所有的猫，但都不是，不是那一只；我的眼睛红胀，思维狂野，四周魔窟一般烟雾弥漫；头发散乱，胡须炸开，极度疲惫的腰身拱起，我张口，感到艰难，我正要说出那唯一的猫。

董重作品/《分裂》布上油彩/150×150cm/2010

乌鸦

　　在中国遥远的汉朝，后来叫长沙的城市，我停留过并迷失其中的一个空间，我们负载却不能返回去的一个时间，就像他在那里进入冥思，但不能返回楚国的诗人，也不能抵达一个他将经历的时间。他想念地上的王，想念自己一生，惯于涂鸦，以才华来安慰自己一生，也像我现在寻求的安慰。

　　这是阴历的四月，中国南方的初夏，炎热和潮湿就要开始。河水正在上涨，还有一个月，楚国的诗人在这时陷入绝望，为时已经不多，他将在下一个月没入河水，将游弋的鱼儿佩戴在高高的帽子上。投入河水，溅起浪花，溅起一只岸边树上栖息等待的鸟儿。

　　他隐约捕捉到鸟儿拍动羽翅的声音，已经黄昏，日向西倾斜，暗徐徐而至，犹如巨大的羽翅徐徐伸展而来；他分明听到了那羽翅在时间中的拍动。这汉代的书生，长沙之王的太傅，热爱王朝、人民和古老文化中的神秘主义，在热爱中完成忠诚，也完成对生命的质疑。他在浩瀚的时间中留下两个字：贾。谊。像两颗沙漏中的水滴，像鸟儿一声不祥的鸣叫，让后世的人不再用谊作为名字。他留下短促的一生，像两颗水珠从沙漏里缓慢地滴落，像一声鸟儿的啼叫在风中消失。

他已经听到那鸟儿拍动羽翅；他想念伟大的业绩，想念伟大业绩的不曾实现，不曾实现的痛苦和不安，在想念中翻开竹子的书，阅读动物毛尾写就的字。这想念折磨他短命的一生，犹如字安慰他短促的一生。他想到那同样短命的诗人，在这时已经抛开手中的诗篇，将写给帝王的竹片扔在水中，它在漂浮，向不可测知的方向，像一个人的命运不可测知。那是大臣的奏章，一封漫长的信，总是忧心忡忡和直言不讳，总是切中混沌不明中的不祥，并令那不祥一点一点应验，却首先应验在他自己。那漫长的信总是令帝王们感到不快，令花园一样盛开的少女们在眼前褪去颜色，看到臣民在风中的颤抖和饥饿，也看到自己的容颜，叛乱的士兵举起火把照亮上面的惊恐，它在敌国的王轻蔑的眼睛里灰暗。

他想念着这些，阅读着那些竹子上的痕迹，它们在某些地方残缺和消失；暗正从遥远的地方缓缓而来，阴影正在淹没它们，也淹没这翻阅者。他听到羽翅拍动的声音，被它们的阴影占据眼睛。他仍然在想那楚国的诗人，他还有一个月；他想到他自己，他三十岁了，他还有三年。

"肯定，肯定有什么在我的窗棂。"

巨大的鸟缓缓而来，坚定而从容，它不是偶然，没有失去方向般的惊慌失措；振动羽翼，黑暗在它周围，随它缓缓流动；进入了房间，它收翅，黑暗凝聚，凝固，它蹲伏在他座位的一角。

有人说这是不祥的鵩鸟，其实也可能就是乌鸦；但这些都无关紧要。重要的是它将被他记下，成为长长的诗章在时间中延伸。他翻开东方神秘主义的典籍，让那些不安的字一点一点显现。那不祥的鸟儿就是一个漆黑的汉字，就是涂鸦一词的来源，这个词倾斜，伸入困厄，伸入毛驴上人的瘦骨，伸入无穷的幻象和人的悲哀命运。它发出危险的光，被众光环绕，光的远处，无以数计的伟大和困顿之士悄然站立；在最为熹微之处，有一个为我熟悉的面孔，那仿佛就是我自己。

> 野鸟入室兮，
> 主人将去。

这博学的书生，通晓鬼神、占卜和治理国家的书生，得到了模糊不清的讖言，它将安慰他的忧愁，他将在今夜得到平静，多年来他为恐慌和急迫感所折磨。他仍然不安，因为他已经得知了自己衰败的迹象，那沉默的鸟儿，直指向他的寿命、蝉蜕、浩漫的历史、万物的激荡以及宇宙的道。

他没有谈到它的消失，他叫作鹏鸟的鸟，在另一处被称作乌鸦的鸟；它总是在深深的夜里造访不眠者，它总是在不可预知的时辰到来，不可更改。它的羽翼在从前一个阴郁的子夜拍动，坡正在独自沉思，慵懒疲竭，沉思许多古怪离奇早已被人遗忘的传闻。他开始打盹，突然听到仿佛有人在轻轻叩击，叩击他的房门，一只神圣往昔的健壮乌鸦徐徐飞入房间，这幽灵般可怕的乌鸦，漂泊来自夜的彼岸，栖在房门上方帕拉斯的半身雕像上面。

"我的灵魂会从那团地板上漂浮的阴暗被擢升么？"

坡喃喃自语。他想念那被天使叫作丽诺尔的少女，叫出她的名字，他的妹妹，妻子，他的灵感和俗世生活的慰藉；他在梦魇中看到她被火焰侵蚀的容颜，在酗酒晕眩的片刻清醒中看到她在欢笑或者痛苦地咳嗽。她被时光夺走，美好的形象日复一日模糊，他在梦中悲哀和想念，在想念中渐渐看不清她的脸。

它发出"永不复还"的聒噪，一个誓词、一句咒语，一个预言。这丑恶的鸟儿就是坡自己，他的一部分；它从他沉沉睡去的身体飞起，从他桌上散乱记下的可怕梦魇中飞掠而起，它就是他内心的恶，冲动的灵，他与万物神秘沟通的使者，现在它从他里面逸出，它将离去，"永不复还"。

丑恶的鸟儿，丑恶的美，周身漆黑的乌鸦；成群的黑压压的鸦在天空中俯冲而下，涌向麦田，涌向画布上的麦田，画布前咬啮着自己耳朵的男人。狂热的不祥，最后的灰烬，犹如中国燃烧的冥币在风中翻飞。

丑恶的鸟儿，漆黑的乌鸦；这时候我在思念它丑恶的美；它正是我此刻的心情。我端坐窗前，孤独而且荒败，乌鸦在黄昏的远处，在单薄的树枝上停留，枯叶在落，树渐光秃，它爪下抓紧的树枝轻轻悠晃。它鸣叫了一声，暮色冥冥中它在枝上跳动，黑夜来临的时刻它将起飞。我已经端坐了多少年，华发渐生，尚不曾苍老，在时间中变得平静。

这里是狄村，中国的北方，中国一个肮脏的省会边缘的村庄，上班下班，财富、权力，一切世间的荣光，对它们的短暂兴趣像乌鸦的羽翅一扇。生活疲惫而重复，没有安慰，难免混乱，生儿育女，世界在变，与我无关。

有很多古老的树，源自中国遥远的朝代，鸦多少年在这里宿命地栖息，宿命地昭示宿命。而我宿命地来到这里，在它羽翼的扇动中生活了十二年，罹过青春的灾难，拥有那火后余烬，它们不曾在文字中显现，不曾被世间的光照亮。我读书，吟诵别人的诗章，偶尔寂寞地写字，或在沉沉黑夜中醒来。

这时候会听到无休无止的风声，听到鸦在风中隐约的鸣叫。我不知道它要说什么，却会想到一生，不知道自己想要什么。我在不知名的村庄诞生，长大，然后来到这里。在春天曾看到最放荡的唱歌的鸟的嘴唇，那时我是一个少年，尚在故乡，热爱诗歌、斗殴和没有方向的梦想，热爱那些神秘的幻象，它们从简洁的方块汉字的排列和变幻中无穷尽地诞生。那时候我没有听到过乌鸦的啼鸣，它就是我心中的幻象，让我把悲哀和疼痛放在它身上，清晨的时候它会栖落我的窗外，拍动玻璃，把我从乌鸦的梦中惊醒。这时候我不记得我是谁，峨冠、博学的汉代书生，中国太原的玄武，悲伤的坡或者那只周身漆黑的乌鸦。

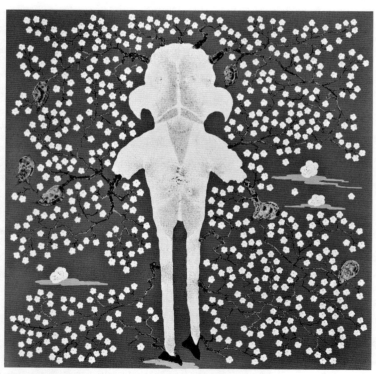

董重作品 /《谜花》布面油彩炳烯 NO.2/150X150cm/2011

龟·蛇

一

　　太多的蛇曾缠绕人柔弱的肢体。它横亘在那里，人的步履艰难；人的眼多少次远远地望见了它，它让我们无法绕开。五条蛇占据西去的蜀道，五丁已经捉住它们的尾巴；五个美丽的女子，她们不能生下蜀人的子女；那五条蛇，它们的庞大我们不能望见，五丁的勇武我们不能望见，五个女子的颜色我们不能望见，大山正在崩塌，我们的眼同样已经不能望见。大蛇吐出可怕的火，守卫着传说中的宝藏；它在盘旋和等待，英雄的贝奥武甫就要举起宝剑；人与神祇所生的赫拉克勒斯在襁褓里掐死了它。它再度出现，他已成人，拽住它血红的舌信子，它晃动一百个头，比他一夜间令之受孕的少女的数目还要多出一个。一百个头，长在女妖梅杜莎的头上，映在潘休士的镜子里，在里面卷曲、盘绕、伸缩。一百个头装在潘休士的袋子里，让目睹者化为石头，让目睹的鸟和飞鹰在空中停止飞翔，保留吃惊的一刹那，石头从天上垂直落下。道破神意的人遭受惩罚，三条毒蛇从木马中游曳而来，缠上他的身体，他发出最后的痛苦哀叫，舌头像蛇的信子一样吐出。后羿缓缓抽出十只箭中一只，另外九只将射下九个太阳，现在只是一支箭，它对准了巴蛇，它的尾巴被钉在了地上，箭镞在焚烧它扭曲的身体，它嘶嘶的叫声即将停止，它可怕的骨殖将变成叫巴陵的小山，它的坟墓，人在其上盖起房屋，种出庄稼，云梦泽的大水也将周而复始地漫过它。为青春驱逐的女子美狄亚在煎熬，想念远道而来的伊阿宋，他要接受死亡，她却要他成为英雄。他走向金羊毛，拿走它和杀死看守它的毒蛇，也拿走她，让她的父亲死去，让他要娶的新娘死去，蛇的毒液浸透嫁衣，也浸透她的皮肤，让他的儿子为亲娘宰杀。巨蛇拉的车子在空中飞来，载走完成这些的美狄亚。美狄亚，剧毒的拥有者，巫术的拥有者和财富的拥有者，她驱使着蛇，亦为她驱使。三个可怖的复仇女神环绕左右，她们的头发在蠕动，伸展和弯曲，那些随时准备咬啮的蛇。

等待的蛇，总在等待的蛇，等待英雄们前来完成伟大业绩，等待英雄的伟大业绩从它们展开。老迈的妇人梦见了它，一只青蛇被赤蛇吞噬，中国修筑长城的朝代将被驱逐匈奴的朝代替代，我们将永久称作这朝代的名字。

它是人的美梦，女娲和伏羲亲密缠绕，它缠绕人的始祖，那夏娃亚当，也让他们缠绕。

美梦很快变成噩梦，它开始啮人的脚跟，将它牙齿间密藏的毒汁注入，让女人和幼小的人在惊慌中死去，让强壮的人血喷出来，他挥刀斩断自己被咬啮的臂膀。它进入地狱，成为辉煌的魔鬼，成为撒旦，成为与世界敌对的力量，却让世界得到进步。成为诱惑，它总成为诱惑，让人犯罪，并得到犯罪的快感。

我们必须说到两条蛇，已经说到其一，现在要说到另一条，说到东方拜蛇的人们。在那里它成了龙，住在火里、深井、古渊、云中、河流和大海之中，主管下雨，也主管不下雨。高贵的王穿着中国刺绣的华丽长袍，上面布满它的图案，那可怕的巨蛇，威严的蛇。在困厄中它总是变化为蛇，如此之小，能在人的泪水中游动。它享受祭祀和神庙，也享受生祭，处男和圣洁的处女，每次各一，直到距今百年内，直到龙成为草龙，直到草龙图案的旗帜在火中焚烧。中国晋朝的浪荡子斩杀它，他成了后世浪子回头的典范；被生祭的少女李寄斩杀它，她成了女子智勇的典范； 中国唐朝的画家画下它，它在眼睛被完成的片刻破壁飞去；中国明朝的书生写下它，它在另一个书生的梦中被他斩杀。

军队效仿它布下长阵，王者效仿它建立长城，医药效法它制成含有它皮蜕的药方；时间效法它成为人循环的属相。人的生命效法它长生不老，方位效法它成为东方的青龙，在那里万物升腾、变化肇始。

它总是与奇诡的变化有关，它总是守卫着造物的秘密。它总是与男人有关、与英雄有关，我们已经说过；它总是与女人有关，与人被惩罚的欲望有关。那美好的腰肢、黑暗里的缠绕和陷落，那秘不可测的心思和心思不可测知的变化。人向往又恐惧，感到诱惑又感到罪孽。一条青蛇在最后出现，出现一条白蛇，一个撑油纸伞的男人，一个举金钵的和尚。人心的挣扎和搏斗开始。人对性爱的向往和沉迷似乎无害，可以不求上进，无论天翻地覆，古老的道德感开始危险。一场东方的戏剧周而复始，浓妆艳抹，锣鼓铿锵，一座塔建立，颓然倒塌然后重新修建。

二

它总是与奇诡的变化有关，它总是守卫着造物的秘密。它总是与男人有关、与英雄有关，我们已经说过；它总是与女人有关，我们已经说过。有两条蛇，有人的美梦和噩梦，我们也已经全部说出。直到今天，我们仍然称颂它，那伟大的蛇，那东方的巨龙。

激情的蛇，灵动的蛇，它已经隐去，我们要说到与它有关的事物；要说到智慧，说到与智慧有关的事物，说到龟，说到与蛇有关的事物，说到完全的东方智慧。

龟蛇同居，同穴同居北方，蛇缠绕着龟的脖颈。北方是水，是黑，是寒冷的冬天，是古老的神灵颛顼和玄冥。蛇在流动，颤动，无时无刻无处；龟如此安静，沉入冥想和龟息。一动一静，世界开始两极。

龟缓慢爬行，时间一点一点进展，浑圆巨大的球体在它的脚肢下缩小。它的四肢就是方地，它的背就是圆天。东方文明开始起源，人进入了龟。女娲尚未补天，六龟支撑天柱；但是天塌下来，洪水无边无际，漫卷到天上。龟从息壤中爬出，进入水中。它在等待着一个人，一个叫禹的人，不是等待一条虫子，但也可能是另一条蛇。他将治理洪水，它将从水中浮起，托着河图洛书，中国最古老的神秘主义典籍之一。

它背上模糊的图谶已经出现；火已经出现，龟甲模糊的图谶在火中产生裂纹，暧昧不清的词语产生。仓颉将模仿它，它背上模糊的痕迹出现，青铜已经出现，龟甲上刻下这些，刻下人的祈祷，神的惩罚，刻下王的狩猎，也刻下王的暴虐。叫夏桀的王与日偕丧，他妖冶的女人妹喜；叫商纣的王的残忍，他烧裂龟甲寻找明天的秘密，剖开孕妇的肚子寻找自己出生的秘密，斩开老人的腿骨寻找自己衰老的秘密，他走向高台上的火堆揭开自己死亡的秘密。

也刻下奴隶的数目，敌人的名字，刻下民族的迁徙，部落间的仇杀，刻下各种各样的文字，刻下稼禾的名字，怪兽的名字和洪水的名字，十个太阳的名字。刻下龟背上的条纹的缓慢变化，出现八卦，出现《易》，记录和推测事物变化的典籍。

僧从西来，从漫漫流沙中而来，他的头颅像龟背一样光滑，他像龟一样沉默，龟一样缓慢地思考，也将古老。他的脚注定要踩上它的背；它注定成为他的宠物。僧向东去，渡过漫漫大海，那里的寺庙已经建立。他的手抚过光滑的龟背，那里的人民已经准备。他如此盲目却又睿智，那里的人民已经准备，它注定成为他们的宠物。龟在黑暗的地下睁开眼睛，数千年缓慢地过去。它继续爬行，走向莫名的地方，方位消失，龟消失。

青鸟

关关雎鸠，在河之洲。这河边的鸟儿是人第一次写到的青鸟，它引导人进入春梦和心中的自我安慰。它的出现，与地上的人的幸福之一有关，与青春有关，与青春的爱情有关；总是迷惘，切近又遥远，不可测知，很快变成中年人充满失落感的爱情，又扩展为一个人不可救药的宿命感，以及对缺乏归属的哀叹。"青鸟殷勤为探看。"这是李商隐在从梦中醒来。他梦见红帐、隐隐车马、生烟的玉和流泪的珠，他习惯于梦见它们，习惯于从梦中醒来为它们写下诗句。那是西王母的青鸟，西王母是传说中的生殖女神，在歧义不断的阐释中又成为婚配之神，但两者可能是一回事。西王母曾与中国遥远周朝的天子发生欢爱，赐给他爱情和穷尽一生的怀想。那么她一定很美，又是美神和爱神了。

不过地上老实的人憧憬的幸福，与美没多大关系。他总是忧愁没有妻子，遑论美丑。他向西王母祈祷得到一个女人，还没来得及看她几眼，又忧愁妻子生不出儿子。他的儿子也仍然如此，这样子过了很多年，直到在人的祈祷中，年轻的西王母变成西王母娘娘。这时候她成了老太婆，只管给地上的人送子的事了，人不太再提起她，转而开始祈祷观音菩萨。那原本是一个男人，但人固执地把他变成美貌妇人，叫她观世音娘娘，菩萨娘娘。她是人知道的最心软的神；只要恳求她，哀求她，不管什么事她多半就答应了。比如妇人不能生子，少女想见情郎，儿子希望父亲的疾病痊愈，如此等等。

但观音只是坐在莲花巨大的花瓣上，永远微笑着，没有青鸟。青鸟还是西王母的事儿，是她的使者，是给地上的人带去欢爱消息的使者。它是什么样儿，永远没有人知道；人在夜中恍惚地梦见它，它就像一颗柔软的隐秘的心。人把心中的疼痛放在它身上，把难言的秘密和祈祷放在它身上，它伸展羽翅，在空中颤抖和飞翔，人在梦里感到了它的疼痛，用咸湿的泪将枕头打湿；等到再一次梦见它飞来，人就生发狂喜。然后他等待着，等待着，在固执的等待中一次又一次，忘掉那一次又一次的失望和不曾灵验。他会误会一些迹象，仍然忘掉，等到他终于彻底绝望的时候，他连那只曾经飞来飞去的鸟儿也忘掉了。

它到底什么样儿呢，让惯于在深夜里进入冥想的人想入非非。偶尔有一次它就成了凤凰，那羽毛华美、火焰一般的鸟儿，不死的鸟儿。人小心翼翼地想象，它会在枝叶疏朗的梧桐树上栖息，因为它如此美丽，人怕它被树上的枝叶弄乱了羽毛。这是人第一次这样地对美生发敬意和爱意。人希望它带来世界的福音，世界的祥和，这原本也不错，可惜人的心思难以琢磨，他没有希望这鸟儿带来美；美不是他的幸福，财富才是他的幸福，是他祈祷鸟儿给他带来的幸福。他在他的院落里种了很多梧桐树，他招徕那鸟儿落下来，他甚至想把鸟儿据为己有，他总是想占有。然后事情完全乱了套：他把凤凰献给了国家的王后，权力的拥有者，权力的给予者，权力才是他最终梦寐以求的幸福。但是在权力的强光照射下，这鸟儿炫目的美黯淡下去。

这时候人发现，凤凰已经不是那传说中的青鸟，它成了一只为国家的王所拥有的野鸡。这时候连高贵的王都发出哀叹。他说：日暮伯劳飞，飞吹乌臼树。他怀疑那在春天的暮色里缓缓飞动的极为普通的鸟儿就是青鸟，就是给他带来过隐秘幸福的青鸟。这叫作伯劳的鸟儿总是在他记忆里翩翩翻飞，渐渐远去，却日益清晰。那时候他是一个少年，心中充满对美好的思念和隐秘的幸福，他颤栗着，唯恐这隐秘的幸福随时消失。但是它终于消失了。现在他的幸福，就是对那鸟儿曾带来的幸福的记忆，不曾淡漠，渐渐远去，日益清晰。

他没有来得及告诉他的人民他拥有的秘密，他死掉了，怀抱着那个关于幸福的记忆。人越发猜臆和误会那传说中的鸟儿，在错误和错误后的失望中不免感到丧气。"月明星稀，乌鹊南飞。绕树三匝，无枝可依。"拥有权术和智慧的人在深夜失眠，听到月亮里的鸟鸣，以为那是一只乌鹊。他不知道什么才是自己的幸福，感触到一只鸟儿无枝可依的凄凉，幸福感无处建立的凄凉，却不知道，那就是传说里的青鸟在路过他。

他听到的也不是鸟鸣，只不过是月光在深思的人心中流泻的声音。他所说的乌鹊，我们不能弄清什么意思。一只乌鸦呢，还是一只喜鹊？

后来的人真的把喜鹊当作了传说中的青鸟：一种叽叽喳喳的鸟儿，平民化的鸟儿，花枝招展地俗艳，巧舌如簧地报告着各种虚假的喜讯，各种所谓的喜讯。这倒也正常，世界总是习惯于把错误当作真理，而且固执地坚持。

但仍然有必要知道真正的青鸟：它是沉默的，它像巨大的美一样缄默不言，在人的震惊中攫住他的心，他的灵；它像幸福的到来和消失一样悄无声息。

它来了，于是走了。这时候梅特林克在潮湿的欧洲写下：青鸟。真正的青鸟从此永远消失。人们甚至不会再梦见它，只梦见喜鹊、野鸡、乌鸦，丑陋的夜枭，并惊恐或者狂喜，以为梦到了青鸟的消失或来临。

精卫

（《东方故事》之一）

王

一个关于失败的故事，复仇的故事，命运的故事，蕴含我们东方古老的因果循环，它已经发生，正在发生和将要发生；她的父亲，苍老的中国帝王，从半地下半地上的房屋中缓缓走出。这是人类最古老的房屋，温暖，阴暗，却通风干燥。他带牛的面具，那是多年以前的事，现在它已长进了他的脸；赤日炎炎，头顶上方，他像一个人头牛面的圣兽。手执巨衡，在光和风中裸露黝黑的黄皮肤，他已经知耻，他的人民已经知耻，树皮编织物系在腰间。他给土地建立秩序；但土地上人的秩序仍然混乱。他注定要卷入纷争，注定成为失败者，他女儿的凄婉故事，只是他沉重的太息，灵魂不安而愤懑的悸动，族人浸满泪水的悲哀而模糊的记忆。

他缓慢地走着，一边走事情一边发生，事情一边发生一边湮没，但我们也不用太过心急。传说他出生的时候九井自穿，汲一井而众水动，他一出生就与水发生联系，那是他第一次与水发生联系。他叫神农，是后来的事了，千秋万世的人将维护他为土地建立的秩序，喂养稼禾，刈割它们，采下种籽，喂养

自己饥饿的胃；千秋万世后有我们称作他的子孙，继承他缓慢
的节奏，这节奏与井一样已经被我们遗忘，也将像曾发生过的
故事一样在光中消失。他又称炎帝，因此与火有关，也会与他
的宿命有关。他缓慢地走着，日在他头顶发出耀眼的荣光，阴
影在赤裸的脚下追随，浓黑而简洁，沉默而寂寞，渐被拉长。
脚下的地滚烫紧硬，在内部黑暗柔软，生长万物，他踩在上面，
获得力量，为人崇敬。兽在山林里模糊地吼叫，那些白色的豹子，
长巨爪的大蛇和生羽翅的虎，被赶上山林，它们畏惧稼禾边的
岩石，那上面刻着他巨大的牛面。仓颉在遥远的、缓慢变化的
地方进入黑夜，钻木取火，举起火把照亮岩壁，在牛面旁刻下
恍惚的痕迹：五谷兴助。百果丰藏。

　　日光暴烈，这古老的帝王默不作声，周身散发浓烈的药草
苦味，男人强烈的体臭汗腥，泥土的腥味，他是土地古老的君王。
耳朵上缠绕的青蛇吐着信子，他抽出腰间赭色的长鞭，风向两
边分开，草莽在脚下显出道路。他走过稼禾，鸟雀成群惊起，
赤裸的脚趾准确地夹住一粒脱落的种子。他走向高山，在那里
采摘百草，成为医师的帝王。传说他一日遇毒七十，他悬挂在
绝壁，飘飞的胡须缠绕一棵怪草，抽打它、拔出它，吞下它苦
涩的叶子和盘绕的根须；它将使他的灵魂在里面安居，让他停
下来的身体继续生长。它将使他进入传说，在一种传说中死去，
另一种传说中复活，并在所有传说中获得永生。

　　这古老的帝王缓慢移动，不曾停息。在梦中他发出浊重的
喘息，缓慢而模糊地思考。梦见了水，梦见北方无边无际的水，
梦见他出生时波动的井水。他听说北方有年轻的帝王，叫黄的
帝王，多年以来那是他心中的悸动。他梦见黄率领众水环绕了
稼禾，漫过田野。他醒来，知道有一天将不再醒来。有一天将
不再有梦。他抚摸身边的女人，女人年轻的皮肤，在黑暗里发

出柔和的白光，水一般柔和的白光；他在黑暗里抚摸他的赭鞭，它粗壮，曾回环自如，温暖又坚硬；但现在却内中朽烂，干枯，下垂，有一种草使他享有青春，但他的赭鞭不能再去抽打。这古老的帝王将进入宿命，让我们众生世代模仿他的衰老，他的死亡，学习他的悲哀和无助。

但这只是传说的一种；神的传说无穷无尽，他进入土中，像大地一样无穷无尽。传说中他还与黄帝发生争斗，注定失败，那年轻的乘着指向南方的战车，率领众水徐徐而来，经过了很多年徐徐而来，他在南方，在梦中听见鼓声震震，那是怪兽应龙的皮革所蒙的巨鼓。他已经很老了，正在一点一点消失，事物在一点一点生发。

他缓慢而沉默地移动，太阳一样缓慢，西去东来，不曾停息。他将进入那古老的循环。一只三足的乌鸦在日影中隐现，徐徐振翅，天越来越暗，它无声息地落在他的肩上。他疲倦了，就要歇息。三只红色的鸟儿在空中飞动，像三只火焰跳动，其中一只叫朱雀，传说她们在火中得到永生，他会在火中得到永生。

他生下叫丹朱的儿子，他的颜色；生下叫祝融的儿子，他将成为火神。他们将替代他进入失败，进入伟大的宿命。他生下三个火焰一般的女儿，她们替代他演绎神的故事；承载他的痛苦，他的人民的哀伤，完成神的生命的另一半，那雷霆般严厉的背后，那哀婉，无奈和柔软。

三个女儿，在风中火焰一般颤抖，永不熄灭，永不能熄灭，在水底静静燃烧，一个随风雨而去，一个没入广阔的海水，一个朝为云暮为雨；三只鸟儿，三姐妹，像三个命运女神，其中一个叫精卫，一个叫朱雀；又或者一个为瑶草，一种让人身体从内部燃烧起来的草，她作为神灵的父亲用赭鞭抽打过，它让人的欲望永不满足；为瑶姬，在巫山高唐，令男女欢爱以忘记世间忧愁，她出入人的梦境，在现实中消失，为春梦之神，让人在原初的欢娱中不肯醒来，然后在漫长的地上徒劳地寻找一生，让他的子孙依然徒劳无助。一个远离稼禾，远离了那光线蒙昧的房屋，那植物种子被火烤熟的香味，走向东边的大海，大海漫漫，虚无，永不复返。一个向西，雨水暴泻，不辨昼夜，西边的大山轰隆倒塌，坚硬的大地被雨水泡软，她在雨中赤裸，颤抖，在雨中向西走去，在雨中消失，在西方消失。

三个女儿，三姐妹，或者是一个，在时间中模糊地分离，成了三个，现在又渐渐重叠在一起，变为一个，不断地死去又重新复活的一个，因为我们要重新讲述她的故事。我要讲到小说家们偏爱的情节；但它在这里破碎，松散，枝蔓旁生而缺乏连贯，它们正在发生和就要发生。

巫

我们仍要谈到那牛面之神，最古老的农民，土地之神、日神和医药之神；谈到他与水的搏斗，谈到他和他的人民不断的失败，失败后的屈辱、恐惧，不甘，最终对命运的屈服，不得已的牺牲和牺牲后魂灵的不安。

禾穗的残余挂在大树的梢顶，火种熄灭，这是大洪水退去的第一日。守火的老人埋在了泥土里，脱落的白发粘在牛面之王的脚底。河水现在平静，却不可测知，它总是从西面咆哮而来，向东方消失，熄灭火种，使土地寂灭，稼禾和人民归于无有。挥动赭鞭抽打岩石，进出火星，这牛面之王发声嘶喊，一个简短的、不明意义的词，它胜过一篇诗歌，一道暗含杀气的攻城屠城的命令。漆黑阴冷的夜里火光亮起，人民晦暗惊惧的面庞在披散的长发中隐现。他就是神，现在是巫，他已经发出神的声音，要做神要求做的事。他享有荣耀的女人在刹那间爆发出哭泣，这美丽丰饶的女人，只看到过二十多次树叶的枯黄和衰落。她抱紧臂弯里沉睡的女儿，那美丽年幼的处女，寒冷使她抽搐了一下；她会梦见大水，冰凉地淹过自己的脚背，自己尚未隆起的胸，淹没自己的尖叫，梦见鱼儿在头顶的游弋。她想高过水，梦见自己变成一只飞鸟，她梦见自己在高处的晕眩和愉快。

太阳正炽，现在是一年中太阳最热毒的时候，光猛烈地冲向大地，空气里似乎有光和热流动的嗡嗡，石头裂开，露出黑暗的内部。现在是一日的正午，太阳在众人的头顶，众人面向一座土丘。神意要人虔诚和敬畏，要他们学会下跪，所以他们跪下。行经的女人不在其内，病弱的老人不在其内，将生产的女人不在其内，残缺的人不在其内，正在僵硬的人不在其内。牛面的老王站立土丘，缓缓转身，向着太阳跪下，因为神意要他屈服，他要向神请求力量，因为他要向神献上美丽的处女，他宠爱的女儿。高高的柴火堆起，它们是山间散发芳香的树，绝壁上奇异的草，以及田间没有刈穗的禾稻。石斧已经砍开最强壮的兽的头颅，那尚不曾交媾的年轻公牛。

没有声音，连鸟兽都不曾发声。唯有公牛的血流动汩汩，那是水与火交织的颜色。汗水浸蜇着面孔，年迈的牛面之王伸出双手，埋在血里，血抚过他的手指向前流动，奇异，滚烫。他捧起，抬头，抹在前额，抹在脸上，浸染了鬓边的白发。他将赫色的长鞭浸在血里。

在血里睁开眼睛，一片通红。什么也没有，那眼睛发出的光曾令猛兽胆寒，令莽间毒草颤抖，令将死的人回生，但现在一片通红的虚无。他盯着头顶的太阳，一片通红，恍惚中他看到了日心的三足乌。他站起身，将赫鞭缠在腰间，他接过火种，喉咙里发出低沉的吼叫。

众人齐吼，淹没了一个尖锐临近的嘶喊。火堆点燃，升腾的火焰在日光下惨淡，透明，几近于无；火堆之上的日光扭曲，火堆的中心虚无般的黑暗。

牺牲

三个男人，高举她走过人群，高举她走向土丘。她竭力挣扎，哭叫，发出美丽雌兽的凶狠和绝望的声音，但没有用。她腰间的花束，头上的鲜花，药草，手腕脚踝上的骨制圆环，脖颈上挂着的琥珀纷纷脱落。她几近赤裸，盛妆扯乱，龇露雪白锋利的牙齿咬啮，但没有用。三个男人精壮的手扎进了她的手足，柔软的腰部和脖颈，他们原本将在不远的一日与她欢爱。一只手中紧紧握着一只骨头梳子，她发出雌兽那样绝望的哀求，但没有用。

她年轻的母亲怀抱她整整一夜，抚摸她整整一夜；她年轻的母亲，乳房依然饱满，不曾下垂；仍将像大地一样旺盛地繁殖，但却要失去这一个，永远失去这一个。明夜她怀中搂抱的将是虚空，她在黑暗里不断溢出泪水，它不能熄灭明日正午的火，就像她不能熄灭日光，不能令大洪水归于熄灭。那只是妇人的泪，无助，咸湿，打湿她女儿柔韧的四肢，年轻的处女梦见头顶一枚树叶，冰凉的雨水滴落，漏下。她不知她的母亲在黑暗里的悲伤。她的母亲在黑暗里憎恨，憎恨古老的屋子里弥漫的苦叶子的气味，它们曾让她疯狂，迷恋，在夜里缠绕那牛面的老王，在夜里让种子发芽，结果，渐渐长大，但现在却要失去，但现在她只是憎恨。她无助地祈祷，做一个妇人能做的事；祈祷天不再亮，地上黑暗，不被日光充满，但黑暗在她无声的祈祷中逐渐消退。

她的女儿在做梦，做最后的梦；她梦到的事物何其之少，却又灿烂。梦到星光坠落，缀在她的长发之间，梦见森林里无人照过影子的水；梦见用父亲的药草将黑发熏香。梦见在田野飞跑，风在耳边呼呼作响，鸟儿环绕着她，她踏倒禾穗，被父亲的赭鞭轻轻抽打。她发出清脆的笑声，遗落在田野，它永远被众人恍惚听见。梦见在山间的雪白豹子，她与它戏耍，那豹子像另一个梦中的男人。她穿上树叶的衣服，花束的衣服，她的母亲发声告诉她将把她交出，那模糊原始的语言已经被时光湮没。告诉她天亮以后的仪式将为她举行，她将成人，经历欢爱，欢爱的最初疼痛和生育的疼痛。她将走向一个地方，那里依然有人群聚集，其中最强壮的男人将拥有她。

她不曾羞涩，模糊地向往和恐惧着，像在这夜仍未开放的花蕾，它继续绽放着。她曾嗅过春天腥热的空气，看到过人在草莽树林间的呼喊呻吟，似极欢乐又痛苦；那月圆之夜，篝火边的狂欢和舞蹈，男人和女人的重叠与移动。

现在她醒来。沉默地坐起，流出莫名的泪，搂住母亲的脖子。她手中抓住一把骨头的梳子，抓着她在梦中抚摸的那把梳子；她的母亲将它交出，将她还给她自己。她抚摸骨梳上的刻痕，那刻痕是一种鸟儿飞动的痕迹，它们缓慢地从周围消失，飞向北方，在骨梳上显现深深的一痕。

她慢慢地穿衣，那些很少的衣服，花的衣服，苦叶子的衣服。她芳香的体温温暖着它们；它们围绕她小小的身体，怜爱着她，在体温和微汗中继续生长，枯萎，但一切就要停止。一切就要停止，她尚未成熟的身体停止生长，这瘦弱的处子永远如此，年轻，不曾绽放，永远不曾绽放。现在她缓缓进入传说，因为三个男人急促的脚步在屋外骤然停下。

他们一言不发，抓进她的身体，举过头顶。她抓紧她的骨梳，纤弱的手掌扣进十二道刻痕。她感到了梦中飞在高处的晕眩，感到被攫走的痛苦和沉醉，发出鸟儿一样的尖叫。太阳刺目，太阳的刺芒扎进眼睛，太阳剧烈晃动和旋转。

人

没有风，土丘上的火堆黑烟滚滚，直抵上天，抵达那照耀万物、发出荣光的正午之神，它永不熄灭，不曾黯淡，不容直视，灼伤每一双直视他的卑微的眼睛。他即将享用我们的牺牲，我们高贵的祭品，强壮的公牛、丰实的禾穗和鲜活美丽的处女。他必将使洪水熄灭，不再没过稼禾，没过人兽的头顶；使日光不再泛滥，烧焦我们的土地。牛面的老王献上了美丽的女儿，她曾是我们的骄傲，我们的梦想，她赤裸的足踏过村庄山野，野兽在她腰肢下飞奔，她柔软神秘的腰肢尚无人碰过。她原本尚未长成，无人得知她即将到来的美貌，永远无人得知和为人猜臆，那成了人和后来的人的隐秘幻想，无穷无尽的幻想。她原本将繁衍我们的子孙，生下成群健壮的男子，丰饶多产的女子，但现在王将她献了出来，献给神，伟大的独一的神明，请享用吧。我们目睹她成长的人有福了，窥过她裸露脚踝的人有福了；与她发声呼喊的人有福了，与她先后怀在腹中的男子和女子有福了，被她踏过的土地有福了！

牛血汩汩，牛面之王的赭鞭在血里滋滋作响，它如此饥渴，饱饮鲜血，饮饱了血。火种点燃了祭火，火种传走；牛面之王的头举起，他割下他的指甲放入祭火，他扯下他的头发放入祭火。那神圣的处女已经抬来，他将把神圣的处女放入祭火！

她蒙昧地挣扎，不知那所向和将向之地，一个卑微的眼睛望不到的地方，但已经清晰地感到了恐慌。她竭力收缩惊惧的

四肢，但不能，神已经在捕捉她，攫住她。她在我们的头顶尖
厉哭喊，那声音淹没在众人狂热的高呼声中，众人在舞蹈，他
们是地上生长的卑微生物，模仿火焰的痉挛，火中大木发出的
噼啪暴烈，以取悦那冥冥之中的大神，那在头顶发出荣光的大神。
她咸湿的泪已经滴在了祭火之中，滋滋生起轻微的青烟，神收
去了她以后所有的泪。她向她的父亲发声嘶喊，那祭坛上肃然
跪立的牛面之王，他默不作声，他的身躯在火光中扭曲和颤抖，
他在火光中迅速地衰老。

　　她将死去，成为物和祭物，成为一件事，没有人告诉她将
要死去。没有人能够施拯救，没有人能够获拯救。他们将她纯
洁的、孤独的身体，献给他们的神，献给火，没有人知道水要
将她拿走。她浸泡在自己的泪水里，被靠近了火，火焰烤干了
她的泪水；泪再流不出来，她张嘴嘶叫，露出雌兽尖利的牙齿，
雪白的牙齿，呼进热风，吸进滚烫的气流，流动的火进入了她。
她还不曾燃烧就已晕厥过去。火光照亮她惨白的脸，幼小的正
在长开的脸，她脸上茸茸的细毛被火舔得卷曲。她身体里面小
小的精灵惊悸而去，她的头无力地耷拉下来。火焰呼的一声长起。
她进入了火。

　　她的黑发燃烧，她变成了火把，黑发消失，火风吹出无数
黑暗的颗粒，迷离了众人的眼。周身零落的花环香草，周身零
落的火苗消失；她在火中抽搐，抽搐着坐起，她举起小柴火般
瘦弱的胳膊遮住了脸面，一只手攥着小小的火苗，那有着十二
个刻痕的骨梳；她在火焰中翻滚，扭曲，张嘴呼叫，嗅到了自
己的肉香，没有声音发出，她可能隐约喊出了父亲一词。她在
火中抽搐，跌倒，渐渐缩小，分散入黑暗和明亮之中。

　　最初烧灼的疼痛已经过去，她渐渐麻木；她仍然挣扎着，
想离开这里，她跌在火堆的中央，疼痛渐渐麻木，她感到凉爽，

感到雨水的冰凉，海水的冰凉。她想要逃离，她小小的灵离她而去，她感到羽翅的拍动，自己在火中的完全消失。

天上的火已经熄灭，地上的火就要熄灭；一声炸雷，水从天上倾泻而下。江河暴涨，漫过田野，漫过土丘，漫过土丘上的火堆，卷走她焦黑的幼嫩的脆弱的骨殖。大水不止，去而复至，水将她收了去。

地上的人梦见水将她收走，向西、向西，那河流的发源，向东、向东，那河流消失之地，众水环绕的水。他们使她成为无辜的牺牲，徒劳的牺牲。地上的人永远梦见她，他们的子孙亦然，梦见她在火中抽搐，嘶喊，燃烧，一点一点地消失，梦见空气散发的烤肉的香气。她一无所知的无助，向前升出的双手，那十只小小的火焰；他们感觉到她的疼痛，她以她无辜的疼痛占有了他们。

鸟

火将她点燃，水将她收去，水去而复复，一切如故，她永远消失。没有什么可以安慰地上的人，她成为他们不能满足的渴望，那被火焰侵蚀的青春的面庞，永远停滞不再生长的面庞，在火中扭曲的面庞，她在火中无助而永不能停息的挣扎，被水卷去的小小的焦黑骸骨。她将进入无止尽的传说，成为地上的人在暗夜里的安慰。她将变成一只小小的鸟儿，地上的人梦见了她，一只小小鸟儿的飞动，像一颗小小的心灵悸动着。她在风中飞过，风将她柔软的羽毛弄得散乱；她在雨中束紧湿淋淋的羽翅，她在黑夜的四方盲目地飞翔。她纤细透明的指爪扣住树梢的短枝，微微地上下摇晃。

变成鸟儿，华丽的鸟儿，火焰一样的鸟儿；叫做朱雀，她自己集起柴禾点燃，在火中舞蹈，哀歌，获得新生。火中的焚烧褪去时光，她青春永驻，她如此美丽，成为地所生的女子永世的艳羡。她从不曾绽放，不曾成熟，她即将到来的美貌和终于未曾到来的美貌，成为地上的人永生的怀想。她成为春梦之神，成为地所生的男子永世的饥渴，不能够满足的饥渴。她在模糊的言语中飞舞，让语言变得清晰，文字出现，后世的人记下了她。许多年后在楚地为王的男人梦见她，"暧乎若云，皎乎若星，将行未止，如浮忽停。"梦见她不曾经历欢爱的美丽胴体，在云雾间若隐若现的青春胴体，地所生的人永世无法看清她的面庞，永世不能够真实拥有她的美丽。"且为朝云，暮为行雨，朝朝暮暮，阳台之下。"她是地所生的人永恒的哀切与深惋。

变成鸟儿，从水中得生，她被水卷去的焦黑的骸骨，化为小巧的鸟儿，依然青春永驻，像永不成熟、不再长大的处女；她委婉的叫声中时光流转，却不会转向从前；那时她在山野草木间飞奔，穿着花的衣服，苦叶子的衣服，她有一把精致的骨梳，上面有十二道深深的刻痕；那时她梦想飞翔，在飞翔的梦中感到晕眩，如今成了真实。现在火不能将她吞噬，水不能没过头顶，她飞向地上的人原初的村庄，那里洪水依然泛滥，淹没稼禾，卷走人兽。她向东飞过山野，海水漫漫，像她无边际的苦楚。地上的人梦见了她，她飞行在白茫茫水上，盘旋，哀鸣，不曾止歇。柔软的羽毛包着她纤弱的骨头，她在夜里的树丛栖息，细细的指爪扣着树枝，人成为她遥远的恍惚的梦境：她曾是那个瘦弱黑小、正在长成的少女，在夜里做着奇异的梦，梦见冰凉的水，雪白豹子一样的男子；梦见在火中尖锐的疼痛，火中的挣扎和无声的嘶叫，梦见自己在火中的消失，她梦见了自己的肉香，自己被暴雨打湿的焦黑的骸骨；梦见地上的人梦见了这些，梦见她烧焦的骨头变成了鸟。

但她终于成了一只鸟，花束长进头颅，一只小小的花色头
颅的鸟；雪白的尖喙，红色的指爪。风梳理她小小的骨头，将
她身上曾经的药草苦香一点一点吹散。在空中鸣叫自己曾经的
名字，如此寂寞；她飞得很高，如此渺小，天地如此寂寞。她
是女娃，精卫，炎帝的女儿；地上的人又叫她誓鸟，冤禽，志鸟，
或者帝女雀。

她已经完成了自己的宿命，完成了她父亲的失败，完成她
父亲所做的徒劳的牺牲。她无辜而无知地在火中消失，如今在
鸟儿的身体中醒来，仇恨在鸟儿的身体中醒来，仇恨在鸟儿的
身体中循环。因水而逝，她不再饮那河中的水；因水徒劳而逝，
她将永世与水为敌。地上的人梦见这偏强的鸟儿，梦见她渺小
的身体被无尽止的悲哀包围；她向西飞去，栖止高山，那里河
水发源；用尖小的白喙衔走山间木石，她要让山缩小，河水不
再从这里流下；向东、向东，慢慢飞行，将细微的木石投进东海，
她要把大海填平，让海水枯竭。地上的人将永生永世梦见她，
这偏强的鸟儿，她巨大的仇恨，渺小的身体，那是他们永无穷
尽的悲哀。充溢天地之间的悲哀和无奈,那也是牛面之王的悲哀,
是他发出的沉重太息，他的人民的缅怀。

附：

炎帝神农氏人首牛身。（《绎史》卷四引《帝王世纪》）

神农之时，天雨粟，神农遂耕而种之，作陶冶斤斧，为耒耜锄耨，以垦草莽，然后五谷兴助，百果藏实。（《绎史》卷四引《周书》）

神农既诞，九井自穿，谓斯水也。又言汲一井则众水动。（《水经注》）

神农以赭鞭鞭百草，尽知其平毒寒温之性，臭味所主，以播五谷，故天下号"神农"也。（《搜神记》卷一）

发鸠之山，其上多柘木。有鸟焉，其状如乌，文首、白喙，赤足，名曰精卫，其名自詨，是炎帝之少女，名曰女娃。女娃游于东海，溺而不返，故为精卫，常衔西山之木石，以堙于东海。（《山海经·北次山经》）

姑媱之山，帝女死焉，其名曰女尸，化为瑶草，其叶胥成，其华黄，其实如菟丘，服之媚于人。（《山海经·中次七经》）

赤帝之女曰瑶姬，未行而卒，葬于巫山之阳，故曰巫山之女。（《文选·高唐赋》）

赤松子者，神农时雨师也，服水玉，以教神农，能入火自烧。往往至昆仑山上，止西王母石室中，随风雨上下。炎帝少女追之，亦得仙，俱去。（《列仙传》卷上）

蚕马
(《东方故事》之二)

　　我要讲到东方道德的美，雷霆般的信义，严厉的惩罚，灵在物与物之间奇妙的转合；它可能涉及地上的人的征服，征服两种动物的过程，雄性的马和雌性的蚕。轻微地触及物的灵性，它们对地上的人永以相伴的渊源，灵对灵做出的隐秘承诺和牺牲；它可能暗合地上的人对自己的征服，地上的男子和女子，他们之间永恒的战斗，达成默契，之后的背叛，仇恨，奇妙的结合和高处的颤栗，那神秘的意会不可言传。

　　地扬起烟尘，地愉快地颤动，发出节奏，发出声音，急促，内敛，令地上的人兽振奋；将改变东方缓慢的时光，人借以效法创造了鼓，腾空、束起又弹出的声音，由远及近，神骏的马儿从远方飞奔而来。在密集的雨线中卷起滚动的烟雾，在古老的月亮下飞奔，像月亮下正在开放又衰败的花朵，如此安静，却又爆发。它在黎明熹微的天光中伫立，人在火堆旁梦到它遥远的身体，它在光中飞扬的马鬃，在奔驰中飘逸的尾。嗅到它喷出的热烫的鼻息，听到它高昂的嘶鸣；它周身的汗发出雾气，人的手伸了进去，触摸到它神秘的毛发，毛发下气韵流动的身体，不可思议的力量的源头。

　　人以褪去毛发穿上的颜色比拟它，黄色的树皮，白色的花朵；以黑夜的颜色比拟它，以神圣的火来比拟它，以伟大的土地比拟它。它可能是一匹黑马，腾空，鬃毛飘扬，像人在暗夜里不可遏止的冲动；它可能是红的颜色，犹如林间大火，可怕地燃烧，无以抵挡，可怕地向前，向四个方向奔驰。黄的颜色，一条遥远的大水的颜色，不知疲倦地翻滚奔流；白的颜色，白色的秋风，漫卷过人的头顶和脚踝下的黄土。

它愈来愈频繁地进入人的梦境；从四方而来，从潮湿的丛林而来，从无边际的草原而来，那草原上面明月高悬；从河边尚没有名字的草丛而来，泅过寒冷的水徐徐而来；它奔下高山，它曾在那里低垂修长的脖颈，饮用冰凉圣洁的雪水，那众水的源头和众水力量的源头。它正在进入人的庭院，庭院正在形成，人正在拥有和渴望占有，也在舍弃，不断地失去，梦见庭院的建成和毁坏，他恐惧无限，以有限的庭院模仿有限的生命。

庭院在建，缓慢形成；马儿徐徐而来，缓慢地经过它，远离它，马儿不断地徐徐而来，它在风中渐渐进入人的庭院。它正在进入人的庭院，让庭院拥有它的美，它爆发的力量，那力量尚不知如何约束。它畏惧地上的人围拢的火，明亮的火和暗淡的火，畏惧人进出的通道：正在形成，将叫作门。它在畏惧中渐渐安静，却依然站着入睡，在黑暗里绷紧它蕴含力量的肌肉，风一样滚动的鬃毛遮掩了这些。

它不知很多年后它将与血有关，与人无休止的杀伐有关。地上的男人在它背上不断消失，地上的女人不断老去。它如此善良，只与肥美的青草迅速循环；拽起它们，这些大地的根须，它神秘的力量与它们有关。很多年后地上拥有大智慧的人想念它，那时候它还未进入人的庭院；天高而远，风高而远，风围拢它，又被冲破。怀念它自由的美，沉静的美，它的美蕴含的善，蕴含的真，它不受羁绊的没有方向的奔跑，它时缓时急时而消失的蹄声，像美本身一样没有意义。它怀念没有庭院的大地，道路不曾约束它的节奏，道路在它蹄下自由延伸和消弭。很多年后地上美丽的女子想念着它，等待着它；失望地捕捉它的声音，马蹄踏踏由远及近及远，她哀愁照亮庭院的容颜随蹄声消失。瘦削的男人为它写下诗句，它将拥有众多的名字，的卢，赤兔，黄骠，汗血，将拥有因它命名的人的名字。模仿它的石头沉默站立，永远站立，守卫帝王阴暗中的魂灵。地上的王在它背上建立起国家，那国家的边界仍在它的奔腾中延伸；地上的人做着英雄的梦，关于铁马秋风，关于宝马美人，关于宝马雕车和满路的香尘。

但这一切尚不曾发生，一切还不曾有，所有的还不曾完全失去。它进入庭院，它现在正在缓慢地进入庭院。没有蹄铁，没有羁縻，没有阜栈和臀部的烙印，它缓缓进入庭院，沉静地等待，等待在这里发生它的故事。它和地上的人将发生最激烈的冲突，获得人的牺牲，然后美和自由纳入秩序。发生血、性、死亡、死后的重生，发生默契，发生恐怖的不明意义的幻象。这是地上的人关于它最古老的故事，男人、女人、蚕和马，承诺、背叛和接受惩罚。我将又一次述说到情节，它仍然缺乏统一和完整。马儿已经嘶鸣，大地在等待着声音。

一个少女显现在庭院，她是一切故事里美女的雏形。阳光盛满庭院，有花有草，有鸟啼鸣，有一棵大树，它叫作桑，有一匹不知颜色的公马儿静静站着。鸟儿们相互追逐，落在马背又掠起，消失在大树枝叶密处；花在开放，薄风吹送而至的花粉使它们陶醉，一边开放一边凋谢。还没有狗，它们仍在黑夜的旷野传来嗥叫，没有猫，它们在房屋周围的阴暗处磨着利爪。这大概是暮春将夏，一阵暖烘烘的热风拂过，漫野的青青麦黍黄了颜色，树林里青青的桑葚红了颜色。石头的镰刀将刈割丰盈的禾穗，盛在怀中，那未成年女子芳香的胸怀，成熟妇人浸出乳汁的胸怀，以及衰老妇人干瘪的胸怀。

但现在还不到时候，石头的镰刀不曾握在少女手中，禾穗不曾靠拢少女的胸。她在庭院里站立，纺车弃在一旁，她在阳光里柔媚着，马儿在不远处躁动，喷出沉重的鼻息。或许她唱起了莫名的古歌，一边纺车一边唱歌，关于女娲的歌，盘古的歌和精卫的歌，没有人，只有她一个。女伴们上山采葛，成熟和衰老的妇人采摘卷耳，她纺着麻，她穿上纺成的麻。阳光涌向她，她端详着阳光里自己美丽的影子，没有人看见，只有她一个和一匹马。她是一个女人，一个女儿，她一边唱歌一边想念，想念一个男人，想念到她的父亲，她的父亲在远方征战。她的歌声停下，像一只盘旋的鸟儿突然消失。她感到饥饿，站了起来。

她走向大树，树荫浓密阴凉，树的枝杈被她轻轻地晃动，成熟的桑葚掉落下来，弹在地上，溅出汁液。她轻巧地攀援在树枝间，树枝乱颤，惊走飞鸟，桑葚染红了她鲜嫩的唇。马儿在院落里焦躁地甩动长尾。

她感到马儿的饥饿，扳下树的枝叶，一跃而下，走近马儿。马儿踏踏向她走近，踏动脚蹄；它伸过长长的脖颈，伸出舌头舔她的手。她感到奇痒，咯咯地笑，然后快乐起来。

她抚摸它的腰背，光滑油亮，她的父亲曾跨在上面，在光和风中飞驰；她的父亲曾抱着她坐在上面，奔跑过四季的田野和家园。她的父亲，部落的酋长，在远方征战，她不知道那里野人的狂暴和残忍，不知道血从头腔里喷溢而出。她突然感到不快，感到了突如其来的忧惧，像深夜里惊醒她的马儿的嘶鸣。它嚼着树叶垂下头颅望她，若有所思。那是一双温柔的眼睛，温柔却有力量，她梦到过这样的眼睛静静注视她，发自一个看不清长相的男人，像她的父亲，梦到过她在目光下垂下脖颈，羞红了面颊。

但它只是一匹马，一匹骏美的公马，甚至比一个人完美，比一个健壮的拥有青春的男人完美。她从它清澈的眼睛里望见深情，望到她自己的身影，如此姣好，让她怜爱。她在它眼睛里静静地梳头，舒展腰肢，感到寂寞。感到忧愁和思念，觉得好笑，"要嫁人了"，她抱住了马儿的脖颈，听见了自己的自言自语，像一声叹息，却就要落地生根，付出代价，成为牺牲，"父亲要嫁我出去了。他已衰老，愿他安全；愿我现在看到他安全，看到他正在衰老的身体站立，愿我怀抱的是他的身体。愿有谁将他安全带回，终止我的思念，我愿意他做我的新郎，与他欢爱。"

周围安静。马儿绷紧了脖子上的肌肉，她感到了怀中它的力量。没有风，树叶在头顶簌簌颤抖，树的影子在光里颤抖，光的刺芒在微微颤抖。周围安静，唯有她的声音低低作响；她有些害怕，突然又觉得好笑，"是的，我将嫁给他，做他新娘，献给他初夜。有谁能够？我愿他享受我甜美的身体，甜美的爱情。谁能？马儿你去吧。马儿你能吗？"

光在涌动，从四面八方，涌向庭院的中心，突然分开，暴风迅疾升起，旋舞，发出严厉的声音，旋近了她，裹住了她，收去她说出的每一个字，她的誓言。她失声惊叫，披散的头发遮住了美丽容颜，环绕着马的胳臂无力地分开。马儿仰起了脖颈，前蹄腾空，发声嘶鸣。它的力量在瞬间爆发，身体流动，挟风绝尘而去，它高亢的嘶鸣在很远的风中响起，将她惊醒。

她起身，走进屋子，关紧了房门。莫名的不安和惊恐渗透了她。她在等待，却惧怕来临。她在梦中醒来，梦见了马，它浑身被汗水浸透的皮毛，它低垂了脖颈埋在她双乳之间；她在黑暗里竖起耳朵静听，无边无际的风声时起时歇，永无停歇，隐约有马儿的嘶鸣响起或消失。她沉沉睡去，梦见了马儿，梦见了马儿庞大的身体，它光滑的脊背，梦见了马儿周身飞扬披拂的毛发和充满力量的腰背。它在飞奔，蹄打大地，它永远在奔跑，她似乎感觉到了大地被蹄打的疼痛。她等待着，惧怕着，沉默着，事情在来临，在逼近，庭院里桑树的阴影日益浓厚高大；红得变紫的桑葚已经消失，嫩绿的桑叶舒展，宽大，黑绿发亮；每一片树叶都在焦虑地等待，却不曾惧怕。庭院里的泥土在等待那沉重的踢踏，光和风如此寂寞，它们就要被冲开，被撕裂又合拢，就要把那高亢的嘶鸣在空中递传，传送到遥远的地方，让它不可知地消失然后重现。她渐渐在恐惧中变得安然。像一个成熟妇人那样，在等待中，以委身的姿态接受降临的宿命。

马儿在飞奔，大地凌乱地呈现，草木山河慌乱地向后退去，急促地迎面而来又一闪而过。那疯狂擂动的蹄声焦急而仓促，不舍昼夜，如此坚定，不曾恐慌，如此狂热，如同怀抱赴死的决心。它曾经自由，无所顾忌和无所羁绊地飞奔，如今负载着隐秘的使命，可怖的使命和落地生根的诺言。它的步伐不曾紊乱，力量不曾枯竭；一个野心的人怀抱拥有世界的梦想，为之亡命，被称为英雄，它现在就要拥有一个世界。一个人，一个女人，承诺给它一个世界。这英雄的马儿奔跑寻觅，如此漫长，却又短暂，弹丸一般的高山不能阻挡它坚强的四蹄，我们短短的篇章却难以复述。它同时向地上所有方向腾空而去，飞掠过地上伸展开的四个季节。它洇过望不到边际的水，那水里连羽毛都不能浮起；它洇过毒瘴缭绕的水，那水中潜藏着吐火的蛟龙。它穿过沼泽，那一场一匹马所能做到的最可怕的噩梦，踏碎成群鳄鱼咬啮的巨头。它越过皑皑雪山，那里冰寒千年，飞雪大于它的身体，大于庭院，它从山上飞越而下，快于坠落深渊的巨石。它从无法穿越的森林走过，那里的藤蔓密过夜间最稠密的黑暗，密过少女的心思和满头乌发。白色的彪拍着羽翅从它飞驰的蹄下扑过，吸血的蝙蝠坠在它的长尾直拖向黎明。它以不可思议的速度和力量接近它的宿命，接近那物与物奇妙的转合；它在少女的梦里渐渐抵达。

它踢踏着的脚步停了下来，它粗大的鼻息停了下来，它在风中竖起了它的耳朵。风吹来遥远地方兴奋的血腥，人群的呐喊和厮杀，箭镞尖厉刺耳的呼啸。陌生而又熟悉，它嗅到阔别日久的主人的气息。

旷久的厮杀仍在继续，却将停止；因为一匹马飞奔而来，因为它将卷入人的争斗。它从南而来，从北而来，从西而来，从东而来，它从四面八方的空中踏向厮杀的人群。它奔向它的主人；它将成为地上的人第一匹战马，因为它的主人，已经经历了短暂的意外、惊喜和踟蹰，因为它的主人缓慢而笨拙，正在跨上它高大光滑的腰背。他将成为喜剧的主角，一个英雄，凯旋而归，获得穿了锁骨的奴隶，妇人、牛羊和谷禾，获得男人的嫉羡和众女子的仰慕，令他的女儿为人崇敬；他又将成为悲剧的主角，一个岳父，一个诺言的推翻者和背叛者，一个阴测不义的凶手，一个承受严厉惩罚的悲哀无助者。这一切他并不知晓；这一切已经注定。现在他充血的眼睛为杀气所蒙蔽，为眼前撕裂的敌人的肉体、迸开的鲜血所蒙蔽。

马儿出现在主人的胯下，它给它背上的人以力量，以速度，它飞跃过遍地的尸骸，燃烧的火和流淌的血，浸了剧毒的标枪和箭镞在腹腰下擦过，它沉重的脚蹄踏过敌人的前额，那里再不能思考，不能祈祷，那里的眼睛将再不能注视。

他将凯旋，在众人的簇拥下缓缓而归。他缓缓归来，唯有一匹马，唯有他一人骑在马上踏踏而归。一人一马，踏踏而归；多少次她梦见一人一马踏踏而归，这一切就要结束；多少次风中开合的院门令她心惊，心惊之后失望，没有人，没有人走进来，这一切就要结束；多少次恍惚的马蹄声令她颤抖，颤抖归于平静，这一切终于结束，因为踏踏声沉重渐近，风吹开院门，风后面一人一马缓缓进来。

她喜极而泣，却又木然，任凭老父下马上前，拥起了她。她爆发哭声，迸出眼泪，迸出灿烂的笑。她看着父亲衰老的身体站立，看到他安全，荣耀，看到她怀抱的是他的身体。她环住父亲的脖子，想起了马；她手指缠绕父亲的须发，想起了马儿的长鬃。她嗅到父亲身上马儿的气息。

马儿仰天长啸，踏踏走近，俯下头颅，埋向她腋下，喷出鼻息。她感到惊悸，迅疾躲开。马儿仰天长啸。

马儿已经嘶鸣，大地在等待声音。声音已经发出，那是一个少女自言自语般的戏谑；但一切不可更改，大地已经收去："父亲要嫁我出去了。他已衰老，愿他安全；愿我现在看到他安全，看到他正在衰老的身体站立，愿我怀抱的是他的身体。愿有谁将他安全带回，终止我的思念，我愿意他做我的新郎，与他欢爱。"

声音已经发出，马儿将接近宿命，背叛即将开始，诺言已被推翻。地上的人不能够明白一匹马的悲哀，它怎么能相信一个人呢。它怎么可以娶一个人呢。地上的人不能够写出一匹马的悲哀；人怎么可以辜负它呢。女人怎么可以背叛它呢。一匹马儿不能够理解地上的女人的痛苦和虚荣，我怎么嫁给你呢。我怎么向人诉说呢。我怎么理解你彻夜的嘶鸣呢。地上的女人不能够理解一匹马儿的愤懑和悲伤，我已经完成你的诺言，你为何食言？为何躲避我行走？为何不肯让我走近，嗅你芳香的气息？为何我不能够诉说我的痛苦？为何你的门窗紧闭，让我的眼总是盲目？

"是的，我将嫁给他，做他新娘，献给他初夜。有谁能够？我愿他享受我甜美的身体，甜美的爱情。"

这悲伤的马儿不肯歇息，那惊悸的少女不能够入眠。她感到羞耻，沉默地保持她曾经的誓言，她不再吐露，祈祷它消失，马儿平静。她在黑暗里睁大了眼睛，地上起了风声，她听着庭院里马儿在风中彻夜哀鸣。它不安地踢踏，它在向风中的大地吐露自己的愤懑和绝望。它在冥冥之中被告知它的命运，但这倔强的马儿不肯屈服，它高亢地嘶叫，它要承载它的大地作证，承载人的大地作证，要人实践他们的信义。少女在黑暗里轻声哀求，唯恐被她的父亲听见；她会哀求马安静下来，听到马儿的阵阵嘶鸣。她请求向马儿收回她的誓言；她听到马儿不肯妥协的鼻息。她承诺给马儿巨大的马厩，美丽的花环，承诺给马儿成群的牝马，她听到马儿焦躁地甩动脚蹄。在不安的短暂睡眠中她仍然梦见了马，它巨大的身体，梦见它华美的皮毛裹住了她。

那困惑的父亲不能够入眠。他在黑暗里听到庭院里的风声，听到马儿在风声中间歇的嘶鸣，间或响起，不能休止。他听到女儿的辗转反侧，听到每次马鸣响起她忧虑的叹息；听到她喃喃自语，她在梦中的尖叫和哀求。他走出房门，站在盛满阳光的庭院，看到那马儿的悲伤，它眼睛里的泪颗，它朝向女儿房门的方向，那房门虚掩，他美丽的女儿还不曾走出。

看到那马儿的憔悴，它不饮不食，皮毛不再光滑，飞扬的鬃毛锈成了团。蚊虻围绕着它，它的长尾低垂。它失去了以往的沉静，站着哆嗦，眼睛里冒出火；那火一会儿就被泪水淹没，一会儿又变得绝望。它浑身的皮毛一震，肚腹绷紧，它看到那美丽的少女走了出来。却不曾望它，它失望地看她走出院门又回来，走进房屋，虚掩了门。那父亲走近了它，抚摸它。但它退躲开去，梗起修长的脖颈发出嘶鸣。

　　这困惑的为父者不能理解一匹马儿的悲伤；不能理解一个少女的缄默，她内心的羞耻，无法向人启齿的折磨她的梦。他不能叩开一个少女的缄默。这是他养育长大的女儿，却感到生疏，她曲折的心思让一个为父的男人的心智感到枯竭。那是他带回来的马，一匹神灵一样骏美的马，它由她的女儿喂养长大；他熟悉它暴烈的脾性，一匹马可能具有的最暴烈的脾性；熟知它的力量，时常超出人能驾驭的范围；清楚它的鼻息，它的嘶鸣，它奔驰的蹄脚轻重缓急的意义，但现在庭院里陌生的气息让他难过。

　　他走出院门。他站在巫的面前。他说起他的苦恼和内心难以启齿的疑惑。说到女儿对马不安的躲闪，马对女儿绝望的追逐。他献上羔羊，献上禾黍，他请求巫的帮助。巫在披散的白发里睁开眼睛，伸出指甲巨长的树枝一般的手指，拨开长发；她如此衰老，眼睛里的光已经消失，但她说看见了一匹马，一匹从中冲出、被爱情捕捉的马。她从长指甲里拔出一根草来，发出乌鸦一样的声音，她说：誓言咬在你女儿的牙齿间。承诺在你女儿和马之间。马和女儿之间将有活物成为牺牲。拿去这稻草，它让你的马匹获得安静。

　　他站在女儿的面前。一言不发。她缄默，然后哭泣，哭泣停下来的时候，她说出了对马的诺言，说出那些折磨她的梦。他拿出药草，看着她嚼下，看着她的痛苦归于平静，她沉沉睡去。

　　他走出屋子，站在庭院，看到马儿，它望着他，坚定而执着，没有请求，没有躲闪。他看到力量在它身上的汇聚，看到光和风向它的靠拢。他站着一动不动，感到身体里汹涌而至的杀意。太阳在不动声色地移动，庭院里大树浓密的影子无声无息地走来，完全遮住了他。

　　他走进房屋。女儿在沉睡，她将沉睡过很多个日出日落；他拿出他的石刀在石上磨，日光已经褪去，石刀不断冒出火光。他拿出他的箭镞，伸进一只木制的笼子。感觉到笼里游动的毒蛇嗖地咬住了它。

　　他走在月光泻下的庭院。地上马儿的阴影一动不动。他的眼睛在月亮下闪闪发光，望着他，恢复了以前的沉静。一动不动，它等待着什么来临，它安静而执拗地等待着什么来临。他能感觉到它的等待，感觉到它浑身肌肉的松驰。他拉直了弓弩。

　　他提着沾血的残缺的石刀返回房屋，做完了一切，月亮已经隐去。地完全黑暗。他隐隐有些揪心的懊悔。他听到箭镞没入马儿身体的迟钝的声音；射完最后一箭的时候马没有动，许久之后，它轰隆一声倒了下去。这是唯一的声音，唯一的动作。恍惚他听到了女儿在沉沉的睡眠中的一声叹息。他在月光里挥动石刀，把剥下的带着残血的马皮挂在大树的枝丫。他疲倦地睡去，梦见了马一动不动地站着，它的身上插满箭镞，它望着他。他的女儿梦见了马的死亡，梦见了马血淋淋的皮，它披在了自己青春的胴体上，裹紧了她，使她收缩。她梦见了马的诅咒，梦见了她曾对马说出、被地听到的誓言："是的，我将嫁给他，做他新娘，献给他初夜。有谁能够？我愿他享受我甜美的身体，甜美的爱情。"

　　她从沉沉的睡眠中醒来，是很久以后的事了。树叶已经掉光，马皮已经干透。她的父亲慈祥地看着她，她如此瘦弱，眼睛显得极大，发出异光，却又沉静，像一双马的眼睛。她看着她的父亲慈祥地看她，却觉得阴沉和不祥。她走出房门，立于庭院；马厩空空，大树裸露，裸露的马皮搭在树杈上。阳光刺目，她流下泪来。

　　她要出嫁，是很久以后的事了，穿上她亲手纺织的美丽衣服，她要出嫁。前一夜她又莫名其妙地梦到了马。清晨的院落，她站着，穿着她亲手纺织的美丽衣服，望那树上耷拉的马皮。它已经坚硬，风干，像一颗经历痛苦以后的心。她突然感到难言的寂寞，如此清晰，像就在昨日；感到莫可名状的依赖和想念，那像一个人一样完美的骏马。她缓缓走向大树，伸出手去，那手曾被神骏的马儿的舌头抚摸。她抚摸那坚硬的马皮，感到马皮在她的抚摸下渐渐柔软。她清晰地想起对马儿的誓言，她自言自语地说出自己曾经的誓言："是的，我将嫁给他，做他新娘，献给他初夜。有谁能够？我愿他享受我甜美的身体，甜美的爱情。"

　　风暴在明亮的庭院里陡然涌起。光在涌动，从四面八方，涌向庭院的中心，突然分开，暴风迅疾升起，旋舞，她听到了马儿的嘶鸣，看到马儿从远方奔驰而来，它踢踏着急促的脚步，来迎娶它的新娘。她的眼睛里迸出泪水，又迸出灿烂的笑，它用整个身体拥住了她。温暖，温柔，马皮从树上飞卷而下，缓缓而至，轻轻地、紧紧地包住了她。她和它化成了一体，她变成了蚕马。

叁

附：

身女好而头马首。(《荀子·蚕赋》)

欧丝之野在大踵东，一女子跪据树欧丝。(《山海经·海外北经》)

太古之时，有大人远征，家无余人，唯有一女，牡马一匹，女亲养之。穷居幽处，思念其父，乃戏马曰："尔能为我迎得父还，吾将嫁汝。"马既承其言，乃绝缰而去。径至父所。父见马，惊喜，因取而乘之。马望所自来，悲鸣不已。父曰："此马无事至此，我家得无有故乎？"亟乘以归。为畜生有非常之情，故厚加刍养。马不肯食，每见女出入，辄喜怒奋击，如此非一。父怪之，密以问女，女具以告父："必为是故"。父曰："勿言。恐辱家门。且莫出入。"于是伏弩射杀之。暴皮于庭。父行，女与邻女于皮所戏，以足蹙之曰："汝是畜生，而欲取人为妇耶！招此屠剥，如何自苦！"言未及竟，马皮蹶然而起，卷女以行。邻女忙怕，不敢救之，走告其父。父还救索，已出失之。后经数日，得于大树枝间，女及马皮尽化为蚕，而绩于树上。其茧纶理厚大，异于常蚕。邻妇取而养之，其收数倍。因名其树曰桑。桑者，丧也。由斯百姓竞种之，今世所养是也。言桑蚕者，是古蚕之余类也。(《搜神记》卷十四)

盘瓠

（《东方故事》之三）

　　雷霆般的信义，东方道德的美，我要讲到一个民族的起源；仍然涉及蚕，涉及人与另一种物达成的默契，完成的征服，仍然有战争、牺牲、性和繁衍，那没有目的、永不休止的厮杀，说到东方第三个神秘的少女，依然没有名字，伟大而被漠视，说到面目模糊的老王。时光混浊，事件以地上的王的名义发生；这是帝喾的时代，他是传说中的帝王，在传说中又是黄帝的子孙，那给亚洲的大地建立秩序者，井的发明者，地上的人第一次大厮杀的发起者和终结者。他如此显赫，致使他的子孙、曾经同样显赫的喾，名字黯淡，事迹湮灭。喾又称高辛氏，一个意义失去的名字，与现在东方人的高姓和辛姓并无关联。他做过什么，想过什么，都已经无从得知，他留下一个故事，让我们感知一个人在时光中的无奈。这无奈从古久开始，横亘到时光消失。他已高迈，孤独地坐在他的王宫，忧愁而悲伤。杀伐不休，他已高迈，已不能发生事情，也不能阻止发生。他抓住世界的干枯的手越来越无力，他感到了世界崭新的力量的生发，源源不绝，生气勃勃。

　　地上的人逐渐老去的无助、昏聩，充满了他的心。他感到阴冷，想念阳光，他站起来，在宫中走动。他是地上的人古老的王，他的宫殿还不曾广大，他拥有的妇人还算不上多。这时候事情正在发生，年轻的力量正在聚集，形成，一只犬；他没有名字的女儿正在孕育之中，他们注定要生发，要发生一个故事，故事注定要被流传，这一切无以更改，严厉如时光；他们似乎是一对兄妹，因为性的秩序尚未建立，因为很久以后沙漠和海岸边的人，正在修建巨大的坟墓，因为他们的王就要登上高贵的椅子，就要迎娶他的妹妹。

时光缓慢，我们也要从容；他们需要从容，一点一点开始他们的故事。帝喾的妻子，像他一样衰老，一个很老的妇人，一个神巫，年老使世界的声音离她而去。她在宫里发声诅咒，她大声祈祷，她听不到她的声音，听不到古老的帝王在她身后的脚步和沉重的叹息。她只听到她的疼痛，她耳朵的疼痛，耳朵的叫声，像有一只犬昼夜不停地吠叫。她闭上眼睛，看见那犬，它在黑夜的旷野眼睛发出绿光，它发出声音，唔儿唔儿地尖吠，撕扯着她的耳朵。她尖叫着堵起耳朵，它被堵在里面，它的叫声堵在里面。她眼睛睁开，发出昏昧的光，她看见了月圆之夜的祭祀，那犬狂吠着撕扯着月亮，吞噬它，大地复归黑暗，人民惊恐的眼睛黑暗。

她曾是帝喾的妹妹，他的情人；她是他的妻子，他的王国的后。他抱住她同样衰朽的躯体，感到自己的疼痛，她的疼痛。他说：医要来了。但是她不能听见，她是巫，她拥有让狂躁的男子安静的草，已经干枯的草，不能够使疼痛消失；她拥有让安静的少女疯狂的草，鲜嫩的草，不能够使耳朵里的犬吠停止。她睁开眼睛，发出昏昧的光，她在她的药草中间摸索；她抓住一根草走向火种，她叫它筮。燧石的击打声不能进入她的耳朵；火苗在跳跃，她感到耳朵里烧灼的疼痛。她点燃筮草，看见幻象。她发声，说出含糊不清的句子，她说："一个人从东面来。一只犬向南面去。一个女人生下人民。一只犬成为勇士，成为丈夫和地上的王。"

医从东来，他曾是炎帝的子民，炎帝的承继者，他承继人民生死，高于王位。他带山间的草、树根、隐秘的泥土和昆虫的皮蜕，站在后的面前，看见耳朵。他举起伟大的针灸；他从耳朵里掏出一只虫子，他叫它顶虫，或者金虫。

它其实就是一只蚕。我们触及蚕的另一个源起，那神奇的蚕，华美而凉爽的丝绸的生发者；事物神秘的源起，像蚕丝一样透明，纤细，不可捉摸。医已经消失，现在医没有方向地消失，后的耳疾消失，现在我们将进入伟大的传说。

年迈的妇人看这虫子，它是她老朽的血肉所化。它可能是金黄的颜色，发出光芒，照亮妇人昏花的眼，照亮一个妇人的眼，让她记起生殖的欲望和悸动，养育的莫可名状的快乐。她可能感知到它将发生什么，感知到它的变化和力量的聚集。我们已经记下妇人的智慧，那置于黑暗之中、仍无人揭晓的本能，那本能对世界做出的推动。

它在蠕动，浑身金黄，在妇人眼里发出颜色。她触摸它，感到手指的干枯，血液和力量的枯竭，感到手指下面的颤动，初生婴儿皮肤的娇嫩，皮肤下清澈血液如山间小溪般的流淌。她哆嗦着手指触摸着，捉起了它，那手指熟谙捕捉和感知力量。它在她指间蠕动，首尾盘起，让她觉得瘙痒。

她把它放入瓠簏，那是半只干透了的葫芦；覆之以盘，我们不知道那盘是什么。它所以有了名字，就叫盘瓠，一条盘蜷在葫芦中的虫子。

它将变化，变成另外一种物，这物第一次进入人的生活，但它的变化让我们不明意义。传说里这一切时间很短，叫作俄顷，只有一瞬间便已完成；这金色的虫儿在葫芦里蠕动，爬行，推开环绕周围的虚空生长，推开混沌的虚空，那光和暗，它生长，伸展，变成了犬。它在老妇的眼里发出五颜六色，老妇的耳朵听到它吠叫。它仍叫做盘瓠；它是第一只进入人的庭院的犬，第一次为人喂养，将成为勇士、丈夫和地上的王。

这犬被地上的人呼叫名字，在人的呼喊中发声吠叫，在奔跑中长大。它可能参与浩大的狩猎，人吹响兽角，射出箭镞，张开网罗和扑向陷阱。它在旷野里遇见它的同类，它们朝着月亮尖声吠叫，肚腹急促地起伏，眼睛里发出荧荧绿光。它们诱惑着它，呼唤着它。它远远地畏惧着，颤抖着，离开了去。它以人为类，将爱上人的少女。它可能感到孤寂和沉重，因为负载伟大的使命，将开始古老的传说，因为它将为这一切做出准备。它可能捕捉过野兔，追逐狐狸火一样跳动的皮毛，咬啮山间猛兽的腿爪，也目睹人的厮杀，石斧迟钝地砍进头颅，腥味浓重的血四下里喷溅。目睹人的爱情，他们在月亮下燃起篝火，舞蹈、同声呼喊，祈祷它尖利的牙齿不要撕裂月光，他们的眼睛在月下温柔，在月下看见心中俊美的男子，心中姣好的女子。它缓慢地学习人的一切，人的勇敢，人的智慧，人的忠诚、信义，人的爱情，地上的人传说着故事赞美这过程。

年迈的妇人在宫中安详睡去，她将她自己完成，那神秘之物的源起和生发，那一开始就被注定了的结局；她年轻的女儿即将成熟，她将成为圆满的传说中最重要的一环。她喜爱那犬，它见到她时总是喜不自胜，它总是凌空向她扑来，将她扑倒，轻轻咬啮她的皓臂，那咬啮的力量连一朵柔弱的花都不能够衔起。年迈的高辛王在宫中忧愁，在一个大地所生的老人的昏聩中忧愁；他感到世界的力量正在浩大，那些莫名的不知方向的力量，日益盛大，在黑暗里侵蚀他，威胁他。他曾拥有的青春和荣光已经远去，力量远去，他已经不能够生发事和物，亦不能阻止。杀伐不止，争战不休，国家的敌人此起彼伏。他的军队在不断失败，他不断梦见没有头颅的战士，因为国家有了强有力的敌人。他是彼国的王，房国的王；他从西面来，击溃守卫边境的军队，杀死他们，他听见他剥下他们的皮蒙成的鼓敲击，发出沉闷的声音，命令进攻的声音。这可怕的敌人日益临近，占领土地，烧毁屋舍，杀死男婴，抢走庄稼和多产的妇女，他危险的声名使人民慌乱，力量匮乏。

国家的勇士匮乏。这年迈的王发出叹息，像一个卑微者一样发出叹息。他在故事里发出声音，低沉，衰老，无奈却又威严，在国家的土地上回响，被地上每一个子民听见，被他的女儿听见，也被妇人耳朵所生的犬听见。他说："请求天赐我勇士，他已经被国中妇人所生；请求赐我勇士，他已经被妇人养成。请求神赐我勇士，他已经在天地间站立，他得知我的忧愁，听见我声音，听见敌人声音。他将使敌人恐惧，在恐惧中失落头颅；我将赐他子女，赐他财帛，赐他广大丰美土地。我将把我的女儿赐他为妻，为他生子，使他荣耀。"

但是地缄默。传来风声，风声中隐约有敌人呐喊，人民在风中缄默而畏惧，年迈的高辛王发出叹息，一个卑微者一样的宿命的叹息，它被风声传得很远，让边境的战士消失勇气，消失力量，让国家的敌人、那可怕的房王，发出咆哮一样的笑声。这叹息声被叫作盘瓠的犬听见。它从妇人的脚下站起，它从少女的手臂间挣脱，它从老王的膝下跃起，它吐出长舌，龇出尖利交错的牙齿，它连声狂吠。

它就要成为勇士，经历血和死亡成为勇士；这神秘的隐喻我们无法洞悉。它可能原本是一个人，一个卑微者，一个奴隶，一个育犬者，在偶然的契机下挽救了国家，成为另一个国家的主人，故事的主人公；它可能是王者被遗弃的后人，相貌丑陋怪异，生有獠牙或者毛尾，或者生它的妇人卑微；它的故事也可能说明，犬进入人的生活曾做出的牺牲，一个少女；它还可能就是敌国的象征，因为国家最危险的敌人、西部的房王，所率领的民族就叫作犬戎，国家付出代价，以和亲换取和平，平息纷争。但是现在它进入另一个传说，另一个民族的传说，多少年后他们仍唱着关于它的古歌，它是他们古老的帝王，叫作狗皇。

它绷紧了身体，像张开的弓弩；盘弧飞奔而去，像发出的誓言，像射出的箭镞。它在风中中止了它的吠叫；它消逝在西方，那里的地在敌人的脚下渐渐坍塌。

这是夜晚，火光推开一点山谷里的黑暗，使黑暗处恐怖，光亮处狼藉。火光里人影幢幢，呼喝声杂乱，这是敌人的栖息地。火光映着房王的脸，它何其狰狞，它映在一只犬的眼里，是一只猛兽的脸。他正在撕扯手中的肉，他锋利的牙齿咬碎兽骨，也许是敌人的腿骨，发出咔嚓的声响。这时他肌肉松懈，赤裸的腰身却依然孔武可畏。现在他咬啮的牙齿停住，他看见一只兽，它畏畏缩缩，走近火光；它盘蜷着，蹲在自己的腿上。

他发出低沉的威胁的吼声，但这兽不动，它伸出舌头，不动。他捡起火把扔过去，它轻捷地跳开。

它是一只犬，不是畏惧火的野兽；那捆绑在一边的生虏无人看守，正被群鼠咬啮，却不曾被它撕扯。它感到饥饿，在等待人残余的骨头。这为敌人恐惧的房王夜鹰一般发出笑声，"是一只犬。"

众人围拢他的身边。他簇起他可怕的嘴唇，那噬血的嘴唇、包围着咬碎骨头的利牙的嘴唇，发出尖啸，招呼那犬。它一点一点挪过来，望他手中的骨头。他扔过去，它在空中跃起，接过。他走近它，它犹犹豫豫，想躲开，却继续啃食骨头，他的手抚着它的背，它没有停下，耳朵僵硬地竖起，突然一惊。众人发声，狂热呼喊，"是高辛王的犬。"

众人狂呼，众人狂呼停下，凶恶的房王狂笑不止。他就要成就一个勇士，成就一个丈夫，一个国家，一个民族，成就一个接近完美的传说；在即将逼近的传说里他将成为无辜的道具，可耻地单调地缺乏意义地死去，成为一只犬的猎物和获取世界的诱饵。但他无法感知这些，他的巫无法感知这些，疯狂和得意将他淹没。他环顾四周他的战士，他们在暗和火中阴影憧憧；望着他的生虏，他们发出微弱的哀声，那哀声不能安慰流血的伤口、饥饿的肠胃，以及渺不可知的命运。看脚下他似乎已经拥有的犬，他发出骄横的最后的声音："高辛氏必将灭亡，他的犬感到饥饿。他的妇人将为我怀胎，禾黍流入我的谷仓。他的力量已经干枯，他的犬知道。它远奔而来，在我的面前摇动尾巴。你们的脚将像泛滥的洪水一样漫过他的土地。你们的王将成为所有地的王，人的脚踏过的所有地的王，人的眼所见到的所有地的王！！"

狂热渐渐消退；他们在狂热消退的疲倦中沉沉睡去。叫盘瓠的犬的眼睛里映见他们沉沉睡去。凶恶的房王伸展了四肢，雷鸣般的鼾声从肚腹不断发出；他赤裸着胸膛，风吹拂他浓密的胸毛，那胸毛又被犬嘴里的气息微微吹动。轻轻向上靠拢，靠拢，接近那可怕的头颅，头颅之下，那生出巨木的山冈一样坚实的肩膀，停顿了片刻。

一道闪电一样的白光闪过；一道喷涌而出的红光闪过；一道黑影一闪而逝。失去顶的身躯丑陋地扭动，咕喽咕喽发出低声，像一声悲哀的失败的叹息。血溅射出很远，落在暗燃的火里，滋滋作响，火苗不时啪地炸开。

那叫盘瓠的犬，第一次卷入地上的人的纷争的犬，衔着头颅悄然离去；山谷里的人仍在沉睡，黑暗和让人安静的梦覆盖着他们，覆盖着山谷，也像裹尸布一般，覆盖了那失去头颅的王。有一个梦他只做了一半，梦就被撕裂，在梦里他和那叫盘瓠的犬嬉戏，他感到脖子的凉爽，脖子里的风，风中自己的流动和远去。他的头颅在盘瓠的牙齿间仍在找寻，它要找见那梦的一半，他的眼睛没有睁开，在等待着噩梦惊醒，在等待中失去睁开的力量；那头颅感到下坠，没有肩膀可倚靠，在无尽的下坠中静止。他的耳朵再不能听和听见，他的嘴不能发出惊叫，不能发出哭泣和祈祷，他嗜血的舌头已经僵硬，即将腐烂。

这只是短暂一瞬，那叫盘瓠的犬没有发出吠叫；它伸出贪婪的长舌，接近那飞溅的血又迅速收回，这只是短暂一瞬。那热腾腾的血，让它发狂的血，让它忍不住咬啮和舔食的血，召它返回爪牙和兽的本能的血。只有一瞬，它衔着头颅悄然离去，跃过熟睡的人，在梦中发出呓语的人，那些梦中的磨牙者、放屁者、打鼾者和梦游者；衔着头颅，它在黑暗里凌空而起，它在空中展开它柔韧的四肢，奔向天亮之处，沉默的大地看到了它柔软的腹部，那里急剧收缩、松弛，发出热气，感到了它的脚爪落下，在上面迅疾地一弹。

时间在它身上迅速闪过；这一幕经过了多少年？可怕的嗥叫离它远去，狼群固执、永不屈服的野性离它远去，那成为它在火堆旁短暂的梦，为它仇视和尖吠的梦。它想念那毛发褪去的动物，那直立的动物，想念他们抚摸它的脊背，呼喊它的名字；想念那少女身上雌兽的气息，那气息在远远的风中进入它的鼻息，令它耸起毛发，四肢颤抖，令它生发咬啮和撕裂的欲望。

时间在它身上迅速闪过。人接纳了它，发出诺言，它成为人的生活的一部分。它接纳了人，接纳了人的诺言，人成了它的生活。但我们无法揣度这牺牲的含义：一只兽付出的牺牲，地上的人付出的牺牲，人为兽做出的努力和一只兽的巨大回报。但也可能是其他，那已经永远消失、那总是被造物遮掩起来的其他；在冥冥之中指引的因，那在过程中渐隐的因。

它将归来，那叫做盘瓠的犬将要归来。一只兽的狂野被使命感收拢，被一个诺言改变。它背负巨大的使命，那使它的野性收拢；它完成巨大的使命，将从此永远穿行在人群，停留在火边，因为人已经许下诺言。它返回人群，让人叫它的名字，它就要取走人的诺言。

敌人的头颅衔在齿间，它不能吠叫；不曾放弃，穿越丛林，它不能和野兽搏斗，也不曾被它们抢走那血腥的味道。它在奔跑中饥饿，没有咬啮那头颅，不曾损害自己的光荣，地上的人将要记下这些，正要记下它，在诗篇里悠久地吟唱它。

也吟唱它的勇敢，它已经完成使命，成为国家的勇士，蒙受荣耀，也使它怪异的母亲，巫、国家的后和老迈的妇人蒙受荣耀；它在忠诚中完成勇敢和智慧，那力量的爆发、力量的回旋和力量的收敛。它使国家和人民获得拯救，也使衰败的王短暂地停止迅速的衰败。它在进入人群的过程中做了这些，让地上的人悠久地吟唱它。

但这些还不够；一只兽走近火堆的过程何其漫长；一只兽对火堆的恐惧何其古老，一只兽内心的野性和疑虑何其深远。这些还不够，因为地上的人还将继续吟唱。

它经历血和死亡成为勇士，做了地上的人所不能做的事，它已经接近人的火堆，已经拥有了智慧和忠诚；它还要经历爱情，那痛苦和甜蜜，才能够成熟、平静；要经历生殖养育的繁琐与艰难，开始一个新的种族。这是一只兽的人性产生的过程，这是一个人的神性觉醒的过程；这是一个王诞生的过程，这是伟大的狗皇古老的传说。

现在它归来，在国家和人民的惊恐中归来；它衔着敌人的头颅归来。人已经记下对那头颅的恐惧；那头颅曾是国家的噩梦，但国家就要从噩梦中醒来。它从西面归来，从它消失之处归来，那里残余的敌人在恐慌中四散，传说它的名字，不断地梦见它，他们的子孙不断地梦见它。它衔着头颅走进王宫，头颅散发着腐臭的气味；它在地上的人的记忆里一次又一次走进王宫，衔着头颅，头颅散发腐臭的气味。

那气息被年迈的老王嗅见，他正在忧愁和衰老，以为嗅见了死亡，以为是攫走生命的死亡悄然迫近；它进入他昏花的眼睛，他以为是一个让他软弱的曾经的梦境。在那些梦境里他抓住一根筮草苦苦哀求，哀求马匹、野兽，所有生灵全部奔跑而去践踏敌人，哀求石斧飞去劈开敌人头颅，哀求鲜花从敌人眼眶里长出，哀求敌人在惊恐中失去力量，哀求敌人向他哀求。

现在他从无助中觉醒，像以往那样，陷入更可怕的无助；他睁大了眼睛，但是那梦中的幻觉不肯退去，却更清晰。他看到那犬，他叫做盘瓠的犬，他以为逃逸而去的犬，他无数次诅咒、在诅咒中想念的犬，它在他眼前站着；他的耳朵只是无数次恍惚听见吠叫，但它没有来安慰他的寂寞，他因而更寂寞。它在他的王宫里站着，在它无数次站过的地方站着；他的耳朵边响起它隐约的吠叫，但是它没有吠叫，他看见它浑身精湿，不知道那是汗水、河水还有露水；它狭长的兽脸沾满可怖的血污，它的牙齿咬啮着一颗头颅。

他听到那头颅被掷在地上发出的回响，恶臭扑漫而至，它伸出舌头，他听到它发出沉重的喘息，看到它的肚腹剧烈起伏，它摇动尾巴，然后他听到了它的欢吠。它扑了上来，像它扑向凶恶的房王那样；它站起前爪在欢乐中疯狂。这欢乐的疯狂，是一个兽多少次的憧憬，多少次在它小小的头颅里重演，而如今真实到来。

年迈的高辛王拥住它，欣喜涌住他自己，他的眼睛感到晕眩，他如此老迈，那眼睛已不能流出喜悦的泪；那眼睛即将要被忧虑所占据。

年迈的妇人在宫中安详醒来，因为传说要她醒来；她已经将她自己完成，那神秘之物的源起和生发，那一开始就被注定了的结局；她年轻的女儿已经成熟，她将成为圆满的传说中重要的一环，像她已经成熟的乳房一样圆满。这古老的巫、年迈的妇人和国家的后，她睁开眼睛，看见幻象，说出模糊不清的句子。她说："一只犬已经成为勇士。一只犬将成为丈夫和国家的王。一只犬向南而去。一个少女就要成为妇人，生下人民。"

她就要永久地安详睡去，因为她怪异的儿子已经长成，年轻的力量已经实现；因为它的成长抽走了她的力量。她将剩余的力量，传授给她的女儿，那制服男人的力量，因为她已经成熟，为暗夜里她身上流淌的神秘血液惊恐不安。

那古老的巫，国家的后，我们要记下妇人的辛劳；她土地一般广阔神秘的生命，她在夜里莫名的哀愁，她生育的疼痛，衰老时周身的疼痛。这些都与我们有关，就好像那叫盘瓠的犬与她耳朵的疼痛有关。现在水从她里面缓缓流走，土在她里面渐渐寒冷。她的女儿那年轻成熟的少女，那就要变成妇人的少女，俯在她身上低声饮泣，她干枯的手安慰着她，那手渐渐冰凉，终于低垂。古老的哀愁无边无际；在传说中她们总是从哀愁中徐徐走来，从南面的哀愁、北面的哀愁，西面还有东面；那些幼小的女儿，成熟的妇人，衰老的妇人，她们在哀愁中消失，那地上所有方向的哀愁。此刻水已经流走，土已经寒冷，哀愁不在后的脸上，那里平静，安详，不再拥有时间或被时间拥有。但哀愁笼罩了年轻女儿的脸，她哀愁母亲的离去，感到心中的

孤独，哀愁自己不可测知的未来。她流出眼泪，她总是流出莫
名的泪。那些泪水沉默，发出忧郁的光泽，它们飘落尘埃之中，
洒落在风中，风将她姣好的脸庞吹干。她在宫里长廊的回风中
无声地走。她正在接近她的命运。

敌人的火种已经熄灭，敌人的头颅踩在脚下，但老迈的高
辛王重又陷入忧虑。他不知如何兑现自己的诺言，一个王者沉
重的承诺。他重新开始了迅速地衰老，踩住敌人头颅的脚发出
颤抖；他在雷霆般的信义前发出颤抖。一个地上的人总是要卷
入纷争，那使智力停滞的纷争，使地上的人的心混乱盲目。地
上的王想到他曾经的忧愁，曾经的无助，他曾经发出的真诚的
呼告："他得知我的忧愁，听见我声音，听见敌人声音。他将使
敌人恐惧，在恐惧中失落头颅；我将赐他子女，赐他财帛，赐
他广大丰美土地。我将把我的女儿赐他为妻，为他生子，使他
荣耀。"

"但它是一只犬。一个人怎可以与畜类匹配呢。一个王怎
可以违背他的诺言呢。一个女儿怎可以嫁给一只犬呢。一只犬
怎可以被欺骗呢。一个地上的王怎可以欺骗他自己的内心呢。
但它是勇士。但是勇士是一只犬。但是信义已雷霆般鸣响。"

他在寂静中说出折磨他的呓语，说出折磨国家和人民的呓
语。这呓语不肯消散，仿佛他已经睡去的后耳边曾经的犬吠；
这犬吠现在响在地上每一个人的耳边，不能休止。那叫做盘瓠
的犬，发出哭泣一般的尖吠，不能休止，地在声音里痉挛，古
老的月亮被声音撕扯。

它响在那成熟少女的耳边，她已经接近她的宿命，她正在
走近他衰老的父亲，唯有她可以使那犬吠消失，使那可怖的幻
象消失。我们要发掘故事潜在的伟大元素，找出它们，抓住它们，
世界的巨大转折总由软弱的妇人开始。她丰满的躯体现在站立，

不曾犹豫，她吐出芳香气息的嘴唇发出声音，安静，纤弱，简短，却将一个雷霆收进其中："一只成为勇士的犬应该成为丈夫。它做了人不能做的事，它可以做人能够做的事。我愿它蒙受荣耀，愿地上的人记住它的荣耀。"

年迈的王恐惧着，忧伤着，沉默着，他的沉默允可了她，允可了那叫做盘瓠的古犬。它将离去，向南而去，却如此沉默。地上的人的忧伤和沉默围绕它，渗入它，它就是他们的忧伤、沉默和恐惧。它缓缓而去，没有声音，地上的人的女儿在后面缓缓跟随；它缓缓而去，走向南方，那里草木茂盛，有着丛林和无边的山峦。它在地上的人无数的梦里缓缓而去，消失在南方，他们的梦永不消失。

牺牲已经完成，地上的人和一只犬的牺牲已经完成，伟大的悲剧已经完成。但新的种族尚不曾发生；幻象缭绕地上的人，他们的心需要合理，合理在他们心中更加真实。伟大的悲剧已经完成，它要成为喜剧的开始，那五色的盘瓠将开始说话。血和恐惧没有令它发出人的言语，愤怒和忧伤没有令它发出人的言语，在爱情中它要开口说话。它向那少女，人的女儿，它的妹妹和妻子诉说爱情，诉说它拥有爱情的可能：

"人的儿子，你的兄长，你的丈夫。我是地所生，你是地所生。我的灵接近你，它开口，说出人的言语。我的身体远离你，却将靠拢你，当灵远去，当地给我力量，当我的灵远去。当我置身于黑暗之中，置身于埋在地下的黑暗，睁眼看见七次月亮出现，月亮消失。我的灵将远去，牙齿不能咬啮，爪子不能撕扯，毛发被地收去；身体不能弹跳，像人初生的婴儿一样爬行然后直立，这身体可以成为人的丈夫，为你拥有。"

它说出这唯一的言词，在爱情中的言词，唯一一次在爱情中产生的言辞，归于沉默。它进入沉沉的土里，土埋过它的脚，土埋进它的脖子，土进入它的嘴。它在黑暗里睁开眼睛，看到地面之上的月亮，那月光渗入地下，为它呼吸。它感到大地的微微颤动，感到人的女儿沉重的脚步，焦虑的脚步，它归于地的沉寂，归于沉寂中的萌动，在其中完成一个身体。它在等待。

月亮第六次出现时我们将记下妇人的罪过；地上的妇人，人的女儿，她总是因为好奇和莫名的担忧触犯造物，产生罪孽。那本能的好奇，浅薄的担忧，无助，无益，加速错误发生，像她们在担忧衰老的泪水中逐渐老去。现在人的女儿，为这担忧和好奇所折磨。月光一夜比一夜惨白，已经是第六次，她的脸一夜比一夜惨白，已经是第六夜。她在恐惧中来到月下，挖开泥土。她在无边的寂静和恐惧中越挖越快，她呼喊着盘瓠，那犬的名字，一个即将完成的丈夫的名字，却没有声音。

它一点一点暴露，它抖动身上的尘土和黑暗；光照着它，它的变化停止，地的力量中止，黑暗的力量中止。它长着犬的头颅，那头颅的变化永远停止；它长着人的丈夫的身体，在后面摇曳着一条兽的长尾。

它终于接近一个人的身体，接近一个丈夫的身体；灵离它远去，它张口，向着月亮发声，一声长长的犬的尖吠。它缓慢地站立而起，振动毛发，感到虚空和寒冷。它缓慢地穿上人的衣服，在地上升起火光。它穿越火光，走向人的女儿，为她戴上犬头的冠帽，她将成为妇人。

它向南走去，它的妇人跟随；它在那里成为人的丈夫，成为父亲，成为东方叫畲的民族的祖先，伟大的狗皇。

"女解去衣裳，为仆竖之结，着独力之衣，随盘瓠升山入谷，止于石室之中。"我们最后记下妇人的美，成熟的美，成熟的善和成熟的智慧。她生下子女，六男六女，自相配偶，因为夫妇。他们穿着五色的衣服，用树皮纺线织布而成，用草籽的颜色染制而成；衣服的后面，裁有尾巴的形状，模仿他们伟大的父亲，在新婚之夜，戴上饰有狗头的帽子，唱起关于一只犬的古歌，狗皇的歌，他们父亲的歌。一个民族从此诞生，一个民族的神话于是终结，一只犬和地上的人的故事于是终结。

附：

　　高辛氏，有老妇人，居于王宫，得耳疾。历时，医为挑治，出顶虫，大如茧。妇人去，后置以瓠篱，覆之以盘。俄顷顶虫乃化为犬，其文五色，因名盘瓠。遂畜之。时戎吴强盛，数侵边境，遣将征讨，不能擒胜。乃募天下有能得戎吴将军首者，赐金千斤，封邑万户，又赐以女。后盘瓠衔得一头，将造王阙，王诊视之，即是戎吴。为之奈何？群臣皆曰："盘瓠是畜，不可官秩；又不可妻，虽有功，无施也。"少女闻之，启王曰："大王既以我许天下矣，盘瓠衔首而来，为国除害，此天命使然，岂狗之智力哉。王者重言，伯者重信，不可以女子微躯，而负明约于天下，国之祸也。"王惧而从之，使少女从盘瓠。盘瓠将女上南山，草木茂盛，无人行迹。于是女解去衣裳，为仆竖之结，著独力之衣，随盘瓠升山入谷，止于石室之中。王悲思之，遣往觅视，天辄风雨，岭震，云晦，往者莫至。盖经三年，产六男六女。盘瓠死，后自相配偶，因为夫妇。

（《搜神记》）

董重作品/《谜花》布面油彩炳烯 NO.4/150X200cm/2011

第

肆

辑

↓

另一只虎

豹龙蛇猿羊兔鼠

猎狼

另一只虎

一只虎在山野草木间咆哮。它的声音，不像人那样琐碎嘈杂和无病呻吟，繁文缛节掩饰着太多的欲望。它像神的言辞，严厉、简洁，用一个词覆盖整个世界。在我的幻觉中白昼退开，家具、器皿、灯光渐渐远去、消失，我仿佛已经置身旷野：

现在我就是孤独的山林之王。我无情杀戮、血食，像万物一样自生自灭而忘却了自己。我以接近自然的某种漠然而勃勃的精神生存在这天地之间。我勇敢地搏斗，从来不知道恐惧和怜悯；我的咆哮使大地战栗，我的利爪令大石碎裂，我的奔跑令狂风臣服。我放弃了一些生灵，比如兔子、病兽、虫蚊，它们不配做我的食物，像对待树木一样我任其存在。

金子在火中有水的宁静和火的热烈。我从金子黑暗的内部跳出，在月光下，在旋舞的落叶中，在传说里，我浑身雪白地向西方飞奔，我的速度使天地枯黄，河流缓滞，万物归藏。我记不得这是前生还是后世的事，或者仅仅是一个梦，但是我并不做梦。

很多年过去，有一种忧惧，
在我守夜时袭来。我怀疑，

那山中的黄金的震吼是否真实？
或仅仅在我的梦中如此。
为什么我要愚弄自己，认为
昨天的记忆和一个梦相同？

饮水时我从水中自己的倒影上看见这些像烙在我斑斓皮毛上的痕迹，它们在我的凝视下渐渐消退。我吼了一声，水面上泛起波纹，影子碎了。我不知道，那些痕迹从何来又何从去，但是，它们可否会像我在传说中奔跑的事情一样，切近而不可即？

跳过山涧，穿过森林；皎皎明月从树丛跃起，我——斑斓猛虎，从石头上跃起，发出一两声咆哮，古木瑟瑟落叶纷纷；有时候我静静伏在草丛，浸在斑驳弥漫的月光之中。我浑然自忘，处身孤独之中而不知。我的配偶在对面山上，子女们已各有所属。人认为我极端孤独、内心无限扩张，说一山不容二虎。我不大喜欢人。虎是一种矫情的动物，他们把女人叫做母老虎，白虎，又叫我大虫，强颜欢笑的嘲讽掩饰不住他们内心的恐惧。我撕碎过侵犯我尊严的人，他们的颤抖和哀告使我轻蔑，花言巧语像精心设置而对我无能为力的陷阱；我也报答过一个产婆，她曾挽救过我的配偶及其腹中的三个胎儿。

我就这样穿行在岁月、黄金和黑暗之中。但是有一天，我从自己的吟啸里感觉到一种异乎寻常的声音，我辨认出那是曾烙在我身上的痕迹。我茫然前行，来到了一个地方，我见到许多闻所未闻和恍惚经历过的事物；我见到我的咆哮声堕地成金；我看到我一身雪白在秋水上飞奔；我还看到又一些烙在我身上的痕迹：

　　"……贪淫的人类崇拜的生殖，杀虎取虎鞭虎骨饮酒，虎于是绝迹，人类却旺盛起来。人赞勇武之人为'能手格猛虎'，但能手搏猛虎的人也近乎绝迹。人食掉了虎的肉体，却不能获取它的精神，那是自然赋予的神力。远离自然的人类不知道，这种精神，是无法通过肠胃来消化的，那需要在潮湿的洞穴、天风松涛和山崖激流中才能得到。"

　　"……虎迹灭绝，八面威风的虎啸散失在天风草野之中。如果你是一位虔诚的人，那么你穿越大山、夜宿林中，守着篝火，背上感到山风泠泠的寒意，看着圆月自林间升起，或许你能隐约听见松涛声中的虎啸；你会嗅见虎凛冽的体臭，甚至它们生殖的气息。"

　　我不知道我是闯入了人的梦境，还是人梦见了我，或者我自己在梦中穿行。我所遇见的事物使我困惑，许多闻所未闻的事物则使我感到有生以来第一次的恐惧。譬如怜悯，我的钢牙利爪无以奈何；譬如卑琐事物，它使我无法忍受，我无法和它们和睦相处，有时我会疯狂地咆哮、撕咬，有时我被囚禁起来，被作为一种惩罚遭到忽视，像行将消失的物。这个阴暗潮湿的地方，它是一个心灵——我梦过或去过的最可怕的地方。在那里，我感到自己的渺小，因为我的无能为力，我无法使人放弃内心的恐惧。那是关于岁月、自我和失败中的尊严的悲哀。

豹

　　故事这样开始：你走进森林，遇见一只动物，它是什么？继续往前走，又遇见一只，它又是什么？

　　这两只动物分别象征着你自己和理想中的异性。据说，许多男人选择的分别是豹子和狐狸。他们是渴望拥有豹子的诸多品质。

　　豹子是神奇而又神秘的动物。它和倾国倾城的佳人一起，是上苍赐给尘世的最美的生灵。这印证了一句话：美是残酷、隐秘、脆弱的，至上的美与善无关。阿根廷人博尔赫斯则认为，豹是神的特点之一。

　　豹的造型完美无瑕，蕴力与美于一身。不像虎那样笨重，甚或精致于猫。但它还是有猫的许多习性。它的步态内敛回收、无声无息，没有虎的狂妄夸张，而不可思议的力就蕴含在这悄然之中。如果说虎具有赫赫礼仪、刚义与进取，那么豹则遗世独立。豹头坚硬而无懈可击，豹身蛇一般柔软而暗藏杀机；四肢修长，富于弹性的爪子刚柔相济；豹尾和马尾一起，是世间最具尊严的动物的身体部位。所不同的是，豹尾还是一种武器；豹身上的花纹冷静而狂热，深沉慑人心魂。像上帝的隐喻，像一句燃烧而宁静的咒语。与豹相比，孔雀羽毛上的斑纹仿佛瓷器上的画，那仅仅是一种清澈凄婉的美。

饿狼食不足，饿豹食有余，说的是狼的饕餮和豹的节制。如果你见过狼吃食，譬如一只羊，你会看见鲜血狼藉，狼瘦削的肚子飞快地鼓胀起来。它连羊的大肠及粪便都能咽下，其贪婪大致如是。豹子则不然。捕食时它会在饥饿、隐蔽、等待和因紧张而紧缩的肌肉中寻求最恰当的时机，一袭既出势在必得，否则宁可错过。然后，它衔着杀死的猎物跑回隐蔽地，警惕而从容地吃食。据说豹进食总是半饱，剩下的它会藏起来，以俟下顿。虎食粗鲁如梁山好汉，故虎出必随腥风，捕食则逞勇斗狠；豹捕食靠智取袭击，吃食斯文儒雅，不会像有些人那样满嘴流油浑身饭渍。故隐藏甚秘的豹，草食动物灵敏的嗅觉也不能觉察到。豹的警惕、节制、运筹帷幄等诸多美德为人们盛赞。但是豹若有知，它会讥笑我们这个贪吃的种族。

十二属相没有豹却有虎，也许是我们的祖先还不能够正确分辨虎豹。古书中记载的大多是虎的事迹，唯一例外是《山海经》。书中说在北海海内，有座山名叫幽都山，黑水从这里发源，山上有黑鸟、黑蛇、黑豹和长着毛蓬蓬尾巴的黑狐；在北方又有一座石者山，有种兽形似豹，却是花额头，白身子，名叫孟极，善于埋伏隐藏，它的鸣叫是自呼其名。

事实上豹子成为老虎的附属动物。虎频繁地出现在年画上、乡村院落的照壁上，有那么多画虎成名的画家，却没有听说过画豹子的。这大概是因为虎是山中之王，迷恋做官的人喜欢它的赫赫威仪和官架子，希望做官以后称王称霸，像老虎那样把自己所憎恨的人一口吃掉。

和虎不同，豹子是极少伤人的，只要人不侵犯它。如果你走在深山老林，累了停下来歇息，感慨着路上一无所遇，这时候你倚身的大树上也许正有一只豹子。它守着挂在树上的半只羚羊，冷冷地俯视着你。在另一个场合，你若看见一只美丽的猫在林间树上嬉戏，千万不可兴奋地去捉它——千万不可！那可能是一只小豹子，它就在附近的母亲会和你拼命。老练的猎人还告诉我们：如果你在山路上遇见一只豹子，要赶紧让路——自己站在靠悬崖的一侧，这样，豹子会漠然而轻蔑地走过去。这兽中之灵物绝不允许自己的尊严受到侵犯，漠视人又满怀警惕。

人们是那样热爱豹子，以致很多人为儿子取名叫豹。然而他们只是叶公好龙，当离奇的事情发生时却不知所措。传说在七十年代我的故乡，有个妇人产下一头怪物。妇人呼号三天三夜昏死过去，那怪物自己捅开母亲肚皮，伸出爪子。产婆看妇人不活，就抓着爪子拽了出来，竟是一只豹子！人首豹身，还长着坚硬的尾巴。它被父亲摔死了。

以豹起名的人大多凶狠狡诈而没有豹的美德，最著名的有申公豹。他像豹一样机智、有本领、遗世独立，但他不甘心遗世独立，终遭恶死。例外的是豹子头林冲，这也是一个豹子般的人，一身武艺又息事宁人，希望过与世无争的生活。但是，他失去了尊严、自由，在一个雪夜，当他连命都要丢掉的时候，他豹子一般的求生本能和复仇欲望突然迸发，他的利齿钢牙在夜里白得使大雪黯然失色。他豹子一般无声无息奔向梁山的时候，也许朦胧地意识到，像他这样的豹子，在龌龊的人群里是无法立足的，除非变成一只羊鞭下咩咩的绵羊。

豹告诉我们：美必须依靠残酷的力才能生存。但是这残酷相对于动物中的小人——人类来说，是那样无能为力。豹子日渐稀少，豹成为商标和摇滚乐队的名称。"乘赤豹兮从文狸。"豹子正在沦为传说中的动物，像担着脑袋秉笔大书的史官们记载下来的某种精神一样，越来越不可信。这是人类的悲哀。豹子是一个隐喻：我们从洞穴里爬出、建起城市住在死亡的物中的人类，正日益丧失与自然的联系及自然赋予的尊严。我们的孩子每天吃牛羊鸡鸭和植物种子，却很少见到活物——他们在丢掉与生灵的感性联系。一切沦为商品。他们正在成为真正孤独的人类群体。

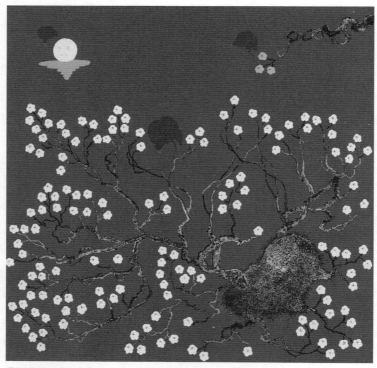

董重作品 /《谜花》布上油彩丙烯 /NO.8/150X150cm/2014

龙

战于野。其血玄黄。

——易经卜辞

小孩子捣蛋不听话，龙王爷在打雷的时候就从天上下来抓他。黑暗中漂浮着一个惊恐的孩子和一个沧桑的老人。黑夜在两个白昼间一闪，听故事的变成了讲故事的。原来讲故事的人呢，龙王爷悄然把他带走了吗？

龙是雄性的象征，能借着一滴水哪怕是汗水、泪水、血水飞腾起来。这是不是在说，雄壮的男人必须在女人的泪水和柔情中才能生存？龙变化莫测，但据说不能有任何人看见它，否则必遭天殛———闪电和霹雳之后它就化为黑炭。就这一点来讲，龙有着类似于希腊宙斯、圣经中的耶和华的品格。

威严令人不能正视，变化令人捉摸不定——其变化大概还隐喻了龙是掌握万物隐秘联系的神，或者它就是联系本身。它在石头、水、火、风、天上地下穿行自由，在人的口中和传言之中，蒙昧混沌与夺目的光中。恐怕当人在行人道时龙亦在一旁，那么，龙又是一位偷窥者了。

龙喜欢化为万物与之交流，受困时化为鱼，微服私访时为白衣秀士———注意，一定是白衣。曾有受困化鱼的龙因一个小孩的唾液而发作霹雳闪电升腾起来，毁灭了得罪于它的整个部落。龙的女儿一般变化成牧羊的美貌女子，她的羊长着古怪的独角，靠吃她的泪水浇灌长出的青草为生。这些羊能令天上降下甘霖，不知是不是它们的小便。

　　但下雨多半是龙王爷自己的事。它行云布雨，降下苦雨或者甜雨，甜雨之后蚊子极多，苦雨则相反。几乎所有的说法里龙都住在水中，因此龙可以算得上水兽了。让人不解的是龙却经常喷出火焰，攻击敌人或者烧烤大地。水底里果然有静静的火焰么，冷静而且狂热？龙和北方的旱魃又有什么联系？

　　大水冲了龙王庙哪，
　　一家人不识一家人哪。

　　在旧的年代，龙王庙和土地祠一样，是中国大地上最为普遍的建筑。那时候每年春秋两季，向龙王祈雨是村落惯常的大型活动。要请戏班子哇呀哇呀地唱戏，戏开演之前杀一只鸡做祭祀仪式。如果真的下雨了，冬季农闲时要叩头还愿，依旧唱几天大戏。我是北地人，北地多旱，不知道南方供龙王的目的所在，估计多是祈求不要下雨。但龙王好像无动于衷，该涝的地方涝该旱的地方仍然旱。倒是在戏台子前孩子们享了口福，能磨着大人买一点糖果呀糖葫芦呀麻糖呀什么的，另外是凑成了不少夫妻。现在仍有一些幸存的庙宇，供奉的却已不是往日泥胎木偶的虾兵蟹将、张牙舞爪的飞龙，变成了戏台子、放电影的场所或者小学学校。

　　二月二，龙抬头。春日惊蛰时龙显现，秋尽冬来时销声匿迹。麒麟出现百毒归藏，与麒麟不同，龙吟霹雳之后，毒蛇苍蝇蚂蚁蚊子癞蛤蟆等等冬眠的动物，像听到号令一样纷纷出洞，大地上登时遍布各种乱七八糟的生命。至威至尊的龙同时容忍了那么多至阴至邪的毒物，我不知道，龙与麒麟二者孰更高明一些。

　　有说冬季打雷不祥。记得有一年冬，黄昏时突然彤云密布，空中炸雷震震还有奇异的闪电，接下来数日奇暖。动植物们被龙的号叫声惊醒了，纷纷探出头来。一些花开了，一些蛇从隐秘的地下来到光秃秃的田野。它们在夜间被冻死了。当时在路上行走，不小心就踩到冻得像树干一样曲形的蛇，的确有点儿让人担惊受怕。

　　中国是迷信年龄和经验的国度。他们认为，动植物有了一定年纪便见多识广有了法力，非人力所能控制，还经常变化人形盅惑人的妻女。但幸好有龙来帮助他们。龙发作霹雳时往往将千年古树劈断或将其连根拔起，树上栖息的大蛇呀什么的自然一起遭殃。龙的霹雳还常与古冢结缘——古冢中有百年妖狐。人因此感恩戴德，在向龙王祈祷时送其一对童男玉女以示重谢。

　　在西方传说中龙多是蛇，称作毒龙。有一种毒龙，具有可怕的再生能力；但丁则把毒龙安排在地狱中，令其惩罚邪恶者。魔鬼撒旦，也可以勉强算作一条恶龙。如此说来，中国人是拜蛇的邪教徒了。

　　曾留心书中记载的动物形象。创世神话中的女娲伏羲为人首蛇身，相互呈交接状态，不知什么含义。蛇的扭曲与性爱有关么？我的一位导师认为，女娲的娲字，暗喻女性生殖器。商的图腾是玄鸟。玄鸟与太阳中心的三足乌有无联系？商朝的鼎上饕餮的头部与后来的龙已经有几分相像。春秋时孔子说过老子像一条龙。但是龙堂而皇之地大规模出现已到了汉代。阴阳五行中代表东方的是一条青龙。总的说来汉代龙的形象简洁生动意气风发，有一种张扬的、仿佛随时可能破纸飞去的凌厉宏大的美。但龙的形象在不断发生变化，身躯加长加粗，花纹繁复，到了宋朝，龙的图案已嫌呆板。而清朝的龙几近摆设，再也不会飞腾了，那是一条被繁文缛节捆绑起来的、正在腐臭的龙，奄奄一息，甚或连爬也爬不动。最后的霹雳不是它发出的，是革命者的霹雳，这霹雳劈死了龙。而现在，龙的图案已被诡异的星辰所替代。

一般认为，龙是传说中的兽，是人们结合了不少动物创造出来的物：蛇鳞或鱼鳞；鸡爪或鹰爪；蛇身蛇眼和猪肚。龙的形象还应暗喻着几种天象，如闪电、洪水翻滚的形象，火焰跳跃不定的形象。

龙。一个带有几分恐吓意味、发音深沉回声隐隐的词。有几种物与龙有关。魏晋时郎当公子周处所斩杀的蛟龙，应该是一条鳄鱼——蒲松龄把鳄鱼叫做猪婆龙；春夏雷雨之后，乡村会出现一种跳跃的黑色虫子，约四指长，俗名龙圪蚤，顾名思义，是龙身上的跳蚤。龙洗澡时——下雨时从天上冲下来的。小孩子喜欢捉去烧烤着吃；猪被认为有龙相。道士每每剪纸化为飞龙，好此道的李白曾说，骑二茅龙上天飞。剑客的剑也能化飞龙破空而去，斩妖孽贼人首级。

旧时的皇帝老儿是喜欢动物的。他自命为真龙天子，让大臣们按品级高低穿上有各种动物标志的朝服去觐见他，乍想一下不免觉得滑稽：完全一个动物世界。只可惜老龙还是会找皇帝的麻烦。太原人吴承恩就写过一个故事，真龙天子李世民被泾河小龙硬生生拖进了地狱。

皇帝还喜欢把自己的大小老婆称作凤凰或者野鸡。那不是让人给他戴绿帽子么。有大臣在下面忍俊不禁，却绝不会告诉皇帝。同样地，也没人告诉皇帝陛下龙凤本是两种动物，他是在骂自己、祖宗和子孙是一窝杂种。

凤能在火中获得重生，而龙好像是不死的。它如何保持永生呢？没人说出这个秘密。佛经中倒是涉及了一种怪鸟，叫金翅大鹏，专门以龙为食。估计大鹏是像庄子所说的鲲一样翅若垂云的大鸟。

龙胎生，每胎十子，有九个不是龙，真的是一窝杂种。它们包括：喜欢音乐的囚牛；嗜杀的睚眦；古建筑殿角上的嘲风；铜钟兽钮上的蒲牢；佛胯下的狻猊；驮石碑的霸下；古代衙门中石刻的狴犴；有文采的负屃；饕餮之徒螭吻。几个龙子分别继承了龙的一种法术，唯有一个是龙真正的种。这符合皇帝们平息儿子们争夺皇位的幻想，但编造这故事的文人也够缺德了。

龙是财富的拥有者。它在水底建造了巨大奢华的宫殿，大地上遍布它的庙宇———行宫。无论从哪个角度看，它都像掌管土里水中天上地下所有生物的皇帝。它还掌握着万物的秘密。蒙古神话中有个猎人海力布，他侥幸获得了龙王的馈赠：通晓鸟语。这秘密的诱惑最终夺走了他的生命，他化为毫无生气的石头。龙王这时海底窃笑，因为它的海水即将席卷大地、漫过海力布的石像，将业已沉默的秘密和掌握秘密的人永久占为己有。

人对龙又恨又怕。他们拜龙求龙，然后在端午正月十五又再三地戏弄它。有两则故事说出了人对龙潜在的强烈仇恨：哪吒闹海，喜戏水不慎被水淹死的小孩子杀死龙并抽出它的筋做腰带；柳毅传书，一条暴虐无常的恶龙被吞噬。有两个成语道破了人对龙的畏惧：画龙点睛，画龙的人恪守着对造物的敬畏和造物的秘密；叶公好龙，叶公的表现与胆怯无关；叶公是对的。在心理真实与现实两者的困惑中，在现实有可能破坏内心真实的时候，他选择了前者。

董重作品 /《狩猎图》布上油彩 /150×175cm/2010/

蛇

蛇代表人类阴暗的欲望。我从小怕蛇，长大后怕女人。蛇常常出没于雕刻石碑和人的梦境，在噩梦中它们是如此真实：有时遍地蠕动在你的脚下，盘绕垂吊在你头顶的树上；有时它紧缠你的脖颈，使你几乎窒息，你会在黑暗中失声尖叫。在西方它暗示淫欲、疯狂的激情、复仇与邪恶，在东方它象征着神灵与钱财，同时又是灾难的预兆。

蛇曾被罚吃泥土，啮人的脚后跟，世代与女人为仇，女人们因受蛇怂恿犯下罪孽而增加了孕育生产的痛苦。这是发生在伊甸园里的事。然而，神圣的上帝堂而皇之的乐园里居然也有怪物，实在匪夷所思。

中国古书里记载了许多久远而永不复返的年代里的美好事物。那时代物我交融，一切恍如梦寐——也许还没有梦和纪年、空间，此地与彼地、幻觉与真实、过去与现在一并显现；牛可以长着人的身子，人可以长着蛇的脑袋，蛇可以长着翅膀飞翔，有的灵兽和人还能够穿越熊熊烈火而不被损伤，甚至沿着烟霭上下攀援。蛇在那个洪荒天地里占了很重要的地位，中国人的祖先女娲和伏羲就是人首蛇身。这一对兄妹兼夫妻的蛇，尾巴欢快地缠绕在一起。这些事被现代人认为荒诞不经，斥之为"神话"，意思是"有关虚无的神明的话语"。现代人更乐意把自己高高挂在悬空的办公室里，偶尔去山野大泽对蛇进行所谓的科学考察。

蛇喜欢待在阴凉潮湿的洞穴、尸体骷髅附近和死人墓穴里，黑暗中口衔夜明珠以引诱猎物。它脑袋扁尖，小眼睛射出邪光，又密又利又小又毒的蛇牙"嘶嘶"吐着信子。细长的身体冰凉黏湿光滑柔若无骨，贴地游走，阴森可怖。这至阴之物往往有剧毒，被咬的人不到七步就气绝身亡。有果断刚毅的人会迅速抽刀，从根部砍下被咬部位以求活命。但是如果被咬中头颅呢？因为有的毒蛇能飞身取人，也可以用柔软的蛇尾直立行走，噌噌掠过草丛，草都会枯死。在炎热闭塞的山谷，蛇呼出的空气都结成不散的毒瘴，使误入其中的行人暴尸荒野。它在湖泊饮水，鱼会在水面翻肚皮，老鳖赶紧缩进水底的烂泥里。

蛇无腿无足而能疾走，再凶猛的动物如虎豹也不敢与之交锋，唯恐避之不及。但是它也有克星：麒麟一出现这毒物便归藏或僵硬死亡；出洞毒蛇躲不过万里高空之外漠然而锐利的鹰眼。鹰盘旋、翱翔，猛然呼啸直下——能抓碎大石的利爪之下已经是一条死虫；蠓，闪电般敏捷的小动物，专以蛇为食，群蠓甚至能杀死大蟒。猪不怕蛇，猫间或斗蛇。

还有一些异人是蛇的死对头，他们往往是从未娶妻的鳏夫。少时居住的村落有一位四十多岁的汉子，他在田里干活遇见蛇，就一把抓起揪下蛇头，把血淋淋的蛇身夹在煎饼里咯吱咯吱地撕嚼咽下。

无论如何，看见蛇下蛋孵卵、蜕皮，两条蛇缠绕翻滚交配，蛇吞下硕大的青蛙，细长的身子撑起一个半透明的疙瘩而僵硬、蠕动着的青蛙渐渐在蛇肚里变小下行，都是让人屏声息气不敢战栗、在阳光下起鸡皮疙瘩的事。蛇弱视，听觉却极为灵敏，食鼠、鸟、兔等动物，大蟒蛇甚至能吞下牛、马。被捕食的鸟类警觉起飞，就已经太迟了——它在离地一米多高的地方扑腾腾飞，一会儿就被吸进蛇肚。

蛇这种吸食的本领像人类的吐纳养身之功，所以它被认为长寿。但曹操说：腾蛇乘雾，终为土灰。蛇一年蜕一次皮，冬伏春出。修为有年、毒性剧烈的蛇变得通体赤红透明，碗口般粗细，开始爬上屋梁觊觎人类。有个和尚在寂无人迹的荒庙枯坐修行，一日竟离开蒲团坐在空中。和尚窃喜，以为成仙。随着日渐升高，和尚终于羽化而去——他成为梁上大蛇腹中的黄白之物。

奇怪的是，葬身蛇腹的竟有许多红颜女子。中国的第二个暴君发明菹刑：挖大坑以盛蛇蝎，将犯罪的宫人扔进去，惨呼连日，白骨累累。大慈大悲的佛教的舶来之国有蛇刑井，专门对付不愿为夫殉葬的寡妇；一心从良的风尘女子被老鸨吊起，捆紧裤腿将蛇塞进裤裆。蛇启发了人多少奇思淫想！

人的这种心思远远多于世间蛇的数目，被称为"蛇蝎心肠"。但是蛇有没有心肠？故事里爬出这样一条长角的蛇，总在一个孤寡老太婆吃饭时出现。老婆子可怜它，喂它饭吃。蛇渐渐长大，有一次吞吃了县里长官的马。长官得知后勃然大怒，派人去老太婆家搜蛇，掘地三尺不见，就把老太婆杀了。晚上长官梦见一个头上长角的年轻人，流着泪愤怒地说："你为什么杀死我母亲？我要为母亲报仇。我可以告诉你：灾难将从城东门口的石狮开始，那一天，石狮眼睛流血。"长官恐惧地醒来，日日派人去看石狮，却没有变故。长官渐渐觉得这件事荒诞可笑，就用朱砂涂红狮眼作为戏谑。当日，城里的人们互相见面，都吃惊地说："你头上怎么顶着一条鱼？"这一天，洪水终于淹没了城。唯有老太婆的住宅无恙，四面全是水。

那条头上长角的蛇演绎完这个恐怖的故事就隐藏起来了，

它没有告诉我们的也许还有：我从自然中来，损害自然的人们，不要忘记自然的威力和刻毒的报复。

也许蛇本无辜。纵使阴险、剧毒、令人不快，但它和人类分所而居，互不相干，冥冥中它被作为众灵循环的一部分，自然赋予它的力量使它不容住所及其附近受到侵犯。但是人类嫁祸于蛇，还施尽伎俩捕捉蛇们：蛇胆、蛇血被泡酒；蛇肉成了富豪大贾们的口中佳肴；蛇皮有的进入中药店，有的制成小坤包，叭哒叭哒地敲打着美丑妇人的屁股。悲夫蛇哉！

猿

成语：朝三暮四。

进化论的逻辑有点不太彻底，造成人猿共处一世的格局。是人由猿进化的时候其他物种正在演化为猿，还是某些猿永远不能够进化成人？或者，某些猿猴坚持不肯牺牲原则或根本性的事物来换取进化？

我想，人的出现，也许永远破坏了猿类动物生命智慧的生长和发展，这道理就仿佛印第安人目前的悲惨处境一样。

在圣经、古兰经、易经、希腊神话、中国神话等文化源头性的书籍所涉及的物种中，没有猿类。唯一例外的是印度。《罗摩衍那》里记载了一只猴子的故事，有点像《西游记》里的孙行者。这会不会是说，亚洲至少亚洲南部的猴子比较聪明，当人类遭受浩劫而地球幸存的时候，它们有可能进化为新的人种？或者在上一次的浩劫中它们属幸存的人种，因厌倦了人的生命而重新遁入丛林？

丛林。某种意义上讲，丛林摒弃于时间之外。在那里，有限而巨大的地域统治了一切。连生命也是地域性的概念：在此地生，在彼地化为尸骸或者粪便。生物生命的轮回迅速而持久。

那是生物永恒的童年乐园。

猿类因酷似人类而使自己堕入屈辱和被嘲弄的地步。而且它永远只是酷似，距离永远在被拉大。那酷肖，就仿佛母亲是女儿的漫画一样，只不过时间在指向上完全相反。时间才是最暴虐、最虚无的神明。

仰手接飞猱。猿以迅疾的速度在书籍中攀援、跳跃、嬉戏、明灭闪烁。吴越之地有出产美女奇女和古猿的盛名，古越即现在的上海及其周围。奇女出了个张爱玲，美女和古猿尚未见过。吴越逸事里有一则浩漫不经的故事：一个阴沉的王卧于干柴之上，伸出舌头舔悬于嘴边的苦胆。森林的幽暗之中，名叫越处女的女子和一只硕大的白猿学习击剑。后两者最后下落不明。白猿的出现是天意复越么？天意倾向于阴险凶恶的人。

鲁迅写过一只叫作指猴的动物，可惜我没有见过，怀疑是名不符实的昆虫类。另外丛林里有一种吼猴，身躯不大但吼声惊人，连著名的狮子吼和虎啸与之相比都黯然失色。不过觉得可怕的只有我，丛林中的动物并不以为然。一只猴子在叫嘛。

猿类杂食，但多数经常素食。它们在地上用木棍钻蚁窝玩耍，在树上追赶惊慌失措的小松鼠，把摘下的野果抛向空中再接住，折弯树枝把鸟巢掀下去。淘气的猴子和恶作剧的猴子。在中国，峨眉山的猴子比较驰名。它们大胆地向游客讨取买路钱，据说还发生过数起峨眉山猴子强奸女游客的事件。不知是不是因为，现代女性衣着暴露且大胆展示情欲，越来越接近猿猴，以致使好色的猴子产生错觉。

繁衍的欲望和母爱，是任何动物都有的最原始的情感。《搜神记》里写到过两只猴子。小猴被捉在船上顺流急下，母猴在岸边的崇山峻岭间攀援跟踪悲啼，在再也无法越过的绝崖，情急而绝望的母猴一跃而下——它摔死在船的甲板上。有人剖开它的腹肚，发现肠子断成一寸一寸。人因这故事发明了一个成语，叫肝肠寸断，形容极度哀伤。

猴仔意外死亡的时候，母猴不肯扔掉孩子。它紧紧地将其抱在怀里，似乎企图以身体的暖意使孩子复苏过来。它时常静静地坐着，比以往沉默，不叫，时而低头看一下怀中的猴仔。猴群攀援而去的时候它也跟着——一爪抱子一爪抓树。那是孩子活着的时候它惯用的动作，不一样的是以往小猴的手挂在母亲脖子上，而现在却无力地垂下去，随母亲的跳跃在树丛间晃荡着。这样的场景会保持两三天到一个礼拜。是母爱使得母猴如此盲目和固执么？

生命对每个生物来说，量是固定不变的，所谓朝三暮四的组合无非是恣意求欢而已，此处得而彼处失。猴子是理想主义者，理想蒙蔽了它们的眼睛。

猿猱欲度愁攀援啊。但猴子永远在攀援，试图到达渺茫的地方。它们跑到童话里去，手挽手从树上倒挂下来去接近水面捞月亮。诗人李白也是一只这样的大猴子。奔走了那么多地方，每到名山大川就留连忘返。他通过饮酒使自己化为大猿，跑到水里摘月亮然后就淹死了。现代人看李白的傲岸和事事不谐笨手笨脚，也仿佛看一只拙劣的大猴子。不肯牺牲和谄媚的猴子，好奇的猴子，伤感的猴子。

羊

你有没有道貌岸然的山羊胡子？在地球表面一小块叫做欧洲的泥土上，有个长山羊胡子的雪白的半人半兽，整日在树丛间追逐捕捉林中女妖贪淫取乐。这怪物的名字是萨提尔，被称为森林之神和羊们的祖先。此外，在上帝那儿，羊则代表着纯洁、无辜和善良。上帝教育我们的还有：向羊学习被狼吃掉。

羊是一种具有植物般旺盛的生命力而又麻木的动物，在食草为主的弱者里，羊是最缺乏个性的一种，既不能自保，又没有逃避躲藏的手段，被驯化的羊更是如此。它在羊鞭下咩咩的叫声总是在祈助；它的眼神茫然凄凉；它不能疾速奔跑。在冥冥苍天下、漫漫黄土风沙里，一群羊在山坡上吃草，总给人一种生活沉重、众生苦难的感觉。与世无争的羊不侵犯任何生灵，即便抢它吃的草，——草吃了还能长出来；但它不能像鸡一样报鸣，不能像狗一样看家，不能像牛一样帮人犁地，也不能骑，不能抓老鼠。没有利牙尖爪不能反抗，它的遗世独立换来的只是任人宰割，在人的肠中轮回。

而我总怀疑，作为六畜之一的羊，和其他家畜仍有着一种为人不知的默契。正被宰杀的猪在狂嚎，同居一所院落的羊会不会怜其不幸，思及己身？一只羊死前的哀鸣声中，有没有对死的恐惧和对那些异类朋友的眷恋？

无论如何，鸡鸣狗叫和牛羊吃草，仍不失为一幅恬然丰足的田园风景。在遥远乡村记忆里，临近春节，一位不识字的乡亲来到我家，求我父亲写下两副对联后乐颠颠地拿上走了。在大年初一的爆竹声中，那人一脸懊恼地找上门来，一迭声地说：错了，错了！拉住我父亲掉头就走。丈二和尚摸不着头脑的我父亲来到他家门口，不禁哑然失笑。原来，自己过年也不忘记牲口过年的乡亲把两副对联贴反了：家门上贴着"牛羊满圈"，牲口棚则贴着"幸福人家"。

即使是在这个令人啼笑皆非的故事背后，也隐藏着羊的悲剧：充满喜庆色彩的过年，怎能不宰杀几只羊呢？大概是意识到羊的多舛多难预兆着某种不祥，在中国北方的民间，殷实人家一般不愿把自己闺女嫁给属羊的男人。

懦弱在为数众多的羊家族里不同程度地存在。譬如羚羊，它总爱把自己的长角挂在树枝上休息，却又离地不过三尺，能逃避过敌人的袭击吗？有一种青羊更离奇地窝囊，不肯吃上顿剩饭的虎做出这样的勾当：虎寻见群居的青羊，就把它们赶到逼仄的地方放牧起来，严密监视其行动。企图逃走的立刻被捕杀，剩下的青羊，虎每顿吃一只或两只。不过时间不长，青羊大半就被吓死了，致使老虎的计谋以这种令人可叹的方式没有全部得逞。

无力自保的羊被大批大批捕杀，却永远不会成为珍稀动物，像虎一样即将从地球上消失，一定与它们的逆来顺受有关。强大者出于需要欺压残害它们而必须令其存在，说来说去，强大者会灭亡，世界的未来却是弱者们的天下。而羊或许会哀叹：被杀死和自然老去有什么区别？"羊"生艰难，"羊"生短暂，反抗能力的缺乏使它们对生死比那些高高在上者看得更为淡泊透彻。这种想法，接近人世默默生存的老百姓的心理。

但是善良的老百姓也有打斗，纠缠在生活中具体琐碎的鸡毛蒜皮中，比如，因为一只被毒死的鸡、一根葱的丢失，往往血溅五步，伤及人命。同样，羊的窝里斗特别凶狠。常常可以看见两只山羊在尘土里激烈搏斗，它们的弯角缠在一起，角的撞击和"咔嚓"的断裂声令人心惊，血一滴一滴地掉在黄土里。它们在拼命置对方于死地。我们不知道，它们是为了争夺一棵草，还是因为一只母羊而争风吃醋？

羊们在同类中的恶劣表现与其面对外界威胁的迟钝退缩有着天壤之别。披着羊皮的狼的故事孩子们都听腻了，人们憎恶狼的狡诈，同时将故事中令人胆寒、雷霆般严厉的责问深深地埋葬：我们大多数普通人又何尝不是一群羊呢？故事里的羊不知反抗，不知检举，不知逃跑，那么大一个群体等着受死。它们等待猎人，而我们这群"羊"又想依靠谁获救？

一只狼冲进羊群，一只一只吃，羊们只会往羊群中心躲，自我欺骗轮不着自己或最后轮到自己。这使我想到村里老年人讲的故事：一个提枪的日本鬼子大摇大摆走进村子，能召集全村的人烧杀奸淫，当然，还包括抢走他们的羊。

传说羊群里的独马也会变成羊，先是跪下来行走，随即奔跑和嘶鸣的能力消失——是羊群卑劣的孤立使之退化。羊群的同化能力如此可怕，匪夷所思。唯有一匹马桀骜不肯驯服，说：高贵者创造新事物与新道德，善良者却需要旧事物。它道出了上帝的隐私，遭到天谴，被大家认为疯了。

羊们是不会懂的。羊最大的可悲之处还在于：所有的羊都认识狼，却不会知道它们的猎人主子，才是真正披着羊皮的狼。我们著文数落羊的种种不是，最后发现说的是我们自己。羊却正咩咩叫着讥笑人类：退化掉一身长毛又披上我们的皮，难道真的是假物以致千里吗？

兔

　　还在城里乡下都时兴贴年画的时候，有一幅嫦娥奔月的年画，较驰名。那个嫦娥甜而俗媚地笑着，她飞升的身躯既算不上丰盈也够不着轻快，但显然不是个少女。看来扮嫦娥的模特，可能是一位有乡村生活经验的演员，——她的脸上有憨厚木讷的表情。这嫦娥一副戏装里宫女的打扮，涂厚厚的胭脂、粉，抹了口红。尚记得这低劣的画面里几乎有一种喜悦，盲目的喜悦。嫦娥还挎着一只花篮，怀中有只白兔。

　　——月亮里有叫嫦娥的女人和一棵桂树。上苍在惩罚这女人在一棵树上吊死么？此外有捣药的吴刚，有说是玉兔，是蟾蜍；又有人认为，捣药的动作暗喻性事。残缺不全的神话给我们留下太多的疑问。而现在，疑问消失了，因为我们已丧失了望月的习惯，月亮也差不多快看不到了。

　　久远的事情有多少被湮没了真相，只能从记录下来的只字片语望文生义，越来越偏离事物的本质。守株待兔的人原来是对的。写这故事的贵公子韩非并不了解兔的习性：被追赶的兔子慌不择路，因速度太快不易转向，极容易撞死在墙上、土垣上、大树上，这一点乡村的孩子们再清楚不过了。兔死狐悲，说的原是一个有趣的常识：大智大奸的狐狸从不伤害住在巢穴附近的动植物。在那一块小小的领地，狐是仁慈的王。它甚至能容忍兔子和獾与其共处一穴而相安无事。住在一个窝里的兔子死了，狐马上会感受到临近的危险，它能不悲伤么。

民间迷信，办红白喜事遇见兔子，是谓大喜。古人则相信兔子是土变成的，与老鼠吃了盐就变为蝙蝠一个道理。但什么样的土能变兔子，他们没说，或者说我们没听见。又有《封神演义》里写到周文王，说他吃了儿子的肉身所做的肉饼后，吐出四个肉团，落地化为四只兔子分奔四方。我不知道是什么意思。

以前中国万元户刚刚兴起的时候，我家乡有个能人张怀——在一篇小说中我将提到他——是养兔专业户。其实他并没有养殖多少只兔，但他名气太大，以致地区的领导要陪同省里的头头脑脑人物前来视察，将张怀作为典型推广。真可谓情急生智，能人张怀想出了妙招：在村里大肆宣扬，免费以自己所谓的加拿大种兔为别人的兔子配种，只需事后送他一只兔仔。如此招人荐兔，果然有效；但兔子还是太少。张怀就把家中兔舍全部打通，长时间不给兔喂食。视察团的大大小小官员来后，张怀每揭开一个兔舍的盖子，所有的兔子都纷纷围拢来等主人喂食，其他亦然……官员们赞不绝口，他们像兔子一样任张怀愚弄，张怀本人则名利双收。事后每个送来兔子的人还要再给张怀一只兔仔呢。

羞怯的兔子……羞怯而且温顺。家兔遇见主人要捉它，奔哒几步就会乖乖停下来伏在那里，耳朵紧紧贴在背上，好像在说：来呀，捏住我耳朵提起来。

刁顽的乡村儿童提着水桶在田里灌田鼠洞，捉住被水胀得半死不活的田鼠；点燃柴火塞进獾穴，用浓烟呛出支撑不住的獾。但这两种办法对野兔来说无济于事。哪怕你把一口井的水全部舀干灌进兔穴：狡兔三窟。每个兔穴都有好几个出口水，顺着其他洞口流走了。还有的兔子朝上打洞作为栖息之所，另有出口排水或供不时之需。它从洞穴里跑出来到孩子们的背后，朝着他们高高撅起的屁股抬起前爪洗洗脸——或者是做鬼脸。

兔子的敌人太多，也许它们知道，靠温顺换取的同情永远是廉价的。最重要的，还是发展自身的求生技能：它的耳朵变长以保持灵敏的听觉；四肢发达随时准备逃走。雄兔脚扑朔，雌兔眼迷离。扑朔是说忽东忽西让你弄不清它会突然奔向哪个地方；迷离的意思恐怕不是指现代女性经常性的那种故作色迷迷的眼神，而是假寐，迷惑敌人令其疏忽。兔子前腿短后腿长，追赶野兔的孩子往往将其从上坡往下坡赶，这样，兔子就无法奔跑，它不停地跌着跟头滚下去。兔子的三瓣嘴是用来吃草的，但兔子急了也咬人，咬人实属不得已而为之，就仿佛奉公守法的狗情急之下也会跳墙而去。不幸落入敌手的兔子还会装死——一动不动，突如其来窜起逃逸。

兔子最要命的求生技能是高速繁殖——一只幼兔三个月即可成熟，母兔每隔一月即可繁殖一窝兔，六到十五只不等。

鼠

国产电视剧看起来冗长枯燥无味，但中国人扮演的鼠辈却极为精到。鼠是这样一种卑琐的动物：灰不溜秋，嘴尖耳小，目光如豆，体不盈尺，善于暗地里钻营。它肮脏卑鄙，猎食的办法不是辛勤种收，甚至也不是抢，——抢还能使人想到强大伟岸来——它靠最为人不齿的偷。吃了东西，还在缸中的面粉里遗下几粒黑老鼠屎。"一粒老鼠屎，坏了一锅饭。"是人最为沮丧无奈的心态的写照。但是物以类聚，所以卑琐的鼠选择了人类活动的场所寄寓居住。人好像也很佩服它，尊称它"老"，并让它骑在猪牛羊狗甚至老虎等十一个动物的头上。鼠另一个称谓"小耗子"则有戏谑的意思，就像有些地区叫自家儿子为"小子"一样。

鼠类繁多。有的身上长着袋子跳跃前行；有的善于偷鸡和放屁，奇臭无比，以至能使猎物和敌人昏厥；有的能在火中上下跳跃而不被损伤；有的浑身漆黑，长着翅膀，能在夜晚飞翔视物，不再偷吃，改食蚊虫。愚蠢的人们对这种令人恶心的生灵左右为难，斟酌了很久，还是拿不定主意划分它为鸟类还是兽类。它飞呀飞，一直飞到国外去，到了欧洲，露出尖利的牙齿吱吱叫着，和巫婆、扫帚一起掠过夜空，无意间瞥见它们的孕妇将来会难产。中国擅长占卜和炼丹的读书人郭璞曾见到一只怪物，水牛那么大，灰色，矮脚，脚的样子类似象的，胸前和尾巴上都是白色，力气大却反应迟钝。郭璞当即卜卦，依卦辞称它"驴鼠"。这些都是鼠的变种，见了它们令人不快。但另外有一种鼠机灵可爱，生活在树木里，能在树上攀援跳跃，皮毛斑斓，长着蓬松的长尾巴，吃植物的种子和果实。它非常勤快，计划长远，喜欢在秋天到处忙碌，准备下过冬的食物藏起来。但是它特别健忘，那些食物过不久它就记不得了。这种鼠的行径像一些人，比如我。

最常见的鼠是家鼠和田鼠，各为灰色和黄色。田鼠有户外活动形成的壮健，体形略大。但比较而言家鼠的灵活、狡猾、凶狠则相形过之。它们细短的四肢支撑着肥胖的身体，拖着长长的尾巴，探头缩脚，"贼眉鼠眼"，其贪婪、鄙琐令人心生厌恶。"老鼠过街，人人喊打。"人过街，老鼠却在暗中发笑：它知道可以大摇大摆地入室偷东西了。

鼠偷的技巧已臻化境，其奸猾在民间这样流传：鼠叠鼠直到与油瓶齐高，站在最上面的鼠用尾巴伸进瓶嘴蘸油偷吃。鼠的群体协作精神、贪婪、卑小和狡诈像一种人：倭寇。民间剪纸中极佳的一幅表现的是鼠们嫁女的喜庆场面。老鼠嫁女做什么？繁殖鼠类。鼠类增长的速度似乎并不亚于它牙齿增长的速度——据说有个人捆起一只鼠，支开它的上下颌不让其磨牙，每日喂它汤食。两个月后，鼠雪白森然的牙长了约半尺多长，几乎大于它身体的长度。穴居知风雨，鼠能预感到洪灾和地震。灾难来临前，它们抱成团，光天化日里成群结队、吱吱哀叫着穿过路面去寻找安全地带。可惜人听不懂它们的语言，往往将其一棍打死，却不知自己的生命，在这一棍之下已注定了时限。

鼠旺盛顽强的生命力令人惊讶。它在水中淹七个昼夜而不死：它适应环境极快，在寒带和热带同样生存：哪里有人迹哪里就有鼠辈。原子弹都杀不死它，在一个荒岛上进行的核验中，所有生物灭绝，唯有老鼠无恙。上苍安排了三种动物作为鼠的天敌：猫、猫头鹰和蛇，狗偶尔也管管闲事，但鼠照样偷东西，在屋舍里打洞，馈赠给人跳蚤、鼠粪和鼠疫作为回报。

人对鼠深恶痛绝，不惜想出杀死老鼠的最恶毒的办法。但是，放置在角落里的鼠药鼠吃了渐渐不死，反而药死了猫；鼠夹打断了狗腿；被捉住以后缝住肛门又放生的鼠，不去咬老鼠，却疯狂地咬坏了许多家具器皿；被刺瞎眼睛的鼠不再怕猫；被浇上汽油点燃尾巴的鼠引燃了屋舍……想想鼠人相伴，少说五千年了吧。人每日捕鼠，鼠依然须臾不离人左右。黔驴技穷的人只剩下哀叹和毒骂，鼠因此丰富了人的词汇。

受核辐射影响的鼠变得其大如狗，穷凶极恶。还有一种鼠可以吃猫，那是钻进坟墓吃了死人脑子的鼠，它甚至会变成老鼠精。"硕鼠硕鼠，无食我黍。"人们不知道现今人类有一种鼠不仅偷黍，还偷钱财和官帽子。它们文质彬彬，满脸堆欢，能一口吃掉一头牛，一屁股坐塌一幢楼，还时常用偷来的钱财去勾引美貌妇人与之交配。更为可怕的是，它们传播一种奇怪的鼠疫——使人变成鼠辈，令一些国家败。它们正是千年成精修成人形的硕鼠。

卑琐的事物兴盛煊赫，美好的事物归藏，是世界的最新福音。鼠辈们作为丑恶的象征以及美的对立面，在生活中的存在是很自然的事。鼠是不死的。鼠辈灭绝的一天，美的事物也就不存在了，天地将一片混沌；而且，人类也复归无有——因为，几乎每个人心中，都有一只小小的老鼠。

猎狼

事儿在脑子里快要烂掉了，我闭着眼睛都能把它写出来——事实上三年前我就写过底稿又丢了。故事中隐藏着一切传奇能够流行的缘由，如猎奇，如仿佛动物般闻到血腥味感到兴奋的残忍。现在我要重新把它写出来；但我知道，我并不是一个擅长讲故事的人，因此只能力求简洁。

在村庄还很贫穷而且淳朴的并不遥远的年代，牧羊人和他的羊群如同昔日天上的云朵、今天城市里的烟囱和风尘女子一样司空见惯。那时候时间的飘移，似乎比在村落与村落之间荒凉地带迟钝地走动的羊群还要缓慢，但一切与所谓蓝天白云牧羊美女的诗意毫无关系，与乡村诗歌的感伤毫无关系。羊倌是生活贫苦的鳏夫，他的居所就在山坡上随意凿就的窑洞里，旁边与之相差无几的窑洞，是羊圈。这里也是村庄与山野的结合地带。羊倌滞呆的神情一定与他毫无变化的生活有关，与他多年以来的桃色梦境和梦境的消失有关……

我要述说的那位羊倌和他的羊群出现在了山坡上，反穿着羊皮袄，羊皮和他的羊一样，是肮脏的黄白色。他一手执羊鞭，一只旱烟锅别在腰里绑着的绳子上。羊倌木然地站在那里，我也不知道他在想什么；羊咩咩地叫，散乱地寻觅枯草下面的根。

天气不错，阳光晒得羊倌浑身发热风吹过来又冷。他手中的鞭子响了一声，一只羊低头跑开，羊倌一口痰啪的一声挂在了羊屁股上。哎——

他歪歪扭扭的山歌戛然而止。他看到了不远处山脊上有个什么东西。羊倌揉了揉眼睛，不错，是那头狼。

这狼已经叼走好几只羊了。

夜里羊倌睡得很迟。赶羊入圈时他把羊数了一遍，临睡前又数了一遍，搬来一块沉重的石头压住木栅栏。夜里很冷，他缩在被窝里睁大了眼睛听，风刮得窗棂上的纸哗哗作响，风声之外没有任何动静。整整一夜，羊倌在半睡半醒中飘浮，他梦见自己盖着被子睡在旷野，四周身下都是奇冷的寒风嗖嗖地刮。

起床时已经很迟了。出门时阳光直刺眼睛，羊倌一边系裤带一边往羊圈跑。压栅栏的石头绊了他一下，他隐隐觉得不祥。周围没有什么异常。他将羊数了一遍，又进去挨个儿点了一遍。

羊少了一只。

又是那头狼。羊倌有些空落落的恼怒。它站在院落里对着自己影子发了一会儿呆，又踩着影子转了几圈。前天黄昏，生产队的队长专门来找过他：再丢羊你别干了！扣你一年工分。他漫无目的地四下里看，突然吃了一惊：那头狼就站在窑洞顶上朝下看他。

羊倌在阳光下有些发抖。他喃喃地骂了句什么，捡起一块石头扔了过去。狼歪了歪脑袋，样子有些蔑视；然后，它竟然在窑顶上卧了下来，伸出舌头惬意地舔着嘴巴，眼睛望别处，羊倌甚至能看见它舌头上的肉刺。

羊倌进窑洞提了一根火杵冲上窑顶，那狼早已远远跑开又站住，扭头望他。羊倌走近几步，狼又退开，站住。

羊倌没了主意，屁股坐在了窑顶上。

那狼在不远处站着，或是半蹲着。

狼在想什么，人又在想什么？我们知道的是一段近乎凝滞的时间之后，羊倌慢吞吞地站了起来阴鸷地看狼，狼在。羊倌慢悠悠地下了窑洞，一个想法在脑子里渐渐形成。

他在窑洞里找来一根长绳，放在膝盖上双手用力一拽，够结实。他把绳割成了两截，一截别在腰里，另一截在手中提着，揣了几个饼子走出窑洞。他的脚步几乎很轻松。

羊倌在羊圈里挑了一只又肥又大的羊，将四肢捆紧。羊咩咩地叫着，羊倌能够感觉到那头狼，就在不远处的山坡上饶有兴趣地看他。狗日的狼成了精。看看这羊多肥。叫得多好听。羊倌嘟嘟囔囔地背羊出圈，哼哼叽叽朝一眼便能望见的山凹处走。他把羊扔在那里。羊仍在叫着，羊倌有些满意地看了看往回走。他爬上自己的窑顶，坐下，掏出怀里的饼子开始啃。这当儿羊倌没有朝狼的方向望一眼。他知道那狼也快有些饿了。

但显然，狼也已经感到困惑不解。

羊倌啃完第一个饼子时觉着狼在死死盯着他；啃完第二个饼子时觉得狼在死死盯那只羊，仿佛能看到狼的肚子在剧烈起伏。啃完第三个饼子时听见羊在拼命叫，狼嗅了嗅羊望望羊倌的方向仍有些疑惑。羊倌掏出第四个饼子嗅了嗅放回去又拿出来啃，羊短促地叫了一声便没了声音，喉咙上热乎乎的血喷了出来。狼撕咬着，急促地抬头望羊倌，羊倌在埋头吃他的干饼子，没动。

羊已经血肉狼藉。羊倌看见，狼瘦削的肚皮迅速鼓了起来。羊倌吃饼子的速度越来越慢，狼吃羊的速度越来越快。羊倌悠闲地瞥见，狼连捆羊的绳子也吞进了肚里。他大声吆喝了一嗓子，狼撕扯的头没抬。

狼舔地上的血迹的时候羊倌舔了舔嘴角的饼渣，心满意足地站起身来，掏出腰间的绳子挥舞着，从窑顶飞跑而下。——抓狼呀——他的声音几乎像他的脚步一样轻盈。

狼暴起逃蹿。——此刻它是否意识到自己堕入了一个圈套？现在它相当于一头狼和一只壮硕的羊加起来的分量，暴鼓的肚子开始发胀发疼，像一块沉重不堪的巨石将它坠向尚不可知的危险。它拼命地跑呀跑，羊倌在后面不紧不慢不近不远地追呀追。他吆喝着，恐吓着，绳子挥舞着，……狼浑身精湿，鼻孔淌出了血。它仍在亡命逃窜。它能逃到哪儿去呢？路越来越远越来越飘忽，所有熟悉的兽道人道、山脊田埂在它眼里都成了挥舞的绳子。背后的绳索已抽到了背上。肚子剧烈的疼痛压倒了恐惧，它终于力竭倒地。羊倌踢了一脚它又爬起，跌跌撞撞逃奔……

黄昏时分，全村的狗几乎同时尖声吠叫，是羊倌扛着五花大绑的狼进了村，身后跟着成群的村民。羊倌摇摇摆摆走进队长的院子。

队长，我把这家伙给逮住了。

扑通一声，狼扔在了院当中。一只狗汪汪叫着冲了上去又缩回来。人群围了上去。狼动弹了一下，抬脖子龇嘴，露出森然的牙齿，牙上有血。这狗日的还凶。有人骂骂咧咧地踹了一脚。狼没动。

人群议论纷纷。这是什么样的兽呀。不过一只大狗般大小，咋就能活吞了一只羊呢。

队长建议杀狼分肉，因为据说吃了狼肉胆大。村里有老人

310

不同意。狼是狗祖宗，杀了作孽呀。天渐渐黑下来了。狼的眼睛闪着绿光，偶尔那绿光忽闪一下。从始到终，人们没听见它叫一声。

"那就放生吧！"队长朗声笑道，返身走向院里拴着的狗。他从狗脖子上取下带铃铛的狗项圈，卡在狼脖子上。狼仍未动。怕不牢靠，队长又找了一截铁丝，双股捆在狗项圈上。

羊倌将狼扛到村口，扔在地上。队长上前，用剪刀剪开了狼屁股后的绳子，迅速跳开，但狼仍未挣扎。狗日的还不走。队长一剪刀戳在狼屁股上。几乎同时，他短促地叫了一声，火把下人们看见队长闪在一旁，狼森然的白牙咬着剪刀，前腿已经站了起来。

猛然，狼往前一蹿，脖子上有清脆的铃声；它似乎吃了一惊，绳子绊得它打了个滚，又一串叮铃铃响。又一蹿，一个黑影在田埂上一闪，一串串铃声极速地远去。

似乎很久，人们恍惚听见一声狼嗥，像一个男子撕破了喉咙的闷哭。

过了半月左右，守山人在山脊见到了那狼的尸体。它瘦骨嶙峋，竟是活活饿死了。

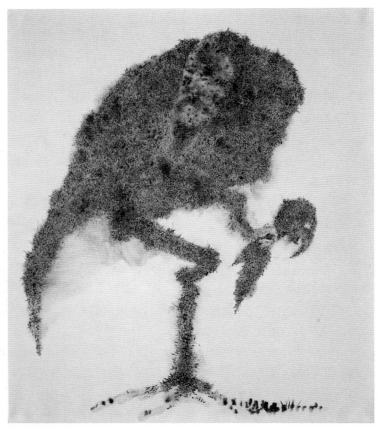

董重作品 /《藐视》布上油彩 /175X150cm/2013

第

伍

辑

伍

狗仇

表哥五旦养一条大狗，不太纯的德国黑背，名儿就叫黑背。刚抱回来像半大的猫；差不多一年，再见它，已经很威风了。我还没进门它唰就蹿过来，我看见它在空中露出锋利的牙齿、它凶狠的眼睛。

表哥打了个呼哨，它蹿起来的身子硬生生落下，仿佛一根钢杆弯了一截又啪地断了。它跑回表哥身边，有些丧气的样子。

这狗狂。村里狗好斗，都怕它。打群架它已颇有战绩：撕掉过村北老倒家狗的左耳，邻居二毛的狗，一条后腿被它咬得剩一条皮连着，现在一拐一拐地走路。它自己付出的代价，是小半截尾巴没了。这也许无所谓，反正它从不用夹尾巴。但按说尾巴是动物尊严的标准，它应该蛮在乎的。断了，它会自卑吗？

不会的，徒令它更凶狠而已，我想，它会以此来补偿心理的不平衡。我去厨房拿来一根骨头，喂它，它咧头，轻蔑地看我。表哥接过骨头，它马上跑了过去。这狗长这么大，只许表哥一人喂。

我看它站在离门口不远的地方，嘴里含着那骨头。邻居二毛的狗也在门口逡巡，不敢出门。那狗若有所思地立着，突然就扔下骨头跑了回来。我饶有趣味地看着，二毛家的狗畏畏缩缩探头探脑地出来，一拐一拐地过去，衔起了骨头。

这狗不怎么吠叫。一条不爱叫的狗会是什么样儿？人说，它像我已故的大姑父，阴，心里做事。我于是想起以前大姑父杀狗的事儿。爷爷病了，体虚不食，一天说想吃狗肉。大姑父很痛快地就把他养的狗牵来了——也像现在这狗，那大个儿。狗是大姑父自己杀的，别人动不了它。它顺从地任凭大姑父把它绑住，但往树上吊时就开始挣扎；然后很快咽了气。干这活时大姑父干脆利落，几乎很高兴的样子。但大家吃狗肉时他躲在里屋抽烟；我进去他在抹鼻涕。

大姑父爱狗。表哥继承了他的爱好，这不，养这凶的黑背。

黑背不久出了事。表哥和表嫂不睦，这天就打了起来——村里夫妻吵闹，动不动拳头就上去了。从屋里打到了院里；一开始大概是表哥得手，重了些，男人嘛，接下来只抵挡而已。但表嫂不让，恶狠狠又抓又挠。

那狗一开始在那里卧着，事不关己的样子。后来就站了起来，眼神一点一点地凶恶——表哥伸胳膊抱头、挡表嫂手的当儿，狗扑了上去。

只有一声叫，不是狗，是表嫂。她整个后背的衣服被狗从上到下撕了去，用力之猛，连她的皮带都断开了。

幸亏是冬天，衣服厚，要是夏天……

人吓坏了。表嫂在那里动弹不了；表哥把她抱进屋去，半晌才哭出来。接下来是人哄人和人打狗。表哥打得狠，那狗更横，不跑不躲，梗着脖子站在那里挨，眼睛盯着表哥，直到打得滚

315

在地上。夜里没喂它，它也不吃。

表嫂说，你家连狗都欺负我。回了娘家。惊恐未已，夜里
开始发烧。这狗是不能养了——表嫂和狗，谁也不能见谁。没
办法，表哥把它卖到了邻村。当晚它就挣脱铁链子跑回来，脖
子上血淋淋的。表哥先喂饱它，然后用皮带抽。它仍然不叫，
顺从地挨。揍完，表哥把它送回去。这次它叫了；快到买家门
口时尖吠，憋出一种像人压着嗓子哭一样的声音。

回去以后，自然又是买家一顿饱揍。

狗再跑回来是三个月后了。它在门口，不进；表哥和表嫂
正好有说有笑地出来，见它，人和狗都怔住了。表哥向它走近，
弯下身，它跳了开去，在不远的地方扭头看，很陌生不太信任
的样子。表嫂喊表哥，表哥有些失望地直起腰来。狗瞅了瞅表
嫂，低头挠了挠爪子；快步走开去；突然又停住，扭头看表哥，
然后就飞快地消失了。

它回到了买主家，不再离开。表哥有一次从狗的新主人家
门口路过，一条黑影猛不丁扑过来咬他。是那狗。它已经不再
认他了。否则，它永不会接受自己的新主人。

表哥说，这样的狗，少见。居然会咬我。他说这话时语气
复杂，我听不出是夸狗呢还是骂，又或者，还有很多其他的意思。

剪鹰

　　我们已经追逐了它整个上午。不断地嘶喊、奔跑、喘息，更多的却是等待。这时候，鹞鹰完全消失在天空的上面。我们只是一群小孩。散开带子的手工棉鞋灌满了土，歇下来的当儿黏乎乎地难受。棉袄里子和敞开的领子早已湿透又被风吹干了几次。

　　等到它再次出现的时候，我们就拼命地往头顶扔土坷垃。有一次，土块掉在了红红的头上。她大声地啼哭，然后又追在我们后面跑。

　　这是一只鹞鹰，它在我九岁苍蓝的天空中盘旋。它如此之高，以致我仰起小小的头颅，仍无法望见它嗜杀的眼睛和锋利的爪子。它就像一个飘忽不定的不安的字。

　　天空中出现了几只惊慌逃窜的小鸟，它们飞不远也飞不高，在我们头顶，那只鹞鹰在堵截、捕捉它们。疲惫不堪的我们再度兴奋起来。距离如此之近，鹞鹰腹下的白色羽毛历历一闪而过。土坷垃与它们一起飞舞。

　　但鹞鹰根本不屑于理睬我们。它甚至没发出一点点声音。鸟儿们在悲鸣。鹰攫住了其中一只，其他的鸟儿四散而去。鹞鹰升高、再升高，终于在视野中消失。

孩子们在风中追逐鸟儿散落的羽毛，彼此猜测、议论着到底是什么鸟。

中午在院里吃饭的时候，鸡突然扑棱着翅膀往鸡舍里钻。我看见，阳光下一个很淡的影子掠过。抬头，天空中什么也没有。

它让我不安和惊惧。我想我无法抵御它的进攻——如果它突然在空中收拢翅膀无声无息地朝我头顶袭击，怎么办？我对它莫能奈何，连防备的机会都不曾有。

走路时我总是下意识地往上看，什么也没有。天当然不会掉下来。日子仿佛凝滞，村里的鸡仍在不断丢失，天一日一日暖和了。

起风了。风挟卷浓烈的雨意。我在院里收衣服，豆大的雨滴有一颗没一颗地砸下，在衣服上晕开好大一片。天阴沉得怕人，半下午就仿佛黄昏。沉闷的雷声像从昨日的记忆里传出。

院子里的鸡进了鸡舍。有几只还在用铁丝网圈着的笼子里，安静地等待着，想吃点什么的样子。这将是暴风雨驰骋的时刻。瞬间的闪电照亮天空，浓云就压在树梢、房顶，紧紧包围了整个村庄。一声炸雷，村庄似乎晃动一下；云朵仿佛整块整块地往下掉。

母亲还在院里，打着伞检查有没有忘记拾掇的农具。我隐约听见她一声喊叫；隔着暴雨的声音听起来恍惚。

母亲又叫了一声我才冲出去。母亲站在鸡舍旁，伞丢在一边。她的两只手鲜血淋漓。

是鹞鹰。此刻它挂在鸡舍的铁丝网上，还在挣扎。铁网剧烈摆动，东面的网已经塌了下去。母亲是伸手去抓的时候被它的利爪挠了一下，手背划得露出了骨头。

它一定是从空中俯冲下来抓鸡，这一向是它的拿手好戏。但这次，昏暗的光线和浓密的雨线，遮蔽了它的视觉。它没有看见铁丝网。

现在它的爪子完全套在了铁网孔里。它还在挣扎，身体附近的铁网卷了起来，缠在一起，愈发不能挣脱。有一些铁丝已经扎进肉里，溅出一滴一滴的血。这只被雨打得湿淋淋的鹰一向那么威风，现在却如此丑陋。这时候我才发现，在鹞鹰悬空缠绕着的铁网下面，有一只鸡一动不动地趴着。它吓傻了。

我抹了一把浇在脸上的雨水，企图伸手捉那鹞鹰。它的嘴霎地伸了过来。啄断了几根铁丝。

我们不知该怎么弄它了。姐姐帮着母亲去包扎伤口。

身上很冷。我盯着鹰看，它不怎么动了。慌乱和惊惧之后，仇恨一点一点在心中升了起来。这次，可是它自己送上来的。

我去屋里找来一把剪子。剪子巨大，也不知干什么用的。剪子口张开，小心翼翼伸向鹞鹰脖子的当儿，它没有动。我咬紧牙闭上眼睛。

剪子使尽力气一合。冰凉的雨点、热乎乎的液体喷了我一脸。大概还有汗水，脸上又凉又热。一道闪电，鹰脖子很软，我没有听见断裂的咔嚓声。

伍

恶鸡

院里到处是鸡粪。院子原本是我的；它永远阳光明媚、梧桐树枝叶婆娑，或者微风旋起地上的落叶。它有着适度的自由和安全。这时候我十二岁，我喜欢我的院子。但现在到处是鸡粪，一不小心就踩着。我讨厌死了那些鸡。这些死鸡，它们就知道不停地觅食和屙屎。

家里养一群叫作 288 号的鸡。长到半大，竟有七只是公鸡，一个赛一个大，雪白，低头吃食时，血色的鸡冠能垂到地上。凶狠，好斗，跳到空中鸽人。常见它们逞勇斗狠，倒束了全身羽毛，冠子红得要出血般，一会儿工夫就羽毛飞散，血真的一滴一滴撒在遍地的鸡粪上。

拉了铁丝网的鸡舍圈不住它们。它们乐意在院里逡巡。有时候还喜欢站在院门口，见人就扑上去鸽。连狗都不招惹它们。邻居家的高头大鹅，被它欺负得不敢去门外的田野里觅虫。"看住你家的鸡！"又是谁牵着牛路过，在喊我了。但我能看住它们吗。

我讨厌这些鸡。

它们也讨厌我。出门进门，最大的那公鸡，侧了小眼睛看我，不满地咕咕叽叽，还有些不屑，仿佛它是这家的主人。好几次我扭头，见它尾随着，张嘴要鸽的样子。一阵猛赶，它躲开扭头，

320

仍作势要扑，总不服气。

　　我越想越气。实在见不得它们那副颐指气使的模样。它们以为自己是狗么，却比人也气粗。

　　它们不肯进鸡舍，那不行。撵，拿棍子敲，鸡毛乱飞。全进了鸡舍，气恨恨地扯了破嗓子打鸣，小公鸡刚学打鸣，声音是非常难听的，有些装模作样，还有点恬不知耻。我拿根小棍子在铁丝网外，逗那最大的公鸡，看它红了小鸡脸猛鹐小棍子、棍子头都劈开了。它的尖喙流出血来；看它四下里找出口，要冲出来找我较量，我很恶意地得意。

　　我没留意到鸡舍的进出口，被它鹐开一个小缝来。我还是疏忽了。扫了一遍院子，干干净净，泼在院里的水和着扬起的灰尘，有一种泥土的腥气和香气。我于是满意了。搬个小凳子坐着看书。鸡的事儿，全忘了。

　　我拿来钳子、锤子，蹲在院里的青石板边，砸链子枪。那是一种用自行车链做的玩具，里面添火柴头能打响。我很专心，做什么事儿都这样，其他的一切全忘了。

　　它是从我背后袭击的，按说，鸡舍在我前面。我隐约觉得一个影子一闪，下意识地躲了一下。头部被重重一击。是那种很迟钝的痛。

　　反应过来时那公鸡落在一边。它偏着小脑袋看我，我以为，它是斜着眼睛的。很多年后它在我的记忆里，永远成了这么一副姿势：一只腿还在空中悬着，偏着脑袋，小眼睛里全是蔑视、挑衅和恶毒的快意。

　　我猛地把手中的东西扔过去，用力太大，远远砸在了窗玻璃上，哐的一声。我抄起铁锹向它冲去，它拧着头兜圈子。我想把它剁得粉碎……院里鲜血飞溅，这是我的院子，和我的血。

伍

　　我终于没能杀死它，头晕得要倒；后来我模模糊糊听见家人说话，好像很紧张。

　　血在屋里流了小半盆才止住。母亲把这些鸡全卖掉了。给我买了一件毛衣作为补偿和安慰。我十二岁的时候，新衣服是过年才有的。但我穿上去一直不舒服，总觉得自己穿的是些鸡毛。

　　慢慢儿想才渐渐明白，那邪恶的鸡要鹐的目标，原本是我的右眼球。好歹我算偏了一下头，被它啄中了右太阳穴上的血管。否则，今天我就只能用一只眼来写这篇文字了。

董重作品 /《无题》/ 布面油彩炳烯 /100X100cm/2016

杀猪

　　它在圈里啪噗啪噗地吃食。忽而，从食盆里抬起长嘴巴，朝我的方向愣愣看，那两只小小的眼睛里只有愚蠢。我以为。然后它又想起了它的伙食，嘴巴埋进去。它吃得得意，短小的尾巴卷了起来，夹在后腿间。它不知道我在打什么主意，或者压根儿懒得想。

　　这家伙吃饱了，哼哼着在圈里走。它四肢短小，撑一身肥肉，晃晃悠悠有些吃力。于是在低凹聚泥的地方，腿一软，躺在自己粪便里，很惬意地打滚，然后不动了。一只肥大的老鼠不知从哪儿钻出，贼头贼脑地望，渐渐胆大了起来。它从猪肚皮上跳过去的时候，猪只是哼一声扇一下耳朵。

　　我打开了栅栏。

　　它立刻警觉地竖了一下长耳朵，尾巴卷了一下，哼一声，意思大概是说它知道了。但它依然懒得动弹。过一阵才起身，甩甩头，拉了一泡粪，摇摇摆摆往外走。

　　猪的嗅觉和听觉，都是一流灵敏的。这家伙其实挺聪明，我想。就因为懒。

　　它在院里有阳光的地方躺下。吃和睡永远是一头猪的生涯里最重要的事。要不还是猪吗。你不能苛求一头猪去思考问题；

但它却有自己的哲学观，是彻底的及时行乐者，像个看破红尘、终日沉湎于酒色之中的没落文人。它在混日子。

我拿一根小树枝走近它，它立刻站起来，小眼睛瞪我，不动。我用树枝搔它背上的皮，它哼哼，一点一点躺了下去。能感觉到它站立时紧张的皮毛慢慢松弛。它很舒服地闭起小眼睛哼呀哼，甚至把肚皮翻出来要我挠。

我心中涌上恶作剧的想法。凭什么你这样舒服？手里的树枝就猛捅了一下。

它叽地尖叫，声音刮锅般刺耳；它爬起来站着望我。我以为，我读懂了一头猪的眼神，那是气愤、不解和委曲：我这么信任你，你怎么欺负我？又或者，我没招你惹你，你干嘛捅我？

我再次注意到它的时候，它已经又躺在那里了。我走近几步，它不动。它已经忘了。这使我想到，一个人要豁达起来，也无非如此吧。

邻居家传来猪的狂嚎。一阵阵的歇斯底里；院里那猪扑扇着耳朵，躺着不安地哼哼几声，很快两下都安静了。它能因此想到自己也要完蛋了么？我以为能。但一头猪的想象力因为懒惰，不会持续太长时间的，即便是对恐惧，是不安的预感。

下午的时候院里来了很多人。有人拿着绳子，有持刀的，拿秤的，扛着杠子的。猪在圈里。它看见绳子就神经起来，在圈里狂窜，还没叫，发出呼哧呼哧的喘息声。人也不急，搬些凳子坐在院里抽烟，慢慢儿等，等那猪累了，安静下来。他们用方言絮絮叨叨着什么，我听不大懂。

这是一头猪古老的恐惧，这一幕大概曾反复出现在它原始的、不太清晰的梦里：很多人拿着各式工具，说着它听不懂的话，商量着什么，有些语言似乎因它而发。

人进入猪圈的时候，猪终于狂叫起来。很大声，我以为是世间最难听的声音之一，但从中听不出它的情绪，是害怕，求饶，还是不平、愤怒、谩骂诅咒或者其他。它的叫声像走过场。院里别的动物都很安静，这安静让人觉得冷漠。一头拴着的驴咧过头来朝猪的方向望了几眼，嘴里仍咀嚼着干草。几只讨厌的母鸡在院里走来走去，不时若有所思又或者满不在乎地咕咕几声。

既定的命运，反抗它做什么。但那聪明而懒惰的猪为何死命儿叫唤。被宰杀不正是它的善终么。你说，不这样，它还能做什么？凭什么牛在劳作时，它却在那里吃了又睡睡了又吃？想当初它总是那么心安理得地享受。现在要死了，按说该高兴才对。但尽管死得其所，它却害怕了，不愿意了。成么？

也许它的叫声就是出于高兴。至少，它有权利叫几声给自己送终，或者与其他的动物道别吧，包括那只从它背上跳过去的老鼠？这样一想，我于是满意了。

杀猪的手艺很好，这头白毛大猪被他拾掇得利利落落，支在夹子上。猪是一副站立的姿态，鼻孔里插两炷香，浑身上下干干净净，精光发亮，那尾巴还向上翘着。这猪几乎是庄严的。

我生平也是首次见到这么漂亮的猪。我已经忘了它刚才怎么尖叫，以及如何在自己粪便里打滚。杀猪的还拿来一挂鞭炮，两人才能合拢那么大一盘，噼里啪啦放了好大一阵。猪应该满意了。

这是一九九七年冬末、临近春节的湖南长沙郊区。这样的猪我一共买了两头，分给我那些来自天南海北形形色色的伙伴们。我白白净净、看似文弱书生的表弟贾文，站在那里主管分肉。我看他手执杀猪刀挽起西装袖子，竭力做出些梁山好汉卖人肉包子的豪气。

　　肉很快分完了，我们相对苦笑：两人自己空空如也，手中连一根猪毛都没有。但心中高兴。那真的是一个幸福的年末。

董重作品 /《仙境》/ 布上油彩 /150×150cm/2010

鸽事

　　早晨的院落。你坐在那儿，能感觉到阳光里的水气一点一点地消失。鸽子不紧不慢地啄食地上的谷米。鸡们的咕咕声总那么急躁，唯利是图和迫不及待的样子。但鸽不同，看它们优雅地踱步和垂下脖颈，有一刹那，我觉得它们几乎是高贵的。

　　以前只有两只鸽子。还小，和小鸡雏在一起养。有一天它们就歪歪斜斜飞起来了，落在房顶与屋子之间的空档——晋南的房舍很高，坐北朝南，房顶尖顶两坡。在住屋与房顶间有一层空格，用来放置杂物，也为了抵挡夏日的高温和冬天的严寒空气。

　　以后，空格的窗户就总开着。那里成了鸽子的家。两只，一雌一雄。已经不用喂食，晨出晚归，好像很忙碌。进出门掀门帘，常带起它们自空中掉落的细羽。它们安详地落在院子里。它们在忙什么，想什么？我盯着发呆。但鸽子飞起了，屋顶只不过用来阻挡我的视线，于它们无碍。走过院子时我想到那些在我脚下、它们借力起飞的地面。

　　小姑来借鸽子养几天。趁天黑爬梯子上去，手电筒下，鸽子并不怎么挣扎，柔顺地听凭我把它抱在手上。我把它们的爪子捆住，拿布条蒙了眼睛。

　　在汽车后箱里待着。车走了很远，绕到县城再回小姑家，

327

差不多转了一圈吧。

第二日天擦黑，房上的空格有扑棱翅膀的声音。上去看，是那只雄鸽。爪子还捆着；脖子下面急促起伏，像人那样地喘息，又好像在生气。剪开爪子上的绳子，拿东西喂，它不吃。

第三天，雌鸽被送回来了。

鸽子渐多，三只，四只五只，是雌鸽引来的。它像个风骚无聊的小妇人，喜欢招惹风月事。村南的农民隔三岔五，来认领自家的鸽子，第二天就又来了。

上房取东西，见鸽窝里有卵。两枚。不一会，打开的窗子有鸽飞进，是那雄鸽。窗外与视线齐的树梢，已微微返青。

雌鸽产了三枚卵。我上去看时，总不见她，倒是那雄鸽在。它安静地卧在卵上，我靠近时咕咕几声。

院里的鸽子越来越少了；有时候那只雌鸽，夜里也不回来。用手电筒晃鸽窝，雄鸽孤零零地窝在鸽卵上，鸽窝很大，人心里有点寒。瞅那雄鸽，它固执、耐心地卧着不安地缩了缩，翅膀下露出半枚卵来，闪着清冷的光。

雌鸽终于再不回来。天暖和起来的时候，小鸽子孵了出来，成了两只。雄鸽每日飞进飞出地喂食。

我拿走小鸽，送了人。现在就只有这雄鸽了。黄昏时它落在院子里，周围恍惚走动着些鸡。它不怎么动，偶尔走几步。落日下它的阴影很长，让人觉得沉重。

这是我最后一次见到它。三两日后上房，鸽窝里空空的，唯有几只鸽毛。我捡起一根，百无聊赖地对着太阳看。鸽毛灰白，细腻，应该是腹下的细羽。我突然有点心酸，我养的两只鸽子，现在，就只剩这比一滴泪还要轻飘还要柔软的细羽了。

猫命

　　我喜欢它一身漆黑发亮的皮毛，它慵懒的、有些寂寞的神态。但有点受不了它的冷漠——那冷漠就像它藏起来的爪子，显露出来便成了锋利和冷酷。

　　还不曾见它显露过爪子，心里却总担心。一个被悬念折磨的人，多少是不舒服的。

　　现在我就成了这样的人。我坐在桌边抽烟，看它蹑手蹑脚地走了开去，一声不响地跳上沙发，卧在那里。它总会把自己弄得非常舒适。

　　猫是借来的。五岁的女儿每天嚷嚷，要买一只宠物来养。一个礼拜过了，她还要，于是猫就来了。我不怎么想买，怕宠物死了人会难过；怕麻烦，更怕人对它失去兴趣又弃之不舍。

　　猫并不怎么想和女儿玩。它每每躲了开去，很轻巧地钻进沙发底下、从这间房到那间房，却也不见它把自己的皮毛弄脏。倒是女儿不一会，就搞了一身灰尘，脸上也脏兮兮的。

　　借我猫的朋友说，这猫也是人送他的。一个朋友和对象分了手，以前的猫不要了，便送了他。那么我是它第三个短暂的主人了。现在，它柔顺地听凭我抱着，我知道，这柔顺不过是一种精明的克制，如果我动作过度，一切就变了。手臂或者其他什么地方，会立刻出现深刻难忘的伤痕。

我把它放在床上，蹲下身来；它坐在后腿上望我。它的眼睛清澈而深不见底。我想从中看出它以前生活的痕迹，它所熟悉的旧主人的面孔，主人之间的甜蜜或者龃龉，它所蜷着的沙发或柔软的床；但不能。

那双眼睛只是温柔地冷漠着。我想，它会记忆、想念么？那一切也许仅仅是它生活的道具，包括昔日的主人。

也许它从来就不曾关心过。重返故地，亦不见得能够认出来。它是猫，一种孑然独立的物种，世界只为它自身存在，它在自身中回环自如。它喵喵地叫了两声，声音里有令人怦然心动的索取和依赖。我抱起了它。

它在我怀里轻轻地挣着。我拿在手上，伸直臂膀。它轻盈地一跳，落在书桌上，优雅地梳理被我弄乱的皮毛。再次注意的时候，猫已经卧在被子上，有意无意地望窗台上鱼缸里的金鱼。

在这世事无常、人心动荡不安的城市，一只猫却能如此安然和处变不惊，我于是竟有点羡慕它了。人说猫有九命，是在暗喻它可以经历九户人家么。但一只慵懒的追求舒适的猫，再远也不会走出这座城市的。

也许它是饱经世事而一言不发的物种。它沉默中的尊严尤令我敬畏。猫眼中的人世，大概不过如此吧。它会在黑暗中走动，在月亮下尖叫，这时候人一无所知。

而它却洞悉人的生活。

写到这儿，突然有些头晕。文件存档，关机、关灯，我知道这当儿，猫在沙发上沉默地看着。我会在黑暗里脱衣上床，这一切在它眼里都那么清晰；却似与它毫无关系。

就仿佛我今夜的梦，也一定不会与猫有关。

缚蝶

从虫子到蝶再到虫子，一只蝴蝶美丽的飞翔的时间，能有多长？如果它有记忆，当再度成虫的时候，会怀恋曾经飞翔的日子么。——就像人在婚姻中怀念自己不羁的青春。

我在想，飞翔大概是所有虫子都有的梦想。那么可以说，蝴蝶是成功者了。振翅飞起的那一刻起，美奇迹般实现了。如果我是蝴蝶，也会像它那样自恋不已地飞舞，更何况围绕着芳香的花朵呢。流连戏蝶时时舞。莫名其妙地想起一句杜诗来。沉郁的老杜原来也有这般浪漫情怀，偶尔会挂念黄四娘家满溪的花。

我在四月份热烘烘有些腥味的田野里想到这些。春天里一切都在上升，在蒸腾，我四岁的女儿和几个小伙伴在疯跑。

现在一只蝴蝶落在我的手中，这注定了它的飞翔，将在这一天结束。大概也是它的宿命所在吧。

我还很少这么近距离端详一只蝴蝶——应该是那种菜花蝶，晋南的村庄附近，不会有多名贵的蝶种的。我轻抓着它一只翅膀，蝶翅很薄，我总担心会被捉破。

它用另一只翅飞舞着挣扎，翅上的花粉粘了我一手，腻腻的有点不舒服。它的后尾在扭曲，这使我真切地意识到，它曾经、和将是一只丑陋的虫子。

　　但它翩跹起舞的姿态，又何其美丽。还是让它飞走吧。但我的女儿跑过来了。

　　我拿一根细细的线轻缚住蝶身，让女儿牵线，放开蝴蝶，蝶就飞起了。它把线拉直，在空中轻灵地舞动。女儿兴奋地叫着拉线在村巷里飞跑。

　　一刹那的时候，我觉得那被缚的蝴蝶的飞舞中有一种轻微的颤栗。它会疼吗？这念头一闪就过去了。

　　我看着我的女儿，她很高兴地在玩。

　　线不时地从她手中脱了去。蝴蝶就拖了线歪歪斜斜地飞。飞不大远，就又被她拽住了。最后一次，带线飞起的蝴蝶已经很高，女儿的手够不着；我正准备去捉，一枚飘落的树叶恰巧碰住它，它于是又滑落下来。

　　女儿飞跑过去捉线。我望着远处抽烟，她大声叫我，提着线跑了回来。

　　蝴蝶被她踩了一脚，一只翅膀烂了。

　　女儿跑到一边去玩。我提起那蝴蝶，它垂在线的下面，已经不能再飞，还在挣扎。捉住它向空中扔起，它直直地掉了下来。

　　它在土里蠕动着，挥舞着唯一的翅膀。让它自由地解脱吧。我想。

　　我俯下身，解开线。它向前爬动了一小截，不动了，丑陋的尾部还在抽搐。我站直了身，抬起一只脚踩上去。

　　我快步走开。长长的一天，总觉得鞋底下黏乎乎，怪难受的。

狼患

村里原本是不怎么招狼的，它不过偶尔来转转罢了。

春天山洪刚过，漫山遍野的麦田呈现一片强劲的青绿色。梯田被浑浊的洪水冲垮了，露出麦子青白的根须。水缓慢地流动，沿一道小斜沟流到下面的梯田里，再冲出一个小坑，在不知哪个田鼠洞的地方消失了。这是阴历的三四月份，青黄不接的时候。小孩子们挎着篮子、筐子，握着镰刀，在麦田和田埂上拔堰荠。堰荠就是叫荠菜的野菜，可以腌酸菜吃。孩子里面可能也有我，但我已经记不大清了。

他们叫喊着追赶不知从哪儿冒出来的一只小兽。从上堰到下堰，挥舞的镰刀在惨淡的太阳下闪着白光，但并无用途，走得快的大孩子已经追上了，也只是吓唬它而已。跌倒又爬起，孩子们的膝盖染上了青黑的麦子汁液。他们还小，嗜杀的欲望尚不存在；他们只是好奇和想捉住它。

这显然是一只没有涉世经验的小兽。它惊慌失措地逃窜，筋疲力尽地徒劳地逃窜，春天光秃秃的田野没有任何遮掩，从堰上连滚带爬跌下去，它突然就不见了。

它掉进了田边一口灌满洪泥的枯井里。现在井口围了一圈比它年龄略大的人，沉默地打量它。看它在泥里挣扎，看它的爪子绝望地想扣住井壁，看它愈挣扎陷得愈深；它张嘴，泥灌了进去。井面上开始冒气泡，它的头已经看不见了，唯留一只爪子上的几根指头，还在一点一点沉下去。

有人往井里吐唾沫，扔土块。这会是一些人记忆中陈旧的一幕，在模糊的梦中他们会偶尔看见。但也许什么也没有，唯有我一个人在反复想起。记忆中一些细节越来越模糊。我怀疑，我真的遇到过这样一件事么？

有孩子喊来了家长。大人用棍子把小兽挑出来，认出是一只小狼崽。很瘦很小，泥乎乎的样子有点可怜，已经被泥巴憋死了。

傍晚的时候他把狼崽杀了煮肉，喊所有参与的小孩子们。那时候我们很难吃到肉，但狼肉还是不好吃，又粗又硬，酸。

后来狼就来了。

全村的狗整夜整夜声嘶力竭地狂吠，也就只是狂吠。没人见过那狼，夜间村里人是不敢出门的。它好像认准了我们村子，每晚都来。叼走猪崽，拍塌鸡窝，咬死小狗崽和半大的狗。有些人晚上只好把狗拴在屋里。

村里的墙上到处用石灰画了圆圈，家家户户的门上、猪圈、鸡舍甚至狗窝上，据说狼怕这些类似圈套的东西。

它终于在一个深夜来到我们家。这一夜，只有我的母亲和她两个幼小的儿子。母亲从睡梦中惊醒过来。

家里没狗。她模糊听见窗外呼噗呼噗地响。仔细听，是激烈的喘息和奔跑声。母亲听出来自猪圈的方向。是那头大猪和狼周旋。

声音响了很久。母亲后来说，她在炕沿呆坐了很久，手里下意识地提着一根火镩。在无助的恐惧中她还想到了一些东西：

据说遇狼最好不要叫出声来——狼能从人声里听出人的胆怯或者其他。

院里的声音静下来了，母亲清晰地感到临近的危险。

她没有敢开灯，在黑暗里赤了脚拿棍子抵住门。棍子支门的声音让她心惊肉跳。做完这些，她一身冷汗，四肢有些瘫软。她站在炕上，两个儿子，在脚下的被子里熟睡。她盯着窗户，手里提着火镩。她几乎再没有一点力气了。

现在纸裱的木格窗成了最大的危险。它不足以抵挡狼的任何一推一抓一咬。

下弦月升起来了，窗纸被院落里的月光映得发白。她看见木格窗的下面，出现了一只爪子，然后是森然的狼头，吐着舌头。狼一跳，整个身子映在了窗上，站了起来，前爪趴在窗的上方，没有发出任何声响。她手里的火镩指住了狼的喉咙，然后移向狼肚。

狼一直未动，人也不敢动，仅仅依赖一层单薄的纸，隔开这一触即发的危险。距离如此之近，几乎能感觉到彼此体温。人闻到狼的腥臭，狼嗅到人肉的香味。狼在人眼里，是此刻恐惧的起源；人在狼眼里，不过是食物罢了。

窗户越来越白了，这对峙像永恒一样长久。狼不知什么时候从窗户上消失了。

母亲没有感觉到四肢发麻。她轻快地跳下炕，守在门的方向，眼睛仍盯着窗户。

街上传来人兽的喧闹时母亲才开了门。猪圈里有一些掉落的狼毛。那头猪在呼呼大睡，脖子下有伤。临猪圈的院墙豁口上有锋利的爪痕，狼昨夜是从那里进来出去的。

这一切发生时我正在沉睡，它仅仅像我曾做过的一个梦。

清醒的时候，母亲告诉了我。多年以后的今夜，我把那些脑海
中清晰的字一枚一枚敲入了电脑。

董重作品 /《夜宴图》/NO.2 布面油彩丙烯 /140X320cm/2008

养蜗

　　对一个梦想的痴迷总让人变得愚蠢，不断犯简单的重复性错误。这不，去年刚倒了蚯蚓——秋末时人们提着筐子扔掉的蚯蚓，填满了村南的一道沟；拔了地里的藏红花，现在，他们又开始养蜗牛了。

　　我觉得我理解他们。他们想发财。就像城里人买彩券，想一下中个一百万什么光景，越想越逼真，好像真的已经有了一百万。然后就兴奋得快疯了。

　　本来是一个很简单的圈套。——邻县有掮客放出风来：免费培训有关养蜗牛知识；提供蜗种；保证回收，然后又在县电视台做了广告。小县城的电视台，和城市里的一个样，唯利是图，广告好不容易有了能不做么。这年头，人们已没什么公德心了。

　　蜗种挺贵。每五只六百元，每只重约二百克。回收的蜗种也是要长到二百克，太重了不要，回收价每只二十元。我留心听人们零零碎碎讲了这些，心里就更清楚了：这完全是个骗局。先回收蜗种，再作为种蜗牛高价卖给当地人；等到有越来越多的人养蜗牛时，掮客赚足了钱，就可以收场了。

　　我站在门口抽烟，看农民赶了驴车从村外拉草回来，草是割给蜗牛吃的。拉车的驴不肯走路，驴主人在它嘴巴上方、嘴够不着的地方，拴了一把青草，那驴儿就跑得飞快——它追那把草，却怎么也追不上。

　　我心里嘀咕：这么聪明的人，咋会上那养蜗牛的当，像这驴一样呢。

　　我什么也不能说。在村里我是个外人；我在城里住，每年不过回来三两遭，最长待不过十天时间。我少时就外出读书，早已不明白地里的活计、我的乡亲们在关心什么，会怎样想问题。想一下我曾是个农民我就很惭愧，除了比小市民知道麦子不是韭菜、知道土很香以外，其他都很陌生了。

　　对村庄和故乡的记忆，很旧，已经凝滞了般。它很淳朴，是那种生命深处的让人感动、不可忘怀；但现在让我心酸。

　　我的乡亲们也不明白我。我们彼此小心翼翼地，谁也不敢碰谁，谁也不知道谁在想什么。我习惯性地客气，这是一种城市病；他们很不习惯地客气，因为平时不需要。他们在我家门口停住，我递过一根烟，点上。想说又不知说点什么，我觉得他们想说的是地里活，但隐约觉得我不一定爱听，于是沉默，烟抽上半截，赶着驴走了。如果车上载着苹果，就给我丢下半筐子。

　　我什么也不能说。我连我弟弟都无力说服；一大清早他骑摩托车出门，快中午院里车响。他带回一些蜗种，很兴奋的样子。

　　我笨手笨脚帮他弄养蜗牛的箱子，筛细沙铺在箱底，去掰树枝再把树叶捋下来喂蜗牛。我干这些活儿很吃力，更多的是无奈，觉得是哄他玩。——我估计也就等同于我在家里、他屁颠屁颠帮我去买稿纸墨水时心头的感觉。

这段时日我赋闲,终日百无聊赖,陪那些蜗牛消耗时光。我弟弟说它们叫白玉蜗牛,说法国人时兴吃,中国人赶时髦,所以也就很快时兴吃了。

但事实上我心里讨厌这些蜗牛。它们难看,又臭,换沙土得一个个捉起,弄得手心手背黏乎乎。蜗高产,一日能产三百卵。产卵的方式是用自己的两只犄角互刺受精,这尤其让人恶心。有一天晚上喝酒,弟弟说炒两只蜗牛吧。他很得意,我吃出来的味道也就是他很得意。

在家待了半个月,养足了精神也看够了蜗牛。村里已有三二十家养蜗牛的,老贾还卖了自家养的四五头牛,专一养蜗牛发家致富。晋南的庭院越来越闷热的时候,我心里闷得厉害,就又跑去城里,找地方上班了。

冬初我回到村里。弟弟养的蜗牛已占了家里一间房,怕蜗牛冷,还专门生了炉子。我看他从木箱里捡出死蜗牛,丢在簸箕里往院外扔。问他,卖了多少,他苦笑:卖过八只。

墙角堆着成麻袋的草,是弟弟给蜗牛过冬预备下的。我弟弟的蜗牛梦该做完了。但他还不甘心。

晚上,我把两盆蜗牛卵偷偷倒了。

在村里闲转,见不少人家的门口,都堆着些死蜗牛。我知道活蜗牛也快大量出现了。

那时候,他们怎么办?我想只会沉默而已。他们认了。就像种庄稼,算上肥料钱、种子钱、割麦钱、脱麦钱等等,收回来的粮食卖了尚且不够成本,而他们所做的,只是明年再种粮食而已。一个人在生活中被愚弄了,自己再生上自己的气,不就显得更愚蠢了吗。一个人,认了,就能够心安理得、乐天知命,不会在黑夜里睡不着觉。

　　就好像人活着麻烦得紧；认了，就能够很好地活下去。碰上再坏的事，认了，也不打紧。

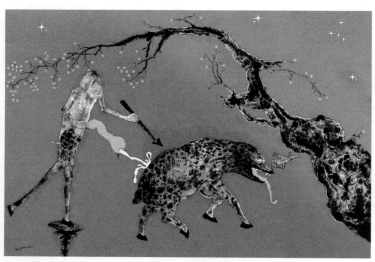

董重作品 /《追踪》/ 布面油彩丙烯 /140×200cm/2006

野兔

　　我的兔子死光以后，就有了这只野兔。那一年春闹瘟疫。

　　在早晨的田野上闲逛时看到它。那块田大得出奇，我记得我追得气喘吁吁。它无处可藏； 田刚刚翻过，连鼠洞都全被遮在了土层下面。田里光秃秃的，是留来种秋庄稼的地。我在翻得很深的犁沟上跳来跳去地追它。有一刻它就不动了，卧在犁沟里。我扑上去拽住它耳朵时它才恢复过来，后腿拼命蹬呀蹬。它只是一只小野兔崽子。一只手提起它，拽得很紧，手心里全是汗；换手的当儿我弯腰捏了把土，撒在手背被挠出的几道血痕上。我一点儿也不觉得疼。我已经想好了，回去先把它扣在藤条编的那只筐子里。

　　我在后园里看那些荒弃的兔窝。土坯子垒的都不能用了，野兔打洞水平高得很。再说了，甭看那么小的兔，开了兔窝盖，乍一蹦它就能跳出来。只有那地窖了。

　　我花了一下午做这事。地窖扩得极深，齐我头顶。我在窖里撒了石灰，放了一大筐青草，那种兔子爱吃的打碗碗花和车前子草。提来放兔子的筐，口朝下对着地窖。开了个小口，野兔嗖地窜了下去。我听见扑通一声，是它着了地。听见它在窖底唰唰地转圈。天已经快黑了。我拿来一块木盖子砰地放在地窖口，听见它又在转圈奔跑的声音。我搬来一块石头压在木盖上。走开又转回，把木盖稍稍移开一个小缝隙。

第二天是星期一。快中午时我才顾上去看我的兔子。一掀木盖，听见咪溜一声。是它在逃窜。它永远想逃窜。我妈说啦，野兔子你养不熟它。我跪下去探头，书包唰地从背上滑过来砸在头顶。里面装着小学四年级课本，和在放学路上拔的青草。

我看见它把头抵在它挖了一点点的土洞里。屁股还在外头。

一把草扔进去。它呼地从土洞里转出来，屁股对着窖壁，喉咙里嘶嘶作响。我猜那是一只兔子所能发出的最凶狠的声音。它害怕，所以也想让我害怕。

我妈说啦，野兔子，你养不熟它。我打量着地窖，很大很深，小兔崽子充满戒备地缩在角落里。地窖很大。

春天过了夏天过了。这深黄颜色的野兔怎么也不长个。它老是那一点点大，老那么凶，背上支着瘦骨头，我一扔进青草就习惯性地扑上去撕咬。伸进带绿叶的小树枝，它咯吱一声就咬断了。

我弄不清为啥这样，我那么稀罕它，为啥它这样？总防着我似的想躲开去。我已经喂了它这多天。我想，如果它没被我抓住养在地窖，该长多大了？

为啥它要被我抓住呢。我想了好多次了，还是舍不得放走它。它就孤零零待在了地窖里。

"我现在仍能清楚地记得冬天，一个灰蒙蒙的冬天。天很冷，老是缩脖子，不断抹鼻涕。心情不好的时候我仍能梦见那个冬天，后来我总觉得它是一个梦。那个冬天我转学。

"我上四年级，转到父亲工作所在地上学。我不记得转学，父亲和我商量过没有；印象里我没有特别拒绝。或者因为太小，还不会拒绝，又急切地想知道那儿什么样儿。临走时我想带上我的兔子，但不能。

"上第一堂课。现在我几乎能看到他上第一堂课的样子。他衣服破旧，紧张地坐在那里；有好多眼睛从背后看他，在前面用后脑勺看他。

"他不会讲普通话。老师提问，他没听见，又叫了一声他才慢吞吞站起来，报了自己名字。老师没听清又问，他大声地嗡嗡地用方言回答，然后是刺耳的哄堂大笑。他手足无措地站在那里，头嗡嗡作响，老师让他坐下他都没听见。他试图想什么，来忘记眼前的一切；他拼命想他的兔子。

"那个问题他会，但始终没答。他不再说话，他就站起来一言不发，僵直地站起又坐下。

"一个多月后有同学课间操时嘲笑他，学着他的方言说话，旁边的同学哈哈大笑。他就朝嘲弄他的同学走去，走到跟前，停下来盯着他。

"他被推了一把，然后就打了起来。他瘦而且小，被压在地上；爬起来又扑了上去。没有声音。他终于掐住了那同学的脖子，看见他翻白眼；他撕他的耳朵，血流了出来。他把他摁在地上，他用手抱着头，他就踩他的肚子。

"那同学停止了反抗，躺在地上大声哭泣。他站着呆呆看了一会，他一点也不高兴。然后他返回教室，背上书包，走出学校。

"他一个人在路上走，想忘掉这一切；脑子里有一只野兔崽。路和天灰蒙蒙。他拼命想他的兔子。脸火辣辣地疼。他一点也不高兴，想哭又哭不出来。他回到家，门锁着，父亲不在。他机械地掏钥匙，钥匙不在。

"他从后窗跳进屋里，屋里空荡荡的。他靠着墙慢慢蹲下去，看见窗还开着，冷风呼呼进来，窗户上有一块灰灰的天。

他的泪涌了上来，他开始嚎啕大哭。"

　　我拼命地想家。家里有我的兔子。我的家在我心中具体地变成一只兔子，当然还有其他。我离家的时候，唯一向我妈托付的是我的兔子。那是我在那个年龄唯一绝对拥有的东西。

　　我还不会写信；我老家也没电话。我在快过年随我爹回家的路上拼命想我的兔子。

　　我回到了家。到处看了看。我压抑着激动，我是上四年级的男孩子。我甚至先到邻居家转了转，想着我的兔子。没有人向我提起一只微不足道的野兔子。没有人知道我在想，想一只兔子。没有人知道我曾孤零零地拼命想一只小野兔子。

　　我甚至已经模模糊糊想到，那只兔子已经不在了。它那么孤零零的，像总挂念着什么；天又已这么冷，它难活到这个冬末。

　　后来我想我是不敢问，好像不问它就能在我心中多活一小会；这个夜里临睡我仍在想我的兔子，我压抑着，没问。天黑下来的时候我使劲压住去后园地窖里看看的念头。每二天一醒来，我问我妈，那只兔子还在吗？

　　早就死啦。过了一会儿，我妈说。

　　我想了一会儿。
　　啥时候死的。
　　过了一会儿。我妈说，记不清啦。秋天收玉米时吧。
　　我从被子里坐了起来。呆呆地坐着。我问，咋就死啦。
　　弄不清楚。野兔子养不活的。过了一会儿我妈说。

　　我慢吞吞穿衣服。来到后园。

我在地窖旁呆呆地蹲下。地窖口开着，里面空空如也。

那只木盖扔在不远处，已经裂成了两半，一头还连着。上面压着一些杂草和土块。地窖里落着些残雪，看上去积得很厚，要化得等到春天了。

我想我的兔子。那小野兔崽子。它在我不知道的时候死了。没了。我想起它刚被抓住、在我手里用力挣扎，它微热、略白的肚皮剧烈起伏。它小小的心脏急促跳动。

它在地窖里跑动。发出嘶嘶的声音。

它在我不知道的时候没了。死了。那时候可能我正在拼命想它。冬日的阳光照着我的棉袄风吹过来又冷。棉袄的袖口上闪着油腻腻的亮光。我想起我怎么想我的兔子，棉袄袖口上沾着我的鼻涕和眼泪。

一只孤零零的野兔崽子。活得很短，很简单地死了。下午我在和小朋友们高兴地玩的时候并不知道，很多年后我还会想起它：上大学的某一年，我经历的落寞的一段时光。坐在校园的某一个角落，我突然想到了我曾有过的那野兔子。我觉得它一直都没死去，只是换了一种方式活在我自己的命上。那时候我想我就是那只兔子，孤独、悄然、紧张，竭力躲避着整个充满敌意的世界。

蝠舞

天暗下了。刚才空气还清透，好像突然就变得浓稠，稠得什么都看不大清楚。那时候我猜，黑暗是从天上掉下来的——仿佛还伴随着某种声音，一定是我们玩得正开心没有听到。——老天爷呼啦一下扯上了自家的窗帘，天黑了。

抬头看，天很低，在房顶上，虚虚遮住什么；蚊虫在眼睛上方飞，蝙蝠在很低的天下面模模糊糊地飞。它们黑过天色，挡住眼睛里的星星，所以能够看得见。

黄昏让我们的村子成了一个大房子，把什么东西都装在里面，包括那些蝙蝠。就连我们的叫闹声，似乎也传不出去，软软地堵在周围空间，被我们一跑一奔，撞过来碰过去。

多少年后，这黄昏的村庄就这样在我的记忆中，微微晃动着，带着微微的伤感和轻轻的甜蜜。我有点怀疑，在心中又问了自己一遍，哎，我原来真的拥有过这样一个个黄昏，黄昏里的小村子。但又为什么记忆里，变得啥都看得很清呢。

我还记得在昏昧的天光中莫名的兴奋：脱下鞋子使劲扔上天，据说蝙蝠会钻进扔得很高的鞋子里去；它以为是个洞。鞋子落下来，就把蝙蝠逮着了。但我一次也没碰到过。蝙蝠倒是飞近在空中飞翔的鞋，好像它们也好奇；然后，鞋子自己一头栽下来。我的鞋子、别人的鞋子，噼里啪啦砸到我头上；顶多我能接住自己从空中掉下来的鞋，不用赤着脚满地摸呀摸。

蝙蝠成群地飞舞，却不是在这样的某一个黄昏。

小学教室以前是破庙堂。庙很大，是村子里最大的房子。我们对它的好奇，就仿佛来了个新同学，总想用手指头捅捅他后背。庙是我们不大能解开的谜。那些泥胎木偶到哪去了？我想找见。老师不在，我爬上房梁，在那里找到一把锈迹斑斑的刀，它让我想入非非，更让我充满信心。我在教室后墙上刻自己名字，写张革命是坏蛋李小兵尿床，我拿棍子在教室墙壁的裂缝里捣呀捣。我想认识这破庙，也想它能认识我。在那个年龄，这要求不过分吧？

暑假里的下午，我在教室墙壁的裂缝前呆住了。我好几个小时戳在那里，一动不敢动。然后撒腿就跑。裂缝里有两条灰白的大蛇。我在那个年龄掌握的乡村知识告诉我：见了蛇别发出声音就没事，它看不到你；一跑就坏了，人没蛇快。我连头都不敢转开去。眼睁睁看那蛇终于一扭一扭，在裂缝中消失。

很长时间我没敢再去。

开学的第一天还在想。莫名其妙地不甘心。那里面，还有什么神秘的物事呀，能消失多少东西？快中午时，我趴在裂缝前瞅，里面很深很黑，总觉有东西。我拿了老师的教鞭去捅。捅着捅着，棍子头软软的，戳着了什么。侧了身使劲往里探。突然轰嗡一声，我下意识捂眼睛。什么东西趴了我一身，又有好多从我上上下下飞了出去。

我睁开眼听见自己叫了一声，从头上抓下来的软乎乎的，是一只黑黑的蝙蝠。

我浑身上下挂满了蝙蝠。于是我又听见自己叫了一声；又一大片蝙蝠从裂缝里向我扑出来，我就晕了。

晕了不大一小会，好像还记着身上趴的那些蝙蝠似的。醒过来的时候手下意识地往身上扑打。身边已围了一圈同学；不少人拿棍子扑打。

蝙蝠仍从裂缝里扑棱扑棱往出飞。没完没了的，不知有多少。就好像全村的蝙蝠全在这里，就好像周围很多村的蝙蝠来这里赶庙会。它们展开小翅膀挤在学校上空，天空一下子暗了许多。也不往远飞，在操场上空黑压压地遮着。这当儿蝙蝠还在往出飞呀飞。蝙蝠能遮住太阳吗，所以正午的阳光还是明晃晃的，它们像等什么，像等人数来齐了商量一起走，我后来猜它们是不知该往哪落；太阳明晃晃的，不是出来的时候。都怨我这臭小子。

蝙蝠往出飞了大约有半个多小时，我们都惊傻啦。有人拿棍子乱扑，打下一只蝙蝠，摁住。一只丑陋无比的鸟，如果它算鸟儿的话。我猜月球呀星球呀不管什么球上，都再没有这么丑的鸟。它黑得让人恶心；小小的头小耳朵小贼眼睛，书上说它眼睛是瞎的，这个我们没看见；也不长毛，光秃秃的身子，展开扑腾的翅膀沾满了土，翅膀上粉红色的经络清晰可见。它像极了一只老鼠，但比老鼠恶心。它居然还会张了嘴吱吱尖叫！牙齿雪白锋利，要咬人一口似的。看见它张嘴我马上感到了疼痛。那么多个黄昏我们想要捕捉的，竟然是这么个让人不舒服的东西。可为什么后来的黄昏我们仍然想捉住呢。

大家议论纷纷，都不怎么相信这一口利牙的家伙，会是益鸟。我们连杀死它的兴趣都没有。这当儿抬头，天空中干干净净的，一只蝙蝠都没有了。好像什么也不曾发生过。刚才我还晕了一下？我有些糊涂了。

大家四下里找，看蝙蝠藏哪去了。没了，像逗小孩子玩一样，一下子没了。回来，地上那蝙蝠也不见了。我回到裂缝前拿棍子戳了又戳，直到棍子一截断了进去。

一切像一个梦。

这个黑压压的蝙蝠漫天飞舞的正午，在时间中日渐变得倾斜，略略有些不安和隐约的危险。我后来偶尔梦到过它，再后来就把这件事当成了一个曾经的噩梦。

它是我原初的恐惧之一。我仍然会想到我那个美丽的小村子，偶尔有蝙蝠不祥地掠过。它们无害于我的村庄。在我二十五岁以前的时候，我以为小村子对我而言是永恒的。它像一座富丽堂皇的宫殿，装着那么多个日子的我，我的身影，我各种古怪的想法、笑闹和哭泣。它会越来越清晰和高大。但现在我不那么认为了。深夜里沉思的时候我常常悲哀地发现，它日复一日地，不可救药地迅速离我而去，珍存在记忆中的村庄，原来也会无可挽回地败落。今夜我只指望它尚未完全消失的时候，能够给我留下一两个字。我很想知道到底是谁，在坚定地、冷酷地蓄意从我手中掠走一个小小的村子？

松鼠

　　我甚至不知道它的性别。两年以前它死了，在我手上只活了两个多月。

　　以前养过，很小的时候。在沟沟岔岔里掏树洞，就抓住了那松鼠。它还小，伸手进去的当儿，它都咬不痛我。很快养熟了。每天拢在袖子里；装在衣兜里。放在屋里地上，院子，它也不逃开去。轻微微一跳，到了床上，钻在枕头下。夜里怕压着，赶了开去；它卧在被子上，长尾巴卷住自个，那是它奇怪又舒适的被子。

　　那时节搞不懂，它是不是书上说的松鼠。晋南方言里，叫"花圪灵"。想查书，又无书可查，连本《十万个为什么》都没。花圪灵黄褐色，蓬松的长尾，背上有三道黑条纹。摘野果子时常见到它。成年花圪灵是抓不到的，比猫还精还快。又好奇，你看见它的时候它迅疾地飞蹿了开去；在它以为安全的地方，扭头望你，长尾巴警惕地竖着，比它的头还高。你忽眨一下眼睛，它消失了。

　　这松鼠咋死的，已经记不大清。它曾带来的快乐，却一直萦绕在心。女儿三岁时，给她买一只吧。城市里干巴巴的，孩子一点对大自然的感性认识都没有。

买的时候，隐约想了一下它会死的。

也是幼鼠，装在很小的铁丝笼子里。挂起来，它在里面一跑一蹿，笼子就转呀转，松鼠却老在原位置上。喂它吃的，全被它转笼子给漏下去了。两天下来，松鼠的嘴破了，像人长口疮那样。起初以为是因为天热，转念想到是被笼子磨掉了皮。

挺可怜的。我把笼子从挂着的地方取下，平放在书房桌子下面的地板上。

女儿兴奋了好一阵子。从幼儿园回家，一路叽叽喳喳要快点回来喂她的松鼠。把自个抠抠巴巴舍不得吃的东西，都往笼子里塞，还哭闹着要往幼儿园带松鼠。

我看书入神，半晌不见她有动静，去卧室一看，她正蹲在地上开松鼠笼子；松鼠已经探头探脑，有些疑惑地想跑出来。我赶紧过去要关。它一蹿，竟跳了一床高，落在女儿背上，小爪子一弹，到了柜顶，不知该往哪去了。我跳起来捉住了它，塞回笼里。

一个多礼拜后，女儿的兴趣渐渐淡了。我们好像都忘了它。偶尔想起，喂它一口吃的。无非是些米渣子，半个果子之类。不知道它一顿吃多少能饱。留意看的时候，它总是在那里，坐在后腿和尾巴上，用两个小爪子捧着食物，小小的尖嘴巴剥呀剥。

也不知它什么时候入睡。有时深夜读书写字，累了想到它。弯下腰去看。微亮的灯光下，它半眯的眼睛突然睁开，仿佛吃了一惊。

它嘴巴发出哔啵哔啵的声音，深夜里听来，格外的清晰。我有些寂寞了，把它从笼里拿出。它纤细的小爪子扣住笼子上的铁丝，挣扎着，不太信任的样子，又似乎对未知的去处有点恐惧。放在书桌上，灯光下，它的小爪子几乎是透明的。它疑疑惑惑，想走像又不敢；小爪子伸出一点，停住，然后灵巧地在桌上跳动。到了桌子边缘，要下去，又被捉了回来。爪子挠在手上，微微有痛感又痒。我拿来一把瓜子放在它跟前，它坐着捧起来剥皮。哗哗啵啵。一会儿剥了一大堆。

它吃东西的样子很安静。那张小兽的脸，细长，和善，机灵，有些逆来顺受。我望着这张兽脸，它没有别的表情，比如仇恨，比如奸诈。一张单纯而清癯的兽脸，像一滴正在慢慢儿滴落、被拉长的水滴。我想起什么，它的脸在眼前一点一点模糊。

我开始写字，差不多忘记了它。写不下去的时候，瞥见它在咬一旁写满字的稿纸。它很耐心，已经咬了一堆细碎的纸屑。身上微凉，开着的窗户吹进一阵夜风，碎纸飞了起来。

暑假，我一个人在家。

中午出门，我拿了一个杏、一块瓜皮，还有些湿西瓜子，放进松鼠笼子。这家伙老扑腾，常带着笼子满地转，吃的东西全掉了出来。我找来一块木板，把笼子垫牢实。

我也不知道，我因事在外滞留了三天。

早晨。宿酒未醒，头闷闷地疼。我突然间想到了我的松鼠。穿衣出门，朋友还在睡梦中。我在马路上拦车。我打车往回赶。我猛烈地吸烟。

门吱地一声。书房里放松鼠的地方，什么也没有。

我趴在桌子下。走进卧室。走进阳台。

阳台的地上，早晨的阳光照着地上的笼子。小松鼠尖尖的嘴伸在笼外。我弯下腰，一些很瘦很小的苍蝇嗡地一声飞起。我提起笼子推开阳台窗户，使劲一扔。

我看见笼子在楼房下面的平房顶上，弹了起来，又弹了一下。滚在低凹处积着的雨水里，不动了。

　　我走进书房，站在书桌旁。我坐下。房子很空。脑子里一片空洞。突然间鼻子有些酸。

　　中午吃饭。眼前出现小松鼠干瘪的肚皮。碗猛地推在一边。想吐。

　　我安慰自己，不过是一只松鼠。这时候我才发现，我对它的所有习性都一无所知。从买它回家到最后一次见它，没有听到过它叫一声。

　　它不过是一只松鼠，不会抱怨什么。它孤独地连叫一声都不肯了么。

　　它其实早已死过一次，在我的童年，只是我不记得了；这一次它的死，像是在专意完成一个仪式。

　　我饿死了一只松鼠。我会尽快忘记这件事，让自己快活起来。但还是想到了一些让我难受的东西，原来我拥有一些权力，可以让一个小动物因自己的疏忽死掉；也可能让某一个人痛苦或快乐，让某一件事成功，失败，半途而废。

　　而多年以来在很多时候，我滥用了这些权力。

城市怒马

本世纪初，我所在的太原市广场附近和城市最主要的大街上，偶尔会奇奇怪怪地出现一些高头大马。装备精良，上面骑着同样装备精良的巡警。

如此已经有些时日。经常的时候，他们并不出现，像从不曾有过。然后有一日，你百无聊赖地在大街上行走，他们就突兀地闯入你的视野。似乎他们也和你一样，偶尔来大街上懒懒地逛逛。

不经意目睹这些，总不免让人觉得有几分不真实。

马匹是我所在的这地方一个高官的授意。共有数十匹，据说以高额资金从外地购买来的。这些我当时并不知道，一匹马每年的护理费用，亦达到数千甚至上万。我所在的地方并不富有，从来不曾富有过，现在和能看到的以后都不会。

有好几个星期，人们以各种方式议论这些马匹。我从中得知，这些人和马叫骑警，还专门有了一个骑警大队。在公共汽车上，有时带孩子的人会稍大声地喊：瞧！骑警！孩子就微探了头看，像看天上偶尔出现的飞机或一只鸟儿。其他的乘客都沉默。

我和这城市的百姓，都弄不清这马匹是干什么用的。追贼？

车来车往怎么追？报纸上含含糊糊地说：骑在马上，视野辽阔，亦对歹徒起威慑作用。

没有人怎么追究。那些马匹只是恍惚存在着。

我真切地感触到骑警的威慑作用并认真考虑这事，是在一次近距离观察之后。那次我步行，冷不丁眼前出现一匹马。吓一跳，站住脚，旁边又是一匹。

这马比我还高，约有两米吧，一丈长，浑身油光发亮，骑警在马背上手提警棍，好像在冷冷地打量我。——没有。我赶紧远远退开时，他们并没有在后面追赶，或者干脆一蹄子踏到我背上。

我开始意识到他们可能与我发生的关系。首先想到的是，马惊了怎么办？它疯狂地奔跑，有什么紧急措施，行人又该如何躲避？据我所知在各类大牲畜中，马是性情最为暴烈的。

其次就是粪便的处理。它们要在大街上随处排粪，那就未免太煞风景了。

再次看到骑警的时候，我注意到马匹带着类似口罩的东西——屁股后面也是，有个粪兜子。后来想，也许一开始就有，只不过我第一次没注意到而已。

那样子非常古怪，我差一点笑了出来。

那些马匹会怎样呢？它们天性中奔跑的欲望不得不受到遏止，不能像在草原上看到同类奔跑就兴奋地追上去一样，去追那些风驰电掣往来的小汽车。它们只能散步。连打滚也不能。连往地上大小便也不能。我不是马，不知它们会怎么想。

我猜它们不会太舒服。脚蹄子踏在坚硬的柏油路上不舒服；即便能自由地屙在路上也不舒服。就仿佛我家乡的人们在城里住宾馆，总是一登记房间就迫不及待，去找不是坐便的厕所，直到找见才会安心。

但马没有选择的权利。这时候记起谁写的文章来。他说："动物和人在一起，动物总是无辜的。"

．

马匹被拍卖，是在那个高官调走以后的事了。报上简短报道了拍卖现场，说这些马当时购买价高达十五万元人民币，现在拍卖起价为两三万元但乏人问津。

心中颇有些感慨。马来到城市是很无奈的事，被拍卖同样无奈。几年已经过去。它们奔跑、嘶鸣的黄金时节就这样没了。

它们的命运被人简单地改变。其实人又何尝不是如此呢？一些很小很小的事，往往就简单而粗暴地改变了一个人的一生。

我后来常猜测那个官员授意购买马匹、成立骑警大队的动机。这官员出身贫寒，一点一点熬出来的。说实在，他在任期间，为地方上还是做了不少事情。我想多年以来，他心中一定拥有一个骑手的梦想，有一种骑在马背上纵横驰骋的英雄理想。他在任期间大刀阔斧的举措也能证明这一点。

他借助他的官职实现了纯粹个人化的梦想。看来当官真的挺好，我竟有些羡慕他了。

但这一次他太过荒唐。我以前做杂志时的一个同事，看到那些骑警，不知是这高官的授意，于是写了一篇文章，把骑警大队和大清炮队相提并论。发在了杂志上，直到杂志印出来才被发现。这期杂志全部推迟发行，所有编辑部人员一律放下手头的工作，撕掉刊发那文章的页码，再重新补上一页其他内容的文章。

我们撕了整整一个月。

其实那时，我也写了一篇类似的东西，只是写写而已，并未打算拿出来。

　　现在，在那官员离任之后又写这文字，让我有些惭愧地想到我自己的卑劣心态。

　　也许人本身就是卑劣的。

董重作品/《无题》/2014

伍

追赶

　　一个孩子孤身一人在空旷的房子里玩积木。他很专心，周围的背景因此似乎已被忽略或者自行隐去；高高堆起的积木嗯啦一声崩塌，孩子捡起来一块一块重新摆摆。他想穷尽积木的变化、找出某一种可能，还是试图探知联系的秘密？是什么样的物事支持着变幻？

　　一只猴子在树间跳跃、攀援。从这棵树到那棵树；从这个树枝到那个树枝；前左肢着枝、前右肢着枝。觅食和嬉戏之外，游离着何种隐秘的、下意识的欲望？

　　一个不再经历的老人终日搬弄着记忆里的物事。那些物事呈现飘浮、松散的状态。不断飘走，老人能够搬弄的越来越少。一个字写一百遍会变得何其陌生。忽一日，那最遥远、最晦暗也最缥缈的记忆，仿佛阳光猛然涌进房间一样，在老人面前触手可及，明亮而且清晰。老人的搬弄终于达到了质变：死亡。

　　我在异乎寻常炎热的夏天，汗流浃背地搬弄着诸多词语。我已经如是一个多月了。它们像阳光下滚烫干硬的石头一样了无生气、令人憎恶。一个资深而运气不佳的赌徒熟练地拨弄着——哗啦作响，冷酷而且无望。我厌倦而心有不甘地望着它们，希冀出现奇异的组合。我指望掌握词语隐秘朴素的联系。

我渴望洞悉它们坚硬的表质之下黑暗的内部。我期望出现奇迹。然后，一道微光，然后我抓住了一个正行逃遁的词：追赶。

多年以来我痴迷于捕捉那些在脑海中沉浮不定、变幻莫测时而清晰时而模糊的幻象。它们像有生命的野兽一样，逃匿、挣扎、反抗、搏斗，不肯轻易就范。征服它们的过程令我心醉神迷。我渴望它们化为具体可见的事物，不再消失，把它们关在稿纸的格子里，幻象将成为有形的方块汉字。幻象将等待着一些人把它们从我的文字里召唤出来。

但我不是一个勤奋的猎人。谈不上竭力追赶猎物，仅仅是殚精竭虑设置陷阱，然后守株待兔而已。我的收获不大，所得不能算多。我将一如既往地做下去么？

我曾有三次试图放弃，因为在追赶中觉察到自己的迷失。我不清楚自己，现在是否已经永远迷失其中。今夜我迫切想知道的是：谁又在驱赶着我拼命地奔跑、去追赶那些幻象，是谁、谁是那幕后的猎手，我又是谁的猎物？

有很多事物与追赶一词有关。

以前在我的家乡，相传有一种叫做迷魂的草，生长在村庄与村庄之间荒凉地带的坟冢上。坟年久失修，就被铲平，深深埋在了庄稼地里；地里往往有行人为抄近路踩出的小道。据说夜间赶路的人不慎踩着迷魂草，就会原地转圈，围着那块庄稼地转呀转呀。他看到村庄的灯火越来越近，他甚至嗅到了家中炉火的气息，他一点儿也不觉得累。天明的时候，发现整个一块地里的庄稼都被他踩平了，这才明白，是迷魂草驱赶着他走了整整一黑夜。他当然看不到那古怪的草；它是只在黑夜里才出现在行人脚下的。

让夜里迷魂的人惊醒，一般有两种说法：有人看见了叫一声他的名字；另外一种办法，就是听到鸡叫。我理解无非是两个意思，一是有人帮；二是等到迷魂的期限自然过去。

我在十七郎当时曾有一次和朋友雨水夜行的经历。那是冬天，黄昏时分下起了大雪。但雪的反光并不使漆黑的夜晚能够看到一点点路。然后我们就迷失了。

那一天一夜我们走了上百里路。我们曾经路过雨水的家门，但为什么没有进去，是什么东西让我们迷失？

我记得心头有隐隐的冲动，有些热望和躁动。现在的我知道那是缘于青春。那以后的若干年我曾写过一首诗，其中有以下的句子：

春天是什么种子，在我们身体的泥土中生长
一缕风，谁的一句话，一个简单的动作
使我们一起为之感动？
我记得那年雪不停地下，就像我们不停地走
脚印及某种纯洁，在雪中永远埋失。
夏夜里我们大声谈吐
谈论某个女孩子，彼此开着身体的玩笑
星空下什么流动在体内，使我们为之焦躁不安？
在灾难以及爱情的日子里我想到这些
我们追逐自己，寻求身体里失去的泥土并因此迷失。
如火被风驱逐，在背离家乡的人群中淹没
大海淹没一滴水。时间淹没一个个季节。

天黑下来的时候我们发现自己站在悬崖上，然后顺着悬崖的边际一直往下走。我们必须手拉手，唯恐一分开就彼此找不见对方。雪一直下，脸上的热气冒起来，和着融化的雪水往下淌。大约午夜时分我们来到了一个山谷中，怎么也出不去。我还记得我们小心翼翼地过一条小河一共三次。

很多年后，我以为那是对我们生命中一段时光的隐喻：那一次，我们是为青春的血气所驱逐、追赶。数年以后才明确地知道，自己终于走出了那条山谷。

幼年的我在故乡的沟沟岔岔里奔跑、叫喊，我在追赶着什么？

是什么东西驱使我不知疲倦地奔跑？

我在深夜里醒来。我总是在深夜里醒来。从各种各样稀奇古怪的梦里醒来。

有一天我吃惊地发现，我所做的很多梦的背景，原形就是我故乡的那些山野草坡、悬崖高树。

多少年过去，我居然走不出那个小小的村庄。

我不知该如何形容心头的感触。

故乡和童年大概就是圣书中所说的伊甸园。那里发生过原初的人最为甜美的时光。我想它也是传说中的息壤，由一小块土地生发万物。

但是我们已经永久性地被驱逐出那个地方，再不能够返回。在记忆里它也只能日复一日地远去。我们又将被赶往何处？

在一篇文章里，我曾谈到过血缘和血型对一个人致命的影响。它们驱逐一个人以某一种方式做某一件事，产生某一种结果。我常常无奈于祖辈遗传的暴烈的性格，以及难以左右的双重人格。我常常清醒地看着另一个我无法控制地掉头而去，朝另一个方向飞奔。

　　这就是所谓的宿命么。人无法左右的还有他的地方性。有时候我想，作为高级动物的人，其实也不过是一种能够走动的植物而已。他不比一株人参高明多少。生发他的泥土、雨水，驱赶他疯狂地抽枝发叶，长出某一种特定的果实，然后枯萎，死掉。

　　还有时间，人只是置身其中的物品。我想到很小的时候，拼命盼望着长大；在不知天高地厚的年龄，又跌跌撞撞，想要跑到时间前面做某一些事。稀里糊涂就快要三十岁了。只是在这样一个偶然的夜晚，我站住了，回头一望。

　　写下了以上的文字。

董重作品 /《繁花》NO.1/150X200cm/ 布面油彩炳烯 /2015

豹皮

　　朋友高尔，答应送我一张豹皮，——豹皮有十多年了吧。高尔已经过世的爷爷，曾是位不错的猎人。老人如何捕获豹子，陷阱、土枪猎杀？这就不得而知了。

　　我去了高尔居住的村子。他带我走进家里一间废弃不用、堆积杂物的屋子，从木箱底抽出这张卷作一团的豹皮。动物皮毛特有的腥味在空气中蔓延开来。我有些心疼地看见，一些豹毛，飘落在他漫不经心的动作带起的灰尘里。高尔帮我把豹皮捆在摩托车后面。骑车出村，村巷里的狗远远朝我狂吠。

　　进我家院门时出奇地安静。大白天的，鸡全进了鸡舍，猪在圈里不安地喘息。那条半大的狗没有像平时那样迎上来；放摩托车时，从敞开的厨房门，我瞅见它畏畏缩缩地钻在灶火边望我。它在发抖。狗还小呢，一定没见过豹子，为什么它会害怕？

　　我把豹皮在一张单人床上铺开。不大，应该是地方上称作土豹子的皮，但斑纹清晰，上面有细微的小洞，应该是因硝制不好或存放不当、被虫蛀过的痕迹，还有不少褶皱。皮是整的，连嘴上的胡须都在。摸一摸，刺一般扎人。

伍

现在这豹皮柔软地趴在床上。它的爪子不再锋利；它曾经清澈的眼睛，只有一片空洞。我想它有过的生命：它肚腹下躺过的山洞和草窠、大树枝杈，它涉过的山泉，它无声无息地穿行过的那些岁月，草木森林，它身上浴过的雨水、月光和日光——那些天光自浓密的枝叶中抒露下来，斑驳地撒在它的身上，一日日与它自身的神秘而生气勃勃的斑纹长在一起。在它的利爪下，又有多少动物丧生或者逃生，逃走者躲在黑暗中惊魂未定地喘息或舔着自己的伤口？但现在它充满杀机的皮毛成了我的被褥。我站在那里看，有些满意，又好像有些失落。

这一夜我将躺在豹皮上入眠。心中总有一点不安，老以为与豹共眠。我指望能够梦见一只豹子，但却梦见自己被火烤着，豹皮极热。

它会对我的关节炎有好处。

我用豹皮做了一件坎肩。很合身，紧紧裹在身上，就好像那是我自己的皮。我把它穿在衣服里面，风极硬极寒的时候，能感觉到它源源不断的热力，那是一只肌肉紧缩的花豹在死后力量的延伸。

时间久了，我以为我渐渐继承了豹的一些品质：它的隐忍，它的敏捷，它连性爱的时刻都保持着的警惕。而我常被一个奇怪的想法困扰着、折磨着。——我是一只豹子，只不过变形为人、混迹于人群而已。我真的是一只豹么？我究竟是披着人皮的豹呢，还是披着豹皮的人？

但事实上高尔一直不曾给我这张豹皮。他不断地推说明天吧后天吧，豹皮坏了，等等千奇百怪但当时我听来很顺当的借口。朋友高尔是个很难言说的人，我总是被他诚朴木讷的外表所迷惑。

这一次，他因此给了我一个极为诱人的梦。我想，该谢他才对，也许他清楚，对我这样的人来说，一个梦远比一张真实的豹皮重要。

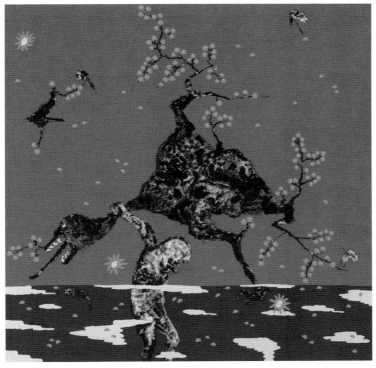

董重作品 /《斗兽图》/ 布面油彩丙烯 /150×150cm/2007

后记

　　本书的写作始于一九九六年，零星地中断，零星地以另外一个名字发表。那时刚刚放弃写诗，胸中积郁很多，想找一个载体，于是找到随笔，写了一些动物题材的东西，将所思所想以及盘绕不去的幻象放入。不停地中断，又继续写，时间过于长久，使得整部书的风格严重不统一，不少篇章显得幼稚。笔者在整理出版时，删去一些文字，个别做了补充。

　　我从一九八九年开始写作，经历和见证了社会商业化的整个进程。写作时断时续，时而放弃，最终成了疲惫生活中的巨大安慰。我总是沉迷于冥想，这让人讥笑我是个与世格格不入的诗人。

　　我的写作速度不快，可以称得上缓慢，这让我从疲惫生活的安慰中走向另一种疲惫和懊恼。我的父母还有邻居，他们说看不懂，说不明白我这样写来写去要做什么，其实我也不明白我写来写去要做什么。

　　我并不是说我有多高尚。高尚这个词与我无关，加在我的头上很像一个讽刺。我是极普通的人，耽于梦想，胸无大志，对世界和现状时有不满，想到的很多，却很少去做过或试着做过。在写作和生存的沮丧中我曾想过写一本畅销书，因为我想得到厚厚的钞票，想去漫无目的地旅行，孝顺父母，购书，或者很随便地花掉。我去试了，但发现这样的写作于写作者诚实的内心有所违背。

将来也许又会去尝试，谁知道呢。

这样子，写作对我而言就成了生活中的消耗品和奢侈品。它是一个人在纸上的游戏，纸上的冒险。它已经失去世俗意义。这一定不是我希望的，但眼下的确就成了这样。我已经在这样的状态下变得安静，在纸上的游戏和冒险中变得安静。

有时候我会突然难过起来，想到自己的处境，想到世界在周围发生的变化：

我曾住在太原一个叫狄村的地方，这里已不是村子，也很少姓狄的人。我曾在叫桃园的地方上班，绕城走很远的路，但那里并没有桃花盛开或者衰败。我的职业曾是记者，在业余时间写作和获得写作的乐趣，于是工作成了休息。我甚至乐意去采访某一个拙劣的作家，把他（她）说得天花乱坠，这是我的工作；乐意接受一个小小官员的训斥，以便让他产生愉悦感和成就感，但人们还是说我高傲。

我想这大概部分地说明了世界的混乱；世界的称谓总是混乱，名与实不符，就好比小姐的含义已经发生变化，鸡和鸭的含义已经发生变化。我生于七十年代，要写下与自己有关的一切，我曾见证的一切，却无意中写下这本似乎与自己、与时代无关的关于动物的书。

也许有人从关于动物的文字中读到别的东西，谁知道呢。陈寅恪晚年最后的著述是关于妓女的书，也许那是他在当时唯一想写和能写的题材。大家都知道他要说的，并不只是一个伟大的妓女。

我没有与陈老先生搅在一起的意思。我没有他的学问，他的智慧，甚至连他的骨气也没有。

但也许我学习了他的逃避和厌世。

初作于二〇〇〇年十月十二日，狄村，太原市第二处寓所
修改于二〇一六年六月六日，东涧河，太原市第八处寓所